Lohenstein
Cleopatra

Daniel Casper von Lohenstein

Cleopatra

Trauerspiel

Herausgegeben
von Volker Meid

Philipp Reclam jun. Stuttgart

M Rauchmuller Inv. et del.
Sandrart fecit

RECLAMS UNIVERSAL-BIBLIOTHEK Nr. 18548

Gesamtherstellung: Reclam, Ditzingen. Printed in Germany 2008

ISBN 978-3-15-018548-3

www.reclam.de

Daniel Caspers
von
Lohenstein

Cleopatra/
Trauerspiel.

Breßlau/
Bey JEsaiæ Fellgibeln Buchh. aldar.
1680.

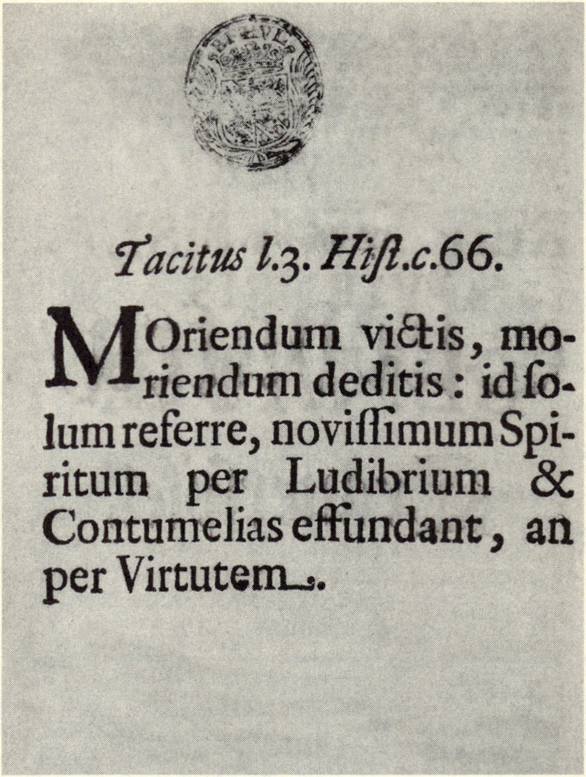

Tacitus l.3. Hiſt.c.66.

MOriendum victis, moriendum deditis: id ſolum referre, noviſſimum Spiritum per Ludibrium & Contumelias effundant, an per Virtutem.

Sterben müssten sie, wenn besiegt, sterben, wenn unterworfen: nur darauf komme es an, den letzten Atemzug in Schimpf und Schande oder in männlicher Haltung auszuhauchen.

(Übersetzung von Helmuth Vretska)

MAGNIFICO.
REIP. VRATISLA-
VIENSIS.
SENATUI.

F*LAGRANTIS. AULÆ. BUSTA. VITREUM. SCEPTRI.*
RUENTIS. ÆS. ATROCIS. ALEAM. BELLI.
EFFOEMINATI. PRINCIPIS. CRUENTATAS.
MANUS. NOVERCANTIS. LEVEM. ROTAM. SORTIS.
REGIS. ROTATAM. PUGIONE. CERVICEM.
PRÆPONDERANS. CUBILE. PELLICIS. REGNO.

FLAGELLA. CONSCIENTIÆ. CICATRICES.
MENTIS. FACES.TERRENTIUMQUE.SPECTRORUM.
VITÆ. CHARYBDES. TRISTE. SYRMA. PRÆ-
FATUR.
MOX. TRISTIOR. FUSCAT. THEATRA. CUPRESSUS.
AMORIS. OESTRO. PERCITUM. DUCEM. FICTA.
MORS. CONJUGIS. DEMENTAT. ERIGIT. SERVI.
NAM. NAUSEATA. VITA. MORTE. SANATUR.
VENENA. VULNUS. LACRUMÆQVE. GAUDENTES.
CRUORE. PURPURANS. CADAVER. IRRORANT.
DEHINC. COTHURNO. PROSILIT. NOVO. CONJUX.
LARVATA. NAM. NASCENTIS. IMPERI. SOLEM.
SUPPLEX. ADORAT. CÆSARIS. NOVI. TÆDIS.
SORORIANTI. PURPURÆQUE. NUPTURA.
SED. FRAUDE. FRAUS. CERUSSA. FONTE. FRU-
STRATUR.
FUMANTIS. ARÆ. THUS. IMAGINUM. MARMOR.
FICTÆ. ILLECEBRÆ. PECTORISQVE. SINGULTUS.
ABSYNTHIUM. SUB. MELLE. RETE. SUB. VISCO.
TEGUNT. DICANDO. VICTIMAS. TRIUMPHANDÆ.
AST. ILLA. SIREN. AFRICANA. CERNENDO.
THORI. CANORES. ARTE. ULYSSEA. SPERNI.
ELUSA. MORTIS. SYRTE. DESILIT. PRÆCEPS.
AUT. NAUFRAGI. SCYLLAS. HONORIS. EXHORRENS.
HAMOSQVE. ODORANS. SERVITUTIS. AURATOS.
PRÆFERT. ADULATRICIS OSCULO. TYGRIS.
MORSUS. NECANTES. ASPIDIS. VENENATÆ.
TVMBAM. CATENIS. FATA. SIBILÆ. ROMÆ.
FAMAM. SEPVLCRI. RISUI. THEATRORVM.
NEC. NOBILES. MENS. SERVA. MANCIPAT. SERVAS.
VITÆ. PVDENDÆ. QVANDO. COR. HERÆ. NOMEN.
ÆTER-

ÆTERNITATI. CORPVS. IMMOLANT. VMBRIS.
AST. VICTOR. INVIDENS. SUPERSTITI. VITAM.
MORTEM. NECATÆ. CÆSARES. DVOS. TERRIS.
SACRO. CRVORE. FVLCIENS. STATûS. LEGEM.
SOL. VNVS. ORBI. NASCITVR. CAPVT. ROMÆ.
SIC. FVLGVRANS. SORS. IMA. SVMMA.
PERMISCET.

SED. VOS. PATRES. EXILIS. INGENI. PARTVM.
QVEM. VIX. TRIMESTREM. MATER. EDIDIT.
PRÆCOX.

INOPS. VOLVNTAS. DEBITRIXQVE. CENTVPLI.
FAVENTIBVS. DIGNAMINI. POLITVRIS.
NEC. INVIDETE. SVPPLICI. CLEOPATRÆ.
QVO. TVTA. NAVIGET. FAVONIVM. MENTIS.
ANTISTITISQVE. GRANDE. NOMINIS. VELVM.
HIS. ADJVTIS. FELICIVS. LEGET. LITTVS.
QVAM. MARGARITIS. FIMBRIATA. MEMPHITIS.
REMIS. EBVRNIS. PVRPVRANTIBVS. VELIS.
ARGENTEAQVE. CONJVGEM. PETENS. PRORA.
NAM. PORTVS. ILLI. SAL. ERAT. VOLVPTATIS.
VOBIS. PLACENDI. PERPES. HÆC. FOVET. VOTVM.
NEC. ILLA. CEDRIO. PERVNCTA. SIC. VIVIT.
QVAM. NVNC. RENASCENTIS. CLEOPATRÆ.
VIVENT.

VESTRO. FAVORE. PERLITI. PVGILLARES.
NAM. PALLIDÆ. PVTRERE. NESCIVNT. CHARTÆ.
QVAMVIS. EAS. DENS. TEMPORIS. VORAX.
RODAT.

MOMVSQVE. LIVIDO. COLORE. SVGILLET.
QVIBVS. PATROCINATVR. INCLYTVS. CONSVS.
MAGNVMQVE. NOMEN. ÆMULIS. ABASCAN-
TUM. EST.

In-

DEM GROSSMÄCHTIGEN RAT DER STADT BRESLAU

Das betrübliche Schleppkleid[1] spricht als Vorrede vom Grab des brennenden Hofes, vom zerbrechlichen Erz des untergehenden Zepters, dem Würfel[spiel] des harten Krieges, den blutbefleckten Händen des weibisch gewordenen Fürsten, dem leicht gehenden Rad des stiefmütterlichen Geschickes, dem Nacken, der durch den Stahl des Königs abgetrennt wurde, dem Lotterbett des Kebsweibes, das mehr Gewicht hat als die Herrschaft, von der Geißel des Gewissens, den Narben des Geistes, den Fackeln der schrecklichen Gespenster und den Charybden des Lebens.

Bald verdunkelt eine noch betrüblichere Zypresse[2] den Schauplatz; den von dem Stachel der Liebe erregten Führer bringt der fingierte Tod seiner Gattin um den Verstand und richtet ihn auf. Denn der Überdruss an einem knechtischen Leben wird durch den Tod geheilt. Gift, Wunde und Freudentränen benetzen den von Blut purpurglänzenden Leichnam. Darauf springt auf neuem Kothurn die maskierte Gattin hervor, denn sie verehrt kniefällig die Sonne des entstehenden Imperiums und versucht sich mit dem neuen Caesar ehelich zu verbinden und dem schwellenden Purpur. Aber Trug wird durch Trug, Schminke durch Wasser getilgt. Der Weihrauch des dampfenden Altars, der Marmor der Ahnenbilder, erdichtete Verlockungen und Seufzer des Herzens verbergen Absinth unter Honig und ein Fangnetz unter der Leimrute, indem es der, über die triumphiert werden soll, Opfer weiht.

Aber jene afrikanische Sirene springt, weil sie sieht, dass die Gesänge des Ehebettes mit odysseischer List missachtet werden, kopfüber herunter – spottend über die Syrte des Todes; oder zurückschreckend vor den Skyllen der schiffbrüchigen Ehre und die vergoldeten Haken der Knechtschaft witternd

1 des Tragöden.
2 Baum der Totenklage.

zieht sie dem Kuss der schmeichelnden Tigerin[3] die tödlichen Bisse der giftigen Schlange vor, das Grabmal den Ketten, den Tod dem Zischen Roms, den Ruhm des Grabes dem Gelächter des Theaters. Und nicht überliefert knechtischer Sinn die edlen Dienerinnen einem schändlichen Leben, da sie ihr Herz der Herrin, ihren Namen der Ewigkeit, ihren Körper den Schatten opfern.

Aber der Sieger neidet der Überlebenden das Leben, den Tod der Getöteten, zwei Caesaren dem Erdkreis, indem er mit Vergießen geheiligten Blutes die Staatsräson stützt, und als alleinige Sonne entsteht er für den Erdkreis, als alleiniges Haupt für Rom – so aufblitzend kehrt das Geschick das Unterste zuoberst.

Aber ihr, Väter, haltet die Frucht eines unbedeutenden Geistes, die nach kaum drei Monaten eine voreilige Mutter gebar – ein unfähiger und hundertfach schuldender Wille – einer begünstigenden Glättung für würdig und neidet meiner bittfällig sich nähernden Kleopatra nicht den Westwind des Geistes, um sicher damit zu segeln, und das große Segel eueres voranstehenden Namens, denn sie wird glücklicher mit solcher Hilfe am Gestade segeln als die mit Perlen geschmückte Ägypterin mit elfenbeinernem Ruder, purpurnen Segeln und silbernem Bug auf der Suche nach ihrem Gatten, denn ihr war das Meer Hafen ihrer Wollust.

Meine Kleopatra hegt immerzu den Wunsch, euch zu gefallen, und jene mit Zedernöl gesalbte Kleopatra lebt nicht so, wie das durch eure Gunst bestrichene Büchlein der wiedererstehenden Kleopatra leben wird. Denn die gebleichten Seiten können nicht modern, da sie der berühmte Consus[4] beschirmt und sein großer Name ein Schutzamulett gegen Rivalen ist, auch wenn der gefräßige Zahn der Zeit an ihnen nagt und der Tadler sie grün und blau schlägt.

(Übersetzung von Hermann Wiegand)

3 Bezieht sich auf Augustus.
4 Gott der Ratschläge. Bezieht sich auf den Widmungsträger, den Rat der Stadt Breslau.

Innhalt
Der ersten Abhandlung.

ANtonius, welcher in einem Ausfalle die Römische Reiterey biß ins Lager gejagt / hernach aber von seiner eigenen verlassen worden / wil sich aus Verzweifelung erstechen / hernach berathschlagt er mit seinen Kriegs-Obersten; ob man beym Keyser Vergleich suchen / mit fernern Ausfällen fortfahren / oder nur aus der Stadt Gegenwehre thun solle. Cleopatra entdeckt dem Anton die Wunderzeichen als Vorbothen ihres Untergangs / Cæsarion bestetigt es / Anton aber tröstet beyde. *Sertorius* ein Hispanischer Abgesandter träget von den Cantabrern Ihm Hülffe und ihr Land zu seiner Sicherheit an. Proculejus trägt im Nahmen des August dem Anton Vergleich und Friedens-Vorschläge an / nemlich: Daß er Egypten abtreten / Cleopatren fahren lassen / Octavien beywohnen / und den König Artabazes loß geben solte. Die beym *Antonius* stehenden Römer und sein Sohn Antyllus rathen Ihm dieses alles ein zu gehen. Im Reyen loossen *Jupiter, Neptunus, Pluto* umb ihr Väterlich Erbtheil.

Der andern Abhandlung.

DEs Keysers Freygelassener *Thyrsus* versichert ins geheim Cleopatren: Daß August in sie verliebt sey / und verheisset ihr alle Vergnügung / dafern sie den Anton hinrichten würde. Cleopatra reitzet den Cæsarion und *Archibius* wieder den *Anton,* weil er sie nicht mit in Rath genommen / darinnen man auf ihren Untergang gestimmet hette. *Archibius* räthet den *Anton* zu tödten / *Cæsarion* hat darbey Bedencken / doch läßt er es endlich geschehen. Die wehklagende Cleopatra bewegt den Anton: Daß er Ihr alle Vorschläge des Keysers zu verwerffen willigt; Und den Artabazes zu tödten befiehlt. Cleopatra beräthet sich mit sich selbst / und beschleust sich anzustellen / als wenn sie sich selbst in ihrer Grufft hingerichtet hette. *Archibius* fertigt im Nahmen des *Antonii* den *Proculejus* mit abschlaͤglicher Antwort ab. *Antonius* wil durch den *Archibius* Cleopatren bereden: Daß sie Alexandrien verlassen / mit Ihm und allen Schaͤtzen in Hispanien segeln solle / Antyllus aber berichtet: Daß Cælius mit der Schiffs-Flotte zum Keyser uͤbergegangen sey. Der Reyen stellet das Gerichte des den Anton abbildenden Paris fuͤr.

Der dritten Abhandlung.

CLeopatra fuͤhret ihre Geheimste *Charmium* in die aus dem Tempel der Isis zubereitete Todten-Grufft / und entdeckt Ihr / daß sie sich eines falschen Sterbens anmassen wolte; Hierauf nimmt sie von allem Frauenzimmer Abschied / und unter dem Scheine Gifftes einen Schlaftrunck zu sich. Dieses bereitet ihr Begraͤbnuͤs / und eroͤffnet Cleopatrens Tod dem *Eteocles.* Die Geister des *Antigonus*, *Jamblichus* und *Artabazes* dreyer vom Anton hingerichteter Koͤnige dreuen dem schlaffenden Anton den Untergang. *Junius* berichtet Ihm bey seiner Erwachung: Daß Bachchus umb Mitternacht aus dem Pantheon durch die Stadt in das Roͤmische Lager gezogen sey; *Antyllus*; daß *Archibius* den Roͤmern den Pharos verraͤthrisch uͤbergeben / *Eteocles;* daß Cleopatra sich selbst durch Gifft getoͤdtet habe. *Anton* wird hieruͤber gantz wahnsinnig / und befiehlt seinem Knechte *Eros:* Er solte Ihm toͤdten. Als sich aber *Eros* selbst ersticht / gibt Anton Ihm selbst mit eben selbigem Dolche einen toͤdlichen Stich. *Dercetæus* ein Freygelassener zeucht Ihm den Dolch heraus. *Diomedes* berichtet: Daß Cleopatra noch lebe / Anton befiehlt sich zu Ihr in die Grufft zu tragen. Anton gibt nach vielem Wehklagen Cleopatrens auf ihrer Schoos den Geist auf. Die Parcen bilden im Reyen die Fluͤchtigkeit des Lebens / die Gewißheit des Todes fuͤr.

Der vierdten Abhandlung.

DErcetæus bringt dem Keyser den bluttigen Dolch / und berichtet Ihm des *Antonius* Tod. August haͤlt mit dem *Agrippa* und *Mecænas* Rath / wie mit Cleopatren zu verfahren. *Archibius* Cleopatrens Gesandter traͤgt dem Keyser die Ergebung Alexandriens an / und wird mit grossen Verheissungen abgefertigt. *Agrippa* raͤthet dem Keyser mit Cleopatren scharf zu verfahren / *Gallus* sich gegen Ihr verliebt zu stellen / umb sie nach Rom zu locken. *Cæsarion* berichtet Cleopatren das strenge Verfahren der Roͤmer in Alexandria / auch wie Ihm und dem Antyllus nach dem Leben getrachtet wuͤrde. Cleopatra verkleidet Ihn in einen Mohren / und heißt Ihn in Mohrenland fliehen. *Proculejus*, *Epaphroditus*, und *Cornelius Gallus* unterhalten Cleopatren mit viel leeren Vertroͤstungen. August bemuͤht sich Cleopatren zu bereden mit nach Rom zu ziehen / nach vielen Schwerigkeiten williget sie darein / bittet Ihr aber vorher aus / den Anton zubegraben. Die Egyptischen Gaͤrtner und Gaͤrtnerinnen tadeln neben dem Hofe-Leben die falsche / ruͤhmen die einfaͤltige Liebe.

Der fuͤnften Abhandlung.

CLeopatra begeht mit ihrem Frauenzimmer theils im Tempel der Isis / theils in der Todten-Grufft des Antonius Leichbegaͤngnuͤs. Hierauf eroͤffnet sie ihrem Frauenzimmer die Falschheit des Keysers und ihre Gefahr nach Rom ins Siegs-Gepraͤnge gefuͤhrt zu werden. Der in einen Priester verkleidete Antyllus verfluchet Cleopatren / daß sie den Anton verrathen / getoͤdtet / und Ihn in Gefahr gestuͤrtzt. Als dieser sie / ihrem Verlangen nach / nicht toͤdten wil / schreibt sie dem Keyser einen Brief / befiehlet Ihm ihre Kinder / und laͤst sich eine Schlange todt stechen; nach dem es *Diomedes* Ihr zuvor gethan hat. Iras laͤßt sich hierauf die Schlange auch todt stechen / Charmium aber ersticht sich mit einem Messer. *Epaphroditus* und *Proculejus* kommen zu spat Cleopatrens Tod zu verhütten. Der von seinem Lehrer *Theodor* verrathene *Antyllus* wird ermordet. August läßt vergebens die Psyllen der Cleopatra Gifft aussaugen. Hierauf lobt er Sie / verbeuth ihre Bilder zu versehren / befiehlt Sie / den Anton / die Charmium und Iras prächtig zu begraben / den Theodor zu kreutzigen / den flüchtigen *Cæsarion* zu tödten / nimmet Cleopatrens übrige Kinder zu Genaden an / läßt den Egyptischen Schatz nach Rom führen / und besiehet die Leiche des grossen Alexanders. Im Reyen rühmet die Tyber die Hoheit des Römischen Reiches / der Nilus unterwirfft sich Ihr. Die Dohnau und Rhein aber wahrsagen: Daß die Römische Herrschafft auff die Deutschen kommen werde.

Z. 3 Psyllen: siehe Lohensteins Anmerkung zu V, v. 473.

Personen des Trauerspiels.

CLEOPATRA	Königin in Egypten.
M. ANTONIUS	ihr Gemahl.
OCTAVIUS AUGUSTUS	Römischer Keyser.
CÆSARION	*Julii Cæsaris* und *Cleopatræ* Sohn.
ANTYLLUS	*Antonii* und *Fulviæ* Sohn.
ALEXANDER CLEOPATRA PTOLOMÆUS	*Cleopatræ* und *Antonii* Kinder.
CANIDIUS	des *Antonii* Feldhauptmann.
CÆLIUS	sein *Admiral* über die Schiffs-Flotte.
C. JUNIUS	Burg-Hauptmann.
Q. ASIDIUS	Oberster über die Reiterey.
ARCHIBIUS	Cleopatrens geheimster Rath.
AGRIPPA	des Keysers Feldhauptmann.
MECÆNAS	sein vertrautester Freind.
PROCULEJUS CORNELIUS GALLUS	Seine Obersten.
EPAPHRODITUS THYRSUS	Seine Freygelassene.
DERCETÆUS DIOMEDES ETEOCLES	Des *Antonii* und *Cleopatræ* Freygelassene.
EROS	des *Antonii* Leibeigener.
SERTORIUS	ein Cantabrischer Gesandter.
CHARMIUM IRAS	Cleopatrens Geheimste.
SIDA BELISAMA SALAMBO BABIA	Ihr ander Frauenzimmer.

Des Königs *Antigoni*, *Jamblichi* und *Artabazis* Geister.

THEODORUS	des *Antylli* Lehrer.
ARIUS	Ein Weltweiser.

Etliche Egyptische Prister.
Zwey *Psylli*.
Unterschiedene Kriegs-Leuthe des Keysers und *Antonii*.
Reyen des Geluͤcks / Jupiters / des *Neptun* und *Pluto*; samt dreyen Himmel- See- und Wasser-Goͤttern.
Reyen des *Mercur*, des *Paris*, der *Juno*, *Pallas* und *Venus*.
Reyen der drey *Parcen*.
Reyen der Egyptischen Gaͤrtner und Gaͤrtnerinnen.
Reyen der Tyber / des Nilus / der Donau und des Rheines.

Der Schauplatz ist theils die Koͤnigliche Burg in *Alexandria*, theils das Roͤmische Laͤger darfuͤr.

I.
ΚΛΕΟΠΑΤΡΑΒΑΣΙΛΙΣΣΑ.
Ex Moneta æneâ Dan. Caspari. â Lo enstein

III.

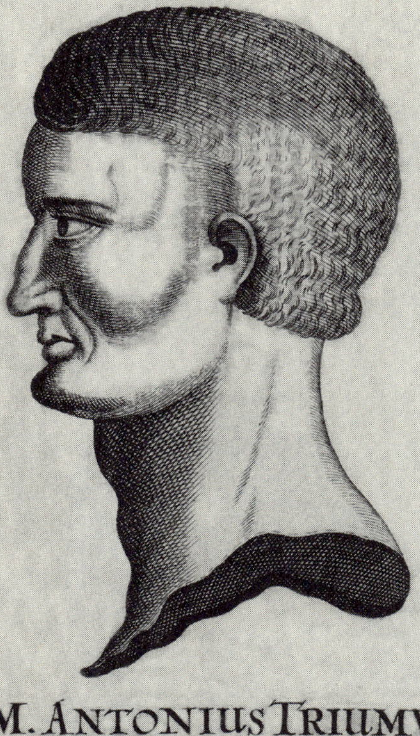

M. ANTONIUS TRIUMVIR.
Ex Nummo argent. Dan. Caspari.
â Lohenstein.

Die erste Abhandlung.

Der Schau-Platz bildet ab des Antonius *geheimes Zimmer.*
M. ANTONIUS. CÆSARION. ANTYLLUS. CANIDIUS.
ARCHIBIUS. LÆLIUS. C. JUNIUS. Q. ASIDIUS. CÆLIUS.
Unterschiedene Hauptleute des ANTONIUS.

ANTON. KEhrt Rom den heil'gen Nil nun in ein rothes Meer?
Fleußt nichts als Bürger-Blutt statt fruchtbar'n Wassers her /
Wormit die Tiber wird ersäufft / der Phrat beflecket?
Die Gräntz ist der Natur / der See ihr Ziel gestecket /
Der Schatten mißt die Nacht / das Sonnen-Licht den Tag /
Nichts aber den August. Kein Bindnüs / kein Vertrag
Ist seiner Wercke Maaß. Rom mag die Welt besiegen /
Er sieget über Rom. Für seinen Füssen liegen
Volck / Adel / Rath gebückt. Was Lepidus und ich
Besassen / hat er schon; und gleichwol müht er sich
Zu spannen in sein Joch das Land / das ihr betretet.
Der Nilus hat noch nie die Tiber angebetet /
Egypten auch nicht Rom. Er nehme's drittel hin;
Wenn nur mein Heyrath-Gutt mir bleibet zum Gewinn.
Allein / wer wil den Wurm aus dem Gespinste bringen /
Der in der Wolle steckt? wer wil den Tiger zwingen
Durch Gütte / der bereit in den zerfleischten Darm
Die Klauen eingesenckt? Ha! heiß erhitzter Arm!
Der dem gefällten Wild' auch Höl' und Nest zerstöret!
Der / wenn der Stamm zermalmt die Wurtzeln auch versehret /
Der / wenn der Löwe Raub und Nägel eingebüßt /
Der Löwin auch die Brust und ihre Junge frißt!
Jedoch / wie wenn der Mast schon auf den Klippen springet /
Wenn schon das blaue Saltz sich in die Ritze dringet /

Wenn der erzörnte Nord den morschen Kahn zerschleift /
Der Boßmann für das Schiff ein schmales Brett ergreift /
Fürs Rudern braucht den Arm / zum Ancker Bein' und Füsse /
Die Hofnung zum Compaß; so muß die sauren Biße
Des scheiternden Gelücks / den Schifbruch seiner Macht
Auf diese Zeit Anton seyn auszustehn bedacht.
Das Glücke kitzelt' uns zwar etwas für drey Tagen /
Als Cæsars Reuterey beym Rennplatz ward geschlagen /
Und über Hals und Kopf ins Låger muste fliehn;
Heut' aber muß Anton den Kürtzern wieder ziehn /
In dem die Reuterey mich schåndlich hat verlassen.
Da alle Menschen mich nun wie die Götter hassen /
So opfer' ich mein Blutt vergnügt für aller Heil.
CAN. Der Fürst besinne sich. Wir haben gar kein Theil
An der Verråther Schuld. Man muß den Feinden's Eisen /
Dem Tod' und der Gefahr das Blau' in Augen weisen /
Dem Ungelücke nicht den Rücken / nicht den Stich
Auf eigne Brüste kehrn. Meint Er: August wird sich
Vergnügen / wenn er fållt? uns Gutt und Blutt nicht nehmen;
Wenn sich im Pharos wird Anton zu Tode gråmen?
Wenn er in Einsamkeit die Hand legt in die Schoß /
Die Feinde machen låßt; ja ein verzweifelt Stoß
Das Leben ihm verkürtzt? Ach nein! des Keysers Netze
Fischt nach Cleopatren / und sucht Egyptens Schåtze.
Ein giftig Hertze wird zu Asch' in keiner Glutt /
Was Ehrsuchts-Gift steckt an / kühlt keines Feindes Blutt.
In Cæsars aber steckt Rach' / und dis Gift beysammen /
Hiermit verschwistern sich noch seiner Geilheit Flammen.
Drumb wird sein Blutt nicht nur sein Rach-Altar weihn ein.
Kein schönes Weib in Rom bleibt keusch für ihm und rein;

26 Boßmann: Bootsmann.
43 Vergnügen: begnügen.

Solt ihm Cleopatra denn nicht ins Auge leuchten?
Er weiß auch: daß der Nil durch jährliches Befeuchten
Mit reicher Fruchtbarkeit die Jahrzahl übertrifft
Der Tage / welche steckt in seines Nahmens Schrifft.
Dis Wasser ist das Oel / das seine Herrschsucht nähret /
Das Saltz / was Schwägerschafft und Freundschaffts-Pflicht verzehret.
Weil Africa trägt Gold / Korn / Balsam / Helffenbein /
Wil er der Mohren Haupt / Egyptens Zinßherr seyn /
Und uns alhier / wie Rom auf unsre Scheitel tretten.
Weil wir von ihm nun nichts zu hoffen / als nur Ketten /
Wolln wir / so lange sich in uns ein Glied wird rühren /
Für unsern Hercules behertzt den Degen führn
Und helffen: daß dis Reich nicht gehe gar verlohren;
Daß / weil die Römer ja zur Dienstbarkeit gebohren /
Weil Rom das Haupt der Welt die Freyheit hält für Bley /
Die Knechtschafft für Gewien / wo noch ein Hafen sey
Der Freyheit und für uns.

ANTON. Darf ich hierauf mich gründen /
Wird keine Kleinmuth Raum in meinem Hertzen finden.
Ihr wißt: daß ich zweymal um viel unschuldig Blutt
Der Römer zu ersparn / und unser Zwytracht Glutt
Durch Zweykampf abzuthun den Keyser fordern lassen.
Eh aber er wil falln / sol alle Welt erblassen /
Und hundert Völcker solln vergehn / eh er ein Haar
Einbüssen wil. Mich schreckt auch noch nicht die Gefahr;
Der ich sechshundertmal den Helden-Muth bewehret /
Ob mir gleich Glück und Freund die Fersen hat gekehret.
Der Philadelph fiel hin / Domitius sprang ab /
Jamblichus spaan Betrug / als uns Agrippa gab
Den ersten schlechten Streich. Hierauf ward zum Verräther
Amyntas; Dellius zum ärgsten Ubelthäter /
Nach dem Tarcondimot bey dickem Nebel fiel
Agrippen in die Hand / und das verkehrte Spiel

Des Krieges ihn ins Meer mit zwantzig Schiffen senckte.
Als ich von Actium gleich auch die Deichsel lenckte /
Wo das Verhängnüs mir stets Zähn und Klauen wieß /
Und ich die Segel wehn von einer Flotte ließ /
Die Schiffen nicht so wol / als Städt- und Thürmen gleichte /
Und der des Keysers Macht nicht einst den Schatten reichte /
Für der das wilde Meer erstaunt und stille stand /
Der Keyser bebete; so schüttete die Hand
Des grimmen Himmels doch Blitz / Hagel / Schlossen / Regen
Auf meine Masten aus mit vielen Donnerschlägen.
Die Flotte ward zerstreit / die Segel umgekehrt /
Die Seile gantz verwirrt / die Ruder nichts mehr werth /
Die Steuer theils zerschellt / die Ancker abgerissen.
Doch wißt ihr: daß wir Muth und Hand nicht sincken liessen /
So daß des Keysers Grimm fruchtloser Anfall war /
Bis das die schwartze Höll unleschbarn Brand gebar /
Wormit der Feind die Schiff' in lichte Flammen steckte.
Weil dieses Feuer nun selbst Meer und Himmel schreckte /
Kan man Cleopatren nicht übel legen aus:
Daß sie den Weg uns wieß / die Flutt aus Glutt und Grauß /
Die Menschen aus der Höll und Schwefel zuerretten.
Hiermit fiel Grichenland. Nun trägt der Nil schon Ketten /
Sein grosser Arm / den man nach dem Kanopus nennt /
Bis / wo bey Memphis sich sein gantzer Strom zertrennt /
Trägt schon der Römer Joch. Und Cæsars Schiffe stehen
In Sebenytens Strom / in's Meris beiden Seen;
Phamotis / Taposir / gantz Africa sind hin;
So daß ich neben euch ringsher umkerkert bin.
Die Schiffe / die wir noch durch den gemachten Graben
Bis nach Arsinoe ins Meer gewelzet haben /

106 Flutt: Flotte (Verdeutschung Zesens).

Sind von den Arabern verräthrisch angesteckt /
Auch ist kein Nachbar nicht / den unser Unglück weckt.
Die Parthen sind erzürnt / die Araber beleidigt /
Und Mohrenland schätzt sich von Sonn' und Sand vertheidigt.
Hier ist der Port besetzt / die Mauren sind zerschellt /
Nur eure Brust ist noch / ihr Helden dieser Welt!
Der Fels / an dem der Feind noch sol den Kopf zerstücken /
Die Mauer / derer Fall die Welle muß erdrücken /
Die sie zerschmettern wil.

CÆS. Der Feind und unser Stand
Ist leider! wie Anton ihn abgemahlt / bekant.
Die Noth hat keinen Freund / noch was von ihm zu hoffen.
Auch steht zur Flucht von hier uns keine Bahn mehr offen.
Tauresius bewacht mit Schiffen Strand und Meer /
Zu Lande geht ein Wall rings umb die Festung her.
Kein güldner Schlüssel wird uns auch ein Thor aufsperren /
Denn ieder Römer ehrt als einen Gott und Herren
Den / der durch Mord und List hat Rom zur Magd gemacht;
Drumb muß man auf Vergleich mit Cæsarn sein bedacht;
Und eh man gar vergeht in bittern Apfel beissen.

CAN. Du wirst durch diese Müh nur Mohren überweissen.
Wer ihn versöhnen wil / baut Pfeiler in die See /
Sucht bey der Natter Gunst / und Flammen in dem Schnee.
Man weiß des Keysers Arth / von wem er ist erzogen /
Der mit der Muttermilch die Ehrsucht hat gesogen.
Solt' er dem Julius als Vater geben nach?
Der mit Pompejens Hals' auch Rom den Kopf zerbrach.
Wolln wir / wie Lepidus das Leben von ihm bitten?
So schleuß an Taurus dich / ich bey den rauen Britten
In einen wüsten Fels die freyen Sinnen ein;
Wo ja das Leben kan der Zagheit Beute seyn.
Der Todt sieht bitter aus / noch bitterer das Leben /
Das Schimpf und Ketten trägt.

ANTYL. Ich wil den Geist aufgeben

Mit Freuden / eh ich wil des frechen Keysers Knecht /
Der Römer Schauspiel sein. Der Zustand ist zwar schlecht.
In Alexandrien beruhet unser Hoffen /
Doch hat der oft zu erst den rechten Zweck getroffen /
Der nichts zu hoffen hat. Ein abgemergelt Schiff /
Auf welches Wind und Meer die Donner-Keile schlieff /
Erwehlet für das Heil der sändichten Gestade
Die offen-hohe See / und segelt mehr gerade
Zum Hafen / als daß sich die Sandbanck stürtzen läst.
Wer Mittel-wege sucht / fleucht in ein Wespen-Nest.
Gefahr ist für Gefahr der beste Rath und Pflaster.
Wie kan dis sicher seyn / was uns die Tugend Laster /
Ein Römer knechtisch heißt. Gesetzt / wir fallen hin;
Die Freyheit bleibt uns doch für's Leben zum Gewien /
Ein nie verwelckend Lob fürs Ungemach zur Beute;
Ja die umb den Anton so hoch verdienten Leute
Die zwey Aquilier zur Richtschnur treuer Pflicht /
Zum Beyspiel unsers Thuns / von denen keiner nicht
Umbs Leben looßen wil. Der Sohn reckt seinen Nacken
Dem Beile lieber hin / und läßt den Kopf abhacken /
Eh er fürs Keysers Gnad' ein Looß erkiesen wil;
Der Vater aber kürtzt ihm selbst sein Lebens-Ziel.
Zerfleischt uns denn der Feind nicht Hertzen / Haupt und Glieder?
Sind mehr als Ketten dar / die doch von uns ein jeder
Muß tragen / der sich giebt? wenn hat ein hoher Geist
Auch an den Feinden nicht die Tugend werth gepreist?
Der Keyser wird auf die / die sich noch hertzhafft rächen /
Da das Gelücke stürtzt / gelinder Urtheil sprechen /
Als die die Zagheit fällt. Man tödtet Gems' und Reh /
Wenn der besiegte Löw nicht fühlet Schmach und Weh.

173 giebt: ergibt.

Durch Kleinmuth ist Pompej' ins Sklaven Mord-Hand kommen /
Die hat dem Lepidus die Freyheit weggenommen /
Ihn in Circæ gesperrt. Hingegen hat der Feind
Dem Sossius / der es so treu mit uns gemeint /
Der so behertzt sein Schwerdt hat wider ihn gezücket /
Als gleich das Unglück ihn in Cæsars Garn gerücket /
Nicht einst ein Haar gekrümmt. Denn Tugenden klebt an
Ein Ansehn: daß kein Feind sie nicht beschimpfen kan /
Der edle Regung fühlt.

CÆL. Ich rühme dein Beginnen;
Wo nicht durch lindern Wind der Port ist zu gewinnen.
Denn setzt der Artzt mit Fug Pfrim / Såg' und Messer an /
Wenn Oel und Balsam nicht das Brandmal heilen kan.
Man muß / wenn sonst nichts hilft / es auf die Spitze setzen;
Doch nicht / was zweifelhaft / bald für verlohren schåtzen /
Kein Schiffer bohret selbst sein strandend Schif in Grund.
Ein Gran Verwegenheit ist unter ein gantz Pfund
Der Klugheit schon genung. Vernunft ist das Gewichte
Der Stårck und der Gefahr; und Heil der Vorsicht Früchte;
Wenn Kühnheit Kopf und Hals durch eigne Schuld abstürtzt.
Zu dem sol niemand seyn durch unsern Ruhm verkürtzt /
Umb unser' Eitelkeit das Reich nicht Schifbruch leiden;
Eh sol man für sein Heil ihm selbst den Kopf abschneiden.
Zwar / wenn Anton nebst uns durch Heer und Lager dringt /
Und des Canopus Sand mit unserm Blutte tingt /
Blühn aus dem Saamen uns die güldnen Ehren-Lilgen /
Die nicht die Zeit / nicht Rom / auch kein August wird tilgen /

202 tingt: düngt.

Es bleibt uns insgesamt der Purper unsers Blutt's
Zur Sieges-Fahne stehn / was aber kriegt für Gutt's
Dis arme Land hiervon?
ARCH. Die Julier zu Göttern /
Die Livie zur Frau. Ach GOtt! von was für Wettern /
Von was für Donnern wird Cleopatra verletzt /
Wenn man Egyptens Heil so auf die Spitze setzt!
Den Fürsten prüft Verstand / die Wunden den Soldaten.
Mit unserm Ruhme wird der Nachwelt nicht gerathen /
Die ewig dienen sol. Was thut ein Schiffer nicht
Wenn ihm das Meer den Kiel / der Sturm den Baum zerbricht?
Er låst die Segel falln / hau't Thau' und Mast in Stücke /
Senckt Bley und Ancker ein. Man muß das Ungelücke
Besänften mit Gedult / das man nicht pochen kan.
JUN. Wo zielt der Einwurf hin?
ARCH. Man bitte Cæsarn an
Egyptens halben Schatz; und auser diesem Reiche
Die Länder / die Anton empfing in dem Vergleiche /
Den Er und Lepidus mit Cæsarn giengen ein.
ANT. Dis / und Egypten wird ihm noch zu wenig seyn.
Wir haben ihn dreymal durch Bothschafft schon verehret /
Doch sonder alle Frucht. Er hat sie ja gehöret /
Die Gaben nicht verschmäht; doch sonder Antwort sie
Zurücke lassen ziehn. Sol ich nun selbst sein Knie
Umbfassen als ein Knecht / und dem zu Fusse fallen /
Der / als ich Raths-Herr war / kaum wuste noch zu lallen /
Der noch das Kinder-Kleid / als ich den Purpur trug /
Der noch mit Tocken spielt / als ich die Feinde schlug /
Des Pöfels Oberster / der Römer Hoher-Priester
Und Bürgermeister ward; als mich in's Zeit-Register
Schon Mohr und Gallier / so Parth / als Griche schrieb;
Der in ein Bockshorn kruch / als ich den Brutus trieb

217 pochen: dem man nicht trotzen kann.

Und Caßius aus Rom; als ich den letzten Willen
Des Julius laaß ab / die Raserey zu stillen
Des Volckes / das sein Haus gantz auszurotten saan?
Dis leider! ist der Danck: daß ich ihn lieb gewan
Mehr als mein eigen Kind / beym Volck' in Ansehn brachte /
Beym gantzen Rath ans Brett; mit ihm ein Bindnuͤs machte /
Ja Freund- und Schwaͤgerschafft. Jedweder war mein Feind /
Ders mit dem Julius nicht hatte wol gemeint /
Und Cæsarn schaͤl sah' an. Pharsalos muß mirs zeugen:
Daß Julius geprangt mit meinen Lorber-Zweigen;
Mein linckes Horn zerstieß Pompejens gantze Macht;
Und Cæsars fluͤchtig Heer hab ich zu Stande bracht.
Nichts minder mag August ja wol von Gluͤcke sagen /
Von Thaten aber ich. Als Caßius geschlagen
Von meinem Heere ward / da macht August sich kranck
Und Brutus schlug sein Horn. Ja mir gehoͤrt der Danck:
Daß Sextus nicht mehr lebt. Zwar Cæsarn selbst ergetzte
Dis so: daß er mein Bild in Eintrachts-Tempel setzte.
Itzt macht er selbst aus sich der Zwytracht Ebenbild /
Aus mir ein Ziel der Rach'. Ich war sein Schirm und Schild;
Itzt sucht er mich und mein Gedaͤchtnuͤs zuzernichten.
JUN. Der Baum des Undancks prangt mit keinen bessern Fruͤchten /
Als Schleen. Wolthat hat des Mahsafts Eigenschafft;
Ein Gran schlaͤfft ein und staͤrckt / viel hat des Giftes Krafft /
Und lescht das Licht uns aus. Geringer Dienst macht Freunde;
Ein grosser / den man nicht weiß zuvergelten / Feinde.
Ja der zur Herrschafft hilfft / muß abgeschlachtet seyn.
Was bilden wir uns denn von Cæsarn guttes ein?
Dem schon Mecenas hat gerathen von Agrippen;
Er muͤst ihn ihm erwehln zum Eydam / oder schippen.

245 Horn: Flügel eines Heeres.
257 Mahsaft: Mohnsaft.
264 schippen: fortgejagt, vertrieben werden.

ASID. So hat bey ihm Anton mehr als den Hals verwuͤrgt.
CÆL. Fuͤr etwas bessers hat Herodes sich verbuͤrgt.
JUN. Fuͤr was?
CÆL. Daß Cæsar sey geneigt sich zuvergleichen.
ANTON. Ja / wenn Cleopatren wir auf die Seiten streichen /
Egyppten treten ab / das itz'ge Vaterland
Der Roͤmer / die fuͤr mich bewegen Hertz und Hand;
Daß Niemand ja von Rom wo eine Zuflucht habe /
Und daß mit mir und euch die Freyheit geh zu Grabe.
ARCH. So wird der edle Nil mehr Blutt / als Wasser fuͤhrn.
CÆL. Augustus ließ wol eh Genad und Sanftmuth spuͤrn.
JUN. Wo?
CAEL. zu Perusium?
JUN. wen?
CÆL. unsers Fuͤrsten Bruder.
JUN. Er brauchte diesen Schein zu seinem Ehren-Ruder.
CÆL. Warum denn stellt' er ihn so bald auf freyen Fuß?
JUN. Weil grosse Vogel man mit kleinen kirren muß.
CÆL. War Lucius Anton fuͤr so gar klein zu halten.
JUN. Das Roͤmsche Reich gab ihm kein Drittel zuverwalten.
CÆL. Warum stuͤrtzt er denn nicht den Lepidus durchs Schwerdt?
JUN. Sein mehr als knechtisch Geist war keiner Schwerdter werth.
CÆL. Er hat dem Decius den Vater-Mord vergessen.
JUN. Es laͤst sich Fuͤrst Anton nach keiner Richtschnur maͤssen.
CÆL. Hat ihm Anton mehr Leid als Brutus angethan?
JUN. Dis: daß Anton ihm mehr als Brutus schaden kan.
CÆL. Sol Rachgier mindern Grimm / als Staatssucht mit sich bringen?
JUN. Er ließ auch Brutus Kopf fuͤr Cæsars Bildnuͤs springen.
CÆL. Uns fleckt kein Vater-Mord.
JUN. noch der Peruser Schaar
Die er geschlachtet hat auf's Julius Altar.

CÆL. Sie hatten gleichwol sich am Keyser hoch verbrochen.
JUN. Wie Gallius? dem er die Augen ausgestochen?
CÆL. Warum bracht er sich selbst in moͤrdlichen Verdacht?
JUN. Ein unbedachtsam Wort hat Afern umgebracht.
CÆL. Gieng Scaurus nicht frey aus / der ihn so sehr beleidigt?
JUN. Weil seine Mutter ihn die Mucia vertheidigt /
Die weiland liebes Kind bey seinem Vater war.
CÆL. Schont er des Sextus denn / den Mucia gebahr?
ANTON. Der Sextus fiel durch mich.
JUN. Weil Cæsar es verlangte /
Und uͤber diesen Fall mit Ritter-Spielen prangte.
Kam Curions sein Kopf / ob schon sein Vater war
Des ersten Keysers Hertz / nicht auf sein Rach-Altar?
CAN. Gesetzt: daß Cæsar nichts / als Mord im Schilde fuͤhrte;
Daß kein Gedaͤchtnuͤs ihn der alten Freundschafft ruͤhrte;
Daß Cæsar sein Geluͤck und Herrschafft / Heil und Hauß
Zu bauen willens waͤr auf dein- und unsern Grauß;
So muß man gleichwol sich des Ungluͤck's zu entlasten
Kein Mittel nicht verschmehn.
CÆL. Den Feind mehr anzutasten
Durch Ausfalln fuͤr die Stadt ist unser Arm zu schwach.
JUN. Was sol man anders thun?
CÆL. Man seh der Zeit was nach.
Die schoͤn und grosse Stadt ist nicht bald zugewinnen.
Aus unsern Sternen wird auch nicht stets Unheil rinnen.
In einer kleinen Frist steckt oft ein groß Gewien.
Sie macht die Mispeln reif; die Feigen keck und kuͤhn.
Die uͤberwundenen oft gar zu Uberwindern.
Ein schlechter Zufall kan oft groͤsten Nothstand mindern.
JUN. Die Hofnung ist umsonst / der Feind liegt uns am Port.
CÆL. Als Schif und Hofnung weg / schwam Julius noch fort.

306 Grauß: Schutt, Trümmer, Ruin.

CAN. Numantia verfiel durch Hofnung ins Verterben.
CÆL. Wer toͤdtet heute sich / der morgen erst sol sterben?
JUN. Die Zeit vermehrt das Weh / ein ferner Lauf den Strom.
CÆL. Das Capitol erhielt das schon verlohrne Rom.
JUN. Als vom Camillus ward des Feindes Heer geschlagen.
CÆL. Doch muste Manlius vor manchen Sturm vertragen.
ASID. Wo kaͤm' Egyptenland' itzt ein Camillus her?
CÆL. Camillus kam dort auch nichts minder ungefähr.
ASID. Von Ungluͤckseeligen schaͤtzt ieder sich beleidigt.
CÆL. Ward von verjagten doch Rom und Athen vertheidigt.
ASID. Weil sie ihr Vaterland noch hatten hertzlich lieb.
CÆL. In fremden Seelen macht das Elend gleichen Trieb.
Mitleiden regt so gar den Feind uns beyzustehen;
Weil er bey fremden Fall' erst in sich pflegt zugehen /
Die Schwaͤche seiner Macht nach eigner Ohnmacht mißt /
Der sich sonst selbst nicht kennt / ja Gluͤck und Gott vergißt.
JUN. Der steht auf Eiß der sich auf fremde Huͤlffe stuͤtzet.
CÆL. Nicht / wenn dem helffenden die Huͤlffe selber nuͤtzet.
JUN. Wem ist etwas gedient mit unserm Stand' und Heil?
CÆL. Der Parth' und Araber hat an Egypten Theil.
JUN. So Parth / als Araber kennt schon der Roͤmer Klauen.
CÆL. Rom ihr' auch; und man muß auch auf die Mohren schauen.
JUN. Ach leider! sol ein Mohr Egyptens Schutzherr sein?
CÆL. Trieb Hannibal der Mohr nicht Rom in Rom hinein?
JUN. Rom war zur selben Zeit noch nicht recht Rom zunennen.
CÆL. Mehr! weil die Roͤmer Rom durch Buͤrger Krieg itzt trennen.
JUN. Nun aber faͤllt gantz Rom ja Cæsarn wieder bey.
CÆL. Nicht glaube: daß halb Rom Octavianisch sey.
JUN. Wenn nur die Haͤupter weg muß sich der Poͤfel geben.
CÆL. Versichert: daß in Rom noch tausend Brutus leben.

JUN. Sie sind an Zungen lahm; wie solln sie Dolch ausziehn?
CÆL. Wer vor mit Worten schreckt / ist selten keck und kühn.
JUN. Man hilft die fallenden nicht retten / sondern dämpfen.
ARCH. So wird für unser Stadt noch Stern und Himmel kämpfen.
Denn wenn der Welt ihr Aug' im Löwen nur wird stehn /
Wird unsers Feindes Glück auch wol den Krebsgang gehn /
Und Alexandria nicht wenig seyn gebessert /
Weil der geschwellte Nil als denn die Felder wässert;
Daß / wo itzt Saate wächst und fette Lämmer gehn /
Man sieht den kreischen Jäscht der toben Wellen stehn.
Dis zwingt den Keyser denn sein Läger aufzuheben /
Und wir bekommen Luft / bis uns die Götter geben
Ein Ende dieser Noth.
JUN. Wo man für diese Glutt
Nicht beßre Kühlung weiß / so ist der Rath nicht gutt.
Hat Alexander nicht das wüste Meer getämmet /
Thürm in die Flutt gelegt / der Wellen Zorn gehemmet?
Die See lied Schifbruch selbst / als sie das Heer verdrang /
Und dieser Blitz der Welt das stoltze Tyrus zwang.
Hat Cæsar nicht besiegt den Ocean der Britten /
Den tieffen Rhein bepfält / oft schwimmende gestritten /
Die Veneter gezähmt / die keines Pferdes Fuß
Kein Mast vorher betrat? des Ibers strengen Fluß
In fremdes Ufer bracht / dem Nilus Gräntzen funden;
Ja diese grosse Stadt selbst sieghafft überwunden?
Hat auch Agrippa nicht / der täglich seinen Witz
Auf unser Unheil schärfft / in Cumens Felsen Ritz'
Und Hafen eingesenckt? was lassen wir uns träumen:
Augustus werde nicht des Nilus Austritt zäumen /
Des Lägers Tämm' erhöhn / die Graben sencken ein;
Zumal die Römer ja zu Wasser Meister seyn?

358 den kreischen Jäscht: den brausenden Gischt; toben: tobenden.

ARCH. Perdiccas ward durch nichts / als durch den Nil gefället /
Als der erzürnte Strom die Wellen aufgeschwellet /
Ob ihm schon Attalus mit Schiffen dienstbar war.
JUN. Perdiccas und August sind kein vergleichlich Paar.
CÆL. Man gäbe dis auch nach: daß uns der Strom nicht rette;
Das Glücke / das itzt scheint / geht Morgen oft zu Bette.
Wir haben durch Geduld zum Vorteil so viel Zeit /
Die alle Wunden heilt. Wieviel das Purper-Kleid
Des Keysers Römisch Blutt der Bürger hat gesogen;
So viel hat er zu Rom auch Nattern auferzogen /
Die für dem Keyser zwar mit sanfter Zunge spieln;
Alleine durch sein Blutt wolln ihre Rache kühln.
Rom hat auf den Octav nicht minder Dolchen fertig /
Als auf den Julius. Man sey der Zeit gewärtig /
Ob sie uns stürtzen kan. Oft dreuen Wolcken viel /
Die leer von Keilen sind; Verhängnüs / Zeit und Nil
Kan alles kehren umb. Laßt übers Jahr uns sterben /
Wir können itzt nicht mehr / als künftig Ruhm erwerben /
Nur Morgen einen Hals wie heute bissen ein;
Weil Menschen nicht zweymal zu sterben fähig sein.
ARCH. Wenn Tacht und Oel entgeht den lodernd-hellen Flammen /
So zeucht der letzte Strahl die gantze Glutt zusammen;
Wenn sich der Sonne Rad senckt in die düstre See /
So sieht man: daß sie erst mit Blutte nieder geh;
Wenn Seele / Sinn und Geist aus Marck und Adern stertzen /
So fängt der Tod erst an zu kämpfen mit dem Hertzen;
So mag / wenn Stadt und Reich mehr keinen Athem hat /
Die Sonne dieses Reichs / das Hertze dieser Stadt
Der grosse Fürst Anton mit letzten Tugend-Strahlen
Der Freyheit einen Sarch / ihm sein Begräbnüs mahlen.

399 Tacht: Docht.

CAN. Wolln wir uns in die Stadt wie Weiber schluͤssen ein /
Wird unser Untergang stracks fuͤr der Thuͤre sein.
So Buͤrger als Soldat wird Hertz' und Muth verlieren /
Die Traͤgheit viel in Furcht / die Furcht zum Meineyd fuͤhren /
Der schlaue Keyser uns durch Hunger reiben auf /
Verschuͤtten Thor und Pfort.
ANTON. Man lasse nur den Lauf
Den Waffen und der Zeit. August ist unerbittlich /
Und also saͤet der ins Meer / der etwas guͤttlich
Bey ihm zu finden hofft. Wil er doch nicht gestehn:
Daß ich verbleiben mag ein Buͤrger zu Athen.
So muß man in der Stadt auch nicht als Todte wohnen.
Ihr Helden werdet nicht des frechen Feindes schonen.
Beweißt: daß euch die Noth / wie Feuer Gold bewehrt.
Sinn't auf Erfindung auch / wie Heer und Volck erfaͤhrt:
Rom habe selber sich aufs Keysers Hals verschworen /
Phraates schick' uns Volck / und Juba seine Mohren /
Es hab' halb Africa den Harnisch angelegt /
Der stoltze Rhein den Schaum fuͤr unser Heil bewegt.
Stracks bringe Cælius die Kriegs-Flott in die Waffen /
Canidius das Heer. Wir wolln nicht laͤnger schlaffen /
Nicht einsam mehr der Schlacht vom Pharos schauen zu:
Nein / an die Spitz uns stelln / und uns durch Sieg in Ruh
Versetzen / oder doch nicht ungerochen sterben /
Und mir ein Ehren-Fahn aus meinen Blutte faͤrben.
CAN. Ich lobe diesen Schluß. Ich wil den Feind falln an /
Und fechten / weil ich nur noch Athem holen kan.
Ich aber und kein Mensch kan nicht geschehen lassen /
Wo wir's gemeine Heil nicht euserst wollen hassen:
Daß unser Haupt / Anton / sich selbst stuͤrtz in Gefahr.
CÆL. Sol's ja geschlagen seyn / sind unsre Armen dar.

434 weil: solange.

ANTON. Ein Heer ist halb beseelt / das nicht der Fürst selbst führet.
JUN. Ein Heer vollkommen todt / wenn es sein Haupt verlieret.
ANTON. Ich wil / wo ihr vergeht / mit euch begraben seyn.
CAN. Anton hat mehrmals Sieg durch uns geerndtet ein.
Was hat nicht Sossius in Syrien verrichtet?
Hat nicht Ventidius der Parthen Macht vernichtet /
Durch deiner Waffen Glück / und meine treue Hand /
Zwangstu Albanien und der Iberer Land /
Drangst bis zum Cyrus fort / in's Caucasus Gefilde.
ANTYL. Ich wil zu Felde ziehn. Denn Söhne sollen Schilde
Bejahrter Väter seyn.
CÆS. Und meine treue Brust
Der werthen Mutter Schirm.
ANTON. Wenn eines Reichs Verlust
Schon auf der Spitze steht / so muß ein Fürst selbst kämpfen.
ASID. So wird die Furcht für ihn stets unsern Eyfer dämpfen.
ARCH. Cleopatra wird selbst verzweifelnde vergehn.
ANTON. Es ist der letzte Sturm / den ich hab' auszustehn.
CAN. Es lasse sich der Fürst durch unsre Thränen beugen.
ANTON. So machts: daß Zeit und Sieg von euren Thaten zeugen.

ANTONIUS. CLEOPATRA. CÆSARION.

Ein Hauptmann.

CLEO. Mein Fürst! mein Haupt! mein Hertz!
ANTON. Mein Schatz! mein süsses Licht!
Wie! daß das Thränen-Saltz aus ihren Augen bricht?
Wie / das sich Hertz und Brust mit holen Seufzern kühlen?
Wie / daß die Brüste so mit kurtzem Athem spielen?
Was wird durch diese Wolck' uns für ein Blitz gebracht?

CLEO. Mein Trost / mein Auffenthalt / als nach durchküster Nacht
Die Sonn' aus Thetis Bett' / ich aus des Fürsten Armen
Die satten Glider hob / fiel ich / umb das Erbarmen
Der Götter über uns zu suchen / fürs Altar /
Wo man dem Apis reicht die heil'gen Opffer dar.
Der / ob er gleich vom Blitz ward wunderlich gezeuget /
Und weil er feurig scheint / zu Flammen ist geneiget /
Durch seinen Athem bließ den Brand des Weyrauchs aus;
Umb uns zu deuten an: das unser Reich in Grauß
Und Asche solte falln; die neun und zwantzig Zeichen /
Wormit dis heil'ge Thier dem Monden pflegt zu gleichen /
Verschwanden sichtbarlich. Was sonst an ihm ist weiß /
Schien schwartz; das schwartze Schnee. Sein Leib trof voller Schweiß.
Ich reicht' andåchtig ihm Egyptens beste Früchte;
Sein Maul verschmehte mich / sein Fuß trat sie zu nichte.
Mir brach der Angst-Schweis aus; aus seinen Augen fiell'n
Die milden Thrånen ihm; bis er nach grausem Brülln
Sich selbst in Priester-Brunn so blind als rasend stürtzte.
ANTON. Vielleicht / weil jener Arm nicht's Leben ihn verkürtzte
Nach des Gesetzes Heisch.
CLEO. Es war noch nicht ein Jahr /
Daß er vom Ochsen erst zum Gotte worden war /
Und des Osiris Seel' in seine Haut gefahren.
ANTON. So laßt kein Opfer uns für andre Götter sparen;
Serapis werd' hinfort verehret Tag und Nacht /
Den Ptolome hieher von Sinope gebracht;
Und seines Stammes Fall Gottsfürchtig hat vermieden.
CÆS. Ich bin noch trauriger von diesem weg geschieden.
Denn sein dreyköpficht Bild / das / wenn die Sonn aufgeht /
Sie auf die Lippen küßt / das von sich selbst aufsteht;
Und schwebend in der Luft sich nåhert frommen Hertzen;
Wiech hinter sich für mir / und bließ die heil'gen Kertzen /

Die ich von ew'ger Glutt des grossen Mycerin
Hatt' angezündet / aus. Mit einem Wortt': es schien
Serapis mir zu sein ein Hund / ein Wolf / ein Löwe /
Der Bieß / Zerfleischung / Tod und Untergang uns dreue.
ANTON. Es ist der Götter Arth / durch Blitz und Donner-Knall
Die sichern zu bekehrn.
CLEO. Ach leider! Knall und Fall
Schwebt über Hals und Kopf jedwedem / dem's Verhängnüs
Mit solchen Zeichen dreut. Das schreckliche Bedrängnüs
Der Römer / unsre Noth / die der Verlust der Schlacht
Uns hat der Götter Zorn bey Actium gebracht /
Ward uns nichts minder kund durch solche Wunder-Zeichen /
Wir sahen hochbestürtzt Egyptens Götter weichen.
Die Schwalben nisteten aufs Haupt-Schif und Gezelt /
Und unser beider Bild ward zu Athen erschellt
Vom Blitze; Milch und Blutt sah man aus Wachse flüssen.
ANTON. Aus ieder Eitelkeit läßt sich leicht etwas schlüssen
Wenn schon der Ausschlag klar.
CÆS. Wo alles stimmet ein /
Kan's Urtheil nicht gantz falsch / das Zeichen eitel sein.
Denn alle Götter sind bemüht uns zu vertilgen /
Osirens dreyfach Bild ließ seine güld'ne Lilgen
Von seinem Haupte fall'n. Der ewig helle Brand
Lasch in den Händen aus. Das Bild der Isis stand
Bestürtzt / wie da Osir vom Typhon ward zerrissen;
So daß zur Unzeit auch die Hohen-Prister liessen
Das grosse Trauren aus. Es deckt' ein schwartzes Tuch
Den güldnen Ochsen zu. Man streute Schmach und Fluch
Auf Typhons Esels-Bild / und stürtzt' es von den Zinnen
Des Tempels in das Meer.
ANTON. Ach! wolte Gott! die Sinnen

506 erschellt: zerschellt.

Des Leibes tödteten nicht Muth und Rath in dir!
Denn Typhon ist das Fleisch / und die Vernunft Osir;
Was Viehisch in uns ist / ermordet Seel' und Leben!
Welch Isis aber kan uns beides wieder geben /
Wenn du / O Isis! Hertz und Hofnung bissest ein?
Und welch Anubis wird mehr mein Beschirmer sein;
Wenn Alexandria für Kleinmuth wil verzagen?
CÆS. Wer kan solch schrecklich Ding ihm aus den Sinnen schlagen?
Wer keinen Menschen scheut / der bebt doch / wenn GOtt schlägt /
Wann Luft und Himmel blitzt / der Abgrund selbst sich regt.
Auch ich sah auf der Burg der todten Geister irren /
Den Crocodil bethränt / die heil'gen Schlangen girren /
Als ein gantz frembder Drach in Isis Tempel kam /
Und zwischen Dampf und Rauch mit zischen Abschied nam.
Der hochgeweih'te Fisch verlohr die Silber-Schopffen /
Die nie bewölckte Luft / aus der kein Wasser-Tropffen
Nie raan / zerfloß in Blutt. Es kam kein süsser Thon
Aus Memnons Marmel-Seul' / ob Titans Fackel schon
Auf dieses Wunder-Bild die glüend-heissen Strahlen
Mit tausend Funcken warff. Die rundgeperlten Schalen
Wormit die Pristerschaft den durch unschuldig Blutt
Entweihten Nil versöhnt / zersprangen in der Flutt /
Als der sonst sanfte Fluß mit ungeheurem schäumen
An dem durchbohrten Rand und ausgeriß'nen Bäumen
Den grausen Zorn ausliß / Uns aber sagte wahr:
Egyptens Untergang / und Ende sey nun dar.
ANTON. Laßt uns versöhnen Gott bey solchen Dräuungs-Wettern.
CLEO. Die Opffer werden ja verschmäht von unsern Göttern.

535 Schopffen: Schuppen.

ANTON. Die Andacht ist ein Blitz / der durch die Wolcken bricht.
CLEO. Ach! das Verhängnüß beugt sich durch die Andacht nicht.
ANTON. Die Götter wollen mehr als einmal sein gebethen.
CLEO. Gott hört den nicht / den er wil in den Abgrund treten.
ANTON. Furcht kehr't ein zitternd Laub in einen Donnerschlag.
CLEO. Ach! daß bey solchem Sturm er ichtwas hoffen mag!
ANTON. Der Himmel / der uns oft erlößt hat / heist's uns hoffen.
CLEO. Wer offtmals wird gefehlt / wird endlich doch getroffen.
ANTON. Gott heilet Angst durch Angst wie Aertzte Gifft durch Gifft.
CLEO. Ach! daß der lichte Blitz denn nur die Cedern trift!
ANTON. Es treffe Fall und Blitz den Gipffel unser Ehren;
Nichts wird den edlen Kern der Tugend uns versehren.
Der Muth erwarb den Thron; der Zufall raff ihn weg!
Es brennt das Ungelück uns keinen Ehren-Fleck.
Gedult und Hoffnung ist die Salbe dieses Brandes.
Mein Schatz Sie nehm' in acht die Würden ihres Standes /
Und faß im tiefstem Fall ihr diesen Muth in Sinn:
Sie sterb Egyptenlands gebohrne Königin.
So steh't und fällt Anton. Oft zeucht das Ungelücke
Das schon gezückte Beil von Hals und Kopff zurücke /
Wenn es die Tugend siht mit starren Augen an:
Daß sie mehr / als sie drückt / behertzt erdulden kan.

ANTYLLUS. ANTONIUS. CLEOPATRA. CÆSARION.
SERTORIUS. ARCHIBIUS.

ANTYL. Es geht ein Stern uns auf auf's euserst' uns zu retten.
CLEO. Das Unglück fesselt uns ja rings ümbher mit Ketten /
Und das Verhängnüs lescht so gar der Hofnung Licht
Mit schwartzen Finger aus.
ANTYL. Wenn Rath und Macht gebricht /

So nähert uns sich GOtt mit seiner fernen Hülffe /
Der oft Geschooß aus Rohr und Brücken macht aus Schilffe /
Ja in der andern Welt uns Hauß und Hafen schaft.
ANTON. Sag's / lieber Sohn / wer hat zu helffen Sinn und Kraft.
ANTYL. Ich hatte diesen Tag den Hafen zu bewahren;
An dessen lincken Mund ein Jagt-Schif kam gefahren /
Bey erster Dämmerung. So bald er ward ersehn
Ließ er für's Röm'sche Fahn Egyptens Flacke wehn.
Bey seiner Ankunft bath ein Ritter ihn zu hören /
Der uns zu unserm Heil ein Mittel wolte lehren.
Ich hab' ins Vorgemach ihn selbst hieher gestellt;
Weil er sein Werck geheim / eilfert- und wichtig hält.
ANTON. Wir wollen ihn zu hörn die minste Zeit verlieren.
Antyllus mag ihn selbst in dieses Zimmer führen.
Cleopatra gönn' ihm nur neben mir ihr Ohr.
SER. Mein Nahme / grosser Fürst / und Fürstin / ist Sertor.
Ich komm' aus Spanien / wo diese / die Rom hassen /
Mich zum Gedächtnüsse so haben nennen lassen /
Und den Sertor noch itzt als einen halben Gott
Und ihren Schutz-Geist ehrn. Es hat zwar seine Noth
Hesperien / doch auch zugleiche dis erfahren /
Die Seele des Sertor sey in Anton gefahren.
Augustens Grausamkeit thut allen Völckern weh /
Die dort der Durius und der Cantabrer See
Bis an Iber umbströmt. Numantia erhärttet:
Daß sich mit uns durchaus kein Römisch Joch gefärttet.
Weil wir nun lieber Asch' / als ohne Freyheit sind;
Rom aber aller Welt zur Knechtschafft Netze spinnt /
Hat halb Iberien die Waffen schon ergriffen /
Und wider diesen Wolf so Zorn als Stahl geschliffen.
Der Gallus steht in Noth den Tagus zu verwahrn.
Für unsern Schiffen darf kein Römisch Segel fahrn

Umb's heil'ge Vorgebuͤrg'. Und die hertzhafften Schwaben /
Die manchen Streich bereit versetzt den Roͤmern haben /
Verbinden sich mit uns / und stehn den Trierern bey;
Muͤhn sich gantz Gallien zu machen franck und frey /
Egypten-Lande Luft. Wo aber dis zu retten
Hier mehr kein Mittel ist; so wart' Anton der Ketten
Des Keysers noch nicht ab. Hesperien sagt zu
Fuͤr's Kriegs-Haupt ihn zu ehrn / und bey erlangter Ruh
Fuͤr seinen Vater ihn und Koͤnig anzunehmen /
Der Himmel scheint sich selbst dem Wunsche zu bekwaͤmen /
Den dir mein Vaterland durch mich eroͤfnen laͤßt.
Denn diesen Mittag hat ein ungestimmer West
Die Flotte / welche ward versammlet von Agrippen /
Zerstreut / verjagt / ja theils zerschmettert auf den Klippen.
Man brauche Gluͤck und Wind / mit wenig Schiffen kan
Anton in Spanien gantz sicher lenden an!
Wo dir dein Gluͤcke mehr wird als am Nil bekleiben;
Hier sind Hesperiens an dich gestellte Schreiben /
Die dis mein Wort bewehrn. Es ist nur Thorheit / stehn /
Wo das Verhaͤngnuͤs uns heißt andrer Wege gehn.
ANTON. Ich bin Hesperien und dir sehr hoch verbunden /
Schmertzt euch mein Ungluͤcks-Stand; so fuͤhl' ich eure Wunden.
Ich nehme danckbar an / was mir Sertor bringt bey;
Wir wolln nur wenig Zeit / was zu entschluͤssen sey /
Erwegen / und mein Freund / aufrichtig dir entdecken.
CLEO. Was wird der Himmel noch fuͤr Schwantz-Gestirne hecken /
Die Zeit fuͤr Gluͤck' auf uns?
ANTON. Sie dencke diese Nacht /
Mein Augen-Trost / dem nach / was uns wird angebracht.

623 bekleiben: gedeihen.
632 Schwantz-Gestirne: Kometen.

ARCH. Mein Fuͤrst!
CLEO. Ach Gott!
ANTON. Was ist's?
ARCH. August sucht fuͤr Gesandten
Geleits-Brief' und Verhoͤr.
ANTON. Mein Hauptmann der Trabanten
Empfange die er schickt. Gib du / was er begehrt.
Die Botschafft werd' aufs Schloß mit hoͤchster Pracht gewehrt.
Rufft den geheimen Rath in innern Saal zusammen.

Der Schauplatz bildet ab den geheimen Verhoͤr-Saal.

PROCULEJUS. ANTONIUS. JUNIUS. CANIDIUS. CÆLIUS.

PROC. Die Nachwelt / grosser Held / wird ewig uns verdammen:
Daß das so grosse Rom / daß nie kein Feind verletzt /
Ihm selbst die Kling' an Hals / den Dolch an's Hertze saͤtzt.
Verzagte Porsena fuͤr eines Roͤmers Tugend /
Erlag der Spartacus durch die behertzte Jugend /
Fiel Hannibals Gewalt durch unsrer Eltern Arm /
Darumb: daß Rom ihm selbst den Dolch stoß in den Darm?
Das Capitol ward nie von Galliern bestritten;
Juͤngst hat's vom Sylla selbst den Schiffbruch erst erlitten /
Wer zweifelt / daß ein Kind die Mutter selber frist;
Der Schau des Marius / deß Cinna boͤse List
Und wildes wuͤtten an. Den grimmen Catilinen
Muß warmes Menschen-Blutt fuͤr Wein von Chios dienen /
Das die verfluchte Schaar zu staͤrcken ihren Band
Zu stuͤrtzen in den Grund ihr guͤldnes Vaterland
Aus Berg-Kristallen trinckt. Es bleib' anitzt vergessen:
Was des Pompejus Brand fuͤr Roͤmer hat gefraͤssen;
Wie viel der juͤngste Krieg hat Buͤrger-Blutt verzehrt /
Seit dem Antonius das rach-begier'ge Schwerdt

Auf den August gezück't. Und / ob die Freundschafts-Wunden
Zwar minder / als ein Glas / stets haben Pflaster funden;
So trägt ihm doch August Vertrag und Frieden an.
Weil Er diß blutt'ge Spiel nicht ferner schauen kan.
ANTON. Der Himmel geb es nach! ihr Götter last's geschehen!
Daß Rom sich ohne Blutt / Uns ohne Zanck mag sehen!
Daß einmal dem August der Völcker herbes Weh /
Das Blutt-Bad unsrer Stadt einst recht zu Hertzen geh;
Daß der deß Reiches Fall / der Länder Brand erwege
An Eyd und Bündnüs denck. Octavianus lege
Die Schuld ja nun auf mich! es weiß es Gott und Welt:
Daß Rom nicht vom Anton / nein / durch den Keyser fällt.
Wieviel hat Lepidus ihm nicht mit Glimpf enthangen?
Mein Brief hat Stahl und Blutt zur Antworts-Schrifft empfangen /
Wie / daß man / eh' ich todt / mein Testament erbricht?
Jedoch / die Unschuld darf der Nebel-Kappen nicht.
Augustus hat den Stahl auf unsre Brust geschliffen /
Eh ich für unser Heil Papier und Tint' ergriffen;
Man hat das Völcker-Recht vergässen gegen mich /
Den Krieg nicht angesagt / bis daß ich Schwerd und Strich
Auf meiner Haut empfand. Doch weil ich ihn von Hertzen
Lieb hatte / zwang ich mich dis Unrecht zuverschmertzen.
Ich liefert' ohne Geld ihm alle Rathsherrn aus /
Die iemals sich verschworn auf Cæsarn und sein Hauß /
Für andern den Turull auch bey den Krieges-Zeiten.
Mein Sohn Antyllus zoch mit grossen Kostbarkeiten /
Nach dem zum zweytenmal ihn meine Bottschaft nicht
Zu miltern mächtig war / zum Keyser / ihm ein Licht

671 enthangen: gestattet.

Von meiner Redligkeit und Freundschafft anzuzuͤnden;
Der zwar sein Gold / nicht ihm Verhoͤr und Gunst ließ finden.
Er rieth Cleopatren zu toͤdten mich durch Gift.
Hier zeugt's des Thyrsus Hand / des Keysers eigne Schrifft.
Allein ich wil's verdeu'n / und mehrers noch verschweigen /
Ja mich vergeßlicher / als eine Heydechs zeigen
Umb nicht die Ruh zu stoͤrn. Man nimmt mit beider Hand
Den Friedens-Vorschlag an. Schlag uns fuͤr diesen Brand
Ein dienlich Mittel vor.
PROC. Diß wird August euch goͤnnen:
Wie aber wird der Artzt sie angewehren koͤnnen /
In dem der Krancke nichts von Kranckheit wissen wil?
ANTON. Mit was beleidigen wir euer Ohr zu viel?
PROC. Mit dem: daß Cæsar sol des Krieges Uhrsprung heissen.
ANTON. Bleicht / wascht den braunen Mohr / er wird nicht schoͤner gleissen.
PROC. Anton zwang selber uns so Krieg als Noth-Wehr ab.
ANTON. Erzaͤhlt / mit was er euch so hefftig Uhrsach gab.
PROC. Anton ließ / die August begnadigt hatt' / ermorden.
ANTON. Nicht einen / der nicht ihm durch Laster schuldig worden.
PROC. Welch Laster hat Anton auf den Pompejus bracht?
ANTON. Diß: daß mich Sextus selbst zu stuͤrtzen war bedacht.
PROC. Man ließ den Argwohn ihm nicht Zeit zuwiederlegen.
ANTON. Man muß kein Bluttgericht auf hohe Haͤupter hegen.
PROC. Der Roͤm'sche Raths-Herr starb am Strange / wie ein Knecht.
ANTON. Verraͤtherey nimt weg Stand / Wuͤrden / und Geschlecht.
PROC. Man muß nicht auf Verdacht bald Schwerdt und Mord-Beil wetzen.
ANTON. Warum ließ mir August denn Ehren-Seulen saͤtzen.

696 angewehren: anbringen, anwenden.

PROC. Anton nam mehr / als ihm die Theilung zu ließ / ein.
ANTON. Entdeckt es / wo wir ie zu weit gegangen sein.
PROC. Anton hat ja fuͤr sich Egypten eingenommen.
ANTON. Wenn ist Egyptenland auf Cæsars Drittel kommen?
PROC. Anton bekam es auch so wenig durch das Looß.
ANTON. Mich macht Cleopatra durch ihren Braut-Schatz groß.
PROC. Cleopatra verschaͤnckt / was Roͤmisch ist / nit ruͤhmlich.
ANTON. Ist denn die gantze Welt der Roͤmer eigenthuͤmlich?
PROC. Wie weit der Waffen Recht sie ihnen dienstbar macht.
ANTON. Wer hat Canopus Reich ins Roͤmsche Joch gebracht?
PROC. Egyptens gantzes Reich fiel fuͤr dem Cæsar nieder.
ANTON. Wie Cæsar es gewaan / verlohr es Cæsar wieder.
PROC. Was nam Anton nicht Rom?
ANTON. Was zwickt' ich ihm groß ab?
PROC. Was er Cleopatren und ihren Kindern gab.
ANTON. Was war es?
PROC. Syrien / Cilicien / Cyrene
Bekam die Mutter ja / und ihre beyden Soͤhne
Arab-Armenien / der Med- und Parther Land.
ANTON. Dis allzumal gewaan den Feinden meine Hand
Durch's Recht der Waffen ab.
PROC. Doch mit der Roͤmer Degen.
ANTON. Mit der Egypter Huͤlff und meines Schutz-Gotts Segen.
PROC. Fuͤhrt er denn Krieg fuͤr sich / nicht aber fuͤr die Stadt?
ANTON. Sagt: was nicht auch August fuͤr sich behalten hat?
PROC. Er macht dem Weibe nichts / den Kindern nichts nicht eigen.
ANTON. Er sucht ihr's Reich / ja gar den Himmel zuzuneigen.
PROC. Du zohst Cleopatren Rom unser Goͤttin fuͤr.
ANTON. Was machte Julius nicht laͤngst vorher aus ihr?
PROC. Wie mag ein solcher Held sein Fall-Brett so sehr lieben?
ANTON. Mein Gluͤck ist / wie ihr Ruhm / in's Sternen-Buch geschrieben.

PROC. Ja hette nicht ihr Geist gesegelt allzu hoch.
ANTON. Es wall't in ihr das Blutt der Ptolomeer noch.
PROC. Kein Ptolome saan ie Rom dienstbar ihm zu machen.
ANTON. Auch sie nicht. Jedes Kind wird dieses Vorwand's lachen.
PROC. Es gab's sein Testament / ihr Tittel an den Tag.
ANTON. Sie geben's / wenn man sie nicht redlich deuten mag.
PROC. Anton hat ihr zu lieb Octavien verachtet.
ANT. Weil man uns nach dem Kopff hat durch dis Weib getrachtet.
PROC. Blutt-Freundschaft / Schwaͤgerschaft traͤgt die nicht beßre Fruͤcht?
ANTON. Die Stadt-sucht Tulliens kennt Blutt und Vater nicht.
PROC. Gantz Rom strafft: daß er hat Cleopatren erwaͤhlet.
ANTON. Die Welt: daß Nerons Weib ihm schwanger ward vermaͤhlet.
PROC. August hat euch kein Leid durch Livien gethan.
ANTON. So gieng Cleopatra den Keyser auch nicht an.
PROC. Viel! denn es must ihr ja des Keysers Schwester weichen.
ANTON. Anton verstieß sie nur nach Roͤmischen Gebraͤuchen.
PROC. Wer hat ein Roͤmisch Weib ie Mohren nachgesaͤtzt?
ANTON. Mit wieviel frembden hat sich Cæsar nicht ergaͤtzt?
PROC. Ergaͤtzt / alleine sie des Ehstands nie gewehret.
ANTON. August hat selbst zur Eh ein Getisch Weib begehret.
PROC. Wenn hieng August so sehr der Barbarn Liebe nach?
ANTON. Als er auch Julien dem Cotison versprach.
PROC. Es war ein Vorschlag nur / der nie zu Kraͤfften kommen.
ANTON. Hat frembde Goͤtter doch Rom in sein Schloß genommen.
PROC. Aus Bett und Heiligthum verstossen keine nicht.
ANT. August brach Clodien die ihr geschworne Pflicht.

750 Stadt-sucht: Staatssucht, Ehrgeiz.

PROC. Weil ihre Mutter ihn zu Lastern wolte treiben.
ANTON. Wie daß Scribonie nicht länger dorfte bleiben?
PROC. Ihr wiederspenstig Kopf rieß beyder Eh entzwey.
ANTON. Nein Liviens Gestalt / die er ihm legte bey.
PROC. Warum hat denn Anton Cleopatren erwehlet?
ANTON. Sie war mir eher / als Octavie vermählet.
PROC. Er wiedersprach ja selbst: daß er wär ihr Gemahl.
ANTON. Was ficht man viel für die / die billigt meine Wahl?
PROC. Mit was entschuldigt man denn Artabazes Ketten?
ANTON. Mit dem: daß man den Wurm / der stechen wil /muß tretten.
PROC. Hat Artabazes doch kein Schwerd niemals gerührt.
ANTON. Ein Kluger sieht vorher / was man im Schilde führt.
PROC. Verdacht befleckt oft den / der wenig böses dencket.
ANTON. Hat Artabazes nicht so Rom als mich gekräncket.
PROC. Was war die Ubelthat / damit er so verstieß?
ANTON. Daß er in Parthen uns alleine baden ließ.
PROC. Muß man denn Könige bald in die Fässel schlagen?
ANTON. Jugurtha muste Stahl; den ließ man Silber tragen.
PROC. Durch andrer Fehler wird der eigne nicht verblümt.
ANTON. Was ists denn / das ihr so an dem Augustus rühmt?
PROC. Was ist es / daß man kan an dem Augustus schälten?
ANTON. Daß Bundgenoß und Freund bey ihm zu wenig gälten.
PROC. Wenn hat Augustus nicht das Bündnüß steif erfüll't?
ANTON. Als er des Lepidus sein Theil für sich behielt.
PROC. Wer Sieg und Weinberg pflantzt / dem kommt auch Beuth und Trauben.
ANTON. Augustus solt' ihn gar der Würde nicht berauben.
PROC. Er gieng mit dem Pompei ein heimlich Bündnüß ein.
ANTON. Mit Fug / dieweil er solt' Augustens Sklave sein.
PROC. Ein Sklave der Natur muß aller Sklave bleiben.
ANTON. Man muß durch diesen Keil nur nicht auch and're treiben.
PROC. August hielt den Anton in allem werth und lieb.
ANTON. Nicht / als er Sextus Heer zu seinen Fahnen schrieb.

PROC. Daß er mit ihnen Reich und Stadt beschützen wolte.
ANTON. Daß Rom und Welschland ihm alleine dienen solte.
PROC. Genung! Augustus nimmt hier keinen Richter an.
ANTON. Wie / daß man dis / was recht / so sparsam hören kan?
PROC. Man hör't Besigte nicht / den Sieger muß man hören.
ANTON. Mein Stand mag den August / was Glück und Glas sey lehren.
PROC. Ein Sieger gibt Gesätz'. Euch kommt das Bitten zu.
ANTON. Was schlägt August denn für zum Mittel neuer Ruh'?
PROC. Augustus wil durch mich der Welt und Nachwelt weisen:
Daß er auf diesen Tag verdamme Stahl und Eisen /
Daß er deß Reiches Heil / die Wolfahrt des Anton /
Die Freiheit der Stadt Rom / nicht den vergälten Thron /
Nicht schwerer Zepter Gold nebst aller Menschen Fluche
Nach der besigten Welt durch seine Waffen suche.
Er legt den Augenblick die grünen Palmen hin /
Zeucht Tartsch und Harnisch auß / wo nur Anton auch Sinn
Auf Ruh und Freundschafft träg't. Es mag Anton behalten /
Wie viel das Bündnüß ihm verlihe zu verwalten /
Es bleib' ihm Sirien und Colchos unterthan /
Es steck' Arabien ihm süssen Weyrauch an /
Es mögen Grich' und Pont / gantz Asien ihn ehren:
Es wolle nur Anton auch in der That itzt lehren:
Daß sein Gemütte nicht zu sehr Egyptisch sei.
ANTON. Augustus macht hierdurch sich alles Argwohns frei /
Pflantzt statt des Neides Gunst in aller Bürger Seelen.
Die Welt und Nachwelt wird ihm Stein und Ertzt außhölen /
Sein Bildnüs in Porphir / in Alabaster haun /
Aus Gold und Marmel ihm Gedächtnüß-Seulen baun /

Rom wird Augustens Schwell und Cæsars Schatten küssen /
Wenn er das Friden-Thor des Janus auff wird schlüssen;
Der Parthe wird ihm sein gutwillig unterthan /
Rom alle Julier in Tempeln beten an.
Anton wird / was August und Rom haß't / ewig hassen.
Was aber sol er denn Egyptisches verlassen?
PROC. Egyptens gantzes Reich dem Keyser räumen ein /
Octaviens Gemahl / ein Freund des Keysers sein /
Den König Artabaz auf freie Füsse stellen.
ANTON. Ha! könt Octavius ein stränger Urtheil fällen?
PROC. Ist umb Egypten denn ihm alle Wolfahrt feil?
ANTON. Warumb begehr't August dis weit-entlegne Theil?
PROC. Weil dem die Wahl gehör't / den Sieg und Palmen kräntzen.
ANTON. Er nähm' ihm Länder hin / die ihm bekwämer gräntzen.
PROC. Der Nilus eben gräntzt dem Keyser gar bekwäm.
ANTON. Man läßt; daß er dafür gantz Griechenland ihm nähm.
PROC. Gantz Grichenland ist nicht Egypten zu vergleichen.
ANTON. So mag gantz Asien für ihm die Segel streichen.
PROC. Egypten träget mehr als Asien uns ein.
ANTON. Ihm mag der Araber mit Golde zinsbar sein.
PROC. Der Ost-Welt Korn-Haus bring't mehr / als viel Gold-Bergwercke.
ANTON. Wir leiden: daß der Sir' auch seine Macht verstärcke.
PROC. Es dien't auch Sirien für den Augustus nicht.
ANTON. So nähm't mein Drittel hin / und läg't es auf's Gewicht.
PROC. Ein Theil des Jupiters wigt mehr / als zwey der Brüder.
ANTON. Sie legten Zanck und Zwist durch Looß und Glücks-Topf nider.
PROC. Des Kriges Glücks-Topff hat die Theilung hier gemacht.
ANTON. Neptun und Pluto war aufs Kriegs-Looß nicht bedacht.

PROC. Schild / Helm und Harnisch ist der Fürsten Wageschale.
ANTON. Was man auf Stahl gesätzt / verrostert mit dem Stahle.
PROC. Warumb klebt dem Anton Egypten so sehr an?
ANTON. Weil er Cleopatren nichts nicht vergeben kan.
PROC. Er sorgt für die / die er doch selbst muß übergeben.
ANTON. Anton kan nimmermehr von ihr gesondert leben!
PROC. Octavie gibt nichts Cleopatren zuvor.
ANTON. Cleopatra besitzt / was jene längst verlohr.
PROC. Was kan dem Römer an der Mohrin viel gefallen?
ANTON. Rubin deckt ihren Mund.
PROC. Octaviens Korallen.
ANTON. Die Glider sind aus Schnee;
PROC. Dort gar auß Helffenbein.
ANTON. Die Brüst' auß Alabast;
PROC. Und dort auß Marmel-Stein.
ANTON. Ihr Sternen des Gesichts!
PROC. Dort sind die Augen Sonnen.
ANTON. Hier hat die Hold den Sitz;
PROC. Und dort den Thron gewonnen.
ANTON. Hier strahlt der Tugend Blitz auch durch die düstre Welt;
PROC. Ach! daß man schimmernd Glas für Gold und Perlen hält.
Daß der gewölckte Schaum gefärbter Regenbogen
Dem Schnecken-Blutte wird deß Purpers fürgezogen!
Er fleucht dis / was ihm nützt / küßt die ihm schädlich sind /
Und schlägt sein letztes Heil mit's Keysers Heisch in Wind.
ANTON. Es sol euch Artabaz noch heute sein gewehret.
Dis aber / was August an dieses Reich begehret /
Daß ich Cleopatren sol treuloß lassen stehn /
Schein't ein unmöglich Werck und schimpflich einzugehn.

Jedoch sol diesen Tag noch Proculejus wissen /
Was Zeit und Rath und Recht uns endlich heiß't entschluͤssen.
PROC. Sehr wol! allein' erweg't: daß einer Frauen Hold
Nur schlipffrig Zucker sei / der Zepter aber Gold.

M. ANTONIUS. ANTYLLUS. JUNIUS. CANIDIUS. ASIDIUS. CÆLIUS.

ANTON. Wir schweben leider! itzt recht zwischen Thuͤr' und Angel.
Wo sind wir hingebracht? O Jammer-reicher Mangel!
Da der / der vielen rieth / ihm nicht zu rathen weiß.
Deß Keysers sanfte Bahn ist spiegel-glattes Eiß /
Da auch ein Ancker nicht kan ohne gleiten stehen.
Was raths? Eh' oder Thron muß braͤchen und vergehen.
JUN. Der Schwefel-lichte Blitz versehr't / was nach-gibt / nicht /
Laͤß't weiche Pappeln stehn / wenn er den Stahl zerbricht /
Der Eichen Kern erschellt / schlaͤgt auß den Klippen Splitter:
Also zermalmt das Gluͤck auch steinerne Gemuͤtter /
Wenn es ein waͤchsern Hertz unangefochten laͤß't;
Man segelt auf der See nach dem der Wind uns blaͤß't;
Warumb laͤßt man nicht auch die Segel steiffer Sinnen
Bei'm Ungluͤcks-Sturme fall'n? Anton hat zu gewinnen
Ruhm / Ehre / Freundschafft / Thron / wo er sich selbst gewinn't.
ANTON. Und alles knechtisch thut / was Cæsar an ihn sinn't?
CAN. Es ist kein knechtisch Werck sich selber uͤberwinden.
ANTON. Wer wuͤrde sattsam Fluch fuͤr unsre Mißtreu finden?
CÆL. Man hat im lieben oft zu endern Fug und Recht.
ANTON. So schaͤtzt ihr Ehr' und Treu und Eydschwur so gar schlecht?

902 Ehr': Die Erstfassung hat: Eh'.

JUN. Wo die zu brechen sind / gescheh's des herschens halben.
ANTON. Wie wuͤrde dieser Fleck nicht unsern Ruhm besalben?
CAN. Mehr / wenn er Stul und Reich fuͤr Weib und Spindel gibt.
ANTON. Wie sehr hat Hercules nicht Omphalen gelibt?
CÆL. Er hat umb Omphalen kein Koͤnigreich vergeben.
ANTON. Es ist Cleopatra viel hoͤher zu erheben.
JUN. Das schoͤnste Weib der Welt ist keines Zepters wehrt.
ANTON. Wie sehr hat Julius Cleopatren begehrt?
CAN. Zur Lust / sie aber nie ins Eh-bett' aufgenommen.
ANTON. Weil seiner Heyrath Mord und Aufruhr vor sind kommen.
CÆL. Rom glaubt: sie sey gewest nur Cæsars Kurtzweil-spiel.
ANTON. Er hat sie seiner Eh' versichert oft und viel.
JUN. Wer oft am meisten schreibt / gedaͤncket oft das minste.
ANTON. Was hatte Cæsar Noth zu brauchen falsche Duͤnste?
CAN. Man mahlt Verschmaͤhten oft geschminckte Farben fuͤr.
ANTON. Was habt ihr? daß der Neid auch tadeln kan an ihr.
CAN. Anton / das minste nicht. Die holden Wangen lachen /
Auf denen Schnee und Glutt zusammen Hochzeit machen /
Ihr Himmlisch Antlitz ist ein Paradiß der Lust /
Der Adern blauer Tuͤrcks durchflicht die zarte Brust /
Zinober quillt aus Milch / Blutt aus den Marmel-Ballen.
Der Augen schwartze Nacht laͤßt tausend Blitze fallen /
Die kein behertzter Geist nicht ohne Brand empfind't.
Ihr suͤsser Athem ist ein ein-gebiesamt Wind.
Es kan der Schnecke nichts auf Zung' und Muschel rinnen /
Das den Rubinen wird die Lippen abgewinnen.
Ihr wellicht Har entfaͤrbt der Morgen-Roͤthe Licht;
Es gleicht kein Helffenbein sich ihren Glidern nicht
Und billig hat Anton dis Kleinod hochzuschaͤtzen.
Ach aber / Thron und Kron ist warlich vorzusaͤtzen.

904 besalben: beschmutzen.

Was ist der Schönheit Glantz? Ein köstlich Kleinod zwar /
Doch lißt man diese Perl' auf Erden dort und dar.
Der Tiber-Strom gebührt vielleicht auch ihres gleichen.
ANTON. Ich kenne keine nicht / die ihr den Schatten reichen.
CAN. Die Regenbogen sind zwar schön / doch schlechte Flutt.
ANTON. Ach! an Cleopatren ist Kern und Schale gutt.
Sie schlägt wie Telephus uns / aber süsse Wunden /
Die vom Beleidiger nur können sein verbunden.
ANTYL. Gedult / Vernunfft und Zeit schaff't endlich Heil und Rath.
ANTON. Nicht / wo Vernunfft und Zeit kein Regiment mehr hat.
Die Liebe läß't ihr Reich durch Klugheit nicht verwirren;
Der Vogel siht den Leim / und läßt sich dennoch kirren /
Die Mutte schaut das Licht / in dem sie sich versängt /
Das schnelle Reh das Garn / in welchem es sich fängt /
Der Booßmann kennt die Fahrt des Ancker-losen Nachen:
Doch kann ihn Witz nicht klug / Gefahr nicht zaghafft machen:
So renn't auch / der da liebt / selbst sichtbar in die Noth.
Zwey Hafen hat man nur: gewehrt sein / oder todt.
CÆL. Wo läßt der hohe Geist sich endlich hin verleiten?
Man muß der Liebe Macht mit Ernst und Witz bestreiten.
Die Wollust-Rosen sind der Natter heimlich Hauß;
Es frist ein stinckend Wurm die güldnen Aepfel aus.
Ihr Gold ist süsses Gift; ihr Schimmer Blitz und Flammen.
Die Winde stäuben itzt das Ilium vonsammen /
Das auch ein schönes Weib hat in den Grauß gelegt.
ANTON. Der Himmel hat die Brunst / die Brunst den Fall erregt.
CÆL. Nein nein! der Himmel ließ dem Paris freien Willen.
ANTON. Was das Verhängnüß schleust muß Erd' und Mensch erfüllen.
CÆL. Jedweder ist ein Schmied des Glückes / das er trägt.
ANTON. Gott / der durch Lieben hat manch Reich in Grund gelegt.

CÆL. Wie manches Troja wird durch Helenen verlohren?
ANTON. Die Flamme Trojens ward von Hecuben gebohren.
CÆL. Die durch der Tugend Wind gar bald zu dämpffen war.
ANTON. Wer nicht die Liebe kennt / der bau't ihr kein Altar.
JUN. Und wer / was Kronen sind / versteht / nimmt sie für alles.
ANTON. Sind sie die Schwestern nicht meist eines schnellen Falles?
JUN. Stößt den kein Unfall an / der gleich nicht Purper trägt?
ANTON. Man weiß: daß Blitz und Keil meist in die Gipfel schlägt.
JUN. Wer kan die Herrligkeit der Krone sattsam rühmen?
ANTON. Glaubt: daß mehr Dörner sie als Lilgen nicht beblümen.
JUN. Die Sternen weichen selbst der Diamanten Glutt.
ANTON. Der Diamant hegt Schweiß / Rubine deuten Blutt.
JUN. Es läß't sich's Zepters Gold / des Purpers Glantz nicht schätzen.
ANTON. Bey Sack' / und Hirten-Stab' ist oftmals mehr Ergätzen.
JUN. Für Kinder. Fürsten sind ja Götter dieser Welt.
ANTON. Doch Lieb ihr Himmelreich.
JUN. Erweg' es / grosser Held /
Wieviel sein Drittel ihm Cleopatren kan geben.
ANTON. August begehr't: ich sol mit seiner Schwester leben.
ANTYL. Ihr Brautschatz / wo nicht sie / ist deiner Liebe werth.
ANTON. Weh dem! der Schlang' und Molch in Schooß und Busem nehrt.
CAN. Durch Sanftmuth lassen sich die schlimmsten Thiere zähmen.
ANTON. Sol ich das Unkraut noch mit linder Wartung sämen?

984 sämen: fruchtbar machen.

ASID. Die macht den Panther zahm / nimmt Schlangen ihre Gifft.
ANTON. Glaubt: daß ein unhold Weib die Schlangen übertrifft.
ANTYL. Offt hat uns die ergätzt / die wir zuvor vertrieben.
ANTON. Ich kan Octavien den bösen Wurm nicht lieben.
JUN. Die Klugheit wehr't oft an für Liebe Schertz und Schein.
ANTON. Was lobet ihr mir noch für grause Laster ein?
CAN. Man muß mit Giffte Gifft / mit Liste List vertreiben.
ANTON. Ach! wessen Dinst-Magd wird Cleopatre verbleiben?
ANTYL. August wird Königlich Geblütte nicht so schmähn.
ANTON. Rom hat viel Fürsten schon in Pfahl und Stahl gesehn.
CÆL. Rom hat viel Könige / die es bezwang / belehnet.
ANTON. Rom wird durch ihre Schmach und meinen Fall versöhnet.
ASID. Wenn Schiff und Mast versinckt / sorgt ieder nur für sich.
ANTON. Wer setzte sein Gemahl so liederlich in Stich?
CÆL. Schickt Masanissa nicht ein Gifft-Glas Sophonisben?
ANTON. Hingegen Piramus stirb't wegen seiner Thisben.
JUN. So grossen Herrschern kommt nicht was dem Pöfel zu.
ANTON. So räthstu: daß ich dis was Masanissa / thu?
JUN. Ich thät's.
ANTON. Ach! solt' ich denn an ihr zum Hencker werden?
CAN. Was Masanissa thät / rühm't noch der Kreiß der Erden.
ANTON. Die Porcellane wird der Gifft-Verräther sein.
ANTYL. Es darf kein Meichel-Mord den Gift-Kelch schäncken ein.
ANTON. Meinstu / die Fürstin wird dis Gifft mit wissen nähmen?
JUN. Wo Sophonißbe nicht sol ihren Ruhm beschämen /
Die in der Sterne Gold ihr Grabmahl eingeetz't /
Als sie den Gifft-Kelch hat so freudig angesetz't
Umb ihres Liebsten Ruhm / und Zepter zu erhalten.
ANTON. Mein Lieben wird auch nicht durch ihren Todt erkalten.

989 wehr't … an: bringt an.

CAN. Die Zeit half: Daß Anton der Fulvie vergaß.
ANTON. Als er mit neuer Lust Cleopatrens genaß.
JUN. Es wird / wenn die schon weg / ihm doch an Lust nicht fehlen.
ANTON. Ich würde müssen mich mit's Keysers Schwester kwälen.
CAN. Im Land' ist keine nicht / die Fürsten was versagt.
ANTON. Denckt: mit was Ruhm' ihr Holtz zu ihrem Feuer tragt.
ANTYL. Mit was für Ruhme sie bey Actium gefochten.
ANTON. Die Sieges-Kräntze sind für Weiber nicht geflochten.
CAN. Die Heldin Fulvia hat's Helden vorgethan.
ANTON. Den Männern steht der Helm / die Haube Weibern an.
JUN. Doch keinem Weibe frey der Treue zuvergessen.
ANTON. Wer weiß Cleopatren was böses bey zumässen?
CAN. Das Volck mißt den Verlust Pelusiums ihr bey.
ANTON. Seleucus hatte Schuld an der Verrätherey.
CÆL. Sie hinderte den Feind durch Ausfall aufzuhalten.
ANTON. Man mißt der Vorsicht zu oft thörichte Gestalten.
ASID. Sie machte: daß von ihm die Reuterey fiel ab.
ANTON. Beweiß es: daß sie ihr vorsätzlich Anlaß gab.
ANTYL. Sie schickte dem August ja Zepter / Stul und Krone.
ANTON. Was schenckt man in der Noth nicht: daß der Feind uns schone?
ANTYL. Sie eignet' ihm ihr Reich durch solche Zeichen zu.
ANTON. Der Klügste weiß oft nicht / was er in Aengsten thu.
ANTYL. Sie sorgte nur für sich / Anton blieb gantz vergessen.
ANTON. Sie konte / daß du mir das Wort sprachst / leicht ermässen /
Weil du als Botschaffter für mein selbst eigen Heil
Bey Cæsarn handeltest.
ANTYL. Ihr Wohlstand hatte Theil

An meiner Sorg' und Thun. Allein ich weiß Grund-eigen:
Daß Thyrsus / der sich mir nicht einmal wolte zeigen /
Dem Keyser sagte zu: daß seine Koͤnigin
Dirs Licht zu leschen aus / und mich auch richten hin /
Wenn er Egypten-Land ihr zu beherrschen liesse.
Ja er entwarf so gar mit Cæsarn Heyraths-Schluͤsse /
Weil er noch nicht verstand: daß Cæsars falsche Brunst
Egyptens Angel war / und eine Herrschungs-Kunst.
ANTON. Wo leitestu mich hin?
ANTYL. Zur Warheit und zum Heile.
ANTON. August fuͤhrt sie und mich an einem Narren-Seile;
Er suchet meinen Todt / Cleopatrens ihr Reich.
Was er mir itzt traͤgt an / ist ein verdeckter Streich /
Ein Fallbrett / mich nur noch mit Untreu zu beflecken.
Doch wird der Himmel mir noch Huͤlff und Rath entdecken.

Reyen.

Der Goͤttin des Gluͤcks. Des JUPITERS. Des NEPTUNUS. Des PLUTO. Wie auch der Himmlischen Goͤtter / als des MARS, des APOLLO, und MERCURIUS. Der See-Goͤtter / als des PROTEUS, des TRITON, des GLAUCUS, denn der Hoͤllen-Richter / des MINOS, des ÆACUS, und RHADAMANTHUS.

FORTUNA.
Ihr guͤldnen Himmels-Rosen ihr /
Die ihr mit Gold und Glutt den Himmels-Garten bluͤm't /
Komt / werdet itzt zu Palmen mir
Umkraͤntzt mein Haupt / wie sich den Siegern sonst geziehmt.
Gib / Chloris / deine Lilgen her:
Daß man mein blaues Haupt mit ihrem Silber stuͤck't.

Ihr Nimfen / macht die Muscheln leer /
Beperl't den Hals / fuͤr dem sich Erd' und Himmel buͤck't.
Ihr schnoͤden Sterblichen der Welt /
Komt baut mir Tempel auf / steckt safft'gen Weyrauch an /
Weil meine Gottheit Gold und Geld /
Ruhm / Zepter / Infel / Thron und Weißheit geben kan.
Ihr Goͤtter kommt kuͤßt meinen Fuß /
Dem Himmel / Helle / Meer muß unterworffen sein:
Ihr wisset den Verhaͤngnuͤß-Schluß:
Daß ich Saturnus Erb' in euch sol theilen ein.

JUPITER. NEPTUNUS. PLUTO.

Wir stell'n uns ein / und fallen dir zu Fuͤssen;
Um / grosse Goͤttin / deines Zepters Gold /
Der der Natur die Graͤntzen saͤtzt / zu kuͤssen.
Es troͤstet sich iedweder deiner Hold.
Wir opffern dir die Demuth unsrer Hertzen.
Weil Weyrauch ja zuvor dein eigen ist.
Ihr irrdisch's Volck / last die Gedancken stertzen:
Daß man sein Theil hier ungefaͤhr erkiest.
Die Thorheit pflaͤgt das Gluͤcke blind zu nennen.
Was opfert ihr der / die kein Opffer siht?
Der Aber-Witz laͤst Oel und Ampeln brennen
Der / welcher Thun keinmal nach Gunst geschiht.
Nein nein! geirrt! die Goͤttin theilt die Gaben
Mit wolbedacht / meist auch nach Wuͤrden auß.
Sie hat gewuͤst / was ich und du sol haben /
Eh Sonn' und Mond' umblief das Sternen-Haus.

FORTUNA.

Kommt loos't / ihr Goͤtter / umb die Welt.
Dis Schuͤrtz-Tuch hier verdeckt die Helle / Stern' / und Wellen.

1064 Infel: Inful; Priesterbinde, Bischofsmütze.
1075 stertzen: schwinden.

Weil dieser Glücks-Topff in sich hält
Den Blitz; Den Drey-Zancks-Stab; die Schlüssel zu der Hellen.

JUPITER.

Glück zu! glück zu! ach Göttin nicht entferne
Mir dein Gesicht! verleihe Glück' und Heil!
Glück zu! glück zu! mein Erbtheil sind die Sterne /
Sehr wol geloos't! hier ist der Donnerkeil.

NEPTUNUS.

Laß / Göttin / nicht mein Hoffnungs-Schiff erschellen /
Zeuch nicht von mir der Augen Leit-Stern ab!
Glück zu! glück zu! Mir kommen Meer und Wellen.
Sehr wol geschifft; hier ist der Drey-Zancks-Stab.

PLUTO.

Wie ungleich ist Saturnus Reich zerstücket!
Mir bleibet nichts / als Radamanthens Stuhl.
Jedoch nim hin! was das Verhängnüß schicket!
Hier sind die Schlüssel zu der Hellen Pful.

FORTUNA.

Auf auf! betretet Reich und Thron.
Lufft / Himmel / Helle / Meer verlanget euer Licht.
Die andern Götter kommen schon
Zu schweren bey dem Styx euch Treue / Schuld / und Pflicht.

APOLLO. MARS. MERCURIUS.

Beherscher deß Himmels / und König der Brüder /
Wir legen den Bogen / den Harnisch / und Stab
Für deinem gestirneten Throne darnider /
Wir treten dir Sternen und Königreich ab /
Wir ligen in Demuth dir ewig zu Füssen.
Nur lasse dein Nektar uns ewig genüssen.

TRITON. GLAUCUS. PROTEUS.

Herscher der schäumenden Wasser-Kristallen /
Thetis verehret dir Perlen aus Schnee /
Triton die Muscheln / und Glaucus Corallen /
Proteus reicht dir die Schlüssel der See:

Lasse nur in den umbschilfften Gestaden /
Vater / uns neben den Najaden baden.

MINOS. ÆACUS. RHADAMANTHUS.

Du grosser Fůrst der unter-irrdschen Hőlen /
Hier opfern dir die Richter blasser Seelen.
Schau / Minos legt den Zepter fůr dir ab /
Und Eacus den schweren Richterstab /
Der Radamanth die Fackel und die Rutte /
Laß das Elyser Feld uns nur zu gutte.

ALLE GŐTTER.

Himmel / Meer / Helle / bleib't ewig in Ruh.
Euer Reich reichet drey Jupitern zu.

Die andre Abhandlung.

Der Schau-Platz bildet ab der Cleopatra Zimmer.

CLEOPATRA. THYRSUS.

CLEO. WAs hastu ins Geheim uns guttes zuvertrauen?
Heist aber uns August nicht selbst auf Trübsand bauen /
Wenn er / als Todfeind uns aufs ärgste setzet zu?
THYR. Durchlauchste Königin / Sie gebe sich zu Ruh
Und laß' ihr Cæsars Hold durch Argwohn nicht vergällen.
Wahr ist es: daß August sucht den Anton zu fällen /
Weil dieser sein gantz Hauß sich auszurotten müht;
Allein sein Fall dient ihr zum Glücke / das schon blüht /
Und mit des Keysers sich vermählt / weil durch die Flammen
Der Liebe seine Seel und ihre schmeltzt zusammen.
CLEO. Du heuchelst / Thyrsus / mir; und bildest uns was ein /
Was nicht der Römer Will' und Cæsars Ernst kan seyn.
Rom hat ja den Anton / weil er mir war gewogen /
Gleich hätt' er Gall und Gift aus meiner Brust gesogen /
Für seinen Feind erklärt. Rom wusch das Fürsten-Blutt
Von seiner Mörder Faust durch Vorwand: daß die Glutt
Den grossen Julius besudelt / ja mein Bette /
Als wär's ein Schlangen-Nest / Ihn gar vergiftet hätte;
Vielleicht aus thör'chtem Wahn; weil unsre Kronen sind
Mit Schlangen rings umbschrenckt. Auch ist August kein Kind /
Daß er Cleopatren beständig solte lieben /
Der wenig Blumen sind der Schönheit übrig blieben /
Die durch den Kummer viel von Anmuth eingebißt.
Voraus / nun ein Gesätz' in Rom befestigt ist:

Daß Cæsarn iede Frau in Rom zu dienste stehe.
Ich kenn' auch Livien die Angeln ihrer Ehe /
Von der sich nimmermehr August kan machen frey.
Drumb schweig nur / Thyrsus / schweig.
THYR. Ich bin der Heucheley
So gram / als Lügen feind. Rom / das vorhin zu rasen
Gewohnt war / lernt numehr in andre Hörner blasen.
Die Wölffin wird zum Lamm' / und nimmt für Wolthat an /
Wenn sie für Cæsars Fuß ein Schemmel werden kan.
Rom wünscht frolockend sie ins Capitol zu führen /
Hingegen Livie wird nicht ein Wort verlieren /
Wenn gleich Cleopatra ins Keysers Bette steigt;
Die schon bey hunderten hat wenig Hertz gezeigt.
Hat es ihr wolgethan / als Cæsar ihrentwegen
Scribonien verstieß; so gäbe sie den Segen
Nun auch Cleopatren der sie nicht's Wasser reicht /
Der an Gestalt kein Weib / kein Mann an Klugheit gleicht.
Des Keysers Sprichwort ist: Egyptens Kräuter / Aehren /
Gewässer / Weißheit / Luft / Gesäm und Frauen wären
Die besten in der Welt. Der Liebe Pfeil und Strahl
Wär' anderwerts aus Bley / in Africa aus Stahl.
Ja / als ich ihm letzthin der Isis Bildnüs brachte /
Daß nach Cleopatren man aus Schmaragden machte /
Rief er entzückt: die Lieb' ist doch in Nord nur Eiß /
Zu Rom ein wenig lau / am Nilus aber heiß.
CLEO. Solt' Isis noch an mir solch Wunderwerck beweisen?
Darf ich mich mit der Milch so süsser Hofnung speisen?
Nein; nein! Cleopatra / schlag alles auser acht /
Was dich bey'm Unglück froh / beym Wachen träumend macht.
Was hette den August / wenn er mich lieben könte /
Ja meines Vaters Stul und Erbe mir nur gönnte /

26 Angeln: Haken, Widerhaken.

Bewogen / des Anton Erklårung zuverschmåhn:
Doͤrft' ich Egypten nur nicht mit der Fers' ansehn /
So wolt' er durch sein Blutt selbsthåndig ihn versoͤhnen.
THYR. Dis / daß Augustus selbst Cleopatren wil kroͤnen /
Und sich Anton umb sie nicht mehr verdienen sol.
CLEO. Anton verdiente sich um Cæsarn dennoch wol /
Als er dem Julius die Roͤm'sche Kron' aufsetzte /
Sein eigen Priester ward; das albre Volk verhetzte
Auf seiner Moͤrder Halß / hingegen dem August
Der Buͤrger Gunst erwarb / im Kriege seine Brust
Behertzt dem Feinde wieß / und den Pompejus fållte.
THYR. Verdienst und Danck ist hin / weil jen' Anton vergållte
Durch Ehrsucht / Rach' und Neid. Zu dem / was ficht sie an
Der / der sich in sein Heil selbst nicht mehr schicken kan?
Es ist nicht Grausamkeit / Genad' ist's / wenn man toͤdtet
Den / der sich selber zuermorden nicht entroͤthet;
Wenn rechtes Urthel kommt so thoͤr'chtem Wahne fuͤr.
So stosse sie doch nur einst den Anton von ihr;
Sie mach' ihr Reichs-Schif frey von diesen Schifbruchs-Klippen;
Sie goͤnne: daß August auf ihren Zucker-Lippen
Des Liebens Wuͤrtze schmeck'; und beider Hertze gluͤh';
Im kuͤssen ieder Mund des andern Seele zieh'
Umb / daß sie auf Rubin zusammen Hochzeit machen.
CLEO. Ach! Isis; tråumet uns! Ich weiß nicht: ob wir wachen?
Ich koͤnte mein Geluͤck' und mich begreiffen nicht;
Wenn aus so truͤber Nacht des Ungluͤcks ein solch Licht
Des Heiles / am August uns eine Sonn' aufgienge.
Doch nein! Mohrinnen sind fuͤr Cæsarn zu geringe.
Cleopatra / reiß dir nur selber diesen Zahn
Der Luͤsternheiten aus!
THYR. Mein Vortrag ist kein Wahn.
Was ich gesagt / bestårckt hier Cæsars Hand und Siegel.

70 entroͤthet: schämt.

CLEO. Nun schmiltzt mein Hertz' entzwey / die Seele krieget Flügel
Ja ich vergöttere mich gantz / weil Gott August
Mein himmlischer Osir an mir wil schöpfen Lust /
Und mich zur Isis macht. Doch ach! daß grosse Sachen
Uns allzeit ohne Noth noch Zweifels-Knoten machen!
Mein edler Thyrsus / Ach! wer unterrichtet mich /
Was für Geheimnüs hat des Siegels Sphinx in sich?
THYR. Mit diesem pflegt August iedweden Brieff zuschlüssen.
CLEO. Weil seine Wercke viel verstecktes haben müssen.
THYR. Die Liebe tauert selbst nicht sonder Heimligkeit.
CLEO. Die Treue krönt die Lieb' / und beide prüft die Zeit.
THYR. Der Schrift Geheimnüs wird iedwedes schon bewehren.
CLEO. Ach! Isis / wein' ich doch für Freuden bittre Zehren!
Der Sand ist Gold; so muß die Schrift wol Perlen sein.
THYR. Sie zittert! sie erblaßt; sie starret / wie ein Stein /
Sie seufzet / sie verstummt / ihr beben alle Glieder /
Sie lächst / das Hertze schlägt / itzt kommt die Farbe wieder;
Nun lacht / nun züngelt sie; (O gift'ger Nattern-Stich!)
Die Rosen-Knospen rührn auf dem Gebürge sich
Der Brüste / die von Milch zusammen sind geronnen.
CLEO. Leitseeligst-holder Brief! nicht Augen / sondern Sonnen
Sind würdig deine Schrift zu lesen! dieses Pfand
Versichert mir numehr Augustens Seelen-Brand;
Und alles / was mir sonst mein güldner Thyrsus saget.
Cleopatra / nur Muth! es muß was sein gewaget /
Wenn einem ohne dis das Wasser geht in Mund.
Nimm / Thyrsus diesen Ring / und mach' Augusten kund:
Daß ich mit diesem ihm Egyptens Glücks-Stern sende /
Und daß ich's Reich und mich ihm liefer' in die Hände;
Eh' als Osiris uns gönnt Tag und Sonnenschein;
Wird des Antonius sein Licht verloschen seyn.

99 Sand: Streusand.

CLEOPATRA. CÆSARION. ARCHIBIUS. SIDA.

CLEO. Vertrautster Sohn und Freund seit tausendmal wilkommen.
Wißt ihr / warumb man euch nicht hat in Rath genommen?
Die Schlangen kochen Gift auf ihrer Mutter Brust;
Die sie biß itzt noch saͤugt! ha schlimme Moͤrder-Lust!
Augustus und der Rath lig't unter einer Decken.
Anton sol selbst die Faust durch unser Blutt beflecken /
Die Baare wird uns schon fein scheinbar zugericht'.
Wohnt keine Treue mehr bei keinem Roͤmer nicht!
Gewissenhafftes Rom! komm borge bei den Mohren /
Die wahre Redligkeit die du fuͤr laͤngst verlohren!
Komm kauff' in Creta dir die theure Warheit ein!
Nun deine Goͤtter selbst nichts als Betruͤger sein.
Verflucht- und falsches Volck! verteufelte Gemuͤtter!
Ihr gebet Gott fuͤr Gold / tauscht fuͤr die Seelen Guͤtter /
Gebt Mord fuͤr Gottesfurcht und Gifft auß fuͤr Gewin /
Werfft Ehgemahl und Kind fuͤr Hund und Panther hin!
Schaͤtzt fuͤr Barmhertzigkeit in eignes Fleisch zu rasen.
O daß der Blitz euch nicht die Lichter außgeblasen!
Daß euch der Regen nicht mit Schwefel hat verzehr't /
Eh ihr die Segel hab't auf unsern Port gekehrt!
Ich meine dich / Anton / und deine Mordgesellen /
Die mit geschmincktem Gifft' uns nach dem Leben stellen /
Und schwartzen Huͤtten-rauch fuͤr Balsam floͤssen ein.
Kan auch ein Basilischk' also verbittert sein?
Wir laͤstern den August: daß er den Stahl geschliffen
Und als ein redlich Feind nach unser Kron gegriffen;
Und kuͤssen den / der doch fuͤr Witz und Tugend haͤlt:
Daß der kein Feind nicht sey / der sich als Freund nicht staͤllt.

123 scheinbar: offenkundig.

Wir rasen! Rach' und Angst bestreitet unser Hertze!
Die Thräne dämpft die Brunst / der Eifer weicht dem Schmertze;
Der Ohn-macht schwaches Weh gewinnt den Kräfften ab!
Verscharrt mich / weil ich mich nicht rechen kan / ins Grab.
ARCH. Ich zitter' / ich erstarr! betrigen mich die Ohren?
Träumt mir? bin ich bei Witz? hab ich's Gehör verlohren?
Glaub' ich's / und frevle nicht / was ihre Majestät
Für Greuel uns entdeckt?
CLEO. Verzweifelt-falsche Räth'!
Ist ein zwey-schneidend Schwerd zu gleichen euer Zungen?
Kein Feinds-Schwerd ist uns nie so tieff durchs Hertz gedrungen /
Als dieser Meuchel-Mord uns greifft die Geister an.
CÆS. Wer hat zu dieser That den Vorschlag denn gethan?
CLEO. August begehrt mein Reich / sie liefern gar mein Leben.
ARCH. Wer weiß / ob Fürst Anton den Willen drein gegeben?
CLEO. Wer zweifelt / da er ja so heimlich mit uns spielt?
CÆS. Man sorgt für Heimligkeit oft die auf uns nicht zielt.
CLEO. Er hat für ratsam Ding den Mord-Rath angenommen.
ARCH. Man pflegt offt / hinter viel durch einen Schein zukommen.
CLEO. Die Schlange stopfft ihr Ohr für dem Beschwerer zu.
CÆS. Der Staat erfordert offt / daß man ein übrig's thu'.
CLEO. Der Staat verwirfft: daß man den Heuchlern Ohren giebet.
ARCH. Wer hat Durchlauch'ste sie mit dieser Post betrübet?
CLEO. Mein eigen Ohr / daß sich in's Neben-Zimmer schlooß /
Als man auf unsern Brand so frisches Oel aufgooß.
CÆSAR. Hat Fürst Antyllus auch sein Wort hierzu gegeben?
CLEO. Wer zweifelt? solte der dem Wercke wieder streben /
Der mir als Stief-Sohn gram / und schon im Geiste küßt
Die schöne Julie / die ihm verlobet ist.

Wo bin ich? Himmel hilf! verleihe Grimm und Rache;
Daß ich mein Gift-Kristall mit Blutte Purpern mache
Des Eh-Manns / der mich nicht mit einer Ader liebt!
Wer ist! der Dolch und Schwerdt mir zum vollbringen gibt?

CÆS. Ein Dolch / Frau Mutter / wird hier nicht den Zweck erreichen:
Ein zornicht Antlitz muß die steiffen Segel streichen /
Den stürmen Winden nicht schnurstracks entgegen gehn.
Man fleucht die Klippen leicht die auser'm Wasser stehn /
Wenn / die die Flutt verdeck't / uns stracks in Abgrund stürtzet.

ARCH. Wenn nicht die Wermuth wird mit Tod' und Gift gewürtzet:
So muß / Durchlauchste / sie den Zornsturm des Gesichts
In sanfften West verkehrn. Der Eifer fruchtet nichts /
Wo keine Waffen sind / als: daß er selbst uns tödtet.

CLEO. Er tödte; wenn wir nur zuvor den Arm geröthet
Mit unser Mörder Blutt'.

CÆS. Es bringt mehr Ruhm und Lust
Wenn man den Feind erdrückt mit unzerkerbter Brust.

ARCH. Man mische Gift für die / die uns so gifftig hassen.

CÆSAR. Gift ist für uns zu schwartz. So wird sich auch nicht lassen
Die Römer allzumal mit Gifte richten hin.
Denn alle sind uns feind / und hegen einen Sinn /
Wenn's unser Unheil gilt.

ARCH. Hilft weder Gift noch Salbe
Zur Heilung; pflüge man auch mit Augustens Kalbe /
Der ihr ja grämer nicht als dem Anton kan sein.
Man lasse sich mit ihm in Friedens-Handlung ein /
Und gebe / was er heischt / solt' auch Anton erkalten /
Sein Stamm zu Grunde gehn / Egypten zu erhalten.

CÆS. So wird Cæsarion / der über aus vergällt
Beym grimmen Keyser ist / Egyptens Lösegeld /
Und euer Opfer sein / Augusten zu erbitten.

ARCH. Was reitzet ihn auf dich rachgierig's auszuschütten?
CÆS. Dis / daß er nicht / wie ich / ist Cæsars rechter Sohn.
ARCH. Hier ist kein Erbschaffts-Zwist.
CÆS. Furcht schwebt stets umb den Thron.
ARCH. Wo Argwohns-Zunder fehlt / muß man den Argwohn lassen.
CÆS. Must' ihm nicht Oppius ein gantzes Buch verfassen /
Und einen blauen Dunst den Römern mahlen für:
Ich sey nicht Cæsars Sohn?
CLEO. Unmenschlichs Tiger-Thier!
Wilstu Natur und Blutt / Sohn / Vater / Mutter scheiden?
Man kan nichts ähnlichers aus Cæsars Antlitz schneiden /
Auch ein stock-fremder wird dich kennen: daß du's bist.
CÆS. Die Wahrheit eben ist's / die ihm das Hertze frist /
Und die mich für der Zeit in Asch' und Staub wird graben.
Denn Herrscher woll'n mehr Knecht / als Blutts-Verwandten haben.
ARCH. Man kan in Frieden dich ausdrücklich schlüssen ein.
CÆS. Umsonst.
ARCH. August wird nicht so unversöhnlich sein.
CÆS. Wer wird mir Bürgen stelln?
CLEO. Liß hier des Keysers Schreiben.
Er schlägt uns Mittel vor die Noth zu hintertreiben /
Die uns in Abgrund wirfft.
ARCHIB. Ist diß des Keysers Hand?
CLEO. Ist dirs Augustus Bild und Handschrifft unbekand?
ARCH. Was hinderte sie / sich dem Keyser zubekwämen?
CLEO. Daß es nicht Fürstlich schien die Mord-That vorzunähmen /
Und durch des Ehmanns Tod zu kauffen Thron und Reich.

ARCH. Itzt aber / itzt begeht Anton die Unthat gleich /
Die ihr ein Greuel war.
CLEO. Das Unrecht bringt mehr Ehre /
Wenn man's verträgt / als thut.
ARCHIB. Es ist der Albern Lehre:
Daß man in's Unheil rennt / und viel mit Treue prangt.
Thut gleich Cleopatra nicht / was August verlangt /
So thut es doch Anton. Am besten vor sein kommen /
Eh' uns durch furchtsam-sein die Mittel sind benommen;
Eh Augen / Farb' und Mund den Anschlag offenbart /
Den ein versigelt Hertz offt nicht genung verwahrt.
CLEO. Wird Welt und Nachwelt uns genung zu lästern wissen?
ARCH. Man hängt umb schlechter Ding an Nagel das Gewissen.
CLEO. Ich eignet' ihm mein Hertz durch Eidschwur / Eh und Hand.
ARCH. Man bricht Gesätz und Recht / verletzet Blutt und Band /
Wenn es der Zepter gilt.
CLEO. Solln wir durch Ubelthaten
Heil / Reich / und Glück uns baun? Was weiß mein Sohn zu rathen?
ARCH. Er zieht die Achseln ein / und billigt meinen Schluß.
So sterbe denn Anton.
CLEO. Weil er ja sterben muß.
ARCH. Der Himmel steh' ihr bey.
CLEO. Ach! der wird uns verfluchen.
SIDA. Anton / Durchlauchtigste / komt gleich sie heim zu suchen.
ARCH. Nur Muth! sie gebe wol auf Mund und Antlitz acht.
CLEO. Wol! weich't in's Vorgemach. Bestürtzte Trauer-Nacht!
Bring't / wenn der Fürst gleich dar / die Kinder uns ins Zimmer.
Sagt: daß wir erst erwacht.

ANTONIUS. CLEOPATRA. PTOLOMÆUS. ALEXANDER. CLEOPATRA.

Beyder 3. Kinder. Ein Hauptmann.

ANTON. Wie wenn der düstre Schimmer
Deß braunen Abends itzt die blauen Hügel deckt;
Die Schnecke / die den Thau von den Gewächsen leckt /
Schier neuen Geist bekommt: so muß sie / Isis / eben
Durch ihren Anmuths-Thau uns neue Geister geben /
Wenn Sorg- und Sonnen-Hitz' uns fast verschmachten läst.
Ein Kuß / ein Trost-Wort ist mir ein beseelend West
Für mein verschmachtend Hertz.

CLEO. Ein Artzt kan aus den Sternen /
Auch auß dem Antlitz nicht die Kranckheit allzeit lernen;
Der Krancke muß das Weh entdecken / das ihn sticht.
Ich sol sein Labsal sein / und er entdeckt mir nicht
Den Uhrsprung herber Noth. Man läst uns nichts mehr wissen /
Was Cæsar von uns wil / was unsre Räthe schlüssen.
Man zeucht Cleopatren nicht nur nicht mehr in Rath /
Man schleust auch die noch auß / die man zu Räthen hat
Auß unserm Volck' erkiest. Was mag Egypten hoffen?
Nun auch der Rath nicht mehr der Königin steht offen.
Mich denckt die liebe Zeit: daß nichts bei Kräfften blieb /
Was nicht Cleopatra selbst-händig unterschrieb /
Daß meines Fürsten Hertz in meinen Händen schwebte /
Daß ohne mich Anton gleich als entgeistert lebte.
Was aber sind wir itzt? ein Oel auß dem vielleicht
Man itzt für beider Wund' ein tauglich Pflaster streicht /
Auß dem.

ANTON. Durchlauchtest' / ach! hat sie so groß Belieben
Uns bei so herber Angst noch herber zu betrüben?
Sie sehe den Anton für keinen Cæsar an.
Sie weiß Anton hat nie nichts ohne sie gethan

Und wird es noch nicht thun. Daß aber wir zu Zeiten
Die Faͤlle / die den Geist unmenschlich uns bestreiten /
So viel man kan / verschweigt / sol das ein Laster sein?
So erndtet sie gewiß fuͤr Mandeln Disteln ein.
Ein kluger Artzt verhoͤlt dem Krancken oft die Wunden.
Sie hat / mein Kind / zeither so gar viel Leid empfunden /
Daß man / was neu ist / ihr auß Noth verzuckern muß /
Und weiß sie nicht / mein Haupt: ein Rathschlag ist kein Schluß.
Dem / was man vor erwog / mag sie den Außschlag geben.
Sie brauche / die der Nil gebohren hat / darneben.
CLEO. Man thut zum Scheine viel.
ANTON. Wenn man's nicht aͤndern kan.
Man muß bey Roͤmern sich oft Roͤmisch stellen an.
Drumb lasse sie / mein Hertz / den falschen Argwohn schwinden.
CLEO. Man kan fuͤr truͤben Dunst leicht klare Farben finden.
Jedoch / die biß hiher mit Lieb' und Redligkeit
Dem Fuͤrsten treu gewest / wird / wenn der Schwam der Zeit
Sie auslaͤscht / in ihr Grab den reinen Geist gewehren.
Was aber ist / mein Fuͤrst / denn des August Begehren?
ANTON. Er heischt den Artabaz / und gantz Egypten-Land.
CLEO. Wie? sol Cleopatra nicht auch sein weg gebannt?
ANTON. Der Himmel lasse nicht so grimmen Riß geschehen!
CLEO. Kan Rom die Woͤlfin / denn die Eintracht gar nicht sehen?
Verdammte Raserey! verfluchte Moͤrder-Lust!
Raubt frembde Laͤnder hin / nur saͤtz't auf unsre Brust
Nicht eure Klauen ein! Was wil er sich erklaͤren?
ANTON. Zwey Stuͤcke woll'n wir ihm auf's euserste gewehren.
CLEO. Wer Zwey gewehren wil / gibt auch das dritte zu /
Ich weiß es was man offt umb Thron und Zepter thu;
Umb dis hat Julius uns Eh' und Eid gebrochen.
ANTON. Das Rach-Schwerd hat an ihm den Meineyd laͤngst gerochen.

CLEO. Die Ehr- und Cronen-sucht siht nicht so weit hinauß.
Wir seh'n uns in der Grufft / und unsern Thron in Grauß!
Wir sind / O Goͤtter! hin! mein Fuͤrst /mein Haupt / mein Leben!
Getrost! er mag uns ja fuͤr sich zum Opffer geben!
Der Himmel hat uns schon eroͤfnet unser Ziel /
Denn / als den Mittag uns die Schlaff-sucht uͤberfiel /
Wieß schon ein Traum; wie sehr um unsre Mund-Korallen
Die Spinne muͤhsam war / als sie ihr Gifft liß fallen
In unser Trinckgeschirr'.
ANTON. Ach! Fuͤrstin / halt den Zaum
So falscher Eyver-sucht. Sol ein betruͤglich Traum
Itzt unser Richter sein? sol unser gutt Gewissen
Durch schlipffrigen Verdacht itzt Ehr' und Ruhm einbuͤssen?
Wohin verleutet sie des Argwohns tober Wind?
Durchlauchte / wir gesteh'ns / man hat an uns gesinn't
Fuͤr sie / mein Licht / mein Trost / Octavien zukiesen.
Wenn aber hat Anton den Vorschlag ie gepriesen?
Die Welle setzt umbsonst an steile Felsen an.
Man hat mit Hertz und Mund den Gifft-Kelch abgethan /
Den uns die Ehr-sucht prieß.
CLEO. Und diese vorgeschlagen /
Die in dem Hertzen Gall' / im Purper Dolche tragen.
ANTON. Ich merck's / worauf sie zielt. Sie weiß wol / daß der Rath /
Den die Verzweifelung zur Welt gebohren hat /
Leicht aus den Schrancken sprengt. Doch muß der nicht bald bissen /
Der mehr durch Zufall hat als Boßheit irren muͤssen;
Viel minder der / der ihn verwirfft / verflucht / verdamm't.
CLEO. Ihr Zweige die ihr ja von dieser Wurtzel stamm't /
Ihr Knoßpen unser Eh' und Bluͤthen unsrer Jahre /
Errettet uns nun mehr von der bestuͤrtzten Baare /
Fallt / zarten Kinder / fallt dem Vater in die Arm;
Kuͤßt seinen Fuß: daß er der Mutter sich erbarm.

Holdseeligster Anton! wo diese Wehmuths-Zehren /
Die wir / mein Heil / und Haupt / in Dehmuth dir gewehren /
Wo unser Hertzeleid dich nicht entsteinern kan;
Wo er / mein Schatz / uns nicht wil ferner schauen an /
Wo diese kalte Brust und die noch warme Seele
Nicht ferner Flammen schaff't in seiner Hertzens-Höle /
Wo die vertagte Lust dem Fürsten Eckel gibt /
Wo er / mein Fürst / nicht mehr die welcken Wangen liebt /
Die blassen Lippen küßt / die blöden Augen ehret /
Wo er mein Säufzen auch gleich sonder Unmuth höret;
So laß' er Bitt' und Thrän' ihm doch zu Hertzen gehn
Der Kinder / die für ihm mit Wehmuth schwanger stehn /
Ja die ihr Unheil itzt noch nicht zu nennen wissen;
Da ihre Mutter nun ihr Leben muß beschlüssen.
Zwar; um Cleopatren ist's nicht so sehr zu thun /
Die endlich selber wünsch't in Sarch und Grufft zu ruhn.
Ach! aber diese Schaar der Mutter-losen Weisen!
Was mag sie hoffen? Ach! Gefängnüß / Schmach und Eisen.
Denn solch ein Sturm-Wind schont der morschen Aeste nicht /
Der den zerschelten Stamm gar aus der Wurtzel bricht.
Zu dem / mein Herr / und Haupt / ach! könt' ihm unser Sterben
Den Stul gantz Asiens / Egyptens Reich erwerben!
Die Adern kwäll'n voll Treu nicht minder als voll Blutt.
Hier schwillt die nackte Brust / wo ist Gifft / Schwerd und Glutt?
Hier schwebt der warme Mund behertzt den Dolch zu küssen /
Der uns das Leben zu / den Thron ihm auf kan schlüssen.
Nur / werthes Haupt / befleckt mit falschen Mackeln nicht
Die Palmen unser Treu. Der Schlangen-Neid umbflicht

Die Tugend insgemein. Gebt / bitt' ich / dem nicht glauben /
Durch den Verleumbdung uns hat unsern Ruhm wolln rauben;
Es ist Cleopatra Verräthern gram und Feind /
Sie weiß sich rein und fromm. Dis ists was sie beweint:
Das man die Lorbern ihr von den Cypressen raubet /
Und daß Anton so viel des Keysers Worten glaubet /
Der zwar die Kronen weist / die Ketten aber gibt /
Und mit der Gütte mehr / als durch den Grimm betrübt.
Mein Schatz / fleuch / fleuch das Kraut / in dem die Nattern hecken /
Laßt die Liebkosungs-Milch euch nicht zu süsse schmecken;
Denn Cæsar flöst hierdurch euch seinen Gift-Tranck ein.
Läscht bitt ich / eh' den Durst / wo trübe Pfützen sein /
Die keine List vergällt. Der Honigseim der Bienen
Bring't uns den Stachel bei; des Rückens Sternen dienen
Der Heydächs' / umb daß sie den Schlangenbauch versteckt;
Und der Sirene Schwantz wird durch die Brust verdeckt.

JUNGE CLEOPATRA.
Herr / Vater / Fürst und Schutz / wir opfern Thrän und Zehren;
Wir können uns sonst nicht mit andern Waffen wehren;
Wir fallen ihm zu Fuß' und küssen Knie und Hand;
Er setz' uns nur so bald nicht in den Weisen-Stand.

ALEX. Er lasse diesen Arm nicht Römisch Eisen tragen.
PTOL. Und die Frau-Mutter nicht in's Elend weg verjagen.
ALEX. Man zihe mir nur auch Helm Tartsch und Harnisch an, /
Zu schaun; ob nicht ein Kind auch hertzhafft fechten kan.
PTOL. Ich wünsche Stahl und Dolch auf's Keysers Brust zu zücken.
ANTON. Die Zeit / O Kinder / woll' euch so viel Kräfften schicken /
So viel der Himmel euch mit Tugend hat erfüllt.
Schaut an Cleopatren des Mohnden Ebenbild /

Am Alexander strahlt das Ebenbild der Sonnen /
Und Ptolomæus hat dem Nord-Stern' abgewonnen.
Ihr Schutz-Herrn dieses Reichs / ihr Götter laßt geschehn:
Daß diese Sternen ich nicht darf verfinstert sehn!
Der Angelstern sol eh' aus seinem Wirbel wancken /
Als ich / mein Hertz und Haupt / aus meiner Liebe Schrancken
Ein Haar breit weichen werd'. Alleine wir gestehn:
Der Häuchler Irrlicht hieß uns einen Irrweg gehn.
Jedoch hat sie / mein Licht / sie Isis unsrer Zeiten /
Durch ihren Witz vermocht uns auf den Weg zu leiten /
Der zu den Sternen führ't / und nimmer fehlen kan.
Wir bethen wie vorhin die Gottheit an ihr an /
Die Reich und Thron und uns mit tausend Lust bestrahlet.
Wir schweren bei'm Osir / der See und Erde mahlet /
Bei'm grossen Jupiter / der Zepter nimm't und gibt;
Cleopatra sol sein von uns geehrt / gelibt;
Cleopatra sol uns und unsrer Macht gebitten;
So lang uns Clotho nicht den Fadem hat verschnitten.
Wir schlagen kurtz und rund des Keysers Vorschlag aus /
Und wünschen ausser ihr uns selbst in Asch' und Graus /
Das Reich im Staub zusehn.

CLEO. Des milden Himmels Gütte
Verleihe Glück' und Sieg den edelsten Gemütte /
Dem das Verhängnüß selbst sich unterwerffen muß!
Wer aber / Fürst und Herr / besigelt uns den Schluß?

ANTON. Schnur-stracks sol Proculej so schlechten Abschied kriegen.

CLEO. Anton kan noch durch was uns Trost / ihm Heil zufügen.

ANTON. Entdeckt / mein Schatz / wordurch?

CLEO. Wenn Artabazens Haupt
Die Untreu uns bezahlt.

ANTON. Gar wol! ihr sey erlaubt

393 Angelstern: Polarstern.

Sein wie Jamblichens Kopf in ihrer Schooß zuschauen.
Stracks / Hauptmann / laß den Kopff dem Artabaz abhauen.
Dis Schauspiel mag zugleich dem Feinde deuten an:
Daß auch Anton noch itzt den Keyser pochen kan.
CLEO. Mein Fuͤrst; es wird dis Haupt der Meder Haupt bewegen
Fuͤr unser Reich und Heil den Harnisch anzulegen;
Der bis auf diesen Tag es hinterzogen hat /
Weil er Zeither umbsonst umb dessen Schedel bath /
Der ihn und uns betrog.
ANTON. Last den Verraͤther leiden!
Wir gehen: umb alsbald die Bothschafft zu bescheiden.

CLEOPATRA *allein.*

O Strudel-reiches Meer der jammer-vollen Welt!
Die Segel stehn gespann't / die Netze sind gestellt
Uns in den Hafen / Ihn in's Garn und Grab zu fuͤhren.
Die Lorbern moͤgen stets die klugen Frauen zieren /
Fuͤr welchen Maͤnner-Witz meist muß zuscheitern gehn!
Schaut: auf was Grunde nun die Liebes-Ancker stehn /
Die durch Verleumbdungs-Wind schon auf den Truͤb-Sand kamen.
Wo sind die Nebel hin / die uns das Licht benahmen?
Die Sonne der Vernunfft vertreibt den eiteln Dunst.
Anton gibt Thron und Kron fuͤr einer Frauen Gunst.
Jedoch wo segeln wir? sol Gluͤck' und Zeit verrauchen?
Ein kluger Booßmann muß des Wetters sich gebrauchen.
Anton ist zwar nunmehr durch unser Hold besig't /
Und durch der Schoͤnheit-Reitz als schlaffend eingewigt;
Kan aber nicht ein West auch bald ein Sturmwind werden?
Ein flatternd Hertze gleicht mit Wanckel-muth den Pferden /

Die ein geschwancker Zaum bald recht- bald linckwerts lenckt.
Der für zwei Stunden ihm die Ehr-sucht eingesenckt /
Kan / eh' Aurora wird die braunen Wellen küssen /
Ihm grössre Fantasy in sein Gehirne gissen.
Die Natter / die man gleich mit süsser Milch zeicht groß /
Behält man dennoch nicht recht sicher in der Schooß.
Man muß den giftgen Fleck von den Verleumbdungs-Pfeilen /
Die Wunden des Verdacht's mit solchen Salben heilen:
Daß keine Narbe man / kein Merckmal man nicht schaut.
Denn / dem ist nicht zu trau'n / der gleichfalls uns nicht traut.
Gunst / Liebe / Freundschafft gleicht sich zarten Berg-Kristallen /
Die keine Kunst ergäntzt / sind einmal sie zerfallen:
Stillt auch Versöhnung gleich zu weilen Wund und Blutt /
Sie bricht erhitzter auf und schärffet Gall' und Glutt /
Die in dem Hertzen kocht. Man trockne Sumpf und Lachen /
Ein linder Regen wird sie wieder wäßricht machen.
Zu dem / was ist uns nicht um Kron und Zepter feil?
Du must / Cleopatra / begehrstu Hülff und Heil
An's Keysers Gnaden-Port dein strandend Schiff anlenden.
Hier hab' ich's Keysers Hand / Egyptens Heil in Händen.
Dis Sigel / diese Schrifft muß unser Leit-Stern sein.
Anton / durch deinen Todt fahrn wir in Hafen ein!
Wie aber werden wir das Steuer-Ruder lencken?
Geheimes Gifft und Dolch in seine Brust zu sencken /
Führt bösen Klang nach sich / und siht gefährlich aus.
Uns fällt was bessers ein zuretten unser Haus /
Und Ptolomæus Stul. Anton ist itzt im Liben
Bis auf den höchsten Punckt der blinden Brunst getriben /
Die ihn nach unserm Wunsch gar unschwer stürtzen kan
Auf den Verzweiflungs-Fels: wir woll'n uns stellen an:

Als hetten wir uns selbst das Lebens-Garn zerschnitten:
Wird ihn nun Lieb und Leid auf einen Sturm umschuͤtten;
So renn't sein schwacher Mast des Lebens Seegel-looß
Auch auf das Todten-Meer. Denn ist die Kunst nicht groß
Der / die den Julius fuͤr ihr sah' kniend ligen /
Durch suͤssen Libes-Reitz den Keyser zubesigen.
Nur Muth! das Gluͤcke spielt / die gutten Winde wehn /
Und Isis laͤßt uns selbst ihr unter'n Schleyer sehn.

Der Schauplatz veraͤndert sich in den Verhoͤr-Saal.

PROCULEJUS. ARCHIBIUS.

PROC. So schlaͤgt Anton in Wind des Keysers Gunst und Guͤtte?
ARCH. Anton wuͤnscht dem August ein friedlicher Gemuͤtte.
PROC. Beuth ihm der Keyser nicht Vertrag und Frieden an?
ARCH. Ja Frieden! den kein Mensch nicht lobt / noch eingehn kan.
PROC. Sind so viel Laͤnder denn nicht wuͤrdig anzunehmen?
ARCH. Nein! wo viel Laͤnder uns Gefahr und Ungluͤck saͤmen.
PROC. Was quill't auß unsrer Gunst fuͤr Ungluͤck und Gefahr?
ARCH. Der rechten Goͤtter Zorn / der Liebsten Todten-Baar'.
PROC. Ein Weib stirbt fuͤr ein Reich nicht ohne Ruhm und Ehre.
ARCH. Wer Fuͤrsten toͤdten heist / der fuͤhrt verdammte Lehre.
PROC. Das oberste Gesaͤtz' ist / eines Reiches Heil.
ARCH. Gewissen und Gemahl ist euch umb Kronen feil.
PROC. Anton zertrenn't nur selbst Gemahlin und Gewissen.
ARCH. Der Ehstand wird mit fug nach eurem Recht zerrissen.

PROC. Beugt euren steiffen Sinn / bekwämt dem Glück' euch doch.
ARCH. Die Seene springt / wenn man den Bogen spann't zu hoch.
PROC. Spannt dieser hoch / der euch Thron / Kron und Zepter giebet?
ARCH. Dis aber nimm't / was man für Thron und Zepter liebet.
PROC. Gebt Kronen für ein Weib / vertauschet Gold für Stahl.
ARCH. Wer Treue kiest für Lust / thut keine böse Wahl.
PROC. Der aber / der für Brunst läst Thron und Weißheit fallen.
ARCH. Gefällt die Kugel doch der Sonnen auch nicht allen.
PROC. Glaubt: daß Cleopatra nicht ohne Flecken sey.
ARCH. Man mißt dem Mohnden auch der Erde Schatten bey.
PROC. Ich seh in Helenen ein neues Troja brennen.
ARCH. Es brenne! weiß man nur des Hectors Ruhm zunennen.
PROC. Es brenn't / wenn Paris Eid / und Eh' und Rechte bricht.
ARCH. Das Rachschwerdt aber schont den Agamemnon nicht.
PROC. Die Götter werden stets des Keysers Sanfftmuth schonen.
ARCH. Gewalt sitzt niemals fest auf bluttbespritzten Thronen.
PROC. Welch Purper ist mit Blutt der Feinde nicht bespritzt?
ARCH. Wol! aber / daß ihr Pfeil auf Freund' und Bürger spitzt?
PROC. Man schneidet Glider ab / eh man den Leib läst sterben.
Ihr eilet sporn-streichs hin in Abgrund des Verterben.
Der Wollust blauer Dunst umbwölck't euch das Gesicht:
Daß ihr der Krone Gold / das Demant-helle Licht /
Der Weißheit nicht erblickt. Doch ist der nicht zu klagen /
Der selbst ihm Sand zur Grufft und Holtz zur Glutt hilfft tragen.

ARCH. Ihr laß't euch unser Heil sehr angelegen sein:
Doch aber glaub't: ihr wigt mit Worten uns nicht ein.
Wißt: daß Anton kein Haar von seiner Meinung weiche.
Er gibt Cleopatren nicht für viel Königreiche /
Nebst der Egypten er nicht fahren lassen kan.
PROC. Anton ist Hercules / den Omphale schlingt an.
Es geht mit Kräutern zu / er muß durch Liebes-Träncke
Bezaubert worden sein; daß er ein solch Geschäncke
Mit Füssen von sich stößt; sich der Vernunfft nicht braucht /
In seiner Schwelgerey so Stärck' als Witz ausraucht.
Gewiß! der Schwantzstern hat viel schlaffende Gebrechen
Erwecket im Anton. Viel hundert Weiber stechen
Sein braunes Ehweib weg zu Rom und zu Athen /
Die lechsend nach ihm sehn / und ihm zu Dienste stehn.
Wie manche Königin bemühte sich durch Gaben
Durch ihrer Schönheit Reitz zum Buhler ihn zu haben?
Itzt ist er einer Knecht / die nur durch Schminck und Pracht
Hilfft ihrer Heßligkeit; die sich zur Venus macht /
Ihn aber zum Vulcan / den Tag mit Lichtern bländet /
In einem Leffel Wein' ein Königreich verschwendet.
ARCH. So bellen Hund und Neid Gestirn' und Tugend an /
Wiewol die Lästerung ihr wenig schaden kan.
PROC. Fahrt hin! nun ihr so gar in Blindheit seit ersoffen.
ARCH. Ein scharffer Feind läst was / ein glatter gar nichts hoffen.
PROC. Wer Löwen-Klauen hat / bedarf des Fuchs-Balg's nicht.
Mein't ihr: daß eure Stadt der Römer Heer anficht?
Nein sicher! der / für dem sich beugt der Kreiß der Erden /
Läst Alexandrien ihm nicht zum Meister werden.
ARCH. Sagt was ihr woll't / und pocht: darauf der pochen kan /
Den ein verzweiflend Feind greifft im gedrangen an /

548 im gedrangen: in der Enge, in Bedrängnis.

Ihr windet uns hierdurch den Stahl nicht auß den Händen;
Wer klug ist / läst sich nicht der Feinde Rath verbländen;
Der auf den Orth / wo er hinzielt / den Rücken kehrt /
Nicht anders / als ein Schiff an's Ufer rück-werts fährt.
Zwar durch gerade Fahrt wird wol der Weg verkürtzet;
Der aber / der den Mast nicht gern' in Schiff-bruch stürtzet /
Verfährt behuttsamer / streicht Kreutz-weis hin und her /
Länck't oft wol hinter sich / versucht durch's Bley das Meer /
Dafern er Felsen merckt. So könnt auch ihr euch schicken.
Wir aber müssen euch was den Compaß verrücken.
PROC. Den? der euch leutet hin wo Sonn' und Glück erwacht?
ARCH. Nein! der Magnet zeucht uns in's Unglücks Mitternacht.
PROC. Ihr werdet euren Schluß zu langsam noch bereuen.
Woll't aber ihr gleichwol auch diesen nicht befreyen /
Den doch Anton vorhin zu liefern uns versprach?
ARCH. Mein't ihr den Artabaz? Er ist schon im Gemach.
Zieht die Tapeten weg. Hier wird er euch gewehret.
PROC. Hilf Himmel! was ist dis? wie? daß kein Blitz herfähret /
Der die verdammte Stadt zermalmt in Asche legt!
Daß Glutt und Schwefel nicht das Land von Lastern fegt!
Welch rasen kömm't euch an? seit ihr von Sinnen kommen?
Wie? hat Tisiphone in euch den Sitz genommen?
Zerbirst der Abgrund nicht / und schluckt euch Mörder ein /
Die von Kind-auf gesäug't von Drachen-Eyter sein?
Wie? träumt mir? seh' ich recht? ist's Artabazens Leiche?
ARCH. Du darffst nicht zweifeln dran.
PROC. Bestürtzter Mond' entweiche /
Daß dieser Greuel nicht dein reines Silber fleckt!
Wo habt / ihr Mörder / hin des König's Kopf versteckt?
ARCH. Ihr Römer / die ihr nie kein Fürsten-Blut verspritzet /
Die ihr kein Wasser trübt / seit ihr so sehr erhitzet:

Daß ihr verräthrisch Blutt am Pflaster kleben seh't?
Verlang't ihr / daß sein Kopff werd' an den Strumpf geneh't /
Müßt't ihr das ander Theil auß Meden wider holen.
PROC. Hilf Himmel! hat Anton die Unthat anbefohlen?
ARCH. Ja. Aber / daß euch ja zuwachse kein Verlust /
Ersätzet Fürst Anton den Abgang dem August
Durch des Jamblichus Kopf / den wir euch zu vergnügen /
Und uns zu lieben ein im Balsam liessen liegen.
PROC. Wol! hönet / wüttet / würtzt die Straffen euch nur wol!
Wißt: daß des Keysers Schwerd dis redlich rechen sol.

ANTONIUS. ARCHIBIUS. ANTYLLUS.

ANTON. Du hast den Botschaffter / Archibius / beschieden
Wie dir befohlen war. Die Hofnung zu dem Frieden
Ist nunmehr ausgelescht; des Keysers Hertz und Brust
Mit Gall' und Gift erfüllt. Auch hat nun ihre Lust
Cleopatra gebüßt an zwey gekrönten Leichen.
Wie aber werden wir noch unser Ziel erreichen:
Daß uns Augustens dreu'n nicht wahr werd' / und zu schwer?
Es ist nur zu gewiß: daß ein gantz frisches Heer
Mit dem Agrippa sey ins Keysers Låger kommen.
Verziehn wir länger nun / biß uns der Weg benommen
Sey über's Meer zu fliehn / so werden wir der Last
Der Ketten nicht entgehn. Weil du nun selber hast
Den Schluß der Königin / als klug und gutt gerühmet;
So red' ihr auch nun ein / was sich zu thun geziemet;
Daß gantz Egyptens Schatz noch eben diese Nacht
In möglichster Geheim werd' auf die Schiffe bracht;

586 zu lieben ein: einzuschmeicheln.

Und daß wir segeln fort mit erstem gutten Winde /
Wohin Sertor uns rufft. Wenn dis geschehn / so zünde
Man Alexandrien an hundert Enden an:
Daß Cæsar über nichts als Asche siegen kan.
ARCH. Ich habe / grosser Fürst / bereit an sie gesätzet;
Sie aber hat hierauf die Wangen nur genetzet;
In ihrem Vaterland' / in ihrer Eltern Grufft
Zusterben ihr gewünscht.
ANTON. Des Vaterlandes Lufft
Ist nur so lange gutt / als sie das Glück' ansüsset /
Die Freyheit balsamt ein. Egypten aber misset
Nun mehr des Himmels Gunst; der Erde Fruchtbarkeit;
Weil Rom die Heuschreck' ihr all' ihre Frücht' abmeiht /
Die Dienstbarkeit den Nil wie Wermuth bitter machet /
August die Tempel stürmt / der Ptolomeer lachet;
Und / wie er von sich rühmt / Egyptens Götter zwingt /
Sich aber selber uns zu einem Gott' aufdringt.
ARCH. Die Red' hat Grund und Recht. Ich wil mich auch bemühen
Zu wircken / was du schafst. Allein ihr ist das Fliehen
Zu Wasser so verhast; seit daß die Seeschlacht ward
Bey Actium verspielt / heißt sie die Wasserfarth
Der Klugen Aberwitz / die Schiffe Todten-Nachen /
Das Meer des Typhons Schaum.
ANTON. Hier aber hat der Rachen
Des Feindes uns nur nicht umzingelt. Geh und thu
Dein bestes. Denn hieran hängt unser Heil und Ruh.
ANTYL. Herr Vater / Cælius hat mit den meisten Schiffen
Die Flucht zu dem August / aus unserm Port' ergrieffen
Der gegen Morgen liegt. Im andern Hafen hat
Canidius und ich gleichmäß'ger Ubelthat /

616 abmeiht: abmäht.

Nur den Compaß verruͤckt / die Haͤupter abgesetzet
Die uns verdaͤchtig war'n.

ANTON. Elender Zustand! wetzet
Nun auch Verraͤtherey die Waffen gegen mir?
Verfluchter Cælius! ach Undanck! gab ich dir
Nicht mehr / als du verdient: ja als du kontest hoffen?
Doch hat der Meineyd nie sein Hofnungs-Ziel getroffen!
Du wirst dem Keyser selbst ein Dorn in Augen sein /
Rom schelten deine That / die Nachwelt dich verspei'n.
Inzwischen aber ist das Mittel zu entkommen
Mit unsern Schiffen uns / ach! leider! gantz benommen.
Wie harte greiffet uns die eisern-harte Hand
Des wilden Ungluͤcks an! Gott nimmt uns den Verstand
Die Treue von Betrug und List zu unterscheiden;
Und weil's Verhaͤngnuͤs schleust die Koͤpf' uns abzuschneiden /
Verwirrt es unsern Rath. Geh / nimm / mein Sohn / dich an
Des Werckes / weil ich nichts vernuͤnftig ordnen kan.
Cæsarion wird auch schon kluͤglich Anstalt machen.
Doch mag Archibius den ersten Port bewachen.

Der Schauplatz bildet ab ein lustiges Gebirge.

MERCURIUS. PARIS. JUNO. PALLAS. VENUS.

MERCURIUS.
Edelster Schaͤffer / und Auge der Hirten /
Welchen die Themis mit Nectar gesaͤugt /
Schaue / von Palmen und Oel-Zweig- und Mirten
Wird dir ein Krantz umb die Schlaͤffe gebeugt.
Jupiters Toͤchter und Ehgemahl muͤssen
Deinen gekroͤneten Hirten-Stab kuͤssen.

Eh sich dein Purper den Hůrden vermåhlet /
Hat des Verhångnůsses ståhlerner Schluß /
Dich zu dem Richter der Gőtter erwåhlet /
Schaue dis Kleinod der Schőnheit! diß muß
Dein unverfålschetes Urtheil verleihen
Der / die die Schőnste leb't unter den Dreyen.

PARIS.

Himmel! wo bin ich? ich werde zum Steine!
Såh' ich auf Ida drei Sonnen aufgehn?
Da doch den Himmel umbkreißet nur eine.
Såh' ich ein Klee-Blatt der Gőtter hier stehn?
Werd' ich von ihnen erkieset zum Richter
Uber die Himmlischen Sternen-Gesichter?
Was sich die Gőtter zu schlichten nicht trauen /
Sol ich einfåltiger Schåffer verstehn?
Kan doch mein Aug' in die Sonne nicht schauen;
Weniger wird sich's zu Gőttern erhőhn.
Kőnt' ich nur aber zwey Aepfel noch haben
Wolt' ich jedwede mit einem begaben.

JUNO. PALLAS. VENUS.

Schåffer / im Kriegen sig't einer alleine.
Tulipen gleichen der Rose sich nicht /
Demant ist Kőnig der Edelgesteine;
Sonnen verblånden der Sternen ihr Licht.
Diesem nach mustu nur Jupiters Willen
Durch den erwůnscheten Endspruch erfůllen.

PARIS.

Wol! denn des Jupiters ernstes begehren
Schlagen die Sterblichen stråflich in Wind;
Kan er doch albere Sinnen verklåren:
Daß sie zum Gőttlichen fåhiger sind.
Nåhert euch also mir / schőnste Gőttinnen /
Wollet ihr Sigs-Krantz und Apfel gewinnen.

JUNO.

Himmel und Erde muß Weyrauch anzůnden
Mir / der nicht Zierde / nicht Herrligkeit fehlt.

Wehre was schöners an andern zu finden /
Hette mich Jupiter ihm nicht vermählt.
Wilstu nun Jupitern Irrthum's nicht zeihen /
Mustu mir schönsten den Vorzug verleihen.

PALLAS.
Hoffart und Wollust sind Seuchen der Jugend.
Diese sind euer geschmincketer Schein.
Ich aber bin die vergötternde Tugend /
Welche die Thaten den Sternen gräb't ein.
Wilstu nun ewigen Nach-ruhm erlangen /
Muß ich als Schönste den Apfel empfangen.

VENUS.
Kronen sind dörnicht / die Waffen gefährlich.
Aber mein Paradis schwimmet voll Lust.
Meine verlibete Kriege sind herrlich /
Tödten die Sorgen / beseelen die Brust.
Jene mag Zepter und Harnisch erheben;
Dieses Gold werde mir Schönsten gegeben.

PARIS.
Rosen des Himmels / Gestirne der Erden /
Momus sieh't an euch nicht einigen Fleck.
Doch die nach Würden entschieden wil werden /
Lege die euserste Zirath hinweg.
Wenn man die Perlen von Glase wil schneiden /
Sondert man Farben und Schmincke von beiden.

JUNO. PALLAS.
Wagstu dich unser entblössete Glider
Mit den verweßlichen Augen zusehn?

VENUS.
Schaue! die Göttin der Schönheit wirff't nider
Dieses / wordurch sich die andern aufbläh n.

JUNO. PALLAS.
Fürchte nicht an uns vermummete Flecken /
Siehe / wir wollen uns gleichfalls entdecken.

PALLAS.
Schädliche Mutter verbländender Tücke /
Lege den zaubernden Gürttel von dir.

VENUS.
Wol! wol! blau-augichte Pallas / nicht rücke
Deinen Helm deinem Gesichte so für.

PARIS.
Götter / verleiht mir des Argos Gesichte /
Daß ich mein Richter-Ambt würdig verrichte.

JUNO.
Paris / Antigonens Ungemach lehret
Und des Ixion unruhiges Rad;
Wie den mein grimmiges Blitzen versehret /
Welcher mich einmal beleidiget hat.
Wirstu mich aber nach Würden bedencken /
Wil ich gantz Asiens Zepter dir schencken.

PALLAS.
Die am Apollo verachteten Künste
Müssen die Ohren des Midas bezahl'n;
Und der Arachne verächtlicht Gespünste /
Kan dir die zornige Pallas abmahl'n.
Nennstu mich aber die Schönste der Schönen;
Sollen unendliche Lorbern dich krönen.

VENUS.
Lasse nicht dreuen und Gaben dich beugen.
Opffert doch selber Diespiter mir.
Ist nicht auch Priamus Zepter dein eigen?
Unsere Mirten gehn Lorbern weit für.
Helenens dir zu gewiedmete Strahlen
Werden dir Kronen und Palmen bezahlen.

PARIS.
Schönste der ewig-helleuchtenden Sonnen /
Strecke den Marmel der Armen herfür.
Venus hat unter den dreien gewonnen.
Nimm den vergüldeten Apfel von mir.
Deine bepurperte Rosen vertilgen /
Anderer Schönheit Narcissen und Lilgen.

VENUS.
Kräntzet nun / kräntzet besigte Göttinnen /
Kräntzet mit Lorbern der Ziprien Haar!

Bauet bis zu den Saffirenen Zinnen /
Mir ein von Balsam wolrichend Altar!
Brechet nun Zepter und Lantzen in stücke!
Wünschet der siegenden Venus Gelücke!

JUNO. PALLAS.

Thörichter Richter! Verächter der Götter!
Kiesestu bländenden Schatten für Licht?
Gibstu die Früchte für ledige Blätter?
Gläube / dein Wahn vergeringert uns nicht!
Hoheit und Tugend wird Sternen-werts steigen /
Wann sich die Wollust zur Erde muß neigen.

JUNO.

Rasender! tausend wollüstige Frauen
Schätzet ein Kluger des Zepters nicht wehrt.

PALLAS.

Wer der verzaubernden Circe wil trauen /
Wird in ein sündiges Unthier verkehrt.

JUNO. PALLAS.

Du und dein loderndes Troja wird müssen
Deine verdammte Verwegenheit bissen.

VENUS.

Nein! nein! die Liebe die Jupitern zwinget /
Welche kan Wermuth in Honig verkehrn /
Wird den / der Lorbern und Palmen ihr bringet /
Nicht mit so bitterem Schlangen-Gifft nehrn.
Aller Welt Zucker ist gegen der Frauen
Himmlischer Süssigkeit Eckel und Grauen.

Die dritte Abhandlung.

Der Schauplatz stellet vor den Tempel der Isis in Alexandria / und die an dem Tempel hengende Todten-Grufft der Ptolomeer.

CLEOPATRA. CHARMIUM.

CLEO. VErtraute Charmium / das Werck / was wir solln schlůssen /
Erfordert: daß wir vor Serapen fall'n zu Fůssen /
Sein Bild andåchtig ehrn / daß man in diese Glutt /
Die dreissig Gőttern hier stets lodert / Weyrauch thut /
Und daß wir ihr Altar mit Zimmet-Oel errőthen.
Hilf mir! Denn Andacht hat Gehůlffen auch von nőthen.
Die Flamme spitzet sich und brennt wie flůssend Gold.
Es scheint der Himmel sey uns gutt / die Gőtter hold.
Doch dient dis Heyligthumb Uns nicht zu unsern Sachen.
Wir můssen hier hinab und in die Grufft uns machen.
Erschrick fůr Topf' und Asch' und Todten-Beinen nicht /
Sie sind ein Heyligthum / der Lebenden ihr Licht.
Der Balsam lȧßt hier auch nicht Wůrmer Nahrung ziehen.
Auß dieser Grufft solln mir die Wolfahrts-Eeren blůhen;
In dieser Nacht sol mir der Morgenstern aufgehn:
Daß / wo wir itzt mit Ach und Weh ůmbdůstert stehn /
Uns sol der lichte Strahl gewůnschter Lust erkwicken.
Vertraute Charmium / nur muttig! wir erblicken
Die Morgen-rőthe schon / die Uns den Tag sag't an!
CHAR. Bestůrtzte Kőnigin! ist dis die Lebens-Bahn?
Der Hafen der Gefahr / der Ancker unsers hoffen?
Stehn bei den Todten uns die Gnadens-Pforten offen?
Ist dis das Paradis / der Garten reiner Lust?
Wil sie den zarten Leib / die Alabaster-Brust
Der Adern Purper-Oel den Schatten-Geistern weihen?
Sol uns der schwartze Sarch von Furcht und Angst befreyen?

So ist ihr neuer Weg / den sie so hoch gerühmt /
Mit keinen Rosen nicht / nein! mit Napell beblüm't.
CLEO. Nein / liebes Haupt / nein nein! die Wolcke gibt zuweile
Dem einen nutzbar Licht / dem andern Donner-Keile.
Für euserste Gefahr muß euserst' Artzney sein.
Du sih'st / das Wasser dringt zu allen Seiten ein /
Der zehnde Sturm fehl't nur noch uns in Grund zu sencken.
Itzt itzt ists hohe Zeit das Ruder recht zu lencken!
August lig't uns am Portt: Er suchet seinen Thron
Zu gründen auf den Grauß des mächtigen Anton.
Wird dieser Sturm-Wind nun die feste Zeder fällen /
So muß sein Fall zugleich mich schwachen Ast erschellen.
Drumb ist es hohe Zeit: daß man sich des entbricht /
Dem das Verhängnüß schon sein letztes Urtheil spricht.
Zwar wünschten wir ihn wol uns noch vermählt zu schauen /
Durch unser Gutt und Blutt ihm seinen Thron zu bauen;
Allein' umbsonste wird der Bezoar verbraucht /
Wenn das entflammte Gifft schon in dem Hertzen raucht.
Man spar' an Todten nur die teuren Perlen-Träncke.
Hier ist des Keysers Brief / der gibt uns zum Geschäncke
Das Leben / da man ihm den Fürsten todt gewehrt.
Dis / Charmium / dis ists / was unsern Geist beschwert.
CHAR. O Stern-vermählte Seel' / und Spiegel kluger Sinnen /
Wer / wenn das Schiff zerbricht / den Wellen kan entrinnen /
Thut thöricht / wenn er sich mit andern stürtzt in's Meer.
Wo aber sucht sie Hülff' aus dieser Grufft hier her?
CLEO. Einfält'ge! wagestu dich den Anton zu tödten /
Den blancken Reben-Safft mit Giffte zuberöthen?
Wollstu dich Stahl und Dolch zu brauchen untersteh'n?
Nein / Charmium /nein nein! man muß behuttsam gehn.

28 Napell: Aconitum Napellus, Eisenhut.
43 Bezoar: Gegengift.

Dis ist ein klůger Rath: du weist / verliebter Leben
Pflegt mehr in frembder Seel' / als in sich selbst zu schweben /
Auch weistu: daß / da nur die Lib' ist ungeschminckt /
Die Brust des Piramus in Thysbens Spitze sinckt:
So auch / da wir uns hier ein falsches Grabmal bauen /
Traun wir uns den Anton selbst-håndig todt zu schauen /
So denn fållt's uns nicht schwer durch unser Lilgen-Brust /
Durch den benelckten Mund zu zwingen den August.
CHAR. Egyptens Labyrinth wird seinen Ruhm einbissen;
Weil kluge Weiber stets wo einen Ausgang wissen.
CLEO. Gar recht! drumb sey auch du mir hůlfbar / und verschmitzt.
Weil mir kein Glůcke blůht / das dir nicht dient und nůtzt.
Doch / weil der Schein mehr Pracht / und Blåndung grőssern Schimmer
Als Wahrheit darf / so ruff' uns her mehr Frauenzimmer.
Nebst diesem laß' ich dir alleine dis zu thun:
Daß / wenn mein schlaffend Leib wird als entseelet ruh'n /
Anton den falschen Todt als wahrhafft stracks erfahre;
Geh hin! dein und mein Heil wåchst auß der Todten-Baare.

CLEOPATRA. CHARMIUM. IRAS. BELISAMA. SIDA. SALAMBO. BABIA. *der* CLEOPATRA *Frauenzimmer.*

CLEO. Auf auf! Cleopatra / ermunter Witz und Sinn!
Auf! segel' in die See mit schwartzen Flacken hin!
Willkommen edle Schaar / ihr Schwestern unsers Glůckes /
Kommt / wůrdig't noch einmal mich eures letzten Blickes;
Kommt drůckt mir Sterbenden die starren Augen zu!
Wein't ihr? mißgőnnt mir nicht die sůsse Todten-Ruh.

70 darf: bedarf.

IRAS. Wil ihre Majeståt uns so verweiset lassen?
Sol dieser zarte Leib in frischer Blůth' erblassen?
Sol dieser Adern Kwåll / der Glider Helffen-Bein /
Der Lippen ihr Rubin der Schlangen Speise sein?
Sol ihrer Brůste Milch die faulen Wůrmer såugen?
Solln diese Sonnen Molch' und grůne Nattern zeugen?
Der Himmel lasse nicht so herben Schmertz uns schaun!
CLEO. Ja / Schwestern / ja! kommt / helft mir Sarch und Baare baun.
BEL. Wil sie ihr / Gőttin / selbst verkůrtzen Heil und Leben?
CLEO. Pflåg't nicht der Seiden-Wurm ihm selbst sein Grab zu weben?
Der kluge Schwan singt selbst behertzt sein Sterbe-Lied.
Ihr růhmet: daß an mir Gestalt und Alter blůht;
Die Schőnheit ist ein Rauch / die Jugend ist ein Schatten.
Eh' als die Knospen uns sind kommen recht zu statten /
Frist schon der Zeiten-Wurm die welcke Blume weg.
Wieviel gibts Wespen nicht / die die Verleumbdung-Fleck'
Auf unsre Lilgen schmirn / aus unsern Sůssigkeiten
Wie Schlangen tődlich Gift aus besten Klee bereiten;
Den ausgesog'nen Safft in garstig Eyter kehrn;
Mit unsrer Libes-Milch nur ihre Wollust nehrn.
Du weist es / Charmium / worauf mein Eifer ziehlet.
Hat Julius nicht nur mit uns die Brunst gekůhlet?
Der Keuschheit Purper-Blůth' entfårbt mit schnőder Lust?
Dis / libste Schwestern / nag't noch itzo Marck und Brust.
Geht euer Absehn denn auf meinen Stand und Wůrde?
Mein itzig Beispiel lehrt: der Stand sey Last und Bůrde;
Daß keine Distel so wie Seid' und Purper stech';
Und daß ein Zepter eh' als schwirrend Glaß zerbrech'.
Als ich den ersten Blick des Tages kaum empfangen /
Hat mich das Elend schon auf seine Brust gehangen;
Mir minder Mutter-Milch als Wermuth eingeflőß't.
Eh' als durchs lallen mir die Zunge ward gelőßt /
Must ich der Eltern Todt / des Brudern Haß empfinden /
Und / was sich Drachen nicht auf Drachen unterwinden /

Mein Kristallinen Glas mit Giffte schaun befleckt /
Und auf der Schwester Hals das grimme Schwerdt entdeck't.
Ist auch gleich im Anton mir einig Licht erschinen;
Die Hochzeit Fackel muß oft auch zu Grabe dinen.
Der Krocodil beweint den / den er fressen wil /
Und die Sirene regt beim Strudel Seiten-spiel.
So lib-kost' auch das Glück' uns / wenn's uns wil vergraben.
Behertzigt / was wir nicht zeither erlitten haben /
Seit uns bey Actium Gelück' und Sieg verließ /
Und unser Königreich in frembde Banden stieß.
Mein Athem-loser Geist / mein abgemergelt Hertze
Fäll't nun ohnmächtig hin / und ist so herbem Schmertze /
Nicht mächtig zu bestehn. Dis Leben ist nicht werth:
Daß es die Seele stets mit Thränen-Saltze nähr't.
Dis fehlt mir ja nur noch / von seinem Zucker-Thaue:
Daß ich die Kinder nicht der Römer Sklaven schaue;
Nein! dis zu schau'n bin ich zu edel vom Geblütt' /
An Tugend viel zu groß / zu Hertzhafft im Gemütt'.
Entschleuß dich / hoher Geist / wie du dir vorgenommen /
Durch den behertzten Tod den Fässeln vorzukommen;
Auf! Seele flügel dich! schwing dich vom Kot zu Gott;
Aus Staube zum Gestirn'. Ein unverzagter Tod
Sticht tausend Jahre weg. Drum sparet eure Zehren /
Hertzliebsten Kinder / doch.

SAL. Soll'n sich die Augen klären /
Wenn unser' Isis sich in schwartze Wolcken hillt.

CLEO. Des Himmels Krachen wird durch Kleinmuth nicht gestillt.

SIDA. Auch Wehmuth hat ihr Recht.

CLEO. Vernunfft muß sie umb-tämmen.

IRAS. Ach! Königin / wer kan den Trieb der Liebe hemmen?

CLEO. Wer Ruh und Himmel uns nicht gönnt / der libt uns nicht.

BAB. Es ist das Leben ihr zu retten unsre Pflicht.

CLEO. Und Wahnwitz / wenn ihr euch lehnt wieder unser Götter /
Die keine Kleinmuth beugt.
BEL. Der Lotus hüllt die Blätter /
Die sich früh breiten aus / des Abends traurig ein /
Wenn ihm sein Augen-trost die Sonn' entzeucht den Schein.
Und wir solln Kisel sein / wenn unsre Sonne schwindet?
CLEO. Weint ihr? weil Isis nun einst den Osiris findet?
SAL. Weil Isis wird verlohrn.
CLEO. Und sich zur Göttin macht.
BAB. So schlägt sie Reich und Mann und Kinder aus der acht?
CLEO. Reich / Mann und Kinder sein der Götter Schutz ergeben.
BEL. Sie werden ohne sie verweis't und hülf-loß leben.
CLEO. Der tritt auf's Fall-brett auf / der sich auf Menschen stützt.
SAL. Ein umbgefallner Baum lehrt / was sein Schatten nützt.
CLEO. Setzt mir nicht ferner zu / mit den unfruchtbar'n Thränen!
Helfft mir vielmehr den Weg in diesen Garten bähnen /
Da ich mein Leben kan der Nachwelt pfropfen ein.
Knüpf't in mein krauses Haar die Diamanten-Stein /
Bekräntzt mein Himmlisch Haupt mit Rosen und Narcissen /
Last meinen nackten Hals die Muschel-Töchter küssen /
Den Armen legt Schmaragd / den Achseln Purper an /
Daß ich dem Bräutigam ja nicht mißfallen kan.
BEL. Wem wil Cleopatra sich sterbend noch vermählen?
CLEO. Dem Tode; den wir nun viel freudiger erwehlen /
Als da ich dem Anton und Cæsarn ward vertraut.
BEL. Legt dem Gespenste man / für dem der Seele graut /
Für dem das Auge starrt / für dem das Hertz' erkaltet /
So holden Nahmen bey?
CLEO. Schweigt Kinder / denn ihr haltet
Nur mein Vergnügen auf. Lebt glücklich! gutte Nacht!
Ihr seht die Kuh hier knien von kostbarm Ertzt gemacht /
In diese solt ihr mich / wenn ich erblaßt / begraben.

SAL. Wil sie ihr eigen Bild denn nicht zum Sarche haben /
Das hier steht / und Anton ließ giessen zu Corinth?
CLEO. Bin ich so edel nicht / als Mycerins sein Kind?
CHAR. Egyptens Isis sol in Isis Bilde schlaffen.
BAB. Ach! was verhängt nicht GOtt auf uns für Leid und Straffen.
CLEO. Bereite / Charmium / was zum Begraben noth.
Weil ich Serapens Bild umb einen sanften Tod
Hier kniende fleh' an. Doch laßt uns euch vor küssen /
Eh eure Liebes-Hand uns wird die Augen schlüssen.
Nun rufft's Verhängnüs uns. Komm / Iras / diene du
Zum Gottesdienste mir.
CHAR. Ihr Kinder füllt die Kuh
Mit Myrrhen / Cassia / Amomum / Gummi / Zimmet /
Zibeth und Aloe / und was man sonsten nimmet
Die Leichen für Gestanck und Fäule zu bewahrn.
SIDA. Ach! dörft' ich doch für sie zu Hecaten hinfahrn.
BEL. Zerfleischt die Haut mit Stahl / zerkwetscht das Fleisch mit Stössen.
CLEO. Du must den rechten Arm / die lincke Brust entblössen.
Nimm Stab und Dreyfuß hin / sätz' auf den Habicht-Kopf.
Gib mir das Wachsbild her; geuß aus den Wasser-Topf
In dem man den Gott Nil und den Canopus ehret /
Hier in die Opfer-Schal'n.
IRAS. Ihr grossen Götter höret!
Erhört Cleopatren / die euch zu Fusse fällt!
Vermähle dich mit ihr du grosser Geist der Welt!
CHAR. Sätzt's Mohnden-Bild der Kuh hier zwischen beide Hörner.
CLEO. Streu / Iras / auf's Altar die fett'sten Weyrauch-Körner.
CHAR. Bringt eine Ampel her / die den Anubis stellt
Durch einen Hunds-Kopf für / und ewig Feuer hält /

Darzu Asbestisch Oel / Carpasisch Flachs muß kommen /
Saltz / das von Ertz und Gold und Silber wird genommen /
Der Amianten-Stein / und Salamander Haar.
SAL. Anubis nimm alhier Cleopatrens so wahr /
Wie du Osiris Leib / der Isis Gang bewachest.
BEL. Serapis / der du nie dein grosses Auge machest
Mit Augenliedern zu / entzeich dein himmlisch Licht /
O Auge dieser Welt / hier diesem Sarche nicht.
SIDA. O Mutter der Gesätz / Erfinderin der Früchte /
Die du den Nil mit Flutt / den Hundes-Stern mit Lichte /
Die Welt mit Mehl besäm'st / beseel' auch dieses Grab.
BAB. Treib grosser Hermes auch den Typhon von hier ab /
Daß er den Sarch in Nil nicht wie Osiren werffe /
Kein Krocodil den Zahn auf unsrer Isis schärffe;
Sonst wiedme ich das Bild des güldenen Osir
Dem Typhon / und werf ihm ihn selber wieder für.
CHAR. Deckt ein Phönicisch Tuch dem Ochsen auf den Rücken.
BEL. Man muß Cleopatren / wo sie das Licht erblicken
Der Ewigkeiten wird / hier ewig Prister weihn /
Ihr ein Altar baun auf / stets Rosen auf sie streun.
Zwölf Jungfraun müssen Thrän' und Balsam hier vermengen /
Der nur zu Jercho wächst / und dis ihr Grab besprengen.
CLEO. Serapis höret mich. Ist kein schwartz Lamm nicht dar?
Stracks / Iras schlacht' es ab / das Blutt spritz aufs Altar /
Wasch' es mit Wasser ab / das Ibis hat getrübet /
Wirf Wermuth in die Glutt / die Isis so sehr liebet /
Erfrische sie mit Oel. Versöhnt die Geister mir
Auch die mir feind gewest. Wolan! ist alles hier?
So komm' / O süsser Tod / O liebstes Wolgefallen!
Kommt und erkwicket mich / vergifftete Kristallen!
Ich küsse Gifft und Glaß!
CHAR. Was thut sie / Königin?
CLEO. Was das Verhängnüs heißt.
IRAS. Wo denckt sie / Göttin hin?

CLEO. Nun in die Ewigkeit.
BEL. Sol die ein Gifft-Glaß schencken?
CLEO. Dis nimmt zu rechter Zeit den Preiß den Perlen-Träncken.
SAL. Gifft rührt vom Typhon her.
CLEO. Auch Typhons Tranck ist gutt /
Wenn er die Seel' auflös't / wie des Saturnus Glutt.
SIDA. Ach! weh uns! wo wir sie so schnöde sterben lassen.
CLEO. Verflucht sey die / die uns wil wehren zu erblassen.
BAB. Reißt ihr das Gift-Glaß aus / die Angst hat sie verrückt.
CLEO. Zähmt euch / Verwegene!
CHAR. Verschmertzet / was GOtt schickt.
IRAS. Ach! Sie besinne sich.
CLEO. Umbsonst! ihr wehr't vergebens.
CHAR. Ach GOtt! was sehen wir?
CLEO. O Nectar unsers Lebens!
O Labsal unsrer Seel'! O Zucker-süsses Gifft!
Wol diesem! der durch dich so trüber Noth entschifft!
Der in dein Todten-Bild sein einigs Heil vermummet!
Wol diesem!
CHAR. Sie erblast.
IRAS. Durchlauchste!
CHAR. Sie verstummet.
SIDA. Sie röchelt!
CHAR. Sie erstirbt.
IRAS. Seht wie das Hertze klopfft!
BAB. Reißt ihr die Kleider auf!
BEL. Der Adern Kwell verstopfft
Sich leider!
CHAR. Sie ist hin! die Augen sind gebrochen!
IRAS. Man fühlt die Seele noch im engen Hertzen kochen.
SAL. Die Brust ist noch nicht kalt / bringt Eßig / Narden / Wein!

CHAR. Weckt / thoͤrchte / Todten auf!
IRAS. O Jammer-reiche Pein!
Ist Geist und Athem hin?
CHAR. Sie ist / sie ist verblichen.
SIDA. Die Himmel-hohe Seel' ist aus der Welt entwichen!
IRAS. Ich bebe voller Furcht / der Angst-Schweiß bricht mir aus!
BEL. Bestuͤrtztes Vaterland! in Grund gestuͤrtztes Hauß!
IRAS. Ach Gott! wer wird den Fall dem Fuͤrsten offenbaren?
CHAR. Anton muß ihren Tod aufs minste doch erfahren.
IRAS. Ich mag so herber Post nicht erster Bothe sein.
CHAR. Eilt / Babia / geht rufft wen von Trabanten ein.
IRAS. Ihr Goͤtter! hab't ihr denn Egyptens gar vergaͤssen
Und unser; denen man wird diesen Fall' zu maͤssen?
Kan keine truͤbe Wolck' uns hier vorbey nicht gehn?
Muß Ptolomæens Stul Fall uͤber Fall ausstehn?
Wer wird Cleopatren satt zu bejammern wissen?
Laß mich nur noch einmal zu gutter letzte kuͤssen /
Entseelte Koͤnigin! nun Goͤttin! diesen Mund /
Durch dessen Libreitz selbst die Goͤtter wurden wund.

ETEOCLES. *Etliche andere des Antonius Trabanten.*
CHARMIUM. IRAS. SIDA. BELISAMA. SALAMBO. BABIA.

ETEO. Welch Blitz ruͤhrt meinen Kopf? wo bin ich hingeleitet?
Wem hat man Sarch und Grufft und Grabmal zubereitet?
Wie? bin ich bey Vernunfft? traͤumt mir? bin ich bey Sinn'?
Ist dis Egypten-Land's erblaste Koͤnigin?
CHAR. Ach Leider! ja sie ist's! die Pallas unsrer Jahre /
Das Wunder der Natur ligt auf der Todten-Baare.
Die Sonne dieses Reich's versanck' ins todte Meer.
ETEO. Ach Goͤtter! ach! wo ruͤhrt so schwerer Unfall her?
IRAS. Sie hat durch Gift ihr selbst das Lebens-Garn verschnitten.
ETEO. Hilf Himmel! kontet ihr solch Ungluͤck nicht verhuͤtten?

CHAR. Wer darf den Königen Gesätze mahlen vor?
ETEO. Auch diese geben oft dem Rath' ein offen Ohr.
IRAS. Wir suchten / doch umbsonst das Gifft ihr auszuwinden.
ETEO. Die Ausflucht kan euch nicht von Schuld und Straff entbinden.
CHAR. Was das Verhängnüs schleust ruht nicht in unser Macht.
ETEO. Was mein't ihr? daß sie hab' auf diesen Schluß gebracht?
CHAR. Nichts / wie sie vorgab / sonst als ihr Verdruß zu leben!
Als die bestürtzte Zeit / die täglich's Ach umbgeben /
Und die von dem August andreuende Gefahr.
ETEO. Wie? daß ihr grosser Muth itzt erst so zaghaft war?
CHAR. Ein Schiff / wie steif es ist / läßt die erbosten Wellen
Den rasend-tollen Sturm sich endlich doch zerschellen.
ETEO. Weh dem / der oft das Schiff verwahrlost ohne Noth!
Ich eile dem Anton den jammer-reichen Todt
Der grossen Königin umbständlich zu erzählen.
In des lass't dennoch nichts an Fleiß' und Mitteln fehlen /
Schaff't kräft'ge Wasser / Oel und Lebens-Balsam her;
Bestreichet Schläff' und Pulß: schaut' / ob ihr ungefähr
Den kalt-erstarrten Leib mit reiben mög't erkwicken.
IRAS. Der Himmel wolle mehr uns Hülff' als Hofnung schicken.

Der Schauplatz verwandelt sich in des Antonius *geheimes Zimmer*

Des ANTIGONUS, ARTABAZES *und* JAMBLICHUS Geister. ANTONIUS *auf einem Bette schlaffend.* EROS, *gleichfals zu seinen Füssen.*

ANTIG. GEIST.
Die Erde bricht / der Abgrund reiß't entzwei /
Die Rache tag't mich aus den finstern Hölen /

300 tag't: ruft zum Gerichtstag.

Wo die mit Mord und Blutt besprützte Seelen
Sich laben durch ihr Angst-Geschrey.
Du Mörder / den stets Mord und Brand gelüstet!
Schau' an mein Schatten-Bild / den Nebel meiner Faust /
Mit Flamm' und Fackel ausgerüstet.
Dis Pech / die Glutt / für der dir graust /
Sind deines Untergang's ergrimmte Blutt-Cometen;
Die deines Hertzens schwartze Nacht /
Mit bebend-banger Furcht und stetem Ach erröthen.
Dein Gewissens-Wurm erwach't /
Und mein beschimpftes Bild gibt einen Spigel dir /
Darinnen du kanst deine Laster schauen /
Für denen dir itzt selbst muß grauen.
Schau an / erhitzter Löw' / erbostes Tigerthier /
Wie du den geweihten Zepter Henckers-Hand zerbrechen liessest /
Und mit knecht'schen Peitsch' und Rutten der Gesalbten Leib zerrissest!
Wie du mein gekröntes Haupt Sklaven machtest unterthan /
Und an ein verdammtes Holtz nageltest die Glider an.
Erzitterstu du wildes Unthier so /
Für deines ermordeten Königes Schatten?
Dis kommet / Tirannen / euch billich zu statten;
Daß euch ein Espen-Laub / ein Rauch / ein raschelnd Stroh /
Ein schleichendes Gespenst' / ein irrend Licht erschrecket /
Und mit blutt-roten Purper-Farben
Euch abmahlt die Gewissens-Narben!
Daß ihr die Natter selbst in eurem Busem hecket
Die euch beist / sticht und necket.
Ja! nicht nur schreckt / euch wol bezwinget:
Daß ihm ein Blutt-Hund selbst verzagt sein Licht auslåscht /
Und sein ergrimmte Klau im eignen Blutte wåsch't.
In dem es ihm noch nicht so gutt gelinget:

Daß ihn ein frembder Dolch / ja nicht sein Knecht umbbringet.
Jedoch! schau her! ich wil dir gnädig sein /
Und dir den Dinst noch thun / den Sklaven dir versagen /
Die doch für deine Brust Schild / Helm / und Harnisch tragen /
Zu säncken dir dis Schwerd in Brunn der Adern ein;
In dem du doch wirst lernen müssen /
Wo nicht zuvor schon wissen:
Daß der Tirannen Sarch und Mantel stets sey roth:
Ihr bluttig Ende sey keinmal ein trocken Todt:
Und / daß sie aufs Busiris Mord-Altaren
Zur gelben Zeres schwartzem Eydam fahren.

ARTABAZ. GEIST.

Halt halt! verzieh! halt Stahl und Stoß zu rücke!
Der Blutt-Hund ist nicht frembder Schwerdter wehrt:
Recht ists: daß der durch eigne Faust ersticke /
Der sich von Schweiß' und andrer Blutte nehr't.

JAMBLICH. GEIST.

Der Wütterich muß sich vor sterben fühln.
Denn ein geschwinder Tod ist Gnade / keine Straffe.
Der Hencker mag zwölf Tage mit ihm spieln;
Daß sein gekrümmter Leib vor auf dem Pferde schlaffe /
Sein Rücken fühle Peitsch und Bley /
Ein eisern Kamm zerkratze seine Glieder /
Die Schraube kwetsch ihm Arm und Bein entzwey /
Die Wippe laß' auf Nadeln ihn fall'n nieder.
Man schneid ihm ab die Zung' / und brech' ihm aus die Zähne /
Die Fuß-Sohln schlagt ihm ohne Zahl;
Die Nägel schnürt bis auf das Blutt mit einer Seene /
Reißt alle Haar' ihm aus / doch eines auf einmal.
Tropft Schwefel / siedent Ertzt / und Oel ihm auf die Brust /
Schmiert ihn mit Honig ein / daß ihn stets Wespen stechen /

Bereitet ihn zu einer Mäuse-Kost /
Und laßt das Rad die Schienbein' ihm zerbrechen.
Wenn nu nach diesem Kurtzweil-Spiel'
Anton nicht länger tauern wil /
So sterbe ja der Hund / der mich hat todt gepeinigt;
Doch thut ihm hundert Tod' auf einmal immer an.
Er werd' in einen Sack mit Schlang' und Hund gethan /
Er werde / doch nicht todt / geröstet und gesteinigt /
Man wind' ihm seine Därmer aus dem Bauche /
Tränckt ihn mit Kröten-Safft / speist ihn mit Hütten-Rauche /
Neht ihn in Bären-Häut' / und werft ihn Hunden für.
Denn er war wüttender als kein gebeißig Thier.
Setzt ihn auf einen Stul aus Stahl /
Krönt ihn mit einem Helm' aus glüend-heissen Eisen.
Denn bratet ihm in Ochsen / und am Pfal' /
Und endlich mag sein Fleisch so Rab als Geyer speisen;
Die Beine brennt zu Asch' / und streut sie in die See /
Kratzt seinen Nahmen aus. Sein gantzes Hauß vergeh.

ANTIG. GEIST.

Erschrecklicher Palast / da so viel Geister irren!
Da so viel Zimmer nichts als Todten-Grüffte sein!
Was für Gespenste spieln sich durch die Pfosten ein?
Was hör' ich umb den Leib für güldne Ketten schwirren?
Die Häupter krönet Gold /die Füsse tragen Stahl /
Und ihr entblöß'ter Hals ein bluttig Wunden-Mahl.

ARTABAZ. GEIST.

Das Haupt Armeniens hat diesem Mörder müssen
Auch Füß' und Bügel küssen.
Der Räuber samlete den Schweiß der Völcker ein /
Daß er durch meiner kostbahr'n Fässel Zierde
Bezeugte seine Mord-Begierde /
Nebst der meist ein Tirann verschwänd'risch pfleget sein;
Biß endlich er von Brunst und rasend-blindem liben /
Ward durch ein wüttend Weib getriben:

Daß er doch ohne Schuld mir einen Blutt-Spruch schrieb /
Krafft dessen mir das Beil den Kopf abhieb.
Jedoch du Wuͤtterich / den Drach und Molch gesaͤuget /
Der du den Purper hast durch so viel Blutt befleck't /
Der doch fuͤr Stab und Stahl die Erdens-Goͤtter deckt /
Hast dir nur Glutt in's Haus / Wuͤrm' in die Brust gezeuget /
Und dein Blutt-fettes Schwerd gewetzt /
Das dein verzweifelnd Arm dir selbst ans Hertze setz't.
Auch trifft der Donner nicht nur dich;
Die Schlangen werden der auch Gifft und Geist aussaugen /
Die als ein Basilisk' aus den entflammten Augen
Spruͤtz't eitel Mord und Tod' umb sich.
Du zaubernde Medea dieser Zeit /
Egyptens Helena / zwar durch dein lodernd Kleid /
Durch dein gebisamt Gift faͤllt der in moͤrdrisch rasen /
Der dich als seinen Abgott ehrt:
Jedoch Sie / die dis Feuer aufgeblasen /
Erstick't auch in dem Rauch' und wird nebst ihm versehr't.
Erwache grimmer Fuͤrst / weil du dir durch die Brust /
Wie das Verhaͤngnuͤs heist / dis Eisen treiben must!

ANTIGON. JAMBL.
Wache Tiranne! denn Donner und Rache
Krachet / erwache! Verraͤther / erwache!

ANTONIUS. EROS. *Trabanten.* ANTYLLUS.

ANTON. Auf / Eros! Diener auf! es ist nicht schlaffens Zeit /
Nun auch der Abgrund selbst auf uns sein Feuer spei't!
Auf! auf! Mord / Gift und Brand ist embsig uns zu toͤdten!
Auf! last der Ampeln Glas durch brennend Oel erroͤthen!
Auf Eros! ist kein Mensch der umb den Fuͤrsten wacht'?

EROS. Ach! leb' ich? bin ich todt? wer stöhrt die schwartze Nacht
Mit Flammen / Glutt und Licht?
ANTON. Auf! auf! Feind! Feind! Trabanten!
Trabanten! seit ihr taub? was für Verrähter rannten
Durch Pfort' und Wachten weg?
TRABANTEN. Wir sind von Schrecken kalt!
ANTON. Bringt Fackeln! suchet durch!
EROS. Hilf GOtt! wer braucht Gewalt?
1. TRAB. Wir zittern voller Furcht!
ANTON. Ist Burg und Schloß versehret?
2. TRAB. Wir haben nichts geseh'n / ach! aber viel gehöret!
EROS. Welch Blitz umbschüttet mich!
ANTON. Weiß denn kein Mensch nicht Rath?
Eröfnet / was für Furcht euch überfallen hat?
3. TRAB. Das Haar steh't uns zu Berg' / uns beben alle Glider.
Des Fürsten Stimme gab uns die Vernunfft kaum wider;
Solch ein erschrecklich Knall erschütterte den Saal.
EROS. Ach Himmel! ach! mich traf ein grimmer Donnerstral!
ANTON. Entdeck' es / was du hast erschrecklichs vorzubringen.
EROS. Herr / ich sah' ins Gemach drei grimme Geister dringen /
Gerüstet in der Hand mit Schwefel / Pech und Schwerdt.
Die Glutt war dir aufs Haupt / der Stahl aufs Hertz gekehrt!
ANTON. Ach Himmel! ach wir sind / wir sind / wir sind verlohren!
Es hat kein falscher Traum dis Schrecken uns gebohren!
Ach Himmel! wir sind hin!
EROS. Fürst / da ichs glauben darf /
Ligt hir der Dolch / den das Gespänst' an Boden warf.
ANTON. Es ist mein eigen Dolch / hier steckt die leere Scheide.
Hengt denn der Fürsten Fall nur an so dinner Seide!

JUN. Ich muß Ihm / grosser Fuͤrst / was schrecklich's bringen bey.
ANTON. Was dreut der Himmel mehr? entdecke / was es sey.
JUN. Es war gleich Mitternacht / als Wolck und Himmel krachte /
Die Erde bebete: daß Stad und Buͤrger wachte.
Des grossen Tempels Thor sprang von sich selbst entzwey.
Nach diesem hob sich an von Bachen ein Geschrey
Und wilden Satyren / die tausend Fackeln trugen /
Und hundert Trinckgeschirr' in kleine Stuͤcke schlugen /
Wie wenn sie bey der Nacht Sabazus Fest begehn.
Ein Esel trug vorher den trunckenen Silen /
Ihm folgte Bachchus nach bekraͤntzt mit frischen Reben /
Sein Spiß und Wagen war mit Epheu rings umbgeben /
Vier Luchse zohen ihn durch die bestuͤrtzte Stadt /
Fuͤr Mæris Thor hinaus / wo Cæsar's Laͤger hat.
ANTON. Die Goͤtter flihn fuͤr uns. Weh mir! ich bin verlohren.
Ich bin dem Vater nach vom Hercules gebohren /
Vom Bachchus aber stammt mein Muͤtterliches Hauß /
Ich ruͤstete mich auch stets wie Lyæus aus /
Und that ihm alles nach. Den hab' ich so verletzet:
Daß seinen Fuß von hier mein grosser Schutz-Gott setzet
Und sich zum Keyser schlaͤgt / da ohne diß mein Geist
Fuͤr seinem sich entsetzt / und zu Athen zerschmeißt
Der Wind des Bachchus Bild / in Patra wird zu Staube
Alcidens Heiligthum / wir hier zu Cæsars Raube.
Entweiche Junius. O Hellen-schwartze Nacht!
In der mehr Furcht umb uns als unsre Sklaven wacht!
Bestuͤrtzte Seelen-Angst! durchaus-vergaͤltes Leben!
Muß denn der Sorgen-Wurm stets an den Cedern kleben!
Kan denn kein Purper-Kleid nicht ohne Blutte sein /
Und nisten in Scharlat nur fette Schlangen ein?

472 Scharlat: Scharlach.

Muß Angst und Aegel stets an Fürsten-Adern nagen?
Muß denn der Blitz allzeit nur in Paläste schlagen?
Und bleibt die Schäffer-Hütt im Sturmwind
unversehrt?
Wie? daß der blinde Mensch dis fleucht und jenes ehrt?
Ihr Parzen / die ihr uns den Lebens-Faden spinnet /
Wie kommt's: daß einem Gold von eurem Rocken rinnet?
Daß ihr dem Silber dreh't / dem andern Stal und Blei?
Dem reist die Spille bald / dem andern spät' entzwei.
Ihr Parzen / wie daß ihr das Gold der ersten Jahre
Mir itzt in Ertzt verkehr't / und mir die Todten-Baare
Mit so viel Jammer schwärtzt? sucht ihr so sehr mein Grab?
So schneidet mir nur bald den Drat des Lebens ab /
Eh jede Spanne sol so harte Knoten haben.
Denn wer so lebt / der ist lebendig schon begraben.
ANTYL. Herr Vater / ach! ich muß ihm leider bringen bey:
Daß auch Archibius zum Schelmen worden sey!
Weil durch sein Bubenstück der Pharos ist verlohren.
ANTON. Ach! hat's Verhängnüs denn sich wider uns
verschworen?
Ists wahr dis was du sagst?
ANTYL. Ich habe selbst gesehn
Von's Philadelphus Thurm' ein Römisch Siegs-Fahn wehn.
ANTON. So ist denn Glaß und Krebs der Grund so hoher
Thürme?
Dient Marmel / Meer und Stahl nicht mehr zu unserm
Schirme?
Wil auch ein Pharos uns ein Irrlicht / wie's Gelück'
Ein schädlich Fallbrett sein? was geht uns nicht zurück' /
Ob gleich Vernunft und Müh die Hand daran geleget?
ANTYL. Die Klugheit / die nicht's Glück' auf ihren Flügeln
träget /
Kommt freylich auf den Grund. Cleopatra verdien't
Mehr Ruhm / als Sostratus; daß sie sich hat erkühnt

480 Spille: Spindel.

An Alexandrien dis Eyland anzuhängen.
Nun aber dient dis Werck uns ärger zu bedrängen /
Die beiden Hafen sind auf einmal eingebißt /
So Schif als Schif-Geräth und aller Vorrath ist
Verspielt / und uns zur Flucht nun jeder Weg
verschrencket.

ANTON. So ists nun hohe Zeit: daß ich / und jeder dencket
Wie man der Dienstbarkeit des Keysers komme für.
Wo / Eros / ist mein Dolch?

ANTYL. Herr Vater / wollen wir
Ja sterben / so gescheh's; jedoch mit bessern Ehren.
Laß' unsern Todfeind uns durch unsern Stahl versehren!
Sind gleich die Hafen weg / ist schon die Flucht verwehrt;
So stehn die Mauern noch. Laß mein behertztes Schwerd
Und derer / die noch treu / dich und die Stadt beschirmen.
Eh als Augustus wird aus so viel festenThürmen
Uns treiben / wird manch Feind noch beissen in das
Graß.
Mein Degen ist aus Stahl / und das Gelück aus Glaß;
Wer weiß den Ausschlag noch? Muß's endlich sein
gestorben /
So haben wir mehr Ruhm zu hoffen / und erworben;
Wenn eigne Kleinmuth uns nicht in verzweifeln stürtzt;
Wenn unsre Tapferkeit Gefahr und Unglück würtzt.

ANTON. So geh. Der Himmel helff euch Glück und Feind
bezwingen!

ETEOCLES. ANTON. EROS. *Die Trabanten.*

ETEO. Ach Fürst! ach dörft' ich doch die rauhe Post nicht
bringen!

ANTON. Was ist's.

ETEO. Cleopatra.

ANTON. Was ists? verschweig es nicht.

ETEO. Die grosse Fürstin hat durch Gift sich hingericht.

ANTON. Cleopatra durch Gift?
ETEO. So ists / wie ich erzehle.
ANTON. Laͤscht das Verhaͤngnuͤß denn die Ungluͤcks-Glutt mit Oele?
Armseeliger Anton! unheilbar Hertzen-Riß!
Armseeliger Anton! ist / was du sagst / gewiß?
ETEO. Ach Fuͤrst / ich habe selbst an der erblasten Leichen
Den Todten-Schweiß geseh'n; es war kein Lebens-Zeichen
Mehr an dem Pulse dar. Die Bruͤste waren Eiß /
Der Adern Tuͤrckis Schnee / die Mund-Corallen weiß.
Darzu so ließ sie selbst auch durch ihr Sterben schauen:
Daß sie Cleopatra ein Fenix edler Frauen /
Die ander Isis sey / in dem sie selber ihr
Aus Gold und kostbar'm Ertzt / aus Jaspis und Porfier
Ein Grabmal hat gebaut / und zwar den Geist verlohren /
Doch ein unsterblich Lob ihr sterbende gebohren.
ANTON. Ihr leichten Goͤtter ihr / die kein Erbarmnuͤs regt /
Wie daß der Blitz so stets auf eine Stelle schlaͤgt?
Muß unser Hafen uns nun auch zum Wirbel werden?
Ungluͤcklicher Anton! verlassenster auf Erden!
Nun muß dein Lebens-Schiff schnur-stracks zu Grunde gehn /
Nun dieser Ancker nicht hat koͤnnen feste stehn.
Cleopatra mein Licht! Cleopatra mein Leben!
Du Seele meiner Seel'! umb deinen Schatten schweben
Die Lebens-Geister schon / die mich die heisse Noth
Dir aufzuopffern zwingt. Komm' angenehmer Todt!
Erwuͤnschter Jammer-Port! ich suche dein Gestade;
Wer deine Kuͤsten kies't / der seegelt recht gerade
Den Gluͤckes-Inseln zu. Cleopatra mein Licht!
Ach! ich erblicke schon dein sternend Angesicht!
Schaut ihren neuen Stern in den Saffirnen Zimmern /
Und den verklaͤrten Geist umb diese Pfosten schimmern;
Hoͤrt! wie die Turteltaub' umb ihren Buhlen girrt /
Der in der Sterbligkeit ein-oͤder Wuͤsten irrt.

Schaut / wie ihr Göttlich Haupt mit Ariadnens Kräntzen /
Schaut / wie die Augen ihr als Ledens Kinder gläntzen;
Schaut / wie ihr Rosen-Mund gleich einer Sonne spielt /
Die steter Athems-West mit feuchtem Balsam kühlt!
Schaut wie die Marmel-Brust sich mit Rubinen spitzet /
Wie die gewölbte Schooß wol-richend Ambra schwitzet /
Wie noch die Libes-Flamm' aus Hertz' und Adern kwillt
Und unser schatticht nichts mit güldnem Licht umbhüllt!
Schaut ihr's? Hier steht sie ja. Sie reich't uns Arm' und Hände /
Sie küßt / sie armet uns. Cleopatra / nein wende
Dein Antlitz nicht hinweg! nein / ich bin doch bereit
Der morschen Sterbligkeit meist schon vermodert Kleid
Dem Leib zu ziehen aus. Nicht scheue meinem Schatten
Den Himmel-hohen Geist der Seele zu zu gatten!
Schau doch! ich atheme mehr in dir als in mir /
Komm Schwerdt! komm süsser Todt! vermähle mich mit ihr.
Weg Thron! weg Zepter weg! dein kaum erschwitztes prangen
Ist wie ein Regenbog' in schlechte Flutt zergangen.
Ich mag mit dieser Lust nicht mehr bebürdet sein /
Nun keine Venus sie mit Libe zuckert ein.
Nun gutte Nacht! der stirbt den Glück und Himmel hassen.
Ihr Knechte / seit hiermit vollkommen frei gelassen;
Daß ja mein Todt gedeih't iedwedem zu Gewinst:
Du Eros thu' uns nur noch diesen treuen Dinst /
Stoß den geweyhten Dolch in deines Herren Hertze.
Nicht fürchte dich / stoß zu! wie? gibstu weibschem Schmertze /
Gibstu der Wehmuth nach? stoß / Eros / stoß / stoß zu!
Verweiger diesem nicht / der gerne stirbt / die Ruh.
Stoß her! die Brust ist blos. Wilstu dem / der dein Leben
Dir ständlich nehmen kan / Dolch / Stoß und Todt nicht geben?

EROS. Herr / kan sein Vorsatz denn gar nicht geendert sein?
ANTON. Schweig! Sklaven sollen nicht den Herren reden ein.
EROS. Doch für der Herren Heil Geist Seel und Leben wagen.
ANTON. Wie denn / vollbringstu nicht / was wir dir aufgetragen?
EROS. Des Herren Knecht trägt Stahl für ihn / nicht wieder ihn.
ANTON. Es ist nicht wieder uns / dis was man wil / vollziehn.
EROS. Kein Knecht darf seine Faust mit edlem Blutte färben.
ANTON. Der tödtet / der nicht den / der sterben wil / läst sterben.
EROS. O Himmel-hoher Geist! O Sternen-werther Held!
Wolan! mein Segel wird so / wie du heist / gestellt!
Wolan! komm edler Stahl vollbringe das Beginnen /
Durch das ein Sklave noch kan ein'gen Ruhm gewinnen!
Rom rühmt die Knechte noch / die in der Herren Glutt
Den freien Leib gestürtz't und durch verspritztes Blutt
Die Holtz-Stöß angefärbt. Eh ich der That sol leihen
Die viel zu treue Faust / wil ich den Dolch entweihen
In meiner eignen Brust. Schau Held der Stahl dringt ein!
Ein Knecht sol / wenn der Herr stirb't / nicht bei Leben sein!
ANTON. O mehr als edler Knecht! dein Tugendhaft Gemütte
Sticht tausend Römer weg / und lehrt: daß das Geblütte;
Daß das Gefängnüs auch nicht wahre Sklaven macht.
Entröthe dich Anton! daß Eros dis vollbracht /
Was dich erst lehren muß ihm rühmlich nachzusterben.
Auf! rüste dich Anton! auch diesen Dolch zufärben /
An dem das frische Blutt des edlen Sklaven klebt.
Stoß ein! wer rühmlich stirbt der hat genung gelebt.

ANTONIUS. ETEOCLES. DERCETÆUS. DIOMEDES.

Etliche Trabanten.

ETEO. Ihr grimmen Götter ihr / ist dis das Grundgesätze:
Daß hoher Fürsten Blutt stets kaltes Eisen nätze!
Daß Sonnen-heller Glantz meist wäßricht untergeh' /
Und hoher Thürme Pracht stets auf dem Falle steh'!
DERC. Es ist nicht weinens Zeit / wenn Thau und Ancker sincket!
Man muß / wenn in der Flutt der Steuerman ertrincket /
Umb Schutz-Herrn sinnen für / umb Hülffe sich bemühn.
Laßt uns den scharffen Dolch aus Brust und Wunde zihn /
Und durch dis Opfer uns den grimmen Feind versöhnen.
Man folgt dem Strome nach / der nicht ist abzulehnen.
Ist dis der Dolch? der sich mit dessen Blutte netz't /
Auf welchen Rom umbsonst viel tausend hat gewetzt.
DIO. Erwünschte Post! es ist Cleopatra bei leben!
Last mir dem Fürsten doch alsbald Gehöre geben.
ETEO. Gehöre / Diomed / Gehör' und Sinn ist hin.
DIO. Glaubt sicher / glaub't es lebt Egyptens Königin.
ETEO. Sie mag ja / aber er nichts von Gehöre wissen.
DIO. Wolt ihr der Freuden-Post des Fürsten Ohr verschlissen?
ETEO. Schaustu nicht / daß der Todt den Fürsten dir verschleust?
DIO. Ach Jammer! welche Wolck' ist / die dis Leid ausgeust?
ETEO. Er selbst / als er den Todt Cleopatrens vernommen /
Ist durch Verzweifelung auf diesen Irrthum kommen.
DIO. Verrücktes Trauerspiel! O grimmer Parzen Schluß!
Ach! daß der grosse Fürst so bluttig fallen muß!
Wie aber? ist niemand / der nach der Wunde fühlet?
Der Narden auf ihn wag't / und ihn durch Eßig kühlet?

Stock-blinde! schaffet Wein und Wunden-Balsam her.
Wie? ist dis Zimmer itzt von eitel Bisam leer /
Das sonst von Ambra raucht / und Sterckungs-Waͤssern schwimmet?
Eilt / bringt Schlag-Balsam / Wein / zerbeitzte Perlen / Zimmet /
Gold-Oel / Korallen-Safft / wascht ihm die Wunden aus.
Bestreichet Schlaͤff' und Pulß: es schlaͤgt noch Hertz und Mauß.

ETEO. Er athmet / nun bewegt er die erwaͤrmten Glider.
DIO. Er ruͤhrt den matten Mund.
ANTON. Wer gibt den Geist mir wieder?
DIO. Mein Fuͤrst! er schoͤpffe Luft: Cleopatra lebt noch.
ANTON. Cleopatra?
DIO. So ist's.
ANTON. Spart falsche Troͤstung doch.
DIO. Ich wuͤnsche mir den Todt / da sie nicht noch wird leben.
ANTON. Wer hat durch falsche Post uns denn den Todt gegeben?
DIO. Herr / zwar die Fuͤrstin lag durch's Gifft gleich als schon todt:
Nach dem man aber ihr bei so bestuͤrtzter Noth
Durch starcken Mithridat und kraͤftiges Gewaͤsser
Als bald zu Huͤlffe kam / ward unser Fuͤrstin besser /
Und sie erholet sich von Schwachheit allgemach.
ANTON. O suͤsse Freuden-Post! ihr Goͤtter gebet nach:
Daß ich noch einmal nur / eh' ich die Augen schluͤsse /
Cleopatren mein Licht / sie meine Sonne kuͤsse.
Gewehrt / ihr Goͤtter / nur noch diese Bitte mir!
Trabanten traget uns unsaͤumbar hin zu ihr.

644 Mauß: Muskel.

Der Schauplatz stellet abermals für die Königliche Todten-Grufft.

CLEOPATRA. CHARMIUM. IRAS. SIDA. BELISAMA. SALAMBO. BABIA. ANTONIUS.

Die Trabanten.

CLEO. Wird uns nun auch der Weg zu Gifft' und Grufft verschnitten?
Muß das Verhängnüs denn noch auf mich todte wütten?
Nu euer Vorwitz uns schier dreimal sterben heist /
Weil schon zum andernmal mein einverleibter Geist
Im sterbenden Anton des Todes Schatten küsset.
Geht / weil ihr doch kein Heil für meine Wunde wisset /
Geht eilt dem Fürsten nur mit Stärckungs-Säften zu:
Mir bring't nur Gift: daß mans in mein Getrāncke thu'.
Ein Sklave mag den Kopf in Fesseln ihm zerdrücken;
Und ihr dürft mir den Todt den Port der Noth verstrücken?
IRAS. Man trägt / Durchlauchste / gleich den Fürsten zu ihr her.
CLEO. Sind alle Wolcken denn itzt alles Blitzes leer?
Sind keine Scillen nicht in dieser See zufinden?
Und kan kein Dolch / kein Gift des Lebens mich entbinden?
O Himmel! daß dis Leid wir niemals dörffen schaun!
Hieß unsre bange Furcht uns dis Begräbnüs baun?
Ach! aber was uns hat den Anblick soll'n verhütten /
Dis hat die tiefste Wund' ihm in das Hertz geschnitten!
Ach Gott! sie bringen ihn! mein Fürst / mein Haupt / mein Licht!
Lebt er / erblickt er uns? besinnet er sich nicht?
Welch Sturmwind schmettert uns auf diese Schifbruchs-Klippen?
Er athmet / er blickt auf / er rührt die blassen Lippen /

Das Wort erstirbt im Mund' / es bricht der Angstschweiß fůr.
ANTON. Mein Schatz!
CLEO. Mein Fůrst!
ANT. Mein Licht!
CLEO. Mein Haupt!
ANT. Sie drůcke mir
Die starren Augen zu / nun sie mein Geist gesegnet.
Wenn dieser letzte Trost noch meiner Angst begegnet /
Daß ihre Schoß mir kan mein Sterbe-Kůssen sein /
So schift Anton mit Lust in Todt und Hafen ein.
CLEO. Ach! sol Cleopatra des Fůrsten Tod erleben?
Sol der gesalbte Leib ihm eine Baar' abgeben?
Ihr Gốtter gebet nicht so herben Unfall zu!
Gift / Dolch / und Messer her!
ANTON. Sie gebe sich zu Ruh.
Sie weiger' uns mein Schatz nicht unser letztes Bitten.
CLEO. Kan keine Schlange mehr kein tốdtlich Gift ausbrůtten?
Lebt mehr kein Scorpion der uns entseelen kan?
Eilt / macht Kristall und Wein mit giftgern Molchen an.
ANTON. Wil sie durch neuen Schmertz mich todten zweifach tốdten?
CLEO. Eh' uns die Untreu schwårtzt / sol uns der Bluttschaum rốthen.
ANTON. Gedult und Zeit verleiht gelinder' Hůlff und Rath.
CLEO. Sagt / was Cleopatra noch gutts zu hoffen hat?
ANTON. Viel / nun mein Sterben nur des Keysers Blutt-durst stillet.
CLEO. Glaub't: daß der Zorn-Sturm mehr von mir / als ihm herkwillet:
Zu dem was frommt die Gunst des Keysers endlich mir?
Nun er / mein Haupt / mein Schatz / hin ist / so schåtzen wir
Thron / Kron und Reich fůr nichts / fůr Nebel / Dunst und Schatten.
Ich mag mit derer Ach nicht mehr den Geist abmatten.

Genung / Cleopatra kan sterbend sanffte ruh'n /
Nun sie dem Keyser nur darf kein Fußfall thun.
ANTON. Mein Schatz / sie lasse sich dis Irrlicht nicht verführen.
Und da mein Elend ihr nicht kan die Sinnen rühren /
Da auch kein Kind ihr nicht das Mutter-Hertze bricht.
So kwäle sie mich doch auch nach dem Tode nicht.
Denn / wird sie mir den Trost / ihr nicht das Leben gönnen /
Werd' ich auch in der Gruft nicht sicher ruhen können /
Der schwere Staub wird mir zermalmen mein Gebein /
Mein Grab wird öd und leer / mein Sarch entweihet sein.
Mein von Furcht blasser Geist / mein von Angst zitternd Schatten /
Wird sich umb Mitter-Nacht mit mehr Gespensten gatten /
Und durch die wüste Burg mit Schrecken irre gehn
Zu schaun: in was für Noth Volck / Reich und Kinder stehn.
Wird aber sie mein Licht mir Sarch und Leiche schmücken /
Die Augen-Lider mir ersterbenden zudrücken /
Die Leiche balsamen auf Ptolomeisch ein /
So wird mein Leib erkwickt / mein Geist beruhigt sein.
CLEO. Ach! was für Elend wird mir ärmsten noch begegnen!
ANTON. Die milde Sonne schein't nach dem betrübten regnen.
Mein Schatz! mein Geist wird schwach; mein Abschied ist nicht weit.
Es ist das Testament zu machen hohe Zeit.
Nicht ich; ihr Mutter-Hertz befihlt ihr schon die Kinder /
Weicht dem Verhängnüsse / geb't nach dem Uberwinder.
Augustus sol nebst ihr ihr Neben-Vormund sein.
So gutte Zuversicht wig't oft den Löwen ein /
Der doch auf unser Brust schon Klau und Zähne wetzet.
Mein Leib werd' auf die Glutt auf Römisch nicht gesätzet /
Sätzt ihn nur in die Gruft der Ptolomeer bei.
Der Dercetæ sei loß und Diomedes frei.

All andres steht bei ihr. Dis ist mein letzter Wille.
Daß auch mein Schatz gewis den letzten Schluß erfülle /
Besigel ihn ihr Mund durch ihren letzten Kuß.
CLEO. Ach! daß dis Liebes-Band zwey Seelen trennen muß!
ANTON. Gebt mir noch einmal Wein. Ich sterb'.
CLEO. Ach! er vergeht!
Geist / Puls und Wärmbd ist hin / der Brunn der Adern steht
In todtes Eiß verkehrt. Mein Fürst / mein Haupt / mein Licht!
IRAS. Wer hilft uns Aesten nun / nun unser Stamm zerbricht?
BEL. Ach! wer steht ferner vor dem Haupt-entblösten Reiche?
CHAR. Weh! unsre Königin erstarrt aufs Fürsten Leiche!
Tragt die Ohnmächtige weg in ihr Schlaffgemach.
Die Gegenwart gibt stets zu sehr der Wehmuth nach.

Reyen der Parcen.

CLOTHO. LACHESIS. ATROPOS.

ALLE DREY.
Ihr schnödes Volck der Sterbligkeit /
Wie daß ihr so sehr alber seit?
Wenn ihr die Zeit- und Glückes-Flucht /
Durch euren Witz zu hemmen sucht?
Glaubt: daß ihr Sinn / und Hand hirumb vergebens schärf't /
Und ohne Frucht und Grund in Trübsand Ancker wärfft.
LACHESIS.
Durch euren Witz ist nichts gethan.
Denn Clotho legt den Rocken an;
Die / was / und wie viel ihr belibt
Zu eurem Lebens-Fadem gibt.

Wie der Verhaͤngnuͤs-Schluß euch gram ist / oder hold /
Gebraucht sie euch darzu Flachs / Seide / Silber / Gold.

ATROPOS.
Was Tag und Nacht mit euch beginnt /
Dis ist / was Lachesis euch spinnt.
Schaut / wie ihr eisern Wirtel schwirrt /
Wie ihre Faust das Garn verwirr't.
Es nuͤtz't und schadet euch der Sterne kraͤftig Lauf /
Nach dem die Parce Garn dreh't auf die Spindel auff.

CLOTHO.
Wenn Lachesis den Lebens-Drat
Aufs koͤstlichste gesponnen hat /
So steht es meiner Schwester frei /
Zu reissen Garn und Geist entzwei.
Gleich wie die Ros' oft stirb't / eh' sich die Knosp' aufmacht /
So mach't euch Atropos aus Mittag Mitternacht.

ALLE DREI.
Der Jugend Glutt / des Alters Eiß /
Der Wollust Dunst / der Tugend Preiß /
Der Purper und ein haͤren Kleid /
Der Zepter und ein Grabescheid
Gib't euch kein neues Recht / uns keinen Ordnungs-Zwang /
Wir theil'n nach Willkuͤhr aus Geburth / Bluͤth' / Untergang.

CLOTHO.
Cleopatrens versponnen Gold
Wehrt laͤnger nichts als ich gewolt.
Das Silber des Anton wird Bley /
Eh' es der Unfall reis't entzwei.
Eh' man die Hand dreh't umb / der Blick vom Auge faͤhrt /
Hab' ich die Seid' in Strick / Scarlat in Stro verkehrt.

763 Wirtel: Spindelring.
776 Grabescheid: Spaten.

LACHESIS.

Ich spaan am Nilus dem Anton
Das Gold zum Purper und zur Kron /
Und Seide zu der blinden Lust
Aus eines geilen Weibes Brust.
Doch / wie des Seiden-Wurm's Gespinste wird sein Grab /
So gibt dis Garn ihm auch den Sterbe-Kittel ab.

ATROPOS.

Der Nil sei Zeuge meiner Macht /
Die itzt auf seine Götter kracht:
Des Fürsten Faden trenn't ein Dolch /
Cleopatrens zerbeis't ein Molch.
So bald die Uhr auslauft / fäll't auch mein Fallbeil ein /
Und solte / der da fällt / gleich selbst sein Hencker sein.

ALLE DREI.

Jedoch sind wir nicht scheltens wehrt /
Daß unser Blitzen euch verzehrt;
Weil doch der Donner / der euch stürtz't /
Euch oft ein länger Ach verkürtzt.
Wenn edle Freiheit sol in knecht'sche Ketten gehn /
Muß euch der Todt bei'm Sturm für einen Hafen stehn.

Die vierdte Abhandlung.

Der Schauplatz verändert sich in des Augustus Gezelt.

AUGUSTUS. DERCETÆUS. *Der Trabanten Hauptmann.*

AUG. WAs ist die Heimligkeit / die du uns wilst entdecken?
DERC. Herr / diesen scharffen Dolch und seine Purper-Flecken.
AUG. Durch weßen Hand und Blutt ist dieser Stahl benätzt?
DERC. Herr / Fürst Anton hat ihn ihm selbst ans Hertz gesetzt.
AUG. Was hätt' ihn noch zur Zeit zu solcher That bewogen?
DERC. Ich habe selbst den Dolch ihm aus der Brust gezogen.
AUG. Den du gewiß zuvor ihm hast hinein gesteckt.
DERC. Der Himmel wolle nicht: daß mich solch Mord befleck't!
AUG. Man weiß was Sklaven sich oft mördrisch unterwunden.
DERC. Ich weiß / wie hoch ein Knecht dem Herren sei verbunden;
Wie weit ein böser Mensch durch Laster kommen kan.
Nein! Dercetæen klebt kein solches Brandmal an.
Der Schatten folgt dem Licht / und Pein dem Ubelthäter.
Man lib't Verrätherei; doch haßt man den Verräther.
Es sucht die Rache zwar oft ihres Feindes Blutt;
Doch ist sie dem / der es ihr lifert / nicht stets gutt.
Anton hat selbst den Stahl ihm durch das Hertz getriben /
Dem ich biß in den Todt aufrichtig treu verbliben:
Auch wolt' ich noch nicht itzt des Keysers Treuer sein /
Vergrübe Nacht und Todt nicht meinen Herren ein.
Nun aber Fürst Anton nicht mehr mein Herr ist blieben /
Trag ich den Mohren auch zu dienen kein Belieben:
Der ich in Rom erzeug't / noch so viel Römisch kan:
Es stehe mir kein Herr / als nur ein Römer / an.

Und weil man sich doch auch verlieb't ins Feindes Tugend /
So wil ich keinem sonst aufopfern Geist und Jugend /
Als dem an Rath und That unsterblichen August.
Schweb't nun ein Tropffen Blutt / ein Athem in der Brust /
Der falsch und untreu ist / so mag das Schwefel-Blitzen
Den kohl-pech-schwartzen Brunn der Adern mir zerritzen.
Wo aber mich August zum Sklaven würdig schätzt /
Hat mein verwegen Fuß hier glücklich angesätzt.
AUG. Darf sich der Keyser wol auf deine Worte gründen?
DERC. Man wird die Glutt eh' kalt / als mich betrüglich finden.
AUG. Wenn hat Anton an sich so grimme That vollbracht?
DERC. Vor keiner Stunde nicht / es war schon Mitternacht.
AUG. Wie bistu so gar bald durch Wach und Pforten kommen?
DERC. Wol! denn ich hatte vor das Losungs-Wort vernommen.
AUG. Was meinstu? welch ein Sturm hab' ihn in Grund gejagt?
DERC. Weil man Cleopatren ihm fälschlich todt gesagt.
AUG. Uns tauret / daß der Mann durch ein solch Weib sol fallen!
Der Liebe Gifft ist doch das giftigst' unter allen;
Wie manchen hohen Sinn hat doch die Pest verzehrt /
Wie manche Länder hat die Glutt in Rauch verkehrt!
Vermaledeites Weib / sei tausend mal verfluchet!
Wir woll'n entschuldigt sein. Augustus hat versuchet /
Was zu versuchen war! Doch er schlug alles aus.
Wer sich nicht leschen läst / der siht sein brennend Haus
Gar billich in der Asch'. Jedoch / der Unfall zwinget
Uns bittre Thränen ab. Anton dein Kleinmuth bringet
Dich selbst umb Geist und Reich / und dein verzweifelnd Stich
Beraubt des Wolthuns uns / des Lebens aber dich.
Hat das Verhängnüs denn uns nicht den Ruhm wolln gönnen;
Daß wir zwar sighaft sein / doch auch vergeben können?

Jedoch der Schmertz muß nicht verspilen Gluͤck' und Zeit /
Ein Augenblick versaͤumt Sieg und Gelegenheit.
Stracks / Hauptmann! lasset sich die Laͤger fertig machen.
Den aber laß't in des aufs fleissigste bewachen.

AUGUSTUS. AGRIPPA. MECÆNAS. CORNEL. GALLUS.

GALL. Hochmaͤchtig-grosser Fuͤrst / ein Hauptmann des Anton
Such't aͤngstiglich Verhoͤr.
AUG. Sehr wol! wir wissen schon
Den Vorschmack seiner Angst. Er wird zum Kreutze krichen.
Beruft die Raͤthe bald. Wiviel ist Nacht verstrichen?
GALL. Es sind noch ungefehr zwei Stunden bis an Tag.
AUG. Sag's dem Gesandten an: daß er uns sehen mag.
GAL. Gewafnet?
AUG. Nimm ihn an / wie andere Gesandten /
Durch der Trompetenschall begleitet von Trabanten.
Gleich recht! ihr stell't euch ein zu rechtgewuͤnschter Zeit.
AGR. Wir sind zu's Keyers Dienst bei Tag und Nacht bereit.
AUG. Des Feindes Hochmuth faͤllt. Wir solln Gehoͤre geben.
MEC. Der Keyser wolle stets gluͤckhaft und Siegreich leben!
AUG. Was meint ihr? was fuͤr Blutt hat diesen Dolch befleckt?
AGR. Was gilt's; er hat dem Feind' in seiner Brust gesteckt.
AUG. Du trifst's / Anton hat ihm hierdurch den Geist benommen.
MEC. Hilf Himmel wie ist der ins Keysers Haͤnde kommen?
AUG. Durch den / der ihn ihm selbst geruͤckt aus seiner Brust.
AGR. Gluͤck zu! solch Fall erhoͤht / und solch Verlust gibt Lust.
MEC. Man sol ob's Feindes Fall sich spigeln / nicht erfreuen.
AGR. Es wuͤrd' Anton wol nicht des Keysers Todt bereuen.
MEC. Der irr't / der dem Anton den Keyser gleichen wil.
AGR. Des Feindes Knochen sind der Siger Kurtzweil-Spiel.

MEC. Doch / Cæsars Thrån' ist auf Pompejens Kopff geronnen.
AGR. Das Auge wôlckt sich oft; im Hertzen scheinen Sonnen.
MEC. Die Rache leschet aus mit unsers Feindes Licht'.
AGR. Wer sich nicht anstelln kan / der taug zum herrschen nicht.
AUG. Wie wird die Bothschafft sein des Feindes zu empfangen?
AGR. Es werde nur mit ihm veråchtlich umbgegangen.
MEC. Dis wehr't der Vôlcker Recht.
AGR. Anton that es vor an.
MEC. Es ist nie nach zuthun / was man nicht loben kan.
AGR. Besiegten fehlt das Recht Gesandten abzusenden.
MEC. Ist denn Cleopatra schon in des Keysers Hånden?
AGR. Weil sie durch's Hauptes Fall und uns schon kraftloos ligt.
MEC. Der Leib wird nur durch's Schwerdt / der Geist durch Gunst besigt.
Gesåtzt: daß diese Nacht den vollen Sieg uns gônte /
Da doch die Stadt noch wol viel Bûrger fressen kônte /
Da Cæsar einen mehr als tausend Mohren schåtzt:
Glaubstu / man hett' als denn hier festen Fuß gesetzt?
Nein! Rom wird nimmermehr den grossen Nil recht zwingen /
Wird's die Gemûtter nicht auf seine Seite bringen.
Dis ist der Sanftmuth Werck / die Tiranney thut's nicht.
AGR. Du weist: daß Afrika stets Treu' und Glauben bricht.
An Vôlckern / die ans Joch zu Sklaven sind gebohren /
Ist ein gelinder Zaum des Regiments verlohren.
Der Kapzaum båndig't nur ein wild und kollernd Pferd;
Der Ernst dis Volck / wenn man recht durch den Sinn ihm fåhr't.
MEC. Ernst / Furcht und Nothzwang wird kein taurend Bûndnûs schlissen.
AGR. Sie hassen; wenn sie nur den Herrscher fûrchten mûssen.

84 anstelln: verstellen.

MEC. Man kirrt die Natter ja durch linder Wortte Kunst.
AGR. Sie beißt dem Buhlen ab den Kopff in suͤßter Brunst.
AUG. Last anfangs uns den Feind mit linden Fingern streichen.
Huͤlft's nicht / so ist es Zeit zu haͤuffen Brand und Leichen.

ARCHIBIUS. AUGUSTUS. AGRIPPA. MECÆNAS. CORNELIUS GALLUS. PROCULEJUS. PTOLOMÆUS. ALEXANDER.

Die Trabanten.

ARCH. Der Himmel / grosser Fuͤrst / kaͤmpf't nunmehr selbst fuͤr dich;
Der nie gebeugte Nil buͤckt fuͤr der Tiber sich /
Egypten weichet Rom / Cleopatra dem Keyser.
Der Goͤtter Rath verkehrt dir die Zipressen-Reiser
Des sterbenden Anton in einen Lorber-Krantz.
Der Mohren Capitol legt nunmehr Kron und Glantz
Dir / ander Jupiter / freiwillig zu den Fuͤssen:
Nun dieses Reiches Sonn' Antonius hat muͤssen
So bluttig untergehn. Doch wie die Abendt-Roͤth /
In dem sie in das Meer bepurpert untergeht /
Ein helles Morgen-Licht der Sonnen uns bedeutet:
So: da Anton so roth sein Grabmal zubereitet /
Hof't nach so truͤben Sturm Egypten Sonnen-schein /
Und wuͤnscht: es moͤg' August itzt seine Sonne sein.
Sie selbst Cleopatra die Koͤnigin der Mohren
Hat bei so hartem Fall nicht allen Rath verlohren;
Sie andre Zinthie geht weit dem Monden fuͤr /
Nun sie / O Sonne / borg't ihr fruchtbar Licht von dir.
Wie / wenn ein Palinur in stuͤrmer Flutt vertirbet:
Das Schiffs-Volck alsobald um neue sich bewirbet:
So macht's Cleopatra; vergeh't ihr Steuer-Mann /
So traͤgt sie dem August das Steuer-Ruder an.

129 Palinur: Steuermann (eigentlich des Äneas).

Des Alexanders Stadt steh't itzt dem Keyser offen:
Und ob zwar kein Vertrag ist zwischen uns getroffen /
So traut die Fuͤrstin doch dem Keyser so viel zu:
Er suche sonsten nichts als die gemeine Ruh'/
Als seiner Tugend Ruhm / Cleopatrens Vergnuͤgen.
Wird Cæsar nebst dem Feind' auch so sich selbst besigen /
Die Rechte dieses Reich's / den Purper nicht versehrn /
So wird er lebend schon die Zahl der Goͤtter mehrn.
Gantz Africa wird ihn ohn allen Zwang anbethen /
Das rothe Meer / daß nie kein Roͤmisch Fuß betreten /
Wird dem Octavian freiwillig dinstbar sein /
Und Madagascar wird das Elephanten-Bein /
Die Mohnden-Berge Gold / der Tiger edle Steine
Den Juliern verehr'n. Augustus wird alleine
Sich fuͤr den Herrn der Welt durchaus verehret schaun /
Wird er des Reiches Grund auf Gunst und Sanftmuth baun.
Dis hofft Cleopatra / sie oͤfnet Port und Pforte;
Auch / daß der Keyser nicht nur auf so blosse Worte
Der Stadt sich doͤrffe traun / so schwur sie beim Altar
Der Isis ihm die Treu' / und schickt dis libste Paar /
An statt der Geissel ihm. Dis sind die libsten Kinder
Des maͤchtigen Anton / die fuͤr dem Uberwinder
Den Fußfall willig thun. Augustus wird dis Pfand
Nicht hoffentlich verschmaͤhn. Geht kuͤst des Keysers Hand;
Versoͤhnt des Siegers Schwerdt durch euer kindlich bitten.
Schau't / um was Rom zeither halb fruchtloß hat gestritten /
Dis krig't Augustus itzt vollkommen ohne Schwerd.
Doch ist der Keyser auch nur solcher Sklaven wehrt.
Es ist Besigter Ruhm durch tapffre Faust erligen /
Es stirbt der Hector nicht durch des Achilles Sigen;
Der Scipio nimmt nicht den Ruhm dem Hannibal:
Sein steh'n und fallen bleibt Carthagens Stand und Fall.

145 Tiger: Tigris.

Dis ist auch unser Trost. Wil nun des Keysers Guͤtte /
Besigen dieses Reich's treuhertziges Gemuͤtte /
Und unsre Koͤnigin als Sieger nicht verschmaͤhn /
So wuͤnscht sie den August in ihrer Burg zusehn;
Zu kuͤssen seine Hand / fuͤr ihm ihr Knie zu beugen.
AUG. Uns jammert des Anton! die Goͤtter moͤgen's zeugen /
Es ist uns hertzlich leid; daß der so tapffre Held /
Der bessern Gluͤckes werth / so ungluͤckseelig faͤllt.
Glaubt: daß wir selbst die Thraͤn' in dis sein Blutt vermischet /
Als der verfluchte Dolch uns hat dis Leid erfrischet.
ARCH. Hilf Gott! wo koͤmbt der Dolch hier schon zum Keyser her!
MEC. Welch Fuͤrstliches Gemach ist von Verraͤthern leer?
AGR. Dis lehr't euch / daß August all' euer Ohnmacht wisse;
Daß sich die Koͤnigin aus Noth ergeben muͤsse.
ARCH. Nein. Sie ergibt sich mehr aus Neigung / als aus Noth.
AGR. So bald das Haupt abfaͤllt / sind alle Glider todt.
AUG. Es sei dem / wie ihm sei / die Gunst / ihr selbst muͤßt's sagen /
Die wir oft dem Anton vergebens angetragen /
Der mehr durch eig'ne Schuld / als unsre Waffen ligt /
Die werde nun vollauf den Erben zugefuͤgt.
Laßt die Cleopatra bald unsre Gnade wissen /
Und daß der Keyser selbst ihr wuͤnscht die Hand zu kuͤssen:
Ja / weil wir auf ihr Wort zu trauen schluͤßig sein /
So liefert ihr nur auch die Geissel wieder ein.
Doch / weil man nicht allzeit dem Poͤfel sicher trauet /
Wie sie und Julius schon einmal hat geschauet /
Als daß ergrimmte Volck durch klaͤglich-teuren Brand /
Und wuͤtend-tollen Grimm nach beider Leben stand /
Wird es die Koͤnigin fuͤr keinen Argwohn schaͤtzen /
Dafern man Burg und Thor mit Volcke wird besetzen.

ARCH. Uns ist des Pöfels Trieb / des Fürsten Gunst bekant /
Der Keyser hat in dem und allem freye Hand.
AUG. Stadt / Tempel und Altar soll'n ihr alt Recht behalten;
Die Hohen ihr alt Ampt so wie bißher verwalten;
Und ihre Königin als eine Göttin ehrn.
Die Römer solln kein Haar den Bürgern nicht versehrn.
Wir wolln für aller Heil mehr als für unsers wachen /
Den grossen Rath der Stadt zu Röm'schen Bürgern machen /
Den Armen Vorschub thun / der Unschuld pflichten bei.
Und die gefangen sind / umsonste lassen frei.
Den Römern / die gleich noch für euch im Harnisch schweben /
Ihr' eingezogne Würd' und Gütter wiedergeben /
Kein Auge sol nicht naß / ja keine Hand nicht leer
Vom Fürsten gehen weg / Archibius auch er
Sol seinen Ehrenstand noch in Egypten finden.
ARCH. Dis wird den Fürsten uns / der Fürst uns ihm verbinden.

AUGUSTUS. AGRIPPA. MECÆNAS. PROCULEJUS. CORNEL. GALLUS. EPAPHRODITUS.

AGR. Der Keyser hat so viel versprochen / als ihm nicht
Zu halten möglich ist.
AUG. Was für ein Arm zerbricht /
Was mit Cleopatren wir eingehn oder schlüssen?
AGR. Egypten sol als Magd knien für der Römer Füssen;
August Cleopatren siegsprangend führen ein.
AUG. Dis läst mein Wort nicht zu / das unverrückt muß seyn.
AGR. Kan ohne Rath und Volck August so viel verschencken?
AUG. Ich zwang den Nil und Sie. Wer wil mein Siegs-Recht kräncken?
AGR. Der Sieger kriegt den Krantz / den Nutz das Vaterland.
AUG. Rom ließ im letzten auch den Siegern freye Hand.

AGR. Wil Mumius kein Bild doch von Corinth behalten.
AUG. Dis war ein Aberglaub' und Unverstand der Alten;
Pompej und Scipio gab Königreiche weg.
AGR. Wer zahlt denn Rom sein Blutt? was war sein Krieges-Zweck?
AUG. Mein Recht zu führen aus / Rach' am Anton zu üben.
AGR. So muß Cleopatra / wie er sein aufgerieben.
AUG. Warumb?
AGR. Hat sie nicht Rom beleidigt mehr / als er?
AUG. Ein Weib?
AGR. Von Weibern rührt meist alles Unglück her.
AUG. Sie war nicht wie Anton dem grossen Rom verbunden.
AGR. Sie hat durch Cæsars Gunst Egyptens Zepter funden.
AUG. Der vor ihr Erbtheil war. Zu dem hat sie gemacht
Mir zu gefalln: daß sich Anton hat umgebracht.
AGR. Soll denn ihr Meuchelmord ihr noch zum Vortheil dienen?
AUG. Kan ich / was ich befohln / zu straffen mich erkühnen?
AGR. Was er mit Rechte heischt / übt sie mit Laster aus.
AUG. Wer sein versprechen bricht / wird selbst mit Rechte Grauß.
AGR. Das allgemeine Heil zernichtet solch Versprechen.
AUG. Verdammte Staats-Klugheit / die Treu und Bund heist brechen!
AGR. Was Rom war einverleibt / läßt sich verschencken nicht.
AUG. Cleopatra wird schwern den Römern Treu und Pflicht.
AGR. Und eh man sichs versieht / uns Zähn und Klauen weisen.
AUG. Was meint Mecenas denn? kan er den Rathschlag preisen?
MEC. Rom kan die Frau der Welt nicht ohn' Egypten sein.
Für dieses räume man Cyrenens Reich ihr ein;
So kan Cleopatra sich / und auch Rom vergnügen.

243 Frau: Herrin.

AUG. So bald Cleopatra nur Wind hiervon wird kriegen /
Wird ein unleschbar Brand in Alexanders Stadt
Egyptens Schatz / den sie aus allen Tempeln hat
Versammlet auf die Burg / mit ihr zu Asche brennen.
AGR. So wuͤrd' Augustens Sieg sein ein Verlust zu nennen.
Denn wenn die Schaͤtze weg / was kriegt Rom fuͤr Gewien?
Und er / wenn sie nicht darf am Sieges-Wagen ziehn?
Was aber wuͤrd' August in Rom fuͤr Lust bereiten /
Wenn er dis geile Weib / die Seuche dieser Zeiten /
Die Schlang' in Africa / die Rom auf Rom verhetz't /
Und unsrer Freiheit hat den Stahl an Hals gesetz't /
Ins Keysers Sigs-Gepraͤng' als Sklavin koͤnte schauen?
Rom wuͤrde dir Altaͤr und hundert Tempel bauen /
Dich in Corintisch Ertzt in Gold und Marmel haun /
Koͤnt' es mit ihr gesperrt des Janus Tempel schaun.
Wird demnach ihr August sehr suͤsse muͤssen singen /
Im Fall er dieses Weib vermein't nach Rom zu bringen.
GAL. Die reiffe Beere lockt den Vogel / Gold den Geitz /
Ein stummes Ehren-Bild den gift'gen Hochmuths-reitz:
Man muß der stoltzen Frau des Keysers Libes-Strahlen /
Die Wunder der Stadt Rom / des Haupt's der Welt fuͤrmahlen.
August gelob' in Rom der Isis ein Altar /
Laßt uns Cleopatren auch Weyrauch reichen dar /
Man schick' ihr Bild nach Rom / man laß' ihr Ampeln brennen
Und sie / so wie sie schwermt / sich eine Goͤttin nennen /
Ja / weil sie taͤglich traͤgt der Isis himmlisch Kleid /
So werd' ihr gar Altar und Pristerschafft geweiht;
Wird sie ja / wie ich fast muthmasse / sich bemuͤhen
Durch ihren Gunst-Magnet des Keysers Hertz zu zihen;
So fange man den Wurm durch eigne Zauberei /
Und tichte: daß August verliebt / gefangen sei.

Man mahl' ihr suͤsse fuͤr: daß sie den Widerwillen /
Der Roͤmer tieffen Haß nicht besser koͤnne stillen /
Bei welchem beider Gunst nicht gluͤcklich koͤnte bluͤh'n:
Als da sie wuͤrde selbst nach Rom persoͤhnlich ziehn /
Und durch ihr Tugend-Licht / durch ihrer Anmuth Sternen
Die Wolcken des Verdachts aus Rom und Welt entfernen:
Denn koͤnte sie und er mit mehr gewuͤnschter Frucht
Im heilgen Capitol / was Julius gesuch't /
Anton umbsonst verlangt / den suͤssen Zweck erreichen /
Fuͤr ihren Fuͤssen schaun das Meer die Segel streichen /
Den Weltkreis kniende ihr dienst- und zinßbar sehn /
Wie weit sich umb den Beer die andern Sternen drehn.
AUG. Ist's nicht genung / daß wir ihr unser Wort zernichten?
Solln wir noch falsche Lieb' und Schein der Andacht tichten?
Durch Arglist und Betrug sie fuͤhrn zu Hohn und Schmach?
Dis steht nicht Keysern an.
PROC. Der Keyser gebe nach:
Daß andre dieses Wild durch suͤsse Worte kirren /
Die schlaue Schlange wird sich in sich selbst verwirren;
Vergehn sich Maͤnner doch / die Brunst und Ehrgeitz sticht.
AUG. Maͤßt nach gemeiner Schnur Cleopatren doch nicht.
Ihr werdet sie so taub befinden / als viel Schlangen /
Die kein Beschwerer zwingt; Sie wird euch selber fangen
Durch ihren Wiederschall und ihr bezaubernd Lied.
EPA. Sie gab fuͤr laͤngst sich bloß / wie sehr ihr Hertze gluͤht
Und nach Augusten laͤchst.
AUG. Weil ihr euch ja last traͤumen
Was fruchtbars zu vollziehn / so wil ich euch entraͤumen:
Daß ihr / jedoch mit Glimpf und Vorsicht an sie setzt;
Doch / daß ihr meinen Ruhm im minsten nicht verletzt.

302 entraͤumen: einräumen, Raum geben.

EPA. Wir wolln / wie es August befihlt / mit ihr verfahren.
AUG. Agrippa mag die Stadt / Cornel die Burg verwahren.
Ihr aber bringet mehr Cleopatren nicht bey /
Denn / daß August ihr hold / ihr Freund / ihr Schutz-Herr sey.

Der Schau-Platz verändert sich in Cleopatrens Zimmer.

CÆSARION. CLEOPATRA.

CÆS. Frau Mutter / wir sind hin! Wir sind verkauft / verrathen /
Gefangen / und schon tod. Die Römer üben Thaten /
Daß kein ergrimmter Feind es ärger machen kan.
Man plündert Stadt und Marckt / man fällt das Kriegs-Volck an /
Bricht ihre Schild' entzwey / auf die Anton ließ etzen
Das Bild Cleopatrens. Man forschet nach den Schätzen /
Man reißt die Marmol-Seuln der Ptolomeer ein;
Man fragt: wo Cæsars Sohn zu finden möge seyn?
Und dem Antyllus wird höchsteifrig nachgetrachtet.
Ja man sagt keck heraus; wir müßten seyn geschlachtet.
Man rüstet Schiffe zu / darauf die Königin
Sol nach Cajeta fahrn.
CLEO. Ja / leider! wir sind hin!
Ich bin Erbarmens werth / doch wehrter zu verlachen;
Daß ich den blauen Dunst mir ließ fürs Auge machen;
Es könne Bien' und Feind des Stachels müssig gehn /
Ein heilsames Gewächs' auf gift'gen Stengeln stehn.
Doch wünscht' ich diese Schuld durch meinen Fall zu büssen /
Könt' ich dir / liebster Sohn / nur durch den Tod aufschlüssen
Zur Freyheit einen Weg!
CÆS. Die Burg ist rings umbsetzt;

Die Ausflucht ist umbsonst! der Stahl muß seyn gewetzt
Auf meinen eignen Hals / wo sich der Feind nicht kühlen
An meinem Blutte sol.
CLEO. Kan dis August anzielen
Aufs Blutt des Julius? doch Rache / Raserey /
Und Herrschsucht kennt kein Blutt. Mir aber fällt gleich bey
Ein Mittel aus der Hand der Römer dich zu retten.
CÆS. Vermuthlich ist's der Tod. Den fürcht ich nicht / nur Ketten.
CLEO. Nein / nein! Cæsarion. Du solst mein Rächer seyn /
Der edlen Mohren Schirm / Egypten nehmen ein /
Die Römer aus Cyren' / und Grichenlande schlagen;
Ja den August in Rom noch in ein Bocks-Horn jagen.
CÆS. Ihr Götter! gönnt hierzu mir Glücke / Muth und Zeit.
CLEO. Setz' auf dis falsche Haar / zeuch an dis Mohren-Kleid;
Und diese Salbe muß dir Händ' und Antlitz färben.
CÆS. Dis ist ein Werck der Furcht. Ich wil als edel sterben /
Kein knechtisch Mohr nicht sein.
CLEO. Was ficht mein Sohn dich an?
Die gantze Welt geht itzt vermummt; und Tugend kan
Nicht ohne Larve gehn / sol sie nicht Schifbruch leiden.
Muß sich nicht Hannibal wol tausendmal verkleiden?
Dein Vater Julius / wil Syllen er entfliehn /
Muß eines Sklaven Rock / und Schuh von Holtz' anziehn.
CÆS. Ich folge. Denn wer wil der Mutter Rath verwerffen?
CLEO. Fehlt ihm gleich Witz / so pflegt ihn Treue doch zu schärffen.
Ach Juno! die du dich verstellt in eine Kuh /
In Fisch verkehrter Mars / und auch Dione du /

Du Stier Diespiter / Diana / die / das Morden
Des Typhon zu entfliehn / zu einer Katze worden /
Lyæus Ziegen-Bock; du fedrichter Mercur /
Du Rabe Delius / laßt Schlang und Wind die Spur
Cæsarions fuͤr den Verfolgenden verstreichen!
Gewieß / mein Sohn / du wirst recht einem Mohren gleichen.
Ich kennte selbst dich nicht. Nimm hin die Edelstein' /
Und Perlen / nehe sie dir in die Kleider ein;
Fleuch in Thebais hin. Die hundert Wunder-Hoͤlen
Die so viel Geister stets beschienen und beseelen /
Der Pharaonen Werck / sind auf viel Zeit geschickt
Dein Auffenthalt zu sein. Wenns Ungluͤck auch verruͤck't
Dis Absehn / und der Nil versehn ist: daß er Raben
Und falsche Strausse sol zu Ungluͤcks-Voͤgeln haben /
Wenn Memphis / das zum Ziel den Krocodiln nimmt an /
Der grimmen Roͤmer Sieg und Lauf nicht hemmen kan /
So hastu Raum und Zeit nach Meroe zu fliehen /
Und wo vom ersten Kwell des Nilus Augen ziehen
Die Zucker-suͤsse Flutt.

CÆS. Ihr Goͤtter! ach! verwehrt:
Daß die sich nicht in Saltz / mein Fliehn in Strick verkehrt!

CLEO. Die Fuͤrstin Candace wird unser sich erbarmen /
Mitleidend mich sehn an / dich als ihr Kind umbarmen;
Die / wenn dis gantze Reich der Roͤmer ihr Geboth
Gleich hoͤrt / doch maͤchtig ist durch Durst und Hungers-Noth
Den Feinden uͤber Meer und Sand den Weg zu weisen /
Wenn sie den Nil schleußt zu / der Mohren Wasser-Schleusen /
Und ihn in Saͤnden theils der Wuͤsteney ersaͤufft /
Theils zwinget: daß sein Strom in fremden Botten laͤufft.

380 Botten: Flußbetten.

CÆS. Ich bin / was sie befiehlt / begierig zu vollziehen.
CLEO. Du wirst / wo wir ja falln / umb Rache dich bemuͤhen.
Nim diesen Kuß noch hin; sey auf dein Heil bedacht;
Sorg' umb dein Vaterland.
CÆS. Frau Mutter / gutte Nacht!
Die Goͤtter halten sie in stetem Schutz und Schirme /
Sie bau aufs Keysers Wort ja keine festen Thuͤrme.
Die Skorpionen sind der Krocodile Brutt;
Die Roͤmer hecken Mord / vergifften Ehr und Blutt.
Doch ihre Klugheit wird sich sie nicht lassen fangen /
Der Papegoy hengt's Nest fuͤr den arglistgen Schlangen
An allerschwaͤchsten Zweig.
CLEO. Sey sicher / liebes Kind /
Daß wir des Todes / nicht der Knechtschafft faͤhig sind!

PROCULEJUS. CLEOPATRA. CORN. GALLUS. CHARMIUM. EPAPHRODITUS.

PROC. Die Goͤtter geben ihr / Durchlauchste / Fried und Leben.
CLEO. Der Himmel euch viel Sieg / uns last den Dolch hergeben!
EPA. Verwirft Cleopatra des milden Himmels Gunst?
CLEO. Der leichten Goͤtter Grimm und ihrer Gaben Dunst.
PROC. Man muß durch Fluͤche nicht die Goͤtter mehr erherben.
CLEO. Was fuͤrchtet die / die nichts mehr wuͤnschet / als zu sterben.
EPA. Wer so kleinmuͤthig stirb't / ist keines Ruhmes werth.
CLEO. Kein Ruhm der truͤben Noth / die unser Hertz verzehrt.
PROC. August schick't uns mit Trost und Huͤlf ihr zuzueilen.
CLEO. Ach! unsre Wunden kan August und ihr nicht heilen.
EPA. Was / grosse Koͤnigin / verwundet sie so scharf?
CLEO. Nenn't iemand / den das Gluͤck in solchen Abgrund warf.

PROC. Sie stand / und steh’t noch itzt / und kan noch ferner stehen.
CLEO. Nun Ehe / Thron und Reich zu Grund und druͤmmern gehen?
EPA. Der Keyser wird noch dis / noch jenes ihr entzihn.
CLEO. Die Eh’ ist im Anton / das Reich durch’s Kriegs-Recht hin.
PROC. Dort macht’s ein Wechsel gutt und hier des Sigers Guͤtte.
CLEO. Ja! da die Herschsucht nicht uns beiden Trost verschnitte.
EPA. August setzt ihre Hold sonst allen Vortheiln fuͤr.
CLEO. Nein! denn’s Verhaͤngnuͤs goͤnnt kein solch Geluͤcke mir.
PROC. Wenns Meer hat ausgetobt / muß man gutt Wetter hoffen.
CLEO. Es hat nach falscher Still’ uns stets mehr Sturmwind troffen.
PROC. Ein Schiff besteht /wenn es den zehnden Schlag steh’t aus.
CLEO. Der zehn mal-zehnde stuͤrm’t auf unser Haupt und Haus.
CHAR. Ach Fuͤrstin / man bemuͤht sich in die Grufft zu brechen.
EPA. Erschreckt nicht. Gallus wil nur Proculejen sprechen.
CHAR. Besorglich uns das Joch der Knechtschafft halsen an.
PROC. Daß Furcht und Argwohn euch so sehr verfuͤhren kan!
CLEO. Mein Geist zwickt mich in’s Ohr / es saget mir’s mein Hertze:
Die Freyheit sey verspielt. Hilf ab so herben Schmertze /
Cleopatra / stirb / stirb! als Fuͤrstin / nicht als Magd.
PROC. Halt dich! was hastu fuͤr? welch tummer Wahnwitz sagt
Dir solche Traͤume? gib den Dolch her. Du verletzest
Den Keyser und dich selbst.
CLEO. Ach / leider! du versaͤtzest

Mich in die Dienstbarkeit / die keinen Sklaven drückt /
Daß ich nicht sterben darf.
GAL. Der grosse Keyser schickt
Mich her Cleopatren in allem beyzuspringen.
CLEO. Mit solchem Zucker pflegt man Gift uns beyzubringen.
GAL. Mißt Cæsarn sie Betrug / mir keinen Glauben bey?
CLEO. Ach! daß Augustus mir ein ander Cæsar sey!
GAL. Sie mag so viel auf den als jenen Cæsar trauen.
CLEO. Wie? daß August uns denn nicht würdigt selbst zu schauen?
PROC. Der Keyser ist nicht fern' / er wachet für ihr Heil.
CLEO. O wär' uns seine Gunst umb unsre Seele feil!
GAL. Sie hat durch ihren Ruhm schon Cæsars Gunst erworben.
CLEO. Die Schönheit ist bey mir / die Hold bey ihm gestorben.
GAL. Ein anders weißt ihr Glantz / ein bessers Cæsars That.
CLEO. Erzält / was er für Gunst für uns im Vorschlag' hat.
GAL. Er baut ihr ein Altar / und läßt ihr Bilder gissen.
CLEO. Kan er als Göttin ehrn die / die ihm ligt zun Füssen.
PROC. Der grosse Keyser schätzt sich selbst von ihr besiegt.
CLEO. Dis träumt mir nicht einmal / man tritt auf den / der lig't.
EPA. Rom sol ihr Himmlisch Bild in Venus Tempel ehren.
CLEO. Rom? daß Cleopatren nicht hat woll'n nennen hören?
PROC. Was Rom abwesend haßt / hält's oft anwesend werth.
CLEO. Durch Gegenwarth wird Haß vergrössert / nicht verzehrt.
EPA. Bey ihren Tugenden geht Haß und Neid verlohren.
CLEO. Mit Sonn und Tugend wird Neid / Schatten ja gebohren.
PROC. Der Erde Schatten schwärtzt den tieffen Mohnd' allein.
CLEO. Solln unsre Gaben denn was höhre Sternen sein?
EPA. Die Augen werden Rom ob ihrem Glantz' entgehen.
CLEO. Wie / daß sich Cæsar nichts für uns wolt' unterstehen?

PROC. Der Stand des neuen Reich’s ließ es so bald nicht zu.
CLEO. Der Keyser gönn’ uns nur Egyptens sich’re Ruh.
EPA. Wil sie dem grossen Rom denn nicht ihr Antlitz gönnen?
CLEO. Die Sonnen-volle Stadt wird uns wol missen können.
PROC. Wie? wenn Augustus denn ihr Licht nicht missen kan?
CLEO. Knipft ihr ins Capitol das Haupt der Erden an?
PROC. Weil Rom nicht läßt von sich den Sitz der Keyser trennen.
CLEO. Laßt Alexandrien das neue Rom denn nennen.
EPA. Verschmäht sie / daß sie Rom anbethe / denn so gar?
CLEO. Schützt Römsche Götter doch nicht Rathhaus / nicht Altar.
PROC. August der Rom beschirmt / wird Sie nicht Schutzlooß lassen.
CLEO. Sein Schutz-Herr Julius hat müssen selbst erblassen.
EPA. Sie steht des Keysers Wunsch’ und ihrem Glück’ im Licht’!
CLEO. Ich weiß / August begehrt selbst unsern Weg-Zug nicht.
PROC. August kommt / dieser wird mehr als wir Rathes wissen.
CLEO. Wir werffen weg die Schuch / baarfüssig Ihn zu grüssen.

AUGUSTUS. CLEOPATRA.

AUG. Strahlt hier der Welt ihr Aug’ / Egyptens Sonn’ Uns an?
CLEO. Die Gott August wol gar zur Göttin machen kan.
AUG. Auf! schönste Königin / sie sol so tief nicht knien.
CLEO. Ja! die Besigte muß des Sigers Grimm so flihen.
AUG. Cleopatra besigt uns / und die gantze Welt.
CLEO. Cleopatra / die itzt vom Thron’ in Abgrund fällt?
AUG. Die als ein glücklich Stern aus Nacht und Trübsaal steiget.
CLEO. Die / da der Keyser wil / sich auf die Baare neiget.

AUG. Der Keyser wuͤnscht vielmehr am Gipffel sie zu schaun.
CLEO. Ach! doͤrft' ein scheuternd Schiff auf diesen Ancker baun!
AUG. Augustus wird ihr stets fuͤr Port und Ancker stehen.
CLEO. Kan bey kohlschwartzer Nacht uns ein solch Licht aufgehen?
AUG. Auf Schnee folgt Lilg' und Klee / auf Sturm-Wind stille Ruh.
CLEO. Ach! schluͤß' August einmal das Thraͤnen-Kwaͤll uns zu!
Gott / Keyser / Herr der Welt / denn dieses sind die Namen /
Die nach dem Julius alleine dir zukamen /
Da / wie kein zweifel ist / des grossen Cæsars Geist /
Der aus der Sterbligkeit dich zu den Goͤttern reist /
In deiner Seele steckt / da heilig's Angedencken
Den heiß-ergrimmten Feind kan auf Erbarmnuͤs lencken;
Da sein gekuͤßtes Bild hier ihm sein Hertze bricht /
Ach! so beschimpff' August uns wider Wuͤrde nicht.
Zwar Cæsars Sige sind den Sternen eingeschrieben:
Daß aber er die / die vom Reiche war vertrieben /
Mit eigenem Verlust' hat auf den Thron gesetzt /
Durch unser Feinde Blutt Land / Nil und Meer genaͤtzt /
Dis hat ihn in die Zahl der Goͤtter einverleibet.
Da nun Cleopatren auch Thron und Freiheit bleibet /
Die zwar der Keyser itzt in seinen Haͤnden hat /
So mehrt im Leben schon August der Goͤtter Rath.
Großmaͤchtger Julius! kan ich mit Thraͤn' und kuͤssen /
Die ich auf dis dein Bild andaͤchtig lasse fluͤssen /
Entsteinern Hertz und Geist des maͤchtigsten August /
So schaft auch nach der Gruft uns dein Gedaͤchtnuͤs Lust /
So sol / so lange man Cleopatren wird nennen /
In tausend Tempeln dir Oel / Weyrauch / Ambra brennen.
AUG. Bestuͤrtzte Koͤnigin / sie minder' ihren Schmertz.
Es hat kein Julier kein solch erbittert Hertz:

Daß er auf Fürstlich Blutt was mördrisches verübe.
Ihr sol kein Leid geschehn. Das Merckmal unser Liebe
Hat mein Thyræus ihr vorlängst schon zugebracht;
Und Proculej entdeckt / wie wir so hoch bedacht
Auf ihre Wolfahrt sein. Reich / Zepter / Freiheit / Leben
Sind gar ein weniges. Wir wolln was mehres geben.
CLEO. So opffer' ich mein Hertz dem grossen Keyser dar.
Ich schwere Treu' und Pflicht auf Isis Bund-Altar' /
Man gibt die Schlüssel hin zu Ptolomæus Schätzen.
Ja! was Cleopatra sich nicht wag't beyzusetzen.
AUG. Was für ein Mißtraun hegt sie selber gegen sich?
CLEO. Du stummer Julius / ach! rede doch für mich.
AUG. Sol stummer Marmel mehr als ihre Zunge sprechen?
CLEO. Weil grossen Kummern meist die Worte woll'n gebrechen.
AUG. Das Weh muß uns / wenn wir solln rathen / sein bekand.
CLEO. Wer furchtsam bittet / gibt verweigern an die Hand!
Schweig / schweig Cleopatra! Jedoch Aug' / Antlitz gibet
Den heissen Seelen-Brand / die diesen Cæsar libet
Wie jenen / an den Tag. Mein Herr / mein Haupt / mein Licht /
Verwirf mein brennend Hertz; mein thränend'Auge nicht!
Ich brenn'! ich brenn'! August! denn durch des Keysers Glider
Zeugt sich mein Julius / mein Julius sich wider.
Die Flamme / die mit ihm schon in der Asche lag /
Bekommet frisches Oel. Dreimal-beglückter Tag!
Als ich das Haupt der Welt umbschloß mit diesen Händen!
Ihr letzten Zeugen ihr / von seinen Liebes-Bränden /
Ihr Zeichen fester Treu' und Bothen heisser Brunst /
Ihr Brieffe / geh't entdeckt die unverfälschte Gunst /
Geh't mahlt dem Keyser vor das Muster unser Flammen;
Geht knipfft mit dem August Cleopatren zusammen:

Wie ihr den Cæsar uns verknipfftet bis ins Grab.
Mein Licht! er werffe nicht die Blicke von uns ab!
Weil so viel Thränen-Saltz ist durch dis Kwell geronnen;
Sehn itzt was wäßricht aus der Augen schwartze Sonnen;
Doch sind noch unversehrt die Brunnen ihres Licht's;
Die Angst hat uns versängt die Rosen des Gesicht's /
Der Säufzer dürrer Wind hat unsre Mund-Corallen
Entfärb't und blaß gemacht. Die Brüste sind verfallen /
Nun das ohnmächt'ge Hertz die Bälge nicht beweg't /
Nicht ihre Milch beseel't / nicht ihre Rosen regt.
Doch / laß' uns nur August ein Anmuths-Zeichen fühlen.
Schau / mit was blitzen nicht der Augen Nacht wird spielen /
Schau / wie die Lippen sich bepurpern mit Rubin /
Schau / wie das Schnecken-Blutt die Wangen an sich zihn /
Wie alle Glider sich in Perlen-Schnee verstellen.
Schau / wie die Brüste sich vom schnellen Athem schwellen;
Die Liebe schärfft hier selbst die Waffen süsser Pein;
Libt uns der Keyser nicht / so muß er Kisel sein.
Er säufzet / er erblast! was gilt's? ich werd es inne:
Es lieget Livie dem Keyser in dem Sinne;
Mein Licht / er gläube fest: das Liben Anmuth gibt /
Doch schmeck't ihr Zucker nur der / der den Wechsel libt.
Der Rose Gold beschämt die Tulpen und Narcissen;
Selbst Titan pflegt bald den / bald jenen Stern zu küssen /
Und Phœbe gläntzt bald rund / bald legts' ihr Hörner bei /
Daß nicht ihr einfach Licht des Himmels Eckel sei.
Sih't er an Livien die Muschel-Töchter prangen:
Uns ist die Morgen-röht' in Antlitz aufgegangen.
Die Bräune des Rubins sticht blasse Perlen weg.
Mein Hertz' ist ohne Falsch / mein Leib hat keinen Fleck.

AUG. Welch Stein sol hier nicht Wachs / welch Eiß nicht Schwefel werden?
Der Schönheit starck Magnet; der Lib-reitz der Gebehrden
Zeucht zu Cleopatren den folgenden August.
CLEO. Gebrauche dich / mein Fürst / der kräft'gen Jahre Lust /
Die Zeit fleucht als ein Pfeil; die Wollust als ein Schatten.
Ein Hertze / das nicht wil der Liebe Platz gestatten /
Ist ein umwölckter Stern / ein Kleinod in der Flutt /
Ein Purpern Rosen-Haupt / das zwar die Knosp' aufthut /
Doch ungenützt in Staub der Blätter Schatz läßt fallen.
Was nützen ungepflückt dem Meere die Corallen?
Hingegen wie vergnügt muß ein Groß-Herrscher sein /
Der Sieg- und Liebes-Frucht zusammen erndtet ein /
Auf einer zarten Schooß die halb-entseelten Glider
Erkwickt durch süssen Thau beliebter Küsse wider.
AUG. Du Venus unser Zeit / du Sonne dieser Welt /
Die mein verliebter Geist für seinen Abgott hält /
August ergibt sich dir / er lägt die Lorber-Kräntze
Für deinen Myrten ab. Wie weit der Erden Gräntze
Des Mohnden Schatten mißt / solstu vergöttert stehn.
Doch and'rer Irrthum lehr't uns hier behuttsam gehn.
Der grosse Cæsar hat der Römer Haß empfunden /
Anton Feind / Krieg und Tod; weil sie die Libes-Wunden
Eh' / als Cleopatren und ihrer Tugend Licht /
Zu Rom an Tag gebracht. Das stoltze Rom glaub't nicht:
Daß dieses braune Land so weisse Mohren hege;
Noch: daß ein edler Geist hier eine Seele rege.
Haß't also / was es doch hernachmals bethet an.
Da nun nichts anders ihm den Argwohn nehmen kan /
Noch unsern Untergang nebst ihrem Grimm verhütten;
Als / da der Keyser wird Cleopatren erbitten:
Daß sie / O Sonne / gönnt Rom ihren Augen-schein /
Hoft man: Es werd' August durch sie so seelig sein:

Daß sie für ihren Nil die Tiber wird erwehlen /
Umb dar ihr Rom / die Welt dem Keyser zuvermählen.
CLEO. Mein Haupt / mein Fürst / mein Herr / wir solln nach Rom hinzihn /
Wo tausend Drachen Gift und Feuer auf uns sprühn?
Verhaßter Gegenwart vermehrt des Hasses Kwällen:
Ja unsre Tugend wird ihr Hertze nur vergällen /
Das durch ihr Schlangen-Maul saugt Gift aus Lilg' und Blum' /
Und nur zu Lastern macht der Tugend edlen Ruhm /
Sich für selbst-eigner Schmach und frembder Ehr' erröthend.
AUG. Des Basilißken Aug ist in die Ferne tödtend;
Von nahen Spigeln prellt des Gift-Wurms feurig Blick /
Des Neiders schneidend Strahl ihm selbst zur Schmach zurück.
Wie / wenn die güldne Sonn' aus Thetis Schooß aufstehet /
In der durchklärten Luft des Nebels Dampf vergehet;
So wird Haß / Feindschafft / Neid in Liebe sein verklärt /
Dafern Egyptens Sonn' uns unsern Wunsch gewehrt /
Und Welschlands Himmel auch mit ihrer Hold bestrahlet.
CLEO. Nein / nein! der Hochmuth wird mit Schimpff und Todt bezahlet;
Herr / da Cleopatra beim Keyser etwas gillt;
Da ein'ger Funcken Gunst in seinen Adern kwillt /
Da unsre Thräne kan des Keysers Hertz' erweichen /
Da unsre Seele nicht sol bald bestürtz't erbleichen /
Mein Fürst / so nöthig' er nicht aus Egypten mich.
AUG. Sie stöst des Keysers Gunst / ihr eigen Glück' von sich.
CLEO. Wir wünschen eh den Geist / als seine Gunst zu missen /
Doch laß' uns nur August noch dieser Hold geniessen;

Daß: da der Wegzug nicht kan hintertriben sein /
Uns / die wir allen Heisch des Keysers gehen ein /
Vor frey-steh den Anton Egyptisch zu begraben.
AUG. Cleopatra wird hier stets freye Hånde haben.

Der Schauplatz verändert sich in eine lustige Gegend am Flusse Nilus.

Reyen Egyptischer Gårtner und Gårtnerinnen.

1. Satz der Gårtner.

Wie selig sind / die den Schmaragd der Auen
Fůr der Palåste Gold erwehln!
Die nicht auf's Eiß der glatten Ehrsucht bauen /
Und sich mit eig'nen Lastern kwåln!
Die in den Kummer-freien Wiesen /
Umb einen Kristallinen Fluß /
Die Gårte fůr den Thron erkiesen /
Ein frey Gemůtte fůr Verdruß;
Die ausser schőnen Gårtnerinnen
Sonst keinen Abgott lieb gewinnen.

1. Gegen-Satz der Gårtnerinnen.

Ja! seelig sind die reine Tugend lieben!
Die aller Heucheley sind feind /
Wo reiner Schertz ohn Argwohn wird getrieben /
Wo man den schimpft / ders ůbel meint.
Auch libt der nicht / der todte Steine liebet /
Der sich nur zu erhőhn begehrt
Durch falsche Gunst / die nicht Vergnůgung giebet.
Die Seelen sind nur Liebens-werth:
Nicht aber die geschmůnckten Gaben /
Die keine Gegen-Liebe haben.

2. Satz der Gårtner.

Was ist das Blutt der Schnecke? Mỏrder-Farbe.
Der Thron? ein wůrmicht Seelen-Grab.
Des Zepters Glas krigt mehrmals Brůch' und Narbe /
Denn ein verschmehter Hirten-Stab.
Wir důrffen Kelch und Ruhstatt nicht verstecken /
Wie / die auf Sammet furchtsam ruhn.
Ihr Nectar kan / wie Milch und Obst nicht schmecken.
Man pflegt oft Gift dort nein zu thun.
Und wenn die Sonn' uns gỏnnt den Morgen /
So fůhln wir Wollust / jene Sorgen.

2. Gegen-Satz der Gårtnerinnen.

Laßt Meer-Schilf und Zinober and're schmincken /
Wir sind auch ungesalbet schỏn.
Bey Blumen muß Zibeth und Bisam stincken.
Laßt sie fůr ståhlern Spigeln stehn /
Das Haar mit Staub / die Haut mit Balsam fårben.
Ein Brunn dien't uns zu allem dem.
Dort muß ihr Schmuck durch Milb' und Gift verterben;
Hier bleibt der Glantz stets angenehm.
Dort hỏret man mehr Schlangen zischen
In Zimmern / als hier in Gepůschen.

Zu-Satz der Gårtner.

Die Liebe wird in Geilheit dort verkehret.
Dort solln die Wespen Binen sein /
Von denen nur das Honig wird verzehret /
Das die Natur uns pflantzet ein.
Ja man flỏßt Gifft durch diese Zucker-Rỏhren /
Hångt Fall-Beil' in das Schlafgemach.
Dem / den kein Dolch kan offentlich versehren /
Stellt man durch Gunst und Freundschaft nach.

Aus Gold-gestickten Purper-Betten
Macht man Mord-Gruben / knecht'sche Ketten.

Zu-Satz der Gårtnerinnen.

Der Nilus mahlt das Schau-Spiel schnöder Sachen
Recht an Cleopatren uns ab.
Man råuchert ihr / und wil sie knechtisch machen /
Man raubt ihr Freiheit / Tod und Grab.
Verfluchte Gunst! da nur auf seichter Lippen
Die Mißgeburth der Liebe schwimmt!
Fliht / Schåffer / fliht Siren' und Schifbruchs-Klippen.
Wo wahre Treu' im Hertzen glimm't /
Verbrenn't auch nicht in Sarch und Hölen
Das Liebes-Oel verknipffter Seelen.

Die fünfte Abhandlung.

Der Schauplatz bildet ab den Tempel der Isis zu Alexandria / daran die Königliche Todten-Gruft stößt.

CLEOPATRA. CHARMIUM. IRAS.
Des ANTON. *Leiche auf einem erhobenen Grabe.*
SIDA. BELISAMA. SALAMBO. BABIA.
Etliche Priester.

CLEO. WEr auf das leichte Rad des blinden Glückes trau't /
Auf seiner Tugend Grund nicht schlechte Thürme baut /
Die Fürsten dieser Welt der Erde Götter nennet /
Wer viel weiß ausser sich / sich in sich selbst nicht kennet /
Wer sich auf's Zepters Glas / des Thrones Grund-Eiß stützt;
Der komm' und lern' allhier / wie der so schwanckend sitzt /
Der auf dem Gipffel steht. Der Ausbund aller Helden /
Anton / den Sud und Ost wird stets unsterblich melden /
Für dem Po / Phrat und Nil oft auf den Knien lag /
Verfällt nicht nur schlecht hin durch einen Donnerschlag /
Er kan hier kaum ein Grab durch unsre Bitt' erlangen.
Wol! laßt uns zum Ade den edlen Leib umfangen!
Kommt / Liebste Schwestern / kommt / bringt ihm durch eure Hand
Ein Opfer wahrer Treu' und letztes Liebes-Pfand.
Besudelt euren Leib / entblößt und schlagt die Brüste!
Wascht sieben Tag' euch nicht. Umbschrenckt die Todten-Kiste
Mit Eppich. Ziehet Säck an statt Damasten an.
Trinckt Wasser / keinen Wein / daß man viel weinen kan.
Bethränet euer Brodt und die geringen Speisen.
Zeuch / Iras / dem Anton mit diesem krummen Eisen

Durch seine Nase das Gehirne rein heraus;
Und flösse Balsam nein.
IRAS. Dis / und der Därmer Grauß
Hat Eteocles schon mit einem Mohren-Steine
Geschnitten aus dem Bauch' und mit Phenitzer-Weine
Gesaubert fleißig ab / hernach in Nil gesenckt.
Sein holer Leib ist auch mit Saltze schon getränckt.
CLEO. So salb't mit Zeder-Safft und Narden seine Glieder.
Eröfne / Charmium / ihm seine Augen-Lieder /
Die ich ihm drückte zu / den Himmel noch einmal
Vergeistert anzuschaun. Mercur / laß einen Strahl
Ihn auch auf mich noch thun: daß er vergnügt erblicke /
Wie treu und schmertzhaft ich sein Grabmahl ihm beschicke.
Salambo / fülle Leib und Brust voll Aloe /
Voll Myrrh' und Caßia. Geh / Belisame / geh /
Steck' unter seine Zung' ihm diesen güldnen Groschen.
Anton / dafern dein Geist nicht mit dem Leib' erloschen /
Dą der entseelten Seel' auf Sterbliche kan sehn /
So wollstu mich / Anton / zu hören nicht verschmehn.
Laß unser beider Leib in einer Gruft vermodern /
Die Glutt der Liebe noch in unser Asche lodern /
Zwey Seelen einen Kreiß der Sterne nehmen ein /
Uns beide täglich Braut / und einen Bräut'gam sein.
Umbwindet nun den Leib mit diesen heil'gen Binden /
Darauf in Bilder-Schrifft ein Seegen ist zu finden:
Daß gar kein Wurm den Leib / kein Poltergeist sein Grab /
Die Seele Typhon nicht zu kwäl'n Vermögen hab'.
Umbkräntzet mit Rubin und Lorbern Stirn und Haare /
Legt Harnisch / Helm und Schild ihm auf die Todten-Bahre /
Streut Rosen auf den Sarch / steckt eine Glutt ihm an /
Die / wie die Seele nie zu Asche werden kan.
Ist nicht ein Prister dar / der ein Altar ihm baue /
Darauf man's gantze Jahr ihm Weyrauch brennen schaue?
Bezahle Babia / dreytausend Pfund hierzu.

PRISTER. Kein Weyrauch wird hier fehln; Kein Opfer fuͤr die Ruh
Des schlaffenden Anton. Anubis muß ihn huͤtten /
Und Horus Licht auf ihn / Blitz auf den Typhon schuͤtten.
Serapis wird sein Schirm und maͤchtig Schutz-Herr sein.
CLEO. Man ehre noch sein Bild / und grab' in Marmel ein:
»Hier lig't Egyptens Heil / die Freyheit Rom's umbfangen.
»Denn beyder Wolfahrt ist mit dem Anton vergangen.«
Wolan! die letzte Pflicht ist nun / Gott lob! vollbracht.
Nimm hin den letzten Kuß! mein Hertze gutte Nacht!
Es ist vollbracht! doch ach! was ist noch zu vollbringen?
Cleopatra sol itzt nun auch groß-muͤttig ringen /
Cleopatra sol itzt noch einmal durch den Tod
Sich dem Anton vermaͤhln / entflihn der grimmen Noth /
Die uͤberm Haupte schweb't / ja durch ihr Blutt entdecken:
Daß knecht'sche Geister nicht in diesen Adern stecken.
IRAS. Auf was Verzweifelung / erlauchte Koͤnigin /
Auf was fuͤr Strudel treibt der Schmertz sie wider hin?
Wil sie denn dem Anton sich selbst zum Opffer geben?
Ihr Todt bring't uns in Sarch; den Todten nicht in's Leben.
CHAR. Cleopatra / mein Haupt. Sie schaͤtze tummen Ruhm /
Und eigen-haͤndgen Todt nicht fuͤr ein Heiligthum.
Ein Knecht laͤßt leicht sein Blutt auf's Herren Holtzstoß fluͤssen /
Umb der Unsterbligkeit und Freyheit zu genuͤssen.
Was aber treibt hierzu die freyen Seelen an?
Das gantze Schiff versinckt mit einem Steuer-Mann /
Das grosse Reich durch Sie.
CLEO. Ach klein-muths-volle Hertzen!
Ihr wißt den Ursprung nicht so ungeheurer Schmertzen.
IRAS. Die truͤben Wolcken sind des Jammers ja vorbey.
Man spuͤrt wie guͤnstig ihr der milde Keyser sey;
Er spricht den Buͤrgern zu / laͤßt sie fuͤr sich nicht knien /
Verbeut der Stadt ihr Recht und Guͤtter zu entzihen.

Dis alles wol nicht uns zu libe; nein / nur ihr.
Kurtz: Er zeucht allbereit der Livien sie für.
BEL. Aus diesem Absehn hab' ich zu dem Hochzeit machen
Sehr viel schon angestellt / verschaffet alle Sachen;
Das Brautbett' aufgeputzt. Serapens Tempel gläntzt
Voll Feuer / das Altar der Isis ist bekräntzt
Mit Myrten / und das Volck rufft ihre tausend Nahmen
Umb Heil und Seegen an; wünscht: daß mit ihren Samen
Am Nil so lange blüh der Ptolomeer Haus /
Als tausend Hundes-Jahr' Egyptens tragen aus.
CLEO. Einfält'ger Aberwitz! diß sind die güldnen Schlingen /
Durch welche man den Feind muß in den Keficht bringen.
Der Himmel der uns liebt / hat uns zu Trost entdeckt:
Welch einen Fall-Strick uns Augustus hat gesteckt.
CHAR. Hilf Himmel! hört es denn nun nimmer auf zu wettern?
CLEO. Ja / das verfluchte Rom pflegt diese zu vergöttern /
Die es mit Schimpf und Schmach in Abgrund stürtzen wil.
Verdammter Rache Lust! verfluchtes Boßheits-Spiel!
August hat Marck und Bein und Blutt uns ausgesogen /
Den väterlichen Thron durch schlimmes Recht entzogen /
Des Ptolomæus Schatz durch Schelm-Stück an sich bracht /
Doch ruht sein Ehrgeitz nicht. Er ist nun auch bedacht /
Nach Rom in's Siegs-Gepräng und's Schau-Spiel uns zu führen.
Dis ist es / was wir nur noch haben zu verlihren.
Doch nein! die Angel fehlt die über'm Fische schwebt.
Ein Fürst stirbt muttig / der sein Reich nicht überlebt.
Es ist ein täglich Todt / kein grimmer Ach auf Erden /
Als / wenn der / der geherrscht / sol andern dienstbar werden.
Ihr wißt: daß ich gezeugt in Gold' und Purper sey /
Daß auch kein Reich der Welt Egypten komme bey /

Daß mir mein Volck zeither hat goͤttlich' Ehr' erwiesen /
Daß Ptolomeens Stamm Alcid- und Dionysen
Zu seinen Ahnen hat. Die Marmel zu Adul
Sind Zungen / und erzehln: daß Ptolomeens Stul
Bis an den Tanais / bis zu Jaxartens Kwellen /
Zun Seulen Hercules / bis / wo die Meeres-Wellen
Die Sudspitz' Afrikens stets rasend spielen ab /
Und weiter hat gereicht. Wie solt' ein edles Grab
Mich nicht mehr lachen an / als daß ich schimpflich lebe /
Und Livien zu Rom noch eine Magd abgebe?

IRAS. Mein Haupt / vielleicht ruͤhrt nur ihr Kummer aus Verdacht.

CLEO. Verdacht ja mehr denn viel! gebt auf die Thaten acht /
Ob er als unser Freund und Schutzherr hier gebahre?
Ob sein Bedienungs-Schein nicht Sklavisch uns verwahre?
Ob man uns aus der Burg die Ausfarth nicht verwehrt?
Die Stadt als Feind besaͤtzt / das Schatz- und Ruͤst-Hauß leert?
Das Heer in Dinste zeucht / die Buͤrger ihm vereydet;
Auf einen Augenblick uns Macht und Treu' abschneidet?
So schoͤne Fruͤchte traͤgt uns sein Versprechen ein.
Zu dem / wem wolte nicht auch hoͤchst verdaͤchtig sein?
Daß unser Todt-Feind sich so bald verlibt anstellet.
Wenn die kohl-schwartze Luft sich unversehns erhellet /
Gebihrt die schwangre Nacht der Wolcken Blitz und Keil:
So ist dem Keyser nur sein Liebes-Kosen feil
Umb unsern Untergang. Die sich zu sehr verbinden /
Die lassen selten Treu und Wahrheit bei sich finden.
Man lobt uns ja den Traum der Ehren-Seulen ein /
Die / wie man schwermt / zu Rom uns solln gewidmet sein /
Doch stehn sie schwerlich sonst wo / als auf's Keysers Zungen.
Wir werden nicht nach Rom geladen / nein / gezwungen:
Da Ehr' und Liebe doch nichts nicht zu zwingen pflegt.
Ja / was wird dis und das hier so genau erwegt?

Hier les't des Keysers Brieff / den wir fuͤr wenig Stunden
Im Zimmer des Anton zur Nachricht haben funden.
CHAR. Gerechte Goͤtter! wird nicht bald durch Blitz verzehrt /
Ein solch zwei-zuͤngicht Mund / ein solch zwei-schneidend Schwerdt?
August hiß sie die Faust ins Libsten Blutte roͤthen /
Hier wil er: daß Anton Cleopatren sol toͤdten:
Sagt auch noch beiden Heil fuͤr Mord und Todschlag zu.
CLEO. Nun urtheilt: ob man dem August wol unrecht thu;
Wenn wir uns wenig gutt's aus seinen Wercken schluͤssen?
Wie? oder wollet ihr mehr Grund und Zeugnuͤs wissen?
Schaut / bitt ich / schaut / nemmt hin des Dolabellen Hand /
Die dieser redlichste der Roͤmer uns gesandt.
CHAR. Was gibt die treue Faust uns heimlich zu verstehen?
IRAS. Dis: daß August nach Rom durch Sirien wil gehen;
Und daß das Schiff der Hund schon segelfertig steh /
Das auch mit Widerwilln Cleopatren zur See
Sol nach Cajeta fuͤhrn: bis sie in Band' und Stricken /
Wenn Cæsar ein wird zihn sein Sigs-Fest helffe schmuͤcken.
CHAR. Ihr blinden Sterblichen! fall't nun der Meinung bei:
Daß es ein schlipfrich Ding umb frembde Gnade sei!
Daß der nicht weißlich thut / der Worte sich laͤst blaͤnden /
Weil er ein Glied noch regt / das Heft gibt aus den Haͤnden.
CLEO. Einfaͤlt'ge Charmium! nach schon geschehner That /
Lehrt oft der Ausschlag viel / was kein verschmitzter Rath
Vermag vorher zu sehn. Auch ist nicht zu vermeiden /
Was die Geburts-Gestirn' und Goͤtter uns bescheiden.
Zu dem ist unsre Schuld geringer als die Pein;
Wir schenckten dem Anton nicht suͤß're Wermuth ein.
Was weigern wir uns denn selbst-eignes Gift zu trincken?
Auf! wir sehn den Anton schon unser Seele wincken!

161 Hund: bezeichnet das Schiff. Vgl. Anm. zu V, 678 (S. 246).

Auf! auf Cleopatra! Gebrauche Gift und Schwerd.
Gold wird durch Glutt / ein Geist durch Gluͤck' und Todt bewehr't.

ANTYLLUS *in einem Priester-Rocke.* CLEOPATRA. CHARMIUM. IRAS. SIDA. BELISAMA. SALAMBO. BABIA.

ANTYL. Verfluchte Zauberin! Mordstifftende Medee!
Es ist ja hohe Zeit: daß dir zu Hertzen gehe /
Was du auf den Anton fuͤr Meuchel-Mord erdacht;
Den du umb Ehre / Reich und Leben hast gebracht.
Es ist der Goͤtter Werck: daß dein verletzt Gewissen
Wird von der Angst zerfleischt / von Schlang' und Wurm zerbissen;
Daß die Verzweifelung den Selbst-Mord dir lobt ein;
Sonst wuͤrde diese Faust dein Tod und Hencker seyn.
CLEO. Hilf Himmel! reitzt die Hoͤll' auch Prister mich zu kwaͤlen?
ANTYL. Die Kwal wird dir nicht hier / nicht in der Helle fehlen.
Auch wuͤrd' ich durch dein Blutt mit ewig-gruͤnem Ruhm' /
Und Zucker-suͤsser Lust mein neues Priesterthum
Der Rache weihen ein / wenn du dich zu ermorden
Nicht schon im Wercke waͤr'st.
CLEO. Was bin ich / Leider! worden?
Sol ich verhoͤhnt / verdammt / beschimpft / verflucht / verspeyt /
Die Seele blasen aus? erbaͤrmlich's Hertzeleid!
Mit was fuͤr Laster hab' ich / Priester / dich verletzet?
ANTYL. Hastu / verruchte / mich nicht in Gefahr gesetzet /
Zu buͤssen Ehr' und Hals / so wie mein Vater / ein.
CLEO. Ihr Goͤtter! dieses muß gewiß Antyllus sein.
ANTYL. Ja / freilich bin ich es / du Mißgeburth der Frauen!
Sieh mich entlarvt nur an; doch / kanstu mich wol schauen:

Daß du nicht schamroth wirst? dein Hertze sagt es dir /
Wie sehr du mich verletzt.
CLEO. Vergieb / Antyllus / mir /
Wormit ich freilich dich / und den Anton beleidigt.
Gesteh' ich doch die Schuld. Sie kan nicht sein vertheidigt.
Was aber steckt mein Sohn / dich in das Prister-Kleid?
ANTYL. Wie kont' ich anders fliehn der Römer Grausamkeit /
Den du mich liederlich geliefert in die Hände.
CLEO. Osir erhalte dich! die Mutter Isis wende
Von dir all Unheil ab / und schütt' es auf mein Haupt!
Es ist dir auch mein Trost / mein Sohn Antyll / erlaubt:
Daß Rach und Eyfer sich an meinem Blutte speisen.
Hier sind die Brüste bloß / hier ist ein scharffes Eisen!
Stoß zu.
ANTYL. Verkehrtes Spiel!
CLEO. Stoß zu.
ANTYL. Ich wil und kan
Ja nicht.
CLEO. Ich nehme Stich und Tod / für Wolthat an.
ANTYL. Es sol so schwartzes Blutt nicht meine Hände färben.
CLEO. So laß' Antyllus mich / doch unverfluchet sterben.
ANTYL. Ob du's gleich hast verdient / wil ich doch auf dein Grab
Nicht werffen Stein und Fluch.
CLEO. So scheid' ich frölich ab.
IRAS. Ihr grimmen Götter ihr! was ehrt man eure Bilder?
Was opffert man euch viel? wenn kein Gebeth euch milder /
Kein' Andacht sanfter macht? rührt vom Verhängnüß' her
Dein Elend? oder kommt nur alles ungefähr?
CLEO. Es ist itzt außer Zeit den Feind und Göttern fluchen.
Last uns sie nun vielmehr umb Gnad' und Hülff' ansuchen
Die einer Sterbenden den Tod noch leidlich macht.
Ja wol! es werd' uns Zeug zum schreiben hergebracht.
Wünscht ihr die letzte Schrifft an den August zu lesen?

CHAR. »Herr / nunmehr ist nebst dir Cleopatra genesen /
»Du hast mein Reich / mein Geist der Freyheit Thron erreicht /
»Nun knecht'sche Lebens-Lust der güldnen Baare weicht.
»Doch hat die Sterbende dich noch um was zu bitten:
»Es werd' uns beim Anton zu ruhen nicht verschnitten.
»Man gönnt leibeigner Schaar'; auch Würmern Erd' und Sand.
»Schärfft denn auf unser Blutt und Kinder seine Hand
»Nicht den blutt-fetten Stahl / verschont er sie der Ketten;
»So wird August mit Ruhm Egyptens Stuhl betretten /
»So wird sein Stamm und Haus stets blüh'n und sighaft sein:
»Doch schleust der Sarg auch nicht Cleopatren gantz ein.«
CLEO. Ihr hört den jüngsten Wunsch. Reicht her ihn zuverschlissen;
Gebt meinem Wächter ihn / der ihn alsbald wird müssen
Dem Keyser liefern ein.
IRAS. Hilf Himmel! Gib nicht zu:
Daß unser Hertz und Haupt für uns im Grabe ruh'.
Wenn alle Glider todt / siht man das Hertz' erst sterben /
Auf Charmium! Laß' uns hier sterbend Ruhm erwerben!
CLEO. Vertrautste / nein ihr irrt. Da ihr uns redlich liebt /
Da ihr uns hertzlich meint / bestürtzte / so verschiebt
Das euch noch ferne Ziel; euch und auch uns zu gutte.
Wenn man die Hand bespritzt mit hoher Häupter Blutte /
Schläft man mit linder Hand die untern Gliedern ein.
Westhalben solt' auf euch Augustus grimmig sein?
Ja / da ihr euch so weit die Kleinmuth last verleiten /
Wer wird uns Gruft und Sarch nach Würden zubereiten?
Glaubt / wer für Schmertzen stirbt / liebt so die Todte nicht /
Als der der Sterbenden den letzten Dienst verricht!

CHAR. Ist denn kein Mittel nicht zuflihen Tod und Banden?
CLEO. Der Schluß bleibt fest. Hier ist die Artzney schon verhanden.
CHAR. Worzu hat sie hieher den Feigen-Korb versteckt?
CLEO. Der uns miß-goͤnnte Todt wird durch diß Laub verdeckt.
Schaut ihr die gelbe Schlang' an diesem Honig saugen?
Schaut wie ihr Schwantz hier spielt / wie flammen ihr die Augen?
Sie schaͤrff't auf unsern Arm schon Zunge / Gift und Zahn.
IRAS. Mein Geist erschuͤttert sich! Ist dis die sanfte Bahn
Zum Sterben durch den Wurm? durch ein solch Ungeheuer?
CLEO. Der Schlange brennend Gift ist kein solch rasend Feuer /
Als Cæsars Ehren-sucht. Man sucht bey Nattern Rath;
Bey Drachen; wenn man nicht bey Menschen Zuflucht hat.
CHAR. Ihr Goͤtter! sol der Molch den Lilgen-Arm vergiften.
CLEO. Ja! unsrer hohen Seel des Coͤrpers Pforten luͤften.
DIO. Ja! nun ists Sterbens Zeit. Der Keyser hat befohl'n:
Daß man stracks allen Schatz sol auf die Schiffe hol'n.
Ich sah Osirens Bild / das niemand noch geschaͤtzet /
Und kuͤnstlich von Schmaragd zusammen ist gesetzet /
Neun Ellenbogen hoch / gleich aus dem Tempel ziehn.
CLEO. Ihr Goͤtter! ist August so gottlos' und so kuͤhn:
Daß er die Tempel sich nicht scheuet zuberauben?
DIO. Ja / wo Cleopatra wil Dolabellen glauben /
Was er ins Ohr mir bließ / wird heut Agrippa noch
Sie rauben auf sein Schif.
CLEO. Wol! laßt der Roͤmer Joch
Zerbrechen / den August auch sterbende verlachen.
Weil Menschen aͤrger sind / mit Schlangen Hochzeit machen.
Komm' angenehmes Thier! komm / komm und flechte dich
Umb diesen nackten Arm! vermaͤhle durch den Stich
Der Adern warmem Kwell dein zuͤngelnd-toͤdtend kuͤssen.
Wie? wilstu nur dein Maul durch Feigen-Safft versuͤssen?

Ist unsre Marmel-Haut nicht Stich und Giftes wehrt /
Das die Verdammten oft eh' als ein Blitz verzehrt?
Sol mir zur Straff' itzt auch den Schlangen Gift gebrechen?
DIO. Laß mich / Cleopatra / versuchen vor ihr stechen;
Und meine Redligkeit bewehren durch den Tod.
Sie sticht. Schaut ihr's die Haut ist nur ein wenig roth.
CHAR. Hilf Himmel! fållt er doch schon todt zur Erde nieder.
BAB. Es ist kein Puls mehr dar; das Gift hat seine Glieder
Bereit in Eys verkehrt.
CLEO. Der treue Knecht erwirbt
Ihm Ruhm / und lehret uns: wie sichs so leichte stirbt;
Ja er beschåmet uns: daß wir so zårtlich sterben.
BEL. Die Schlange / die den Knecht so schleunig ließ verterben /
Sticht nicht Cleopatren / weil das Verhångnůs ihr
Vielleicht die Zunge hålt.
CLEO. Mahlt mir solch Ding nicht fůr.
Sie hat den Arm verschmeht / sie důrstet nach den Brůsten.
Komm her. Weil ich den Tod verdient mit meinen Lůsten.
Nun stich! und sauge Gift / wo mancher Rosen-Mund
Vor Milch und Honig soog. Sie beißt! ich werde wund.
Ich fůhle Schlaffsucht schon und Ohnmacht mich befallen.
CHAR. Ach schenckt das Glůck uns denn nichts anders ein als Gallen!
CLEO. Kommt / Liebste / nehmt von uns den letzten Kuß noch an.
SAL. Sie bebt / sie schlåffet ein; Es ist umb sie gethan!
CHAR. Erbebend Donner-schlag / der Marck und Bein durchfåhret!
Das Hertz in kaltes Eiß / das Aug' in Stein verkehret:
Daß das gefrohrne Blut der Adern Rőhr verschůtzt /
Von dem die starre Thrån' im eignen Kwell' ersitzt!

295 zårtlich: zaghaft, ängstlich, weichlich.

Wo fällt die Göttin hin? der Abgott unsrer Seele?
Sinck't ihrer Augen Sonn' in so kohl-schwartze Höle?
Umb: daß er Lieb' und Licht alldar erwecken mag?
Sol ihrer Glieder Schnee die Nacht verkehr'n in Tag?
Wil ihr benelckter Mund im Grabe Blumen sämen?
Des Abgrunds finstre Kluft ein Paradis beschämen?
So geh't Egypten-Land der Ost-Welt Lust-Haus ein /
Und dessen Himmel wird itzt eine Helle sein!
IRAS. Ja mehr als eine Hell / mehr / als ein Nest der Tiger!
Was starrn / was zittern wir? wolln wir dem grimmen Siger
In Schwerd und Klauen falln? schau' unsre Fürstin an!
Die lehrt uns / wie man Feind und Fässel pochen kan.
Hat nicht die Königin die Bahn uns schon gebrochen?
Und durch den kurtzen Todt unsterblich Lob versprochen?
Der Feind / wie wild' er ist / wird ein Gedächtnüs-Bild
Noch ihrer Tugend baun. Ein rümlich Tod verhüllt
Des Lebens schlimmste Schuld / vergöttert sterblich Wesen.
Man wird Cleopatren auf tausend Marmeln lesen /
Auf Ertzt in Capitol. Es wird Cleopatren
Der Himmel hohe Nil so wie Arsinoen
Für's West-Wind's holdes Kind / für eine Venus ehren /
Und uns für Heldinnen / wo wir nach ihren Lehren
Die Seele blasen aus / da uns sonst Schimpf und Schmach /
Wo uns der Feind betritt / folgt auf der Ferse nach.
Zu dem laß' uns den Feind ja noch das Leben lassen;
Wie bald wird ohne dis nicht dieser Leib erblassen?
Sol nun des Lebens Spann' uns die Geburt entzihn
Des Nachruhms / der mit uns kan tausend Jahre blüh'n?
Nein / trautste Charmium! wer rühmlich nach wil setzen /
Muß nicht die Haut zu zart / das Blutt zu theuer schätzen.
Es bringet schlechten Ruhm verdienen durch viel Schweiß
Dis / was ein Tropffen Blutt stracks zu erwerben weiß.

334 betritt: gefangen nimmt.

Die Ewigkeit / die wir durch keine treue Dienste
Bis auf den Tag erlangt / krig't Iras zum Gewienste /
Wenn sie ihr sterbend nur gleich als zur Ader lǎßt.
Wird / ohne diese That wer Charmium gewest /
Wo Iras hat gelebt / die Nachwelt ichtwas wissen?
Auf Schwester! es muß auch uns Glider dis verschlissen /
Was unser Haupt verschleust; dis stechen / was sie stach.
Es sticht. Ich sterbe! folg' auch also růhmlich nach.
CHAR. Solch sterben bringet Ruhm / dis Leben Schmach und Bůrde /
Sol / die die erst an Treu' / an Macht war / und an Wůrde /
Hier / nun durch Tod und Blutt man umb den Sigs-Krantz kǎmpft /
Die letzt' am Reyen sein? die Flamme wird gedǎmpft
Durch Rauch; der Tugend-Glantz durch Thrǎnen-schwangre Wehmuth.
Wir haben ohne dis durch all zu tieffe Demuth /
Durch die man hat den Feind das Unthier zǎhmen woll'n /
Viel unsers Ruhm's verspielt / den wir itzt hertzhaft soll'n
Ersetzen durch den Todt. Jedoch fůr allen dingen
Laßt uns Cleopatrens ertheilten Heisch vollbringen /
Und ihrer Leiche thun die letzte Todten-Pflicht.
Da nun das Werck so sehr an viel Geprǎnge nicht /
Als in der Hold beruht /wil ich zum Liebes-Zeichen
Der Todten zum Ade die Hand-voll Blumen reichen.
Denn weil uns Glůck und Zeit mehr Mittel nicht verleihn /
Muß meiner Thrǎnen Saltz indes der Balsam sein.
Mein sterbend Augen-Licht zur Todten-Fackel dienen.
Nur muttig! Charmium / nun ist der Tag erschienen /
Da man Feind / Noth und Todt großmůttig pochen kan.
Auf! sǎtze Stahl und Dolch behertzt den Brůsten an!

Des ANTONIUS / *der* CLEOPATRA, *der* IRAS *todte Leichen.*
CORNEL. GALLUS. EPAPHRODITUS. THEODORUS. ANTYLLUS.
Etliche Hauptleute des Keysers.

CHARMIUM. SIDA. BELISAMA. SALAMBO. BABIA.

EPA. Halt Stahl und Stos zurück!
CHAR. Ihr seit zu späte kommen:
Schaut: wie das Blutt schon spritzt!
GALL. Was habt ihr vorgenommen?
Welch rasen ficht euch an? daß ihr Gift / Mord und Schwerdt /
Da euch der Feind doch schon't / auf eure Glider kehrt?
CHAR. Gift / Mord und Schwerd sind uns erleidlicher / als Ketten.
GAL. Als Ketten? auch der Todt sol euch vom Schimpf nicht retten.
Ihr selbst befleckt die Seel' / ihr selbst verstellt den Leib.
Ist dieser bluttge Wurm / dis ungeheure Weib
Die schöne Charmium?
CHAR. Ja! schöner als ihr meinet;
In dem itzt unser Ruhm schon nebst den Sternen scheinet.
Weil die standhaffte Treu' auch in der Grufft besteht.
GAL. Schaut! wie der Wurm sich krümmt! sie rechelt / sie vergeht.
EPA. Verruchten! kontet ihr Cleopatren nicht hindern
Den Selbst-Mord zu begehn?
BEL. Wer gibt den Uberwindern
Ein Recht die Willkühr uns des Todes zuverwehrn?
Viel minder könnet ihr euch über uns beschwern /
Die wir die Ehre zu gehorsamen nur hatten.
GAL. Man wird Cleopatren zu Grabe nicht bestatten /
Den andern noch darzu die Mörder-Hand haun ab;
Weil keine nicht vorher dem Keyser Nachricht gab /
Was für Befugnüs sie bewegte sich zu tödten.

377 verstellt: entstellt.

SIDA. Es reden die von euch uns aufgehalß'te Noͤthen
Fuͤr dieser Leichen Tod und ihr Entleibungs-Recht.
THEO. Es ist iedweder Mensch der Goͤtter Kind und Knecht /
Wer sich spannt aus / eh er Befehl vom Vater krieget /
Ist unwerth: daß er in der Schoß der Mutter lieget.
SAL. Gott deutet den Befehl durch boͤse Zufaͤll' an /
Heißt sterben wenn man nicht mehr ruͤhmlich leben kan.
GAL. Kein Gott / die Ehrsucht hat sie in den Tod gestuͤrtzet.
BAB. Das Sterbe-Recht die Hand zu schaden euch verkuͤrtzet.
EPA. Bistu die Kuplerin nicht / die durch Arglist mich
Entfernte durch den Brief: daß ich den Schlangen-stich
Nicht an Cleopatren verwehren habe koͤnnen?
BAB. Wer uns die Luft nicht goͤnnt / muß uns den Tod doch goͤnnen.
Der Athem / den man schoͤpft / kan schon ein Werckzeug sein
Zum sterben / wenn man uns schleust Gift und Messer ein.
THEO. Epaphrodit / wo mich die Augen nicht betriegen /
So steht Antyllus dort.
EPA. Laß uns zu ihm sich fuͤgen
Und naͤher ihn schaun an.
GAL. Habt wenig Zeit Geduld;
Ihr werdet / eh ihrs meint / schon buͤssen eure Schuld /
Und euer trotzig Maul aufziehen lindre Seiten.
BEL. Wir werden ohne Zwang die Todte bald begleiten.
THEO. Gewiß / es ist Antyll. Sein Antlitz leugt mir nicht /
Ist Haar und Kleid gleich falsch.
EPA. Gib du mir Unterricht:
Wenn und von wem du bist zum Prister angenommen?

ANTYL. Wer? ich?
EPA. Ja freilich du.
ANTYL. Ich bin von Memphis kommen
In dieses Heiligthum.
EPA. Wie heissestu?
ANTYL. Beryll.
THEO. Es ist Antyllus Sprach?
EPA. Ist dir bekant Antyll?
ANTYL. Ich kenn' ihn.
THEO. Zieht ihm's Haar ab.
ANTYL. Schelmischer Verraͤther.
EPA. Bistu nicht selbst Antyll?
ANTYL. Ja / doch kein Ubelthaͤter
Wie dieser Theodor. Ach! Ertz-Dieb! Henckers-Knecht /
Mordstifter / Schadenfroh!
THEO. Thut ihr ihm nicht sein Recht?
Ich kenn' Antyllens Sinn / und ihr Augustens Willen.
EPA. Sol / Gallus / ich an ihm des Keysers Wunsch erfuͤllen?
THEO. An dem Antyllus lebt ein Todfeind des August /
Im Hertzen kochet Grimm / und Rachgier in der Brust.
ANTYL. In dir Verleumdungs-Gall'. Ach! laßt euch nicht verleiten.
GAL. Die Wahrheit steht auf sein- / das Recht auf unser Seiten.
Wir sind im Heiligthum'.
THEO. Es wird erst heilig seyn;
Wenn es Antyllens Blutt wird dem August einweihn.
GAL. Ein todter Hunds-Kopf beißt.
ANTYL. Entbloͤsset ihr die Waffen
Ihr Roͤmer gegen mich? was wil man an mir straffen?
THEO. Er ist's Anton sein Sohn.
ANTYL. Und Fulviens dabey /
Der Schwaͤher des August.
THEO. Die Natter heckt kein Ey
In Eingeweiden nicht / in dem nicht Nattern stecken /

Er wird die Eyer aus des Basilißken hecken /
Den kaum August gesterbt.
ANTYL. Schont eines Römers doch.
EPA. Stoßt auf den Zwydorn zu.
GAL. Wehr't sich die Schlange noch!
ANTYL. Laßt euch doch Fulviens unschuldig Blutt erbitten.
EPA. Es ist am Nil in Gift verkehrt.
ANTYL. Schon't euer Wütten
Nicht Römischen Geblütts / so schon't doch den Osir
Das Bild des Julius / die ich zusammen hier
Umbarme.
GAL. Greift ihn an / und reißt ihn von dem Bilde.
THEO. Das Bild der Götter dient der Boßheit nicht zum Schilde.
GAL. Wer Fürsten selbst verletzt / kan ihre Seulen nicht
Zum Schutzbild' ihm erwehln.
ANTYL. Sagt's was Antyll verbricht.
EPA. Der wider's Vaterland und den August gestritten?
ANTYL. Doch für des Vatern Heil. Welch Römer hat gelitten /
Was ich / aus tausenden die dis was ich gethan?
GAL. Reißt den Verdammten weg; und tilgt ihm seinen Wahn
Mit seinem Leben aus. Kein Tempel kan dem nützen /
Den keines Bürgers Hauß gewürdigt zu beschützen.
ANTYL. Ihr Götter! die man hier so freventlich verletzt /
Die man für ungerecht / ja für ein Unding schätzt /
Ubt auf die Römer Rach' / und stürtzt sie mit Verterben.
EPA. Man gönnt den Lästerern zu schmehen / wenn sie sterben.
THEO. Er züngelt.
EPA. Aber er verstummet / und er regt
Kein Glied mehr.
THEO. Ich wil fühln: ob ihm noch's Hertze schlägt.

437 gesterbt: getötet.
438 Zwydorn: Zwitter.

Die sechs Leichen.

AUGUSTUS. AGRIPPA. MECÆNAS. THEODORUS. PROCULEJUS. C. GALLUS. ARIUS. EPAPHRODITUS. SIDA. BELISAMA. BABIA. *Die Trabanten. Zwey* PSYLLI.

AUG. Was macht sie? lebt sie noch? ach! ist sie schon verblichen?
Ist ihr bestürtzter Geist schon aus der Welt entwichen?
Eilt! rettet! lauft lauft! eilt! bringt Stärckungs-Säft herbey /
Fühl't / ob der Puls noch schlägt / und wo die Wunde sey.
GAL. Herr / es ist weder Puls noch Wund' an ihr zuspüren.
AUG. Es kan der Unfall doch nicht von der Luft herrühren.
Durchforscht den kalten Leib vom Gliede bis zum Glied.
PROC. Sucht / ob man weder Dolch / noch Gift / noch Messer sih't.
AUG. Entblösset Arm und Brust an der erblasten Leichen.
GAL. Man siht zwar auf der Brust zwei kleine Feuer-Zeichen /
Doch zeucht so schlechter Fleck wol nicht den Todt nach sich.
ARI. Ach Leider! zu gewis. Es ist ein Schlangen-Stich.
AUG. Bringt Schlangen-Pulver her / bringt Scorpionen-Oele /
Ist Bezoar nicht dar?
ARI. Der Keyser der erwähle
Die Aegeln alles Gifts die Psyllen zur Artznei.
AUG. Laufft / rettet / bringt alsbald die ersten uns herbei.
PROC. Legt ihr von Mithridat ein Pflaster auf das Hertze /
Eh' ihr ohnmächtger Geist gar aus dem Leibe stertze.
AUG. Gabstu / Epaphrodit / so wenig auf ihr acht?
EPA. Sie hat durch arge List mich auf die Seite bracht
Als sie / Durchlauchtigster / ihm das Verzeichnüs schickte
Der Schätze / welche sie vor in Geheim verrückte
Mit Vorwand: Livien mit selbten zuverehrn.
AUG. Ein kluger Mann läßt sich kein schnödes Weib bethörn.

ARI. Die Psyllen haben noch zu weilen Rath gefunden.
PROC. Wol! sie sind dar.
AUG. Stracks saugt das Gift ihr aus den Wunden.
GAL. Schaut / welch ein grüner Jäscht sich für dem Munde setzt /
Welch kalter Todten-Schweiß die Stirn' und Schläffe nätzt.
Wie schwillt die Brust / da sie die Schlang hat hingestochen.
PROC. Hier sieht man auch die Spur / auf der sie ist gekrochen.
AUG. Spart Kunst und Arbeit nicht für einen reichen Lohn.
Da ihr ihr helffen könnt / ist Gold und Freiheit schon
Euch reichlich ausgesätzt.
PSYL. Herr / es ist nur vergebens.
Ihr todter Leib hat mehr kein Füncklein eines Lebens.
So bald der Schlangen-Zahn das warme Blutt befleckt /
Hat das geschwinde Gifft ihr Hertz' in Brand gesteckt.
AUG. Ihr Götter die ihr uns mit so viel Lorbern schmücket /
Die ihr das grosse Rom mit so viel Sieg anblicket /
Die ihr der Feinde Stahl als schwirrend Glas erschellt /
Die ihr den Phrat und Nil weit nach der Tiber stellt /
Warum wolt ihr nicht auch uns diesen Ruhm noch gönnen:
Daß wir dis Weib nach Rom zum Schauspiel führen können?
Ja unser halber Sieg / der Römer gantzer Trost /
Fällt itzt ins Wasser hin! Welch Wurm ist so erboost /
Welch Panther so ergrimmt: daß er die eignen Klauen /
Eh er sich fässeln läßt / pflegt in sein Fleisch zu hauen?
Welch Grimm / Cleopatra / welch wütten kam dich an?
Daß du so mördrisch dir / uns hast so weh gethan?
Solln itzt die Leichen uns nur unser Sigs-Fest zieren?
Last uns gleich aus Metall ihr güldnes Bild auf-führen:
Die todten Bilder sind kein überwunden Feind /
Die nur der Rache Lust umsonst zuschimpffen meint.

Jedoch / was sinnen wir auf Schimpf der edlen Frauen /
Die kein gefrornes Hertz kont' unzerschmoltzen schauen;
Die ohne Seele noch mehr als zwey Seelen zeigt /
Die noch als Sonne prangt / wenn sie ins Grab gleich steigt.
Ihr todtes Antlitz hegt noch Held- und Fürsten-Striche.
Für ihr erstaunete Mohr / Parthe / Römer / Grieche /
Hebreer / Araber / Med' / Jude / Troglodit /
Wenn er in seiner Sprach' umbsonste war bemüht
Ihr etwas vor zuthun. Ich kan den Nil nicht schmehen /
Der sie für's Ebenbild der Isis angesehen;
Zeucht doch auch meinen Geist noch ein Magnetisch Drat /
Der's Julius sein Hertz so sehr gefesselt hat.
Wie hat nicht Marc-Anton auf diesen Marmel-Klippen
Der zarten Perlen-Brust / auf den Corallen-Lippen
Vergehn und scheutern solln? wie kont' er Sieger sein?
Da ihren Helden-Geist kein Sonnen-Kreiß schloß ein.
Was wil Augustus denn die Ruhms-entseelten Glider
Auf's Schau-Gerüste stelln?

ARCH. Man wirfft die Bilder nieder /
Durchlauchster / des Anton. Weil aber mir bewust:
Daß über todtes Ertzt und wieder Kunst August
Zu siegen nicht verlangt / erkühn' ich mich zu bitten:
Der Keyser lasse doch nicht Heer und Pöfel wütten
Auf Seulen / welche sind Cleopatren gesätzt /
Und die das Alterthum hochheilig hat geschätzt.
Ich bin bereit hierfür ein tausend Pfund zu zahlen.

AUG. Die Ehren-Maale sind der Tugend Sonnen-Strahlen.
Welch Unmensch äschert denn die Helden-Bilder ein?
Cleopatra wird stehn / wenn Rom nicht Rom wird sein.
Vielmehr laßt uns itzt selbst ihr Bild stelln Rom für Augen
So / wie die Schlangen ihr die edle Seel' aussaugen;
Wie ihr behertzter Todt des Lebens Fleck' abwäscht /
Und ihr verspritztes Blutt der Römer Eyver läscht.

515 Striche: Züge.

Daß Proculei als bald des Lägers Häupter lehre;
Daß es kein Bildnüs nicht Cleopatrens versehre:
Man laß' ihr Heiligthum der Sonnen-Pfeiler stehn /
Die Ehren-Pforten nicht vorsätzlich untergehn;
Und Gallus / der den Nil zur Land-Vogtey sol haben /
Sol sie / nebst dem Anton / aufs prächtigste begraben.

AUGUSTUS. ARCHIBIUS. PROCULEJUS. BELISAMA. SIDA. SALAMBO. BABIA. CORNEL. GALLUS. ARIUS. Des ANTYLLUS Leiche. EPAPHRODITUS.

Etliche Hauptleute. Die Trabanten.

AUG. Was aber liegen mehr für todte Leichen hier?
PROC. Es sind Cleopatrens zwey Dirnen / die sie ihr
Für andern auserkiest zu ihren Heimligkeiten.
AUG. Wer zwang sie ihre Frau im Tode zu begleiten?
SIDA. Weil die ihr rechter Arm / und jen' ihr halbes Hertz /
Der Ruhm ihr Abgott war / zwang sie also ihr Schmertz
Wie auch ihr Sterbens-Bund die Treue zubewehren.
AUG. Die so sehr heil'gen Brand in ihren Hertzen nehren /
Verdienen etwas mehr / als ein gemeines Grab.
Daß ied' ein Ehrenmal in diesem Tempel hab'.
BEL. O Wolthat! die dir selbst der Himmel wird vergelten!
Großmächtigster August! Gott schaffe dir mehr Welten /
Das Glücke werffe dir stets Lorbern in die Schoos.
Denn deine Tugend ist für eine Welt zu groß.
Mit dem und mehrerm wird's Verhängnüs dich beschütten /
Wo du noch diese Gnad' uns läst von dir erbitten:
Daß wir der Keuschheit uns und Isis dörffen weihn /
Und unser Königin aufs Grab Geblüme streun
Und Weyrauch aufs Altar.
AUG. Wir wolln den Wunsch euch gönnen /
Wie auch Cleopatren Altar und Pristerinnen.

SAL. Vergötterter August / der Erden Sonn' und Haupt /
Ist mir nicht eines noch zu bitten nicht erlaubt?
AUG. Eröfne dein Gemüth.
SAL. Des Keysers Gütte reiche
Nur noch auf den Antyll und seine blasse Leiche /
Die hier der Götter Bild hat durch ihr Blut bespritzt /
Ich schelte diese nicht die ihm die Brust zerritzt /
Ich weiß: daß Staatssucht oft den Fürsten Blutt abzwinget.
Doch sündig't der vielmahl / der ihren Schluß vollbringet /
Und eines gutten Wercks haupt-schlimmer Werckzeug ist.
Hier stehet Theodor / der dem Antyll erkiest
Zu einem Lehrer war / der vom Anton empfangen
Mehr Wolthat / als er selbst kaum wuste zu verlangen;
Doch eben dieser ists; O schwartze Greuel-That!
Der den Antyll zu Mord und Tod verrathen hat.
Wird nun August an ihm so grossen Undanck straffen /
So wird Antyllus sanft' auch unbeerdigt schlaffen.
AUG. Gestehstu / was sie klagt?
THEO. Wer wil des Keysers Feind
Verhölen?
AUG. Glück' und Zeit sol ändern keinen Freund /
Auch kein Gefangener aus Meineyd Vortheil suchen.
SAL. Es ist am Theodor auch Diebstal zu verfluchen.
Weil seine Rauberhand die Leiche noch beraubt.
THEO. Ich glaube: daß August nicht die Verleumdung glaubt.
SAL. Man suche bey ihm nach; Mein Leben mag es büssen /
Wo er nicht den Opal Antyllen abgerissen /
Mit welchem Nonius versöhnte den Anton.
AUG. Besucht ihn.
THEO. Er ist hier.
AUG. Ertzt-bösewicht! dein Lohn
Sol gleichen deiner Schuld; boßhafter Ubelthäter!
Man liebt Verrätherey / und hasset die Verräther.

Stracks / Hauptman / nim ihn weg / und schaffe: daß man ihn
An's Kreutze nagel' an.

SIDA. Der Keyser muͤsse bluͤhn /
Sein Haupt jedwedes Jahr mit so viel Kraͤntzen prangen /
Als dieses Tage zehlt / als bundte Panther-Schlangen
Mit Fleck und Farben spieln.

AUG. Begrabet zum Anton
Ins Ptolomeus Gruft auch seinen todten Sohn.

BAB. O milder Herr der Welt! barmhertz'ger Uberwinder!

AUG. Wo sind Cleopatrens uns hochgeruͤhmte Kinder!
Bringt sie zu uns hieher. Wir woll'n ihr Schutz und Schirm /
Ihr ander Vater seyn.

BEL. Daß man in Memphis Thuͤrm'
Des Keysers Nahmen schreib'. In allen Tempeln habe
Sein Bildnuͤs einen Stand / und bey Simandens Grabe
Sey in den guͤldnen Kreiß sein Lob geetzet ein!

AUG. Wo mag Cæsarion verborgen etwan sein?

GAL. Er hat in Mohrenland sich heimlich weggespielet.

AUG. Sagt / was Cæsarion durch seine Flucht anzielet?

GAL. Sein schlecht Gewissen scheut des Keysers Gnad' und Licht.

AUG. Wer argwohnt wider uns / dem traun wir gleichfals nicht.

ARI. Den grossen Himmel mahlt mehr nicht als eine Sonne /
So ist ein Keyser nur der Erden Haupt und Wonne.

AGR. Ja / wo die Herschsucht ist gewurtzelt einmal ein /
Da muß mit Strumpf und Stiel ihr Stamm vertilget sein.
Er ruͤhmt sich des Anton Gefaͤhrthen / Cæsars Erben;
Was meinstu / das zu thun?

ARI. Cæsarion muß sterben.

AUG. Er sterbe. Wo er sich in dreyer Mohnden Zeit
Nach Rhodos nicht gestellt. Es heischt die Sicherheit

Des Reiches derer Tod / die einig Recht drauf růgen.
Bemůhe / Gallus / dich den Flůchtigen zu kriegen.
PROC. Hier stelln Cleopatrens drey Kinder sich gleich ein.
AGR. Soll'n diese Zwerge Sonn' und Mohnd' und Hunds-Stern sein?
SAL. Drey Kronen-tragende falln hier zu Cæsars Fůssen.
Ihr armen Weysen seit durch Demuth nun befliessen:
Daß ihr den / der der Welt wolthåtig Vater ist /
Den euch die Mutter selbst zum Schutz-Gestirn' erkies't /
Auch euch zum Vater macht.
CLEOPATRA. Ich weiß nichts zu gewehren
Dem måchtigsten August / als Perlen meiner Zehren /
Als meiner Mutter Bitt' / und daß wir Zweige sind
Von Ptolomeus Stamm'. Ein ungeheurer Wind /
Der Eich- und Cedern bricht / verschont doch junger Sprossen.
Zu dem hat edles Blut bey Siegern stets genossen
Der hohen Ahnen Wůrd'. Auch Staub behålt den Werth;
Man thut mit Asche groß / wenn Glutt und Zeit verzehrt
Hat etwas schåtzbares; So ist auch sein Gemůtte
Zu edel / grosser Fůrst! daß Kőniglich Geblůtte
Zu Knecht'scher Niedrigkeit verstossen solte seyn.
PTOL. Ich bin von Jahren jung / von Missethaten rein /
Von Leibes-Kråfften schwach; doch fůhl' ich eine Flamme
Schon regen meine Brust / die man der Tugend Amme
Der Helden Zunder heißt; die sol ein heilig Brand
Des grossen Keysers sein / wenn seine Gnaden-Hand
Mich nicht in Knechtschafft stőßt.
ALEX. Und mein schon lodernd Hertze /
Durchlauchtigster August / sol eine heil'ge Kertze
Ins Keysers Tempel sein; Denn des Augustus Ruhm
Bedarf den Erden-Kreiß zu seinem Heiligthum'.

623 růgen: beanspruchen.

In diesem werd' ich ihm statt Weyrauchs Treu anzünden /
Und wo mein Leben nicht zu zeitig wird verschwinden /
Sol meine schwache Faust den Degen nie ziehn aus /
Als für Augustens Heil und für des Keysers Hauß.
AUG. Steht / liebsten Kinder / auf. Ich schätze mich
beglücket:
Daß / weil's Verhängnüs euch mit seiner Bleyhand drücket /
Ich euer Ungelück und Trauren miltern kan /
Ich nehm' euch alle drey zu meinen Kindern an /
Ich wil als Vater euch das minste lassen fehlen /
Ich wil Cleopatra dem Juba dich vermählen /
Sein väterliches Reich und dis ihm geben ein;
Ihr beiden Söhne mögt bei euer Schwester sein;
Wird euer Geist auch nicht aus dem Geschirre schlagen /
Solt ihr in Africa noch Kron und Zepter tragen.
PTOL. ALEX. So wird August ein Herr der Herren und ein
Fürst
Der Fürsten.
AUG. Stehet auf. Du / mein Mecenas / wirst
Die Kinder alle drey in deiner Aufsicht halten;
Ihr Erbtheil / das ich selbst bestimmen wil / verwalten.
Agrippa dencke nach / und bring' es aufs Papier /
Wie Gallus fruchtbarlich Egypten stehe für.
Denn dieses ist ein Reich / das die Vernunft muß stützen /
Ein grosser Geist beseeln / viel Hände müssen schützen.
Euch Göttern sag ich danck! Nun kan ich unsre Stadt
Die Eckel für Verterb und Bürger-Kriegen hat /
Mit Beut' und Fried' erfreun; und nach dem
Bluttvergüssen
Zum dritten mal in Rom des Janus Tempel schlüssen.
Bereit Epaphrodit Cleopatrens ihr Schif /
Das wie ein gülden Drach' auf Thetys Bette lief /
Für unsre Livie. Der Perlen-reiche Wagen /
Auf dem sich ließ Anton von Panter-Thiren tragen /
Wie Bachchus / als er Pers- und Indien nam ein /
Sol eine Zierrath uns beym Siegs-Gepränge seyn;

Damit was neues auch zu Rom gesehen werde /
Schifft auf die Krieges-Flutt Egyptens Wasser-Pferde
Nebst Nilus Ochsen ein. Das schon gepregte Geld
Sey durch Agrippens Hand dem Heere zugestellt.
Wormit das Volck zu Rom auch keinen Mangel leide /
Befrachtet tausend Schiff' und Kahne mit Getreyde.
Der edlen Leichen Schmuck sol bleiben unversehrt.
Weil Göttern aber auch von allem was gehört /
So nehmt Cleopatren ihr Perlen Ohrgehäncke /
Daß ich der Venus Bild zu Rom damit beschencke.
Die Seulen von Porphier solln ziern den Renneplatz /
Die Bilder's Capitol / der andre grosse Schatz
Den Tempel des Saturn.

BEL. Der beste ligt begraben /
Den er / großmächtger Fürst / nicht fähig ist zu haben.

AUG. Wer ist so starck / daß er mir aus den Händen reist
Egyptens Sieges-Preiß?

BEL. Ein ihn besitzend Geist /
Der unter der Gestalt des allergrösten Drachen
Und eines Krocodils muß solchen Schatz bewachen.

AUG. Durch wessen Zauberey und wo ist er bestrickt?

BEL. Der grosse Ptolome hat seinen Ring gedrückt
Auf diesen seinen Schatz / und in der See versencket /
Den Mæris hat gebaut.

AUG. Ist niemand welcher dencket
Dis Sigel aufzuthun?

SAL. Kein Schlüssel ist so gutt
Als Wolthat / die der See selbst ihren Mund aufthut /
Die das Gestirn' aufschleust / den Grund der Welt entrügelt;
Die Thore der Natur / der Götter Schluß entsiegelt.
Weil uns der Keyser nun so gar viel gutts verspricht /
Kan ich den Schlüssel ihm verhalten länger nicht /
Den mir Cleopatra noch selbst hierzu vertrauet.
Großmächtigster August / nichts / was die Sonn' anschauet /

Kein Stern / kein Kraut / kein Geist / kein Zoroaster kan
Dis Siegel brechen auf. Nimm aber von mir an
Den Schlüssel / der dir wird dis Reichthum aufsperrn können.
AUG. Wie wol thustu / mein Kind. Man sol der Welt mehr gönnen
Als Geistern schwartzer Nacht. Steckt so geheime Kraft
In dieses Ringes Kreiß / und in der Eigenschafft
Der in dis schlechte Ertzt versätzten edlen Steine?
SAL. Man lernt aus der Gestalt / aus ihrer Farb' und Scheine;
Es habe die Natur mit Wundern sie erfüllt.
Es sind Wolfs-Auge / Fisch / der Scorpionen Bild /
Ameisse / Habicht / Krebs / Frosch / Natter / Schlange / Pfauen
Auf so viel Steinen nicht vergebens anzuschauen.
Die Würckung ist bekant / man weiß / durch welche man
Die Geister kirrt und jagt / und Wunder stifften kan.
Allein' in diese Stein' ist eine Kraft gediegen /
Den Krocodil zu fälln / den Drachen zubesiegen
Durch eines Künstlers Hand / der zu gewisser Zeit
Schniett beide Thier' hierein; nach dem sie vor geweiht
Von Priestern dem Osir und unser Isis waren.
AUG. Du solst / Salambo / schon mein danckbar Hertz' erfahren /
Wo das Geheimnüs trifft mit deinen Worten ein.
Du / Gallus / solst den Schatz zu heben mühsam sein.
Archibius du must auf Selzamkeiten dencken /
Den Adel und den Rath mit selbten zu beschencken.
Augustus lebt vergnügt / wenn ihm die Ehre bleibt:
Daß er dem Röm'schen Reich' Egypten einverleibt.
Laß / Proculejus / auch zwölf Schiffe zubereiten /
Die übermorgen uns in Sirien begleiten.
Jedoch / weil wir uns gleich itzt in der Grufft hier schau'n /
Wo Alexander ihm ließ sein Begräbnüs bau'n /

Last uns den / dem sich Glück und Tugend stets vermählet /
Dem eine neue Welt zu zwingen hat gefehlet /
Den / dessen grossen Geist der Erden-Kreiß nicht schlooß /
Im engen Sarche sehn. Macht Ertzt und Rügel loß.
Hier ligt der grosse Held / von dem August muß lernen:
Der Leib vergeh' in Asch / der Geist steig' an die Sternen /
Für dessen todtem Bild' (O edle Tugends-Art!)
Des Cæsars Geist beseelt; das Antlitz schamroth ward /
Die Seele Seufzer ließ. So müß' auch diesem Leben /
Sein ihn vergötternd Ruhm uns Flamm und Flügel geben
Zu gleicher Ehren-höh'. In-des / dafern dein Glantz
Nicht unsern Dinst ausschlägt / nimm diesen Lorber-Krantz /
Den nicht der Zeiten Sturm / der Nachwelt-Blitz wird tilgen /
Und dieser Krone Gold nebst dieser handvoll Lilgen
Zum Denckmals-Opffer an.

ARI. Wil nicht auch Fürst August
Die Ptolomeer sehn?

AUG. Wir hatten hier nur Lust
Den König zu beehrn. Die solln den Dinst nicht haben /
Mit derer Körper Geist und Nachruhm ward begraben.

Reyen

Der TIBER / *des* NILUS / *der* DONAU / *des* RHEINS.

TIBER.
Leg't nun der Nil die stoltzen Wellen nider?
Und betet er die Tiber an?
Schaut: wie / was dem Verhängnüß ist zu wider /
So seicht' und mirbe wurtzeln kan!
Ob gleich mein Strom nicht tausend Flüß' einschlingt /
Mein Sand nicht Gold / mein Schaum nicht Perlen führet /

Mein Fluß Corall; mein Schilf nicht Zucker bringt;
Ob meine Schooß gleich nicht Rubin gebühret:
So lehret Rom doch: daß ich bin
Des Meeres Haupt / der Flüsse Königin.
Der Tiger und Eufrat sind für mir sanfft' und klein /
Und bücken sich für meiner Römer Füssen /
Pactol und Tagus muß bei'm Reichthum dürftig sein /
Weil beide mir den Gold-Sand Zinsen müssen.
Daß Gangens Jäscht mit Diamanten strahlt /
Der kalte Nord mit schimmernden Kristallen;
Das grüne Meer sich bräunet mit Corallen /
Des Indus Silber-Flutt sich mit Schmaragden mahlt;
Ist ihre Frucht doch mein Gewienst /
In dem sie wie die Zucker-Bienen
Zwar Honig sammlen / doch nicht ihnen.
Die edlen Steine stehn der Tiber nur zu Dienst';
Umb meiner Nimfen Hals und Hand /
Und mein belorbert Haupt zu decken /
Die Tyrer-See heckt braune Purper-Schnecken /
Umb nur zu färben an mein Keyserlich Gewand;
Was weigerstu dich denn O Nil!
Nun Rhodan / Tiger / Phrat und Rhein mir opffern müssen /
Nach dem es selbst der Himmel wil /
Das du nicht Rom und mir wilst Fuß und Zepter küssen?

DER NILUS.

Wenn Titan steig't aus Thetis blauem Reiche /
Und uns läßt Licht und Tag aufgehn /
Erblassen ja die Sternen nicht zugleiche;
Die grössern bleiben länger stehn.
So / als auch Rom und sein geweyhter Fluß
Sein güldnes Haupt den Sternen hat verschwistert /
Siht man: daß erst / was klein ist / schwinden muß
Als der gestirn't Eridan wird verdüstert.

Bis nach dem Tiger und Eufrat
Des Nilus Glantz auch sein Begraͤbnuͤs hat.
Jedoch verfinstert mich so sehr nicht Rom und du /
Als des Verhaͤngnuͤsses gesetzter Schrancken /
Der Himmel selbst traͤgt Glutt zu meiner Asche zu:
Fuͤr dem der Thron der Goͤtter selbst muß wancken.
Drang nicht mein Haupt sich bis zun Sternen ein /
Und uͤber der Pyramiden Gefuͤlde?
Es raͤucherte der Mohre meinem Bilde /
Gab meinem Tempel ab Gold / Weirauch / Helffenbein.
Die Ost-Welt bettelte von mir
Den Weitzen / den Egypten bringet /
Wenn mein aufschwellend Strom es tinget /
So bald der Welt ihr Aug' in Loͤwen tritt herfuͤr.
Allein' ob meiner Thuͤrme Pracht /
Zwar keinen Sonnen-Schatten zeuget /
Noch Dunst und Wolck' aus meinem Strome steiget.
So schaut doch / wie der Neid mich so sehr schatticht macht /
Wie mich die Ungluͤcks-Wolck umbhuͤllt /
Wie mich des Keysers Blitz fast gar in Abgrund schlaͤget.
Geduld! wenn es nicht pochens gilt.
Schau! wie der grosse Nil sich fuͤr der Tiber laͤget.

DIE DONAU UND DER RHEIN.

Nun alle ja zu Sklaven sind gebohren /
Was solstu Donau thun? und Rhein?
Nein! nein! Rom / das hier oft den Muth verlohren /
Wird noch viel Adler bissen ein.
Daß Phrat und Nil der stoltzen Tiber weicht /
So wie sie vor auch Alexandern wichen /
Bewegt' uns nicht: daß man sich ihnen gleicht.
Wir haben auch die Seegel nicht gestrichen /
Als dieser grosse Blitz der Welt
Der Erden Kreiß hat in sein Joch gestell't.
Nein! stoltzes Rom! wir schaun schon jene Zeit angehn /
Da uns wird ehrn nicht nur ein Kreiß der Erden.

Es wird dis unser Mooß voll Diamanten stehn /
Das gruͤne Schilff zu Lorber-Zweigen werden.
Wir sehen schon die Sonnen unsrer Flutt /
Den Helden-Stamm in Oester-Reich entspringen /
Dem nicht nur Rom und Tiber Opffer bringen /
Den Leopold / der dem August es gleiche thut.
Die itz'ge Welt ist ihm zu klein /
Es wird noch eine Welt entstehen /
Ihm wird die Sonn nicht untergehen /
Und Thule wird nicht mehr der Erde Graͤntzstein sein.
Dis / was Columb und Magellan
Der andre Tiphys wird entdecken /
Wie ferne sich zwey Indien erstrecken /
Wird unsers Cæsars Hauß fußfaͤllig beten an.
Wir sehen schon sein siegend Schwerdt /
Den Adler fuͤr dem Mond am Nil und Bospher glaͤntzen.
Kommt / Schwestern / schaͤtzt ihr Tugend wehrt /
Helfft sein gekroͤntes Haupt mit Palm- und Lorbern kraͤntzen.

Δ. T. Θ.

Anmerckungen
Zu der ersten Abhandlung.

v. 32. Als Cæsars Reuterey beym Rennplatz ward geschlagen.] Als Augustus für Alexandria sich bey dem *Hippodromo* sätzte / fiel Anton heraus / schlug mit grosser Tapferkeit des Keysers Reuterey aus dem Felde / und jagte sie biß ins Lager. Der gewafnete Anton küssete hernach Cleopatren / welche dem / der sich am besten gehalten hatte / einen güldenen Harnisch verehrte; Dieser aber ging gleichwol folgende Nacht zum Keyser über. *Plutarch.* im Leben *Antonii. pag. 950. d. e.*

v. 44. Wenn sich im Pharos wird Anton zu Tode grämen.] Als über den Antonius alles Unglück zusammen schlug / verlies er Alexandrien und alle Gesellschafft / baute ihm beym Pharos eine Wohnung / lebte daselbst einsam / und / wie er meinte / nach dem Beyspiele des unglücklichen Timon. *Plutarch. d. l. p. 948. d. e.*

v. 49. Ein giftig Hertze wird zu Asch' in keiner Glutt.] Destwegen sol auch das vergiftete Hertze des *Germanicus* auf seinem Holtzstosse nicht verbronnen sein. *Plin. lib. 11. c. 37. p. 230.*

v. 54. Kein schönes Weib in Rom bleibt keusch für ihm.] *Sueton. in August. c. 67. 68. 69.*

v. 57. 58. Daß der Nil die Jahrzahl übertrifft.] Die Egyptier rechneten die Fruchtbarkeit dieses Flusses / auch auß der geheimen Zahl seines Nahmens / welche den Tagen eines Jahres gleiche kommt.

N.	50.
E.	5.
I.	10.
Λ.	30.
O.	70.
Σ.	200.
	365.

Kirch. Oedip. Ægypt. tom. 1. Syntagm. 1. c. 6. p. 50. Diesem nach sie denn auch den Nil die Sonne genennet / weil diese in einer solchen Tagezahl ihren Lauf vollendet. Auß gleicher Uhrsache hieß man den Abgott ůber die *Talismath* oder die Zauber-Bilder ΑΒΡΑΞΑΣ, aus welchem Worte gleichfals die Jahrzahl kommt / und ward dieser auch fůr den *Mithra* oder die Sonne gehalten. *Selden. de Diis Syris. Syntagm. 1. c. 2. p. 117. 118.* Diesen *Abraxas* bildeten die *Gnostici* oder *Basilidiani* bald wie eine Mißgeburth ab / welche einen Hahnen-Kopff / und statt der Fůsse zwey Schlangen hatte. Sie machten auch auß seltzamer Versetzung der Buchstaben des Nahmens *Jehovah* ein *Talisman.* Derogleichen *Mons. Spon* zu *Miletus* in Asien eingegraben gefunden. Besiehe das erste Theyl seines Reysebuches. *pag. 422.–428.*

v. 75. Durch Zwey-Kampff abzuthun den Keyser fordern lassen.] Daß Anton den August fůr der See-Schlacht bey Actium / und bey Belågerung der Stadt Alexandria zum Zwey-Kampfe ausgefordert / dieser aber jenem nur geantworttet habe: Es stůnden dem Anton ausser diesem / viel andere Wege zum Tode offen / berichtet *Plutarch. p. 944. e. 950. e.*

v. 79. Der ich sechs hundertmal den Heldenmuth bewehrt.] *Plutarch. p. 947. c.* wundert sich / daß Antonius bey Actium geflohen / und zu Lande neunzehen Legionen im stiche gelassen / da er doch vorher sechshundert mal im Treffen gewest were.

v. 81. 87. Der Philadelph fiel hin.] Besiehe von diesem allem *Dion lib. 50. p. 262.*

v. 91. Die Schiffen nicht so wohl als Stadt und Thůrmen gleichte.] Des *Antonius* måchtige Flotte / derselben Verlust in der See-Schlacht bey Actium / beschreibt *Dio. lib. 50. p. 269.–271.* und aus vielen *Morisotus in Orbe maritimo. lib. 1. c. 19.*

v. 113. Gantz Africa sind hin.] *Plutarch. p. 948. c.* meldet: Daß Anton / als er den Abfall seines Land-Vogtes in

Africa vernommen / sich fůr Leid selbst tődten wollen. Dieser aber war *Pinarius Scarpus. Dio. lib. 51. p. 274.*

v. 115. 116. 117. Die Schiffe die wir noch durch den gemachten Graben.] Es meldet *Dio. lib. 51. p. 274.* und *Plutarch. in vitâ Anton. p. 948. c.* daß Cleopatra ůber die zwischen dem Rothen- und Mittel-Meere gelegene und dreyhundert Stadien weite Land-Enge / viel Schiffe gebracht / und mit selbten sich in frembde Lånder auf allen Fall zu flůchten gemeint håtte. Weil aber die Steinichten Araber so wohl diese / als die im rothen Meer gebaueten verbrennt håtten / Antonius ihm auch eingebildet / daß seine bey Actium verlaßne neunzehn Legionen noch bey ihm stůnden / were es nachblieben. Besiehe *Morisot. d. l. lib. 1. c. 19.* Sonst hat schon *Sesostris* diesen *Isthmum* zu durchstechen vorgehabt / er ist aber von Egyptischen Priestern / durch die irrige Meinung daran irre gemacht worden: daß das rothe Meer zu hoch låge. *Kircher. d. tom. 1. Syntag. 1. c. 8. p. 60.*

v. 143. 180. 181. Wolln wir wie Lepidus das Leben von ihm bitten.] Wie schimpflich dieser dritte Reichs-Gefårthe des Keysers / und *Antonii*, nach dem sein Heer zum Keyser fiel / in Trauer-Kleidern das Leben von Ihm gebettelt habe / beschreibt *Xiphilin. lib. 49.* Diesen verbannete August auf ewig nach Circejos. *Sueton. in August. c. 16. Tacit. l. 1. Ann. c. 2.* sagt hiervon: *Pompejum imagine pacis, sed Lepidum specie Amicitiæ deceptos.*

v. 151. In Alexandrien beruhet unser hoffen.] Diese Stadt machte Alexander zur Hauptstadt in Egypten. Fůr der Sůndflutt war es *Amsus*, hernach *Menuf* oder *Memphis*; die Araber erwehlten hernach *Fostat* darzu / und endlich baute *Giauher* die Stadt *Caire. Vansleb.* in seiner neuen Egyptischen Reise. *pag. 10. 11.*

v. 165. Die zwey Aquilier.] Diese zwey Vater und Sohn / als sie in des Augustus Hånde kamen / solten umbs Leben loosen / der Sohn aber reckte den Scharfrichter den Hals freywillig hin / der Vater tődtete sich selbst. *Dio. lib. 51. p. 272.*

v. 181. Hingegen hat der Feind dem Soßius.] Dieser hatte unter dem Anton / und sonst / gegen den August offt den Degen geführt / gleichwohl aber ward er begnadigt. *Dio. d. l.*

v. 223. Wir haben ihn dreymahl durch Bottschafft schon verehret.] Diese fruchtlose Gesandschafften des Anton an August / der zwar jenes Geschencke angenommen / aber ihn niemals einiger Antwort gewürdigt / beschreibt *Dio. lib. 51. p. 275.*

v. 228. Der als ich Rathsherr war.] Diese Thaten und Verdienste des Anton hat *Dio. lib. 44. p. 159. seqq.*

v. 231. Des Pöfels Oberster / der Römer hoher Priester.] *Antonius* erlangte alle diese hohe Würden in Rom. *Dio. lib. 45. 46.* Daß er aber auch dem August zu gefallen / des vergötterten *Julii Cæsaris* Priester worden sey / berichtet *Plutarch. in Anton. p. 930. d.*

v. 243. 244. Pharsalos muß mir's zeugen.] Daß Anton ein unvergleichlicher Kriegsheld gewest / den Aristobul mit den Juden überwunden / Pelusium für den Ptolomeus eingenommen / die Soldaten durch Freygebigkeit gewaltig an sich gezogen / dem Käyser *Julius* treulich beygestanden / sein zweymal flüchtiges Heer wider zu stande gebracht / in der Pharsalischen Schlacht den lincken Flügel geführet habe / berichtet *Plutarch. p. 916. e. p. 917. a. p. 919. d. c.*

v. 248. Als Caßius geschlagen von meinem Heere ward.] *Plutarch. p. 925. a.* meldet: Antoninus hette den Caßius / *Octavius* den Brutus anzugreiffen vor sich genommen / dieser hette wenig oder nichts gethan / jener aber allemal den Preiß davon gebracht. Ja Brutus schlug gar den Käyser / trieb ihn aus dem Lager / und hette ihn bey nahe gar bekommen. Antonius aber schlug den Caßius / und zwang so wohl ihn als den Brutus / sich selbst zu tödten / als der Käyser kranck zu Bette lag.

v. 252. Daß er mein Bild in Eintrachts-Tempel sätzte.] Uber diß hilt wegen des *Sextus Pompejus* Tode / August zu Rom Ritterspiele / sätzte dem Anton einen Wagen bey den *Rostris. Dio. lib. 49. p. 248.*

v. 266. Für etwas bessers hat Herodes sich verbürgt.] Herodes eröffnete auf der Insel Rhodos dem August: er hette dem Antonius gerathen Cleopatren zu tödten / und sich mit dem Käyser zuvergleichen. *Joseph. lib. 15. Antiqu. Judaic. c. 10.*

v. 275. Zu Perusien / wen? Unsers Fürsten Bruder.] Als sich *Lucius Antonius* nebst der *Fulvia* wider den *Augustus* auflehnete / beschloß er sie zu *Perusia,* und zwang sie durch Hunger: daß sie sich ihm ergeben musten / ließ sie aber beide auf freyen Fuß / *Dio. lib. 47. C. Vellej. Patercul. lib. 2. p. m. 139.*

v. 283. Er hat dem Decius den Vater Mord vergessen.] Als Cæsar den Antonius bey Mutina geschlagen hatte / und also *Decius Brutus* einer unter des Cæsars Mördern in seine Hände kam / ließ er ihn dennoch deshalben gantz frey. *Dio. l. 46.*

v. 288. Er ließ auch Brutus Kopff / für Cæsars Bildnüs springen.] *Sueton. in Octav. c. 13. Nec successum Victoriæ moderatus est: Sed capite Bruti Romam misso, ut Statuæ Cæsaris subjiceretur, in splendidissimum quemqe captivum non sine verborum contumeliâ sæviit. Ut quidem uni suppliciter sepulturam precanti respondisse dicatur, Jam istam in volucrum fore potestatem, alios, patrem & filium pro vita roganteis, sortiri vel dimicare jussisse, ut alterutri concederetur: ac spectasse utrumque morientem cum patre, qui se obtulerat, occiso, filius quoqe voluntariâ occubuisset morte.*

v. 289. Noch der Peruser Schaar.] *Sueton. d. l c. 15. Perusiâ captâ in plurimos animadvertit: orare veniam vel excusare se conantibus unâ voce occurrens, Moriendum esse. Scribunt quidam trecentos ex dedititiis electos utriusqe ordinis ad aram D. Julio exstructam idibus Martiis, hostiarum more, mactatos.* Ein gleichmäßiges Exempel erzehlt vom *Alexandro Justin. lib. 11. Prima illi cura paternarum*

Exequiarum fuit: in quibus ante omnia cædis conscios ad tumulum patris occidi iussit. Und von der Deutschen Grausamkeit als *Varus* erlegt worden. *Tacit. l. 1. Annal. c. 61. Lucis propinquis barbaræ Aræ, apud quas tribunos & primorum Ordinum Centuriones mactaverant.* Endlich berichtet *Appianus: Spartacus fugitivus Crixo occiso trecentos è captivis Romanis immolavit.*

v. 292. Wie Gallius? dem er die Augen ausgestochen.] *Sueton. in Octav. c. 27. C. Gallium prætorem in officio salutationis tabb. duplices veste tectas tenentem, suspicatus gladium occulere: nec quidquam statim, ne aliud inveniretur, ausus inquirere, paulo post per Centuriones & milites raptum è tribunali, servilem in modum torsit: ac fatentem nihil, jussit occidi, prius oculis ejus suâ manu effossis.* Gleichmäßig meldet *Valerius: Sylla M. Marium non prius vitâ privavit, quam oculos infelicis erueret.*

v. 294. Ein unbedachtsam Wort hat Afern umbgebracht.] *Sveton.* an obigem Ohrte: *Tedium Afrum Cos. designatum, quia factum quoddam suum maligno sermone carpsisset, tantis perterruit minis, ut is se præcipitaverit.*

v. 295. Ging Scaurus nicht frey aus.] Dieser Gefangene Halb-Bruder des *Sextus Pompejus* ward seiner Mutter Mucia zu Liebe das Leben geschenckt. *Dio. lib. 51. p. 272.*

v. 301. Kam Curions sein Kopff.] *Dio. l. 51. p. 272.*

v. 311. Die schön und feste Stadt ist nicht bald zu gewinnen.] *Plutarch. in Anton. p. 953. a.* meldet: daß August sich über Alexandriens Schönheit verwundert habe. Welcher Gestalt aber Egypten rings her vom Meere / Wüsteneyen / und Bergen / durch die Natur befestigt sey / und keines frembden Landes bedörffe / führet *Bochart. Phaleg. lib. 4. cap. 24. p. 293.* aus.

v. 318. Schwam Julius noch fort.] Welcher gestalt *Julius Cæsar* beym *Pharos,* als ihn die Egyptier tödten wollen / entschwommen / beschreibt *Sueton. in Julio. c. 64. Flor. lib. 4. c. 2. Xiphilin. in Julio. p. 19.*

v. 353. 356. 357. 358. Weil der geschwellte Nil alsdenn die

Felder wässert.] Von der jährlichen Ubergiessung dieses grossen Flusses welcher deswegen in der Schrifft ein Meer genennet wird / *Bochart. Hierozoic. tom. 2. lib. 5. c. 17. p. 787. 788.* sind alle Bücher voll / worvon *Kirch. Oedip. Ægypt. tom. 1. Syntagm. 1. c. 6. 7.* zu lesen. Diese Aufschwellung geschicht / wenn die Sonne in Löwen tritt / westwegen die Egyptier auch den Löwen verehren / und mit Löwen-Rachen die Thüren ihrer Tempel zieren / wie auch den *Sirius* der Isis wiedmen. *Plutarch. lib. de Isid. p. 611.* Besiehe *M. Spon. tom. 1. des Voyag. p. 139.* welcher für wenigen Jahren noch auf der Insel *Delos* vier Marmelne Löwen gefunden / die dem Apollo oder der Sonne in dem Tempel Dianens gewiedmet gewest. Die Uhrsache des sich aufschwellenden Nilus eignet *Thales* den Winden in Hunds-Tagen zu / welche des Nilus Einfluß ins Meer aufhielten / diesem stimmet *Vansleb.* in seiner Egyptischen Reise *pag. 36. 40. 41* bey / allwo er diese Winde *Maltem* heißt / und berichtet: daß sie zehen Tage für dem fallenden starcken Thaue vom Mittage biß Mitternacht zu wehen anfangen. Dahingegen die Mittagswinde *Merissi* alles ausdörren / viel Kranckheiten gebären / und schier alles verschmachten lassen. Anaxagoras eignet sie dem in den Mohrischen Gebürgen zerschmeltzenden Schnee / Democritus dem Nord-Schnee / dessen Dünste von den Winden biß in Mohrenland getrieben würden / Hermocritus dieses Flusses eigentlicher grösse zu / welcher im Winter nur von der sein Wasser an sich ziehenden Sonne vermindert würde. Die Weltweisen zu Memphis meinten / daß wenn es in Egypten Sommer / beym Ursprunge des Nilus es Winter / und wäßricht were / *Ephorus* lehrte: das trockne Erdreich Egyptens trincke im Winter ein groß Theil des Flusses aus / und gäbe das Wasser den Sommer gleichsam als einen Schweiß wieder / *Oenopides Chius*: daß wie etliche Brunnen im Winter heiß / im Sommer kalt weren; also verzehrte im Winter die innerliche Wärmbde viel Wassers / welche im Sommer mangelte. *Timæus* meinte / die Sonnen-Hitze schwellte das Nilwasser so sehr auf; Andere / das grosse Meer gäbe umb diese Zeit so viel reichlicher Wasser. *Achoreus* eignete es unmittelbar Gott / *Agatarchides Guidius* aber denen unaufhörlichen Regen zu / welche vom Stillstande der Sonne im Sommer / bis im Herbste Tag und Nacht gleiche ist / Mohrenland befeuchten. Diese letzte Meinung vertheidigt insonderheit *Isaacus Vossius* in seinem Buche *de Nili & aliorum Fluminum origine*; weil unter dem heissesten Weltstriche die über den Scheiteln stehende Sonne sehr viel Feuchtigkeiten empor züge / also Regen und ihren Winter veruhrsachte. Allwo er zugleich die verborgenen Röhre der Erden / dardurch Brunnen und Flüsse ihr Wasser aus dem Meer bekämen / für ein bloß Getichte / den Regen aber für aller Flüsse einigen Uhrsprung hält. Hingegen mühet sich der Herr *de la Chambre* scheinbar zu behaupten / daß das im Nilwasser häuffig befindliche Saltz oder Salpeter die Uhrsache aller Fruchtbarkeit / und der Aufschwellung selbigen Flusses sey. Massen denn der Nil drey oder vier Tage zuvor gantz trübe worden / ein gewisser auch den Teig aufblähender Tau fallen / der Schlamm viel schwehrer / als er vorher gewest / worden / und also das von der Sonnenhitze erwärmte Saltz eben so wol / als die Geister den jungen Wein jährend machen sol. Besiehe hiervon *le Journal des Scavans. d. l'An. 1666.* auf der *351. – 355. – 465. – und 470.* Seite. Und *Vanslebs* Reyse *pag. 47 seqq.* und *pag. 70. 71.* erzehlt er: daß zu *Argenus* einem Dorffe bey *Behnese* ein Brunn sey / welcher / wenn der Thau zu fallen anfängt / durch sein Wachsthum andeute / wie hoch selbiges Jahr der Nil steigen werde.

v. 363. seqq. Hat Alexander nicht das wüste Meer getämmet.] Dieser führte bey Belägerung der Stadt Tyrus solche Wunder-Gebäue ins Meer / daß die darzu schiffenden Tyrier gefragt: *Num major Neptuno esset Alexander.* Welcher gestalt auch *Julius Cæsar* die Veneter ein Volck in Niederland / welchen wegen Epp und Flutt des Meeres / weder mit Schiffen noch zu Fusse beyzukommen war /

M. AGRIPPA.
ex Monetâ æreâ
D.C. a Lohenstein.

ruhmbar besiegt / erzehlet *Cæsar. lib. 3. de Bell. Gallico p. m. 78. seqq.* Wie er aber den grossen Fluß Iberus in Spanien aus seinen Ufern geleitet / also / daß er ohne Schiffe mit seinem Heere dadurch kommen kônnen / *de bell. civil. c. 1. p. m. 319.* Worbey nicht zu vergessen: daß eben er mit seinem Heere durch die Temse auf die am Rande stehende Britannier gesetzet / darvon er *de bell. Gallic. lib. 5. p. m. 133.* meldet: *Cæsar præmisso Equitato confestim Legiones subsequi jussit. Sed eâ Celeritate atq́ue eo Impetu milites ierunt, cum Capite solo ex aquà extarent ut hostes Impetum Legionum atq́ue Equitum sustinere non possent, ripasq́ue dimitterent ac se fugæ mandarent.* Welcher That *Famianus Strada de bello Belgico dec. 1. lib. 8. p. m. 403. seqq.* Vergleichet dieselbe / da 1750. Mann aus der Spanischen Armee 4000. schritte durch die See auf die wohlbewehrte Insel *Duveland* zu Fusse durchgesåtzt und sie erobert. Welches gleichfals 5000. Schritte durchs Meer auf die Insel Zuitverland im 1571sten Jahr ein Spanischer Obrister *Mondragonius* außgerichtet. *Vid. eund. Stradam. lib. 7. decad. 1. p. m. 376.* Der Belågerung der Stadt Tyrus aber wird verglichen die Weltberůhmte Belågerung der Stadt *Rochelle* in Franckreich / welche Stadt von der Stadt Tyrus Hebraischen Nahmen צור den ihrigen bekommen haben sol / wie *Bertius de Aggerib. c. 4.* andere vergebens bereden wil. Ja die Frantzosen wollen die Roschellische der Tyrischen Belågerung noch weit vorziehen. Daher *Mons. de Silhon* im *Ministre d'Estat l. 3. chap. 5. 6.* meldet: *Tyr & Anvers n'ont rien veu de semblable, quoy qu'on die, si ce n'est peut-estre, qu'on veuille comparer la Mer mediterranee à l'Ocean & un Canal estroit & tranquille à un Canal extremement agité & desmesurement large.*

v. 373. Hat auch Agrippa nicht in Cumens Felsen Ritz.] Was daselbst Agrippa fůr wunderliche und trefliche See-Hafen gebauet / auch in die Lucriner und Averner See das Meer eingeleitet / beschreibet *Sveton. in vit. Aug. c. 16. Xiphilin. in vit. Aug. p. m. 51.*

v. 379. Perdiccas ward durch den Nil.] Wie die Uberschwellung des Nils des Perdiccas Zug wider den Ptolomeus zernichtet / und sein eigen Heer ihn zu tödten veranlaßt habe / beschreibt *Diodor. Sicul. lib. 18. p. 645. 646.*

v. 418. Daß ich verbleiben mag ein Bürger zu Athen.] Daß Anton vom Keyser alleine verlangt habe: Er möchte Ihn nur zu Athen / wo nicht in Egypten / als einen gemeinen Mann wohnen lassen / berichtet *Plutarch. p. 949. e.*

v. 430. Nein an die Spitz' uns stelln.] *Plutarch. p. 950. e. f.* berichtet / daß nach dem Anton bey einem Gastmahle sich erkläret: Er wolle den August selbst anfallen und durch seinen hertzhaften Tod einen rühmlichen Nahmen erlangen / die Seinigen ihn mit viel Thränen von diesem Fürsatze abwendig gemacht hätten.

v. 443. 444. 445. Was hat nicht Soßius in Syrien verrichtet.] *Plutarch. p. 931. c. d.* erzehlet: Daß Anton das Gelücke gehabt / durch seine Feld-Hauptleuthe grössere Dinge / als selbst außzurichten. Ventidius hätte über die Parthen gesieget / Soßius in Syrien viel außgerichtet / Canidius Armenien gezähmet / die Könige in Iberien und Albanien unters Joch gebracht / und biß auf den Caucasus gedrungen.

v. 467. Der ob er gleich vom Blitz ward wunderlich gezeuget.] *Kircher. Oedip. Ægypt. tom. 1. Syntagm. 3. c. 5. pag. 201.* führt *ex Ammiano Marcellino* an: *Inter Animalia ab Antiquis consecrata, Mnevis & Apis reponuntur. Mnevis quidem Soli, Apis verò Lunæ consecratus.* Und *ex Pomponio Melâ*: *Apim esse Bovem nigrum certis maculis insignem, divinitùs & cælesti Igne conceptum, Caudâ Linguâque dissimilem, nec Coitu Pecudis, sed Fulgure conceptum; deniqûe, quô nascitur, Genti maximum Festum esse.* Besiehe *Selden. de Diis Syris. Synt. 1. c. 4. pag. 137. seqq.*

v. 471. Die neun und zwantzig Zeichen.] *Kircher. d. l. p. 200.* erzehlt aus dem *Æliano*: daß die Egyptier an dem Ochsen des Apis so viel Merckmahle zählen / als der Monde Tage zu seinem volligen Lauffe darf.

v. 474. Sein Leib trof voller Schweiß.] Dis und andere damals geschehene Wunderzeichen / beschreibt *Dio. lib. 51. p. 481.* und *Xiphilin. p. 64. 65.* redet davon dergestalt: Also ist Egypten Unterthånig gemacht worden / welches die Gőtter vorher klårlich angezeigt hatten. Denn an dieselbigen Ohrte / da vorhin kein Tropfen Wasser hingefallen / ist ein Regen von Wasser und Blutt geflossen. Uber dis hat ein ůberaus grosser Drache / so bald er von Egyptiern gesehen worden / alsbald wunderlich gezischet. Es sind auch Comet-Sterne gesehen worden. Es sind gleichfals erschienen Bilder verstorbener Menschen / und der Gőtter Bildnůsse sind traurig gewesen. Endlich hat Apis sehr und erbårmlich geheulet / und Thrånen vergossen.

v. 476. Sein Maul verschmehte mich.] Diesen Ohrt erklårt *Plin. lib. 8. c. 46. Apis Bos Responsa Privatis dat è manu Consulentium Cibum capiendo. Germanici Cæsaris Manum aversatus est haud multò post extincti.* Sonst erzehlet *Vansleb.* in seiner Egyptischen Reyse *pag. 18. 19.* aus einer Arabischen Schrifft: daß iede Stadt in Egypten einen absondern Abgott verehret habe / als *Abusir* oder *Busiris* ein Kalb; *Alexandria* fůr Zeiten *Racotis* den steinernen Serapis; *Achmin* oder *Panos* den *Apollo*; *Bana* einen Hund; *Basta* oder *Bubastis* einen steinernen Lőwen; *Eida* den Serapis; *Ischemunein* oder *Hermopolis* einen steinernen Mann; *Jsvan* oder *Sovan* den Baum *Lebaca*; *Lous* Mohnden und Sternen; *Mindadi* Pharaons Feigenbaum; *Memphis* ein Kalb; *Semennut* oder *Sebennis* ein Erzten Kalb; *Sa* ein steinern Schwein; *Tuba* das Wasser / und alles was darinnen befindlich.

v. 479. Sich selbst in Priester Brunn stůrtzte.] Sonsten ward der Apis nach gewisser Zeit / von Priestern darein gestůrtzt. *Non enim est fas eum certos Vitæ excedere Annos mensumq́ue in Sacerdotum fonte enecant. Plin. d. l. Seld. d. c. 4. p. 139. 140.*

v. 482. Daß er vom Ochsen erst zum Gotte worden war / und des Osiris Seel' in seine Haut gefahren.] Welcher gestalt die Egyptier nach einem kostbahren Begraͤbnuͤsse des ersaͤufften Apis einen andern Ochsen auslesen / und zum Gotte machen / glaubende: daß des Osiris Seele in ihn fahre / beschreibt umbstaͤndlich mit dem Goͤtzen-Dinste vieler andern Thiere. *Diodor. Sicul. lib. 1. p. 54. 55. 56.*

v. 485. 486. Serapis / den Ptolome hieher von Sinope gebracht.] *Tacit. l. 4. Hist. c. 83. 84.* erzaͤhlt umbstaͤndlich / welchergestalt Serapis aus dem Pontus in Egypten geholt worden. Daß aber Serapis viel ein ander Abgott als Apis gewest / und erst nach Alexanders Tode von Egyptiern verehret worden / fuͤhret sehr gelehrt *Bochart. in Hierozoic. tom. 1. c. 34. p. 338. 339.* aus.

v. 489. 490. Sein dreykoͤpficht Bild daß wenn die Sonn' aufgeht / sie auf die Lippen kuͤßt.] Dieses Bild beschreibt *Kirch: alleg. cap. 5. p. 197. 198.* und *Vossius* in *Theolog. gentil. lib. 1. c. 31.* Daß zu Alexandria der Serapis durch Magnetische Kunst gegen dem Volcke aufgestanden sey / und gleichsam in der Lufft geschwebt habe. *Kircher. d. l. p. 199.* aber *ex Apulejo*: daß ihn die aufgehende Sonne durch ein Fenster gleich auf die Lippen gekuͤßt habe.

v. 493. Die ich von ew'ger Glutt des grossen Mycerin hatt' angezuͤndet.] Von diesem fuͤrtrefflichen Koͤnige in Egypten erzehlt *Herodotus in Euterpe c. 129.* daß er die Leiche seiner einigen Tochter in einen hoͤltzernen und verguͤldeten Ochsen begraben habe / der von einem Phœnicischen Mantel bedecket gewest / zwischen den Hoͤrnern einen Sonnen-Zirckel gehabt / auf den Knien gelegen / und jaͤhrlich einmal in der Stadt Sai herumb getragen / uͤber diß mit einem ewigen Feuer verehret worden ist. Worvon *Fortunius Licetus. lib. 1. cap. 23. de reconditis Antiquorum Lucernis*, ausfuͤhrlich handelt.

v. 504. Wir sahen hochbestuͤrtzt Egyptens Goͤtter weichen.] Nicht anders redet *Tacit. l. 5. hist. 13.* von denen der Zerstoͤrung Jerusalems vorgehenden Wunder-Zeichen. *Ex passæ repente Delubri fores, & audita major humanâ vox, EXCEDERE DEOS: simul ingens Motus Excedentium.*

v. 505. Die Schwalben nisteten aufs Haupt-Schiff.] Diese und folgende Wunder-Zeichen / welche für der Schlacht bey *Actium* sich zugetragen / erzehlt *Dio. lib. 50. p. 263. Plut. p. 944. a.*

v. 512. 513. Osirens dreyfach Bild ließ seine güldne Lilgen von seinem Haupte falln.] Dieses Bild steht beym *Liceto. lib. 6. c. 113. pag. 1178.* und *cap. 15. p. 1200.* lehret er: daß die Lilgen Bilder Königlicher Zepter sind.

v. 515. 516. 517. Da Osir vom Typhon ward zerrissen.] Diesen hielten die Egyptier für ihren Teufel; und begiengen dem von ihm getödteten Osiris zu liebe jährlich ein grosses Trauren; an welchem des Osiris güldener Ochse mit einem schwartzen Tuche bedeckt / ein dem Typhon gleichfärbichter Esel abgestürtzt / sonst auch diesem zu Spotte rohte Ochsen geschlachtet / die rohthärichten Menschen aber verachtet wurden. Wiewohl an etlichen Orthen Typhon von Egyptiern als ein grosser Gott angebetet ward. Besiehe von diesem allem *Bochart. Hieroz. tom. 1. cap. 34. pag. 339.–345.* allwo er durch den Typhon den Moses abgebildet zu sein meinet.

v. 522. Denn Typhon ist das Fleisch / und die Vernunft Osir.] *Kircher. Oedip. tom. 1. Syntagm. 2. c. 63. p. 145.* legt es derogestalt aus: *Tunc à Typhone Osiris occidi dicitur, cum Intellectus vanâ concupiscentiâ illectus & à brutali Appetitu victus, id, quod Legi Naturæ, seu rectæ Rationis Dictamini è Diametro contrarium, faciendum esse judicat. Isis lugere dicitur & Osiridem quærere, cum obnubilato Intellectu & prostrato, Voluntas bonum quærens, idque verum, obducentis & proponentis detectum reperire nequit.*

v. 526. Welch Anubis wird mehr mein Beschirmer seyn.] Dieser Abgott ward in Hundsgestalt verehret / weil er ein Jäger und Wächter des *Osiris,* der stets mit einer Hunds-Haut gedeckt gewesen / auch der Isis die zerfleischten Glieder des Osiris zusammen gesucht haben sol. *Vossius Theol. gentil. lib. 1. cap. 27. pag. 105.*

v. 532. Den Crocodil bethränt.] Weil ein Crocodil den in

den See Mævis gefallnen Kônig Mena auf seinen Rûcken gefangen / und ans Ufer gefûhrt haben sol; ist allezeit ein gezåhmter Crocodil / den man Suchus nennte / bey der Crocodilen-Stadt Arsinoe genehret / und Gôttlich verehrt worden. *Bochart. tom. 2. c. 18. p. 795. 796. Kircher. Oedip. tom. 1. Syntagm. 1. c. 4. p. 35. & Synt. 4. c. 17. p. 354.* allwo er berichtet: daß wenn die Egyptier die Crocodile zu verehren unterlassen / sie von ihnen heftig geplagt worden.

v. 532. Die heil'gen Schlangen girren.] Daß die Schlange von Egyptiern und Phœniciern hoch verehret / *Ἀγαθοδαίμων, Κνήφ,* und *Ophioneus* genennet worden / lehrt *Selden. Synt. 2. c. 17. p. 364.* von der grossen Schlange / welche der trâumenden Juden Meinung nach / Gottes Stul umbflechten sol / besiehe *Bochart. d. tom. 2. c. 14. p. 855.* Sonst werden die Schlangen auch von den Peruanern fûr Bilder der Gottheiten gehalten. *Vossius Theol. gent. l. 3. c. 13. in fin.*

v. 535. Der hochgeweihte Fisch.] Das ist *Oxyrinchus* den die Egyptier abgôttisch verehrten. *Strabo lib. 17.* In der Stadt Oxyrinchus hatte er einen besonderen Tempel. Dieser Fisch sol vom zerstûckten Osir das Mânnliche Glied gefressen haben. *Kircher. Oedip. tom. 1. Syntagm. 1. c. 4. p. 35. 36.*

v. 537. Es kam kein sûsser Thon aus Memnons Marmel-Seul.] Die Beschaffenheit dieser Wunder-Sâule beschreibt nebst andern Egyptischen Wunderwercken *Tacitus lib. 2. Annal. cap. 61.* [...] Von dieser Sâule meldet des *M. Claude Duret Historie des Langves chap. 40. p. m. 1370.* Daß sie dem Kônige Memnon zu ehren sey gesetzt / bey aufgehender Sonnen von dem Teufel daraus geantwortet worden / bey unsers Erlôsers Geburt aber verstummet sey. [...] Besiehe hiervon ausfûhrlich *Kircher. Oedip. tom. 2. part. 2. c. 3. § 1. pag. 324.–326.* allwo er durch Kunst eine solche klingende Sâule zu machen angibt. *Apollonius* wil dergleichen Sâule in Mohrenland gesehen haben. *Philostrat. l. 6. c. 3.* Etwas gleichmâßiges erzehlet *Vansleb.* in seiner neuen Reyse auf der *412. 413.* Seite; nemlich / daß in der Stadt *Tentiris,* welche itzt *Dendera* heist / ein übermäßig-grosser Tempel sey / der so viel Fenster hat / als Tage im Jahre sind; Und zwar also gebaut / daß jedes Fenster mit einer Staffel *Zodiaci* übereinstimmt / und also die aufgehende Sonne jeden Tag durch ein neues Fenster in Tempel scheinet.

v. 541. Wormit die Priesterschaft den entweyhten Nil versöhnt.] Weil die Egyptier den Nil seiner Nutzbarkeit halber / für Gottes Geschencke / der Götter Thränen / für eine Ader des Paradises / für einen göttlichen Saamen / für des Protheus Teich / den Eh-Mann der Isis / für ein Meer / für einen aus dem Himmel entspringenden Fluß hielten / bauten sie ihm Tempel / richteten ihm Säulen auf / schlachteten ihm Hecatomben. *Kircher. tom. 3. Synt. 15. cap. 1. p. 455. seqq.* Ja sie verehrten in ihren Häusern / in gewissen Gefässen das Wasser des Nilus. *Kirch. tom. 1. Synt. 3. c. 7. p. 210.* Wie denn auch der Gott Nilus und Osiris / für einen und ihrer größten gehalten ward. *Selden. Synt. 1. c. 4. pag. 147.* Daher *Parmeno* beym *Athenæo l. 5. Dipnosoph.* ihn anrufft: *Αἰγύπτιε Ζεῦ, Νεῖλε*! *Vid. Vossium Theol. gent. l. 2. c. 74. 75.*

v. 603. Hat halb Iberien die Waffen schon ergriffen.] Von diesem Aufstande der Spanier und Deutschen / wider die Römer / besiehe *Dio. lib. 51. pag. 281.*

v. 621. 622. Mit wenig Schiffen kan Anton in Spanien gantz sicher lenden an.] Daß Anton in Hispanien aus Egypten zu entfliehen vorgehabt habe / berichtet *Dio. lib. 51. p. 276.*

v. 641. Daß das so grosse Rom.] Auf diese Arth beklaget fast die Bürgerlichen Kriege *Horat. Epod. lib. Od. 16.*

v. 643. Verzagte Porsena für eines Römers Tugend.] Nemlich für dem Mutius *Scævola. Livius d. 2. l. 12. c. 7. Florus lib. 2. c. 10.*

v. 644. Erlag der Spartacus.] Diesen Krieg beschreibt *App. de bell. civil. l. 1. p. 413. Florus lib. 3. c. 10.*

v. 648. Juͤngst hats vom Sylla selbst.] *Flor. lib. 3. cap. 2. Sylla incendio viam fecit, arcemque Capitolii quæ Pœnos quoque, Gallos etiam Senones evaserat, quasi captivam victor insedit.*

v. 651. Den grimmen Catilinen muß warmes Menschen-Blutt.] *Salustius de bell. Catilin. c. 22. p. m. 17. Fuere eâ tempestate, qui dicerent, Catilinam, oratione habitâ cum ad jusjurandum populares sceleris sui adigeret, humani corporis sanguinem vino permixtum in pateris circumtulisse; inde cum post Exsecrationem omnes degustavisssent, sicuti in solemnibus sacris fieri consuevit, aperuisse consilium suum* und *Florus lib. 4. c. 1. Additum est pignus Conjurationis sanguis humanus: quem circumlatum pateris bibere: summum nefas, nisi amplius esset, propter quod biberunt.* Von dergleichen Arth fester Verbindungen meldet *Tacitus lib. 12. Annal. c. 47. Mos est Regibus, quoties in Societatem coeant, implicare dextras, pollicesque inter se vincire nodoque præstringere: mox ubi sanguis in artûs extremos effuderit, levi ictu cruorem eliciunt atque invicem lambunt. Id fœdus arcanum habetur, quasi mutuo cruore sacratum.* Besiehe hieruͤber *Lipsium ad. d. l. Taciti 12. 47. 3. Freinsheim ad d. l. Flori litt. g. Tertullian. in Apologetic.* beruͤhret beydes: *Legite nec ubi relatum sit, diffusum Brachiis sanguinem ex alterutro degustatum, nationes quasdam fœderi comparasse. Nescio, quid & sub Catilinâ degustatum est.* Von den Scythen bestettigt diß *Lucian. in Toxari Mela. lib. 1. c. 11.* Von Armeniern *Valerius lib. 9.* dieses Getraͤncke nennten die Roͤmer *Assiratum*, weil die Alten das Blutt *Assir* hiessen.

v. 673. Wie / daß man / eh' ich todt / mein Testament erbricht.] Antonius warf dem Augusto vor: daß er den Lepidus seines dritten Theyls entsetzet; daß er dessen und des *Sexti Pompeji* Kriegs-Volck fuͤr sich alleine behalten / insonderheit aber / daß er den Antonium zu Rom verhaßt zu machen / sein bey den Vestalischen Jungfrauen beygelegtes Testament eroͤffnet hette. Denn in diesem war enthalten: daß / wenn Anton gleich zu Rom stürbe seine Leiche doch nach Alexandria geführt / und daselbst begraben werden solte. Hingegen klagte Augustus über den *Antonium*: daß er Egypten-Land ohne Loos behielte; daß er den *Sextum Pompejum*, den er begnadigt / tödten lassen / daß er den König in Armenien Artabazes / oder Artavasdes in Ketten gelegt / daß er seine Schwester die *Octaviam* verstossen / und sich mit Cleopatren verehlicht; daß er diß / was dem Römischen Reich zustünde / ihr und ihren Kindern zugeeignet / diese Könige der Könige / der Cleopatre und des *Julii Cæsaris* Sohn *Cæsarion* genennet hette. Besiehe hiervon *Xiphilin. ex Dio. lib. 50.*

v. 681. Ich liefert ohne Geld.] Alles dieses ist aus *Dion. lib. 51. p. 275. 276.*

v. 706. Daß mich *Sextus* selbst zu stürtzen.] Als *Sextus Pompejus* bey Sicilien vom Augusto überwunden ward / flohe er endlich in Asien / und als Antonius gegen die Parther zimlich eingebüßt hatte / bemühete er sich ihm selbige Völcker und Könige anhängig zu machen / ward aber zu *Mileto* auf Befehl *Antonii*, von *M. Titio* erwürget. *Xiphilin. lib. 49. p. m. 54. 55. Vellej. Paterc. lib. 2. Dio. lib. 2. Dio. lib. 49. p. 247. 248.*

v. 724. Wie Cæsar es gewahn / verlohr.] Als Cæsar den grossen *Pompejum* in Egypten Verfolgte / der daselbst durch den Achillas meineydisch umbbracht ward / kam ihm Cleopatra entgegen / welcher ihr Bruder Ptolomeus anfangs mit Gifft nachstellte / hernach sie aus dem Königreich verjagte / und bewegte durch ihren Liebreitz den ohne diß des Pompejus halben erbitterten Cæsar / daß / als Ptolomæus die gemachte Reichs-Theilung nicht belieben wolte / er sich des Königreichs bemächtigte / darüber Ptolomæus umbkam / welches er aber der Cleopatra einräumte. *Florus lib. 4. c. 2. n. 55. seqq.*

v. 726. 727. 728. Syrien / Cilicien / Cyrene.] *Plutarch. in Anton. p. 932. a. b.* erzählt: daß die beym *Antonio* schon fast gegen Cleopatren erloschene Liebe wider sich

II.

C. IULIUS CÆSAR.
Ex Monet. argent. Dan. Casp. à Lohenstein.

gereget habe / und er Cleopatren durch den *Fontejus Capito* zu sich in Syrien holen lassen / welcher er zu grossem Unwillen der Römer / Phœnicien / Syrien / Cypern / ein Theil Ciliciens / und Arabien / wie auch das Jüdische Land geschencket / und *p. 941. a. b.* er habe sich und Cleopatren auf güldene / ihre Kinder auf etwas niedrigere Stühle gesetzt / hierauf Cleopatren für eine Königin in Egypten / Cypern / Africa / und Calesyrien / den Cæsarion aber für einen Gefårthen im Reiche erklåret; die andern Kinder Könige der Könige genennt; Alexandern Armenien / Meden / und Parthen / dem Ptolomæus Phœnicien / Syrien / Cilicien zugeeignet / jenen mit einem Medischen Bunde / diesen mit einer Krone begabet.

v. 750. Die Stadt-Sucht Tulliens.] *Florus lib. 1. c. 7. Nec abhorrebat moribus Uxor Tullia (Tarquinii Superbi) quæ ut Virum Regem salutaret, super cruentum Patrem vecta carpento, consternatos Equos egit. Add. Valer. Maxim. 9. 11. 1.* Ein gleichmåßiges Exempel erzehlet von des Eucratides Sohne *Justin. lib. 41. c. 6. n. 6.* hieher gehöret die fürtrefliche Anmerckung von Verheyrathung hoher Håupter / des *Monsieur de Silhon.* im *Ministre d'Estat livr. 3. chap. 4. Le Roy est en cecy au dessus de l'homme: la consideration de la parenté est inferieure à celle de l'Estat, & les obligations du sang, qui se bornent à peu de personnes, doivent ceder aux obligations de la charge, ou une infinité sont interessées.*

v. 752. Des Nerons Weib ihm schwanger ward vermåhlet.] *Livia* so hernach *Julia Augusta* genennet ward / des *Tiberii Neronis* Ehweib / *Tacitus lib. 5. Ann. c. 1.* [...].

v. 758. Mit wie viel frembden hat sich Cæsar nicht ergötzt?] *Sveton. in Vit. Julii. c. 52.* [...]

v. 760. August hat selbst zur Eh' ein Getisch Weib begehrt.] *Sveton. in Octav. c. 63.* [...]

v. 766. August brach Clodien die ihr geschworne Pflicht.] *Sueton. in August. c. 6.* [...]

v. 772. Sie war mir eher als *Octavia* vermåhlt.] *Plutarch.*

in Anton. p. 929. d. e. berichtet: daß alle Römer eine beständige Freundschaft zwischen dem Keyser und Anton zu stifften / zu der Heyrath der klugen und tugendhafften *Octavia* gerathen / damals auch *Antonius* zwar seine mit Cleopatren gepflogene Liebe / ihre Eh aber geleugnet / ja seine Vernunfft noch wider Cleopatrens Liebe gestritten habe.

v. 774. Die billigt meine Wahl.] Ungeachtet *Antonius* mit Cleopatren lebte / wolte doch *Octavia* zu Rom sein Hauß nicht verlassen; sondern sie bath auch ihren Bruder / ihrentwegen keinen Krieg zu führen. Denn es were schändlich: daß einer der grösten Römischen Feld-Herrn / wegen eines Weibes Liebe / der andere wegen ihrer Eyversucht / die Ruhe des Reiches stören solte. *Plutarch. pag. 940. e. f.*

v. 782. Daß er in Parthen uns alleine baden ließ.] Diß war die Uhrsache daß Anton den unter dem Scheine der Freundschafft gefangenen Armenischen König in silberne Ketten schloß. *Dio. & Xiphilin. lib. 49. p. 57. 58. Tacit. lib. 2. Ann. 3. Victo Vononi perfugium Armenia fuit, vacua tunc interq́ue Parthorum & Romanas Opes infida, ob scelus Antonii, qui Artavasdem Regem Armeniorum specie Amicitiæ in lectum, dein Catenis oneratum postremò interfecerat. Vellej. Paterc. Hist. l. 2. c. 82.* sagt gar: *Regem Artavasdem fraude deceptum Catenis, sed ne quid honori, deesset, aureis vinxit.* Besiehe daselbst *Not. Schegkii,* und *Plutarch. p. 939. c. d.* Welcher aber dem Artavasdes die Schuld des grossen Verlustes in Parthen zugeeignet.

v. 784. Jugurtha muste Stahl.] Und v. 694. Rom hat viel Fürsten.] *Florus lib. 3. cap. 1. tandemq́ue opertum catenis Jugurtham in Triumpho Populus Romanus aspexit. Add. Salust. de bell. Jugurth. in fin. Tacit. 12. Annal. c. 38. Vocati posthac patres multa & magnifica super captivitate Caractaci disseruere; neq́ue minus id clarum quam cum Siphacem P. Scipio, Persem L. Paulus, & si qui alii vinctos Reges Populi Rom. ostendêre.*

v. 793. Er ging mit dem *Pompej* ein heimlich Bündnüß ein.] Als Augustus mit *Sexto Pompejo* Krieg führte / hatte er den *Lepidum* endlich im Verdacht: als wenn er mit jenem heimlich Verständnüs hätte / wiewohl er diesen Argwohn / umb ihn nicht zum offentlichen Feinde zu haben / verhölete / biß er den *Pompejum* erlegt hatte. *Xiphilin. lib. 49. p. m. 55.*

v. 830. Rom alle Julier in Tempeln bethen an.] Welcher gestalt *Julio Cæsari* sey Göttliche Ehre angethan worden / meldet *Sueton. in Julio. c. 85.* [...] *Et c. 88.* [...]

v. 861. Octavie gibt nichts Cleopatren zuvor.] *Plutarch. p. 942. c. d.* kan Octaviens Liebe und Tugenden nicht genug rühmen / wundert sich also: daß Anton sie aus dem Hause gestossen / da ihr doch an Schönheit und Alter / Cleopatra nichts genommen hätte. Und *pag. 955. c.* meldet er: daß Cleopatra neun und dreissig Jahr alt worden.

v. 906. Wie sehr hat Hercules nicht Omphalen geliebt.] Diese Vergleichung des Hercules und des *Antonii*, hat schon *Plutarch. in Vita Antonii p. 956.* [...]

v. 964. Die Flamme Trojens ward von Hecuben gebohren.] Als Hecuba mit dem Paris schwanger gegangen / hat ihr geträumt / als wenn sie eine Fackel gebähre. Welches Maro eben auf die Arth / wie alhier geschehen / anwendet *lib. 7. Æn. v. 319.* [...]

v. 999. Schickt Masanissa nicht ein Gift-Glaß Sophonisben.] Als *Scipio* den König in Numidien *Siphax* und *Sophonisben* gefangen bekam / verliebte sich in diese *Masanissa,* welchen aber *Scipio* beweglich von ihrer Lieb und Eh' abmahnete. Dahero weil er ihr versprochen: daß sie in keine feindliche Hände kommen solte / schickte er ihr Gift zu / welches sie auch behertzt außgetruncken / diese Worte außsprechende: *Accipio nuptiale munus nec ingratum, si nihil majus Vir Uxori præstare potuit, hoc tamen nuncia, melius me morituram fuisse, si non in funere meo nupsissem. Livius. dec. 3. lib. 5. p. m. 395.*

v. 1019. Mit was für Ruhme sie bey Actium gefochten.]

Als Antonius und Augustus bey Actium zur See schlugen / sahe Cleopatra eine weile dem Gefechte zu / sie wolte aber der Schlacht zweifelhaften Außgang nicht erwarten / sondern flohe mit 60. Schiffen darvon. Als dis Antonius / dessen verliebte Seele in ihrem Leibe lebte / gewahr ward / folgte er ihr nach / und gab also den Seinigen anlaß zu fliehen / dem Feinde die Oberhand zu behalten. *Plutarch. in Vit. Antonii p. m. 946. Xiphilin. lib. 50. p. m. 61.*

v. 1021. Die Heldin *Fulvia* hats Helden gleich gethan.] *Fulvia* des *Antonii* Ehweib war ein Weib von Månnlicher Hertzhaftigkeit / daher sie auch oft den Degen anzugůrten / die Soldaten zu mustern / selbte anzuführen und anzufrischen pflegte: Besiehe *Plutarch. d. l. p. m. 920. Xiphilin. lib. 47. p. 45.*

v. 1025. Das Volck mist den Verlust Pelusiums ihr bey.] Man gab der Cleopatra Schuld: daß Seleucus sich selbst dieser vornehmen Festung in Egypten mit Willen der Cleopatra ergeben. Nichts desto weniger überlieferte sie *Antonio* des *Seleuci* Weib und Kinder zur Straffe. *Plutarch. ibid. p. 950. c. Dio. lib. 51. p. 276.*

v. 1027. Seqq. Sie hinderte den Feind durch Ausfåll' aufzuhalten &c.] Alles diß / wie auch daß Cleopatra den August heimlich einen gůldenen Zepter / Stull / und Krone geschickt / August solche auch als ein Wahrsagungs-Zeichen seiner Herrschafft über Egypten angenommen / ihr Egypten versprochen habe / wenn sie den Antonius tődtete; Ingleichen daß August sich gegen den von ihr abgeschickten Thyrsus gestellet / als wenn er in Cleopatren verliebt were / beschreibt *Dio. lib. 51. pag. 274. 276.*

v. 1029. Sie machte: daß von ihm die Reiterey fiel ab.] Als bey wehrender Belågerung *Antonius* sein Kriegs-Heer fůr Alexandria in die Schlacht-Ordnung stellte / ward er gewahr; daß seine Schiff-Flotte aus dem Hafen segelte / und sich mit des Kåysers vereinigte. Als nun hierauf auch seine Reiterey von ihm überging / auch sein Fußvolck zertrennet ward / kehrte er zornig in die Stadt zurůcke /

schreiende: daß er von Cleopatra denen verrathen sey / wider welche er ihretwegen die Waffen ergriffen. *Plut. d. l. p. m. 951. b. c.*

v. 1068. Daß ich Saturnus Erb' in euch sol theilen ein.] Von dieser Brůderlichen des *Saturnus* Erb- und Reichschichtung redet *Neptunus* beym *Homero Iliad. o. p. m. 529.* also:

[...]
Dis All' ist in drey Theil getheilt / iedwedem fållt
Absonder' Ehre zu. Ich kriegte Meer und Wellen:
Dem Pluto kam die Nacht der důster-finstern Hellen:
Und Jupiter erlangt des Himmels wölckicht Zelt.

Diese Erbtheilung legen etliche derogestalt aus. Daß Saturn Adam / Pluto Abel / Neptun Cain / Jupiter Seth sey. *Hornius Arcâ Noæ pag. 21.* Alleine *Bochart. Phaleg. lib. 1. c. 1. p. 8. seqq.* suchet den Noah zum Saturn / den ůber Africa herrschenden Cham zu Jupitern / den die Wasserlånder ůberkommenden Japhet zum Neptun / und den verhaßten Sem zum Pluto zu machen.

Anmerckungen

Zu der andern Abhandlung.

v. 19. 20. Weil uns're Kronen sind mit Schlangen rings umschrenckt.] Von den Egyptischen Kŏnigen erzehlet *Ælian. Hist. lib. 6. c. 38.* [...] daß sie auf ihren Kronen gemahlte Schlangen getragen / welche des Reiches unůberwindliche Macht bedeuteten. Denn wie *Ælianus* ferner meldet: es ist niemals ein von ihnen gestochener genesen; daher *Horn. lib. 2. c. 56.* von den Egyptiern berichtet: daß sie einen gar måchtigen Kŏnig durch eine ihren Schwantz im Munde habende Schlange abgebildet haben.

v. 24. 25. Daß Cæsarn iede Frau in Rom zu dienste stehe.] Von dieser dem *C. Julius Cæs.* gethanen Verwilligung gibt Nachricht *Dio. lib. 44. p. 150.* daher ihn *Curio* nicht Unrecht *omnium Mulierum Virum & omnium Virorum Mulierem* geheissen. *Svet. in Julio c. 52.* allwo zugleich berichtet wird: daß Cæsar in einem Gesåtze so viel Weiber als sie nur wolten / zu Heyrathen verstatten wollen.

v. 36. 37. Als Cæsar ihrentwegen Scribonien verstieß.] *Dio. l. 48. p. 232. 236.*

v. 55. 56. 57. Des Anton Erklåhrung nicht verschmehn.] Daß Antonius dem August sich selbst zu ermorden versprechen lassen / wenn nur Cleopatren damit geholffen wůrde / erzehlt *Dio. lib. 51. p. 275.*

v. 60. 61. 62. 63. Anton verdiente sich umb Cæsarn dennoch wol.] Alle diese Verdienste hat *Dio. lib. 44. p. 150. 151. 159.*

v. 87. 89. Ich vergőttere mich gantz / weil Gott August mich zur Isis macht.] Ins Gemein wurden hochverdiente Leute allererst nach ihrem Todte vergőttert. Hieher gehőret die wider den Heuchler Cleo gehaltene fůrtrefliche Rede des *Callisthenes* beym *Curtio. lib. 8. c. 5. n. 14. seqq.* und daraus fůrnemlich diese Wortte: *Ego seram Immortalitatem precor Regi, (Alexandro) ut Vita diuturna sit, & æterna Majestas. Hominem consequitur aliquando, nunquam comitatur Divinitas &c. Scilicet ego & tu Cleo Deos facimus! à nobis Divinitatis suæ Autoritatem accepturus est Rex! potentiam tuam experiri libet, fac aliquem Regem, si Deum potes facere: facilius est Regem facere, quam Deum.* Und *Tacit. lib. 15. Annal. in fin. Deûm honor Principi non ante habetur, quam agere inter Homines desierit.* Ja *Tertulian. apud Lips. d. l. Tacit.* sagt gar: *Maledictum est ante Apotheosin Deum Cæsarem nuncupare.* Welches aber gleichwol *Cajus* und *Domitianus* angefangen / *Elagabalus* und andere nachgethan. Lange vorher aber war diß bey denen Syrischen und Egyptischen Kőnigen eingefůhret: daß sie nicht allein der Gőtter zunahmen / insonderheit des *Dionysii* annahmen; sondern sich auch ausdrücklich Götter nennten. Massen dieses *Spanhem. Tract. de Præstant. & Usu Numismat. Dissert. 5.* stattlich ausführet [...]. [...]

v. 93. Mit diesem pflegt August jedweden Brief zu schliessen.] *Sveton. in Aug. c. 50. In Diplomatibus Libellisq́ue & Epistolis signandis initiô Sphinge usus est: mox imagine magni Alexandri: novissimè suâ, Dioscoridis manu sculptâ, quâ signare insecuti quoq́ue Principes perseveraverunt.* Von diesem Siegel urtheilten die Römer: *Ænigmata afferre eam Sphingem. Posteà ad evitanda Convicia Sphingis, Alexandri M. imagine signavit. Plinius. Galba* allein sol seiner Ahnen Siegel gebraucht haben / da ein Hund auß dem Vordertheile des Schiffes den Kopff hervor reckt. *Xiphil. lib. 61. p. 62.*

v. 112. 113. Diesen Ring mit dem ich dem August Egyptens Glücks-Stern sende.] Daß im Morgenlande fast in allen grossen Städten gewisse *Talismath,* oder zaubrische Glücks- und Schutz-Bilder / welche die Juden Davids Schilde oder *Teraphim,* die Grichen στροφάλους, ἑκατικοὺς, oder Kugeln der Hecate heissen / gehabt / dergleichen das höltzerne Siegel / welches *Apulejus Βασιλεὺς* genennt / wie auch das aus des Pelops Haut und Beinen gemachte Palladium / und der gläserne Topff zu Neapolis gewest / daß sie auch mit denen unter einem gewissen Stande der Gestirne gefertigten Scorpionen / und Crocodilen derogleichen Thiere vertrieben / ja mit silbernen Bildern / auf den Gräntzen der Illyrier und Thracier der Barbarn Einfall verhindert worden sey / beschreibt der hochgelehrte *Selden. Tr. de Diis Syr. Syntagm. 1. cap. 2. pag. 104. 105. 109. 113 .116. 117. 118.* Hieher gehöret sonderlich: daß die Juden in die Ringe ihrer Bräute מזל טוב einätzten / welches so viel / als ein heilsam Gestirne oder den zur Kinder Zeigung helffenden Stern des Jupiters bedeutet. *Selden. d. Syntagm. 1. cap. 1. pag. 77.*

v. 115. Eh als Osiris uns gönnt Tag und Sonnenschein.]

Wie unter der Isis der Mohnde verehret ward / also war Osiris das Bild der Sonne. *Selden. Synt. 1. c. 4. p. 150. Kircher Oedip. tom. 1. Synt. 3. c. 3. in fin.*

v. 172. Die schöne Julie / die ihm verlobet ist.] Daß Antyllus mit Augustens Tochter verlobt gewesen sey / berichtet *Sveton. in August. c. 63.* und *Dio. lib. 51. p. 278.*

v. 206. 207. 208. Must ihm nicht Oppius ein gantzes Buch verfassen.] *Sveton. in Julio c. 52. C. Oppius, quasi planè Defensione & Patrociniô res egeret, Librum edidit, Non esse Cæsaris Filium, quem Cleopatra dicat.*

v. 219. Ist dis des Käysers Hand?] Als Cleopatra vom *Augusto* sich zimlich ins gedrange gebracht sahe / schrieb sie heimlich an ihn und bat umb Vertrag und Gnade. Hierauf antwortete er ihr: daß wenn sie entweder den Antonium tödtete / oder von sich stiesse / solte es ihr an Gütte nicht fehlen. *Plutarch. ibid. pag. 950. a.*

v. 242. Sida.] Sida war des Belus Weib / und so viel als Beltis / Astarte oder ein schön Weib. *Selden. de Diis Syr. Synt. 2. c. 4. pag. 295.*

v. 388. Schau't an Cleopatren des Mohnden Ebenbild.] *Plutarch. in Vit. Anton. p. m. 429.* daher auch *Sveton. Caligul. c. 26.* die jüngere *Cleopatram Silenam* nennet; Gleichmäßig schreibt beym *Ammian. Marcell. lib. 17. Sapor* an den Käyser *Constantinum: Rex Regum Sapor, particeps Siderum, Frater Solis & Lunæ Constantio fratri meo salutem plurimam dico.*

v. 417. Jamblichens Kopff.] Diesen ihm verdächtigen König der Araber / ließ Anton zu tode martern. *Dio. lib. 50. p. 262.*

v. 480. Isis läßt uns selbst ihr untern Schleyer sehn.] Hieher gehöret die nachdenckliche Uberschrift der Isis beym *Plut lib. de Osirid. & Isid. p. m. 593. Ego sum omne quod extitit, est, & erit: meumque Peplum nemo Mortalium hactenus detexit; Proclus* setzet darzu: *Et Fructus quem produxi, Sol ipse est. Horn. hist. Philos. l. 1. c. 6. p. 37.*

v. 494. Der Ehstand wird mit Fug nach eurem Recht zerrissen.] Aus was liederlichen Ursachen bey den Römern die Ehleuthe sich trennen kunten / ist aus den Römischen Rechten bekand: der erste ist gewesen *Sp. Carvilius Ruga,* der 600. Jahr nach Erbauung Roms / sein Weib wegen Unfruchtbarkeit verstossen. *C. Sulpitius Gallus* versties seine weil er sie ausserhalb des Hauses mit entblößtem Haupte mit andern redend fand. *Q. Antistius Vetus* seine / weil sie mit einer gemeinen freygelaßnen heimlich redete. *Sempronius Sophus,* weil sie ohne sein Vorwissen den Schauspielen zugesehen. *Valer. Maxim. lib. 3. c. 6.* Ja das auch ohne alle Ursache *Divortia* geschehen / ist *ex l. 9. C. de repud.* klar. Wenn man sie aus dem Hause wieß / wurden ihr die Schlüssel abgenommen. Dahero in L. L. X. *Viralibus: Res suas sibi habeto, claves adimito, foras exigito.* Besiehe hiervon *Dempster. ad Rosin. Antiq. Rom. Paralip. ad lib. 5. c. 28.*

v. 505. Ich seh' an Helenen ein neues Troja brennen.] Nemlich an Cleopatren. Hieher gehöret der schöne Ort *ex Senec. Agam. Act. 4. v. 789.*

Agam. Credis videre te Ilium? Cass. & Priamum simul.
Ag. Heic Troja non est. Cass. ubi Helena est, Trojam puta.

v. 525. Er muß durch Liebes-Träncke bezaubert worden sein.] *Plutarch. d. l. p. 932. f. 933. a.* berichtet: Anton were mit einer solchen Macht gegen die Parthen gezogen / für welcher die Bactrianer / Indier / und gantz Asien erzittert were. Weil er aber nur stets an Cleopatren und mit ihr zu überwintern gedacht / hätte er alles zur Unzeit und ohne gnugsame Außrichtung gethan. Denn sein Gemüthe were von Artzneyen und Zaubereyen gantz verrückt gewest. Und *pag. 943. e.* Als der Römische Rath den Anton für einen Feind erklärt / hätte August erwehnet: Anton were wegen eingenommener Liebes-Träncke nicht mehr bey sich selbst. Daher würden sie mit keinem Römer / son-

M.ANTHONI, & CLEOPATRA
ex Nummo Argenteo

dern mit den verschnittenen *Mardion* und *Pothinus,* und mit zwey Naͤtherinnen / der *Charmium* und *Iras*, zu schaffen kriegen.

v. 528. In seiner Schwelgerey.] *Philotas* hat nach der Erzehlung *Plutarchi p. 928. b.* zu Alexandria in der Koͤniglichen Kuͤche auf einmal acht wilde Schweine am Spisse stecken / und darbey gesehen: daß alle Arthen Speisen vielfaͤchtig muͤssen zugerichtet werden / wormit immer eine fertig zum aufgeben gewest / weil sie keinen Augenblick sicher gewest / daß Anton nicht zu essen verlanget.

v. 529. Viel schlaffende Gebrechen erwecket in Anton.] Antonius hat an seinen Tugenden zwar alsbald viel Laster kleben gehabt / viel verborgene aber haben sich nach der Gemeinschafft mit Cleopatren erst herfuͤr gethan / welche in ihm vollends alle Tugenden verfaͤlscht / oder gar ersteckt. *Plutarch. p. 926. d.*

v. 533. Wie manche Koͤnigin bemuͤthe sich mit Gaben.] Wie Anton in Asien von so viel Koͤnigen und Koͤniginnen bedienet / und zur Liebe gereitzet worden / beschreibet *Plutarch. p. 925. e.*

v. 536. Die sich zur Venus macht.] Wie Cleopatra auf einem guͤldenen Schiffe mit Purpernen Segeln / silbernen Fahrzeuge / unter der Bedienung der Gratien / und Wasser-Nympffen / in Gestalt der Venus in Cylicien auf dem Flusse Cydnus / zum Anton als dem jungen Bachchus gefahren / denselben in Pracht und Speisen weit uͤbertroffen / insonderheit aber mit kuͤnstlicher Stellung unzehlbarer Lichter sich habe sehen lassen / beschreibt *Plutarch. p. 927. a. b. c.*

v. 538. In einem Loͤffel Wein ein Koͤnigreich verschwendet.] Welcher gestalt Cleopatra eine ihrer zwey unschaͤtzbaren Perlen nur den Anton an kostbarer Verschwendung zu uͤbertreffen / in Essig zerbeitzt / und verschlungen habe / beschreibt umbstaͤndlich *Plin. lib. 9. c. 35. pag. 178.*

v. 626. Das Meer des Typhons Schaum.] Ob wohl die Egyptier eben so wohl / als die Phœnicier etliche Fische

Gőttlich verehrten / so waren sie doch den Fischen insgemein unhold / also daß sie auch den Haß durch einen Fisch abmahlten. Insonderheit aber waren ihnen die Schiffleute so verhaßt / daß sie selbte nicht grůssens werth schåtzten; das Meer aber / und das Saltz ein solcher Greuel / daß / weil sie alles bőses / und darunter auch den den Mohnden verfinsternden Schatten dem Typhon zueigneten / sie auch Meer und Saltz des Typhons Schaum nennten. *Bochart. Hieroz. tom. 1. c. 34. p. 343. seqq.*

v. 629. 630. Cælius hat mit den meisten Schiffen die Flucht zu dem August.] Daß dieses Cleopatra angestellt habe / berichtet *Dio. lib. 51. p. 276.*

v. 718. Lege den zaubernden Gůrtel von dir.] Die Poeten haben der Venus einen wunderlichen Gůrtel angedichtet. Von welchem *Homerus Iliad.* ξ diß erzehlet:

[…]

Sie schnůrte von der Brust den bundten Gůrtel loos;
Der in sich alle Lust und Liebes-Reitz verschloß /
Begierde / Zauberey / Beredsamkeit / Verlangen /
Die auch der Klugen Hertz betrůglich kőnnen fangen.

v. 719. Blauåugichte Pallas.] γλαυκῶπις beym *Homero*; daher auch von ihr das Schloß zu Athen γλαυκώπιον genennet ward.

Anmerckungen
Zu der dritten Abhandlung.

v. 1. Vertraute Charmium. v. 81. Iras.] Von diesen zweyen Vertrautesten sagt *Plutarch. in Anton.* […], Nemlich die erste were Cleopatrens Aufputzerin gewest / mit beyden aber hätte sie die wichtigsten Reichs-Geschäffte verwaltet. *Galen. de Theriac. lib. 1. c. 8.* nennet sie *Νάειρα*, und *Καρμιόνη*, mit Bericht: daß die erste Cleopatren die Haare geflochten / die andere ihr die Någel wohl abgeschnitten habe. Eben dis berichtet von ihnen *Tzetzes. Chil. 6. Hist. 44.* [...]

v. 3. 4. Diese Glutt / die dreissig Göttern hier stets lodert.] Daß bey vielen Vôlckern in ihren Heyligthümern nicht nur ewiges Feuer unterhalten / sondern auch die Opffer vielfältig von sich selbst / oder vom Himmel angezündet worden / führet *Bochart. Hieroz. tom. 1. lib. 2. c. 36.* stattlich aus. *Kircher.* aber *in Oedip. tom. 1. Synt. 1. c. 3. p. 12. 13.* aus dem *Strabo* und *Abeneph*, daß die Egyptier in den Hauptstädten / auch ihre *Panthea* gehabt / und weil Egypten in dreissig Landschafften abgetheilt gewest / sie darinnen auch dreissig Götter / welchen die dreissig Tage jeden Mohndens unterworffen waren / angebethet haben. Dieser dreissig Götter ihre Bilder legt er *c. 3. 4. 5.* weitläuftig aus / und zeucht sie *pag. 45. 46. 47.* zusammen. Das alhier angezogene *Pantheon* oder *Serapion* zu Alexandria beschreibet *Ammian. Marcellin.* derogestalt: *Accedunt altis sublata Fastigiis Templa, inter quæ eminet Serapium, quod licet minuatur exilitate verborum, Africis tamen columnariis amplissimis, & spirantibus Signorum figmentis, & reliquâ Operum multitudine ita est exornatum, ut post Capitolium, quo se venerabilis Roma in æternum attollit, nihil Orbis Terrarum ambitiosius cernat.* In diesem bekam *Vespasian* Anzeigungen seines künftigen Keyserthumbs. *Sveton. in Vespas. c. 7.*

v. 10. 12. Wir müssen hier hinab und in die Grufft uns machen.] Ungeachtet die Leichen heilig waren / *sec. in Plutarch. in Numa* und diese die Gräber heilig machten [...]. *Plin. lib. 2. hist. Cæl. Rhodigin. l. 17. c. 19.* daher man auch darvor hielt / sie könten vom Donner nicht berührt werden / also für ein Wunder-Zeichen gehalten ward: daß der Blitz des *Lycurgus* und *Euripides* Grab versehrte; *La*

Motte tom. 12. lettr. 137. p. 236. so war es doch bey den meisten Völckern hoch verbothen Niemanden in der Stadt zu begraben [...]. [...] Daß auch bey den Egyptiern die Königl. Begräbnüsse an heyligen Orthen gewesen / ist aus *Straton. l. 17.* zu sehen / wo er das an den Labyrinth gebaute prächtige Grab des Königs *Imandes* oder vielmehr *Simandes* beschreibt / in dessen dreißig Höfen / gleichsam zu einem Opffer der Götter denen heiligen Männern und Weibern ein kostbar Mahl ausgerichtet worden. Daß auch des Alexanders / der Ptolomeer / und Cleopatrens Grufft zu Alexandria auf der Burg gewest / und Cleopatra ihre an den Tempel der Isis gebaut habe / berichtet *Plutarch. in Antonio p. 950. c. d. Clemens Alexandrinus* aber führet aus: daß die meisten Heydnischen Tempel anfangs prächtige Begräbnüsse gewest weren. Die Nahamones in Indien rührten / wenn sie Eyde leisteten / ihre Begräbnüsse als die grösten Heyligthümer an. *Herod. l. 4.* wenn sie künftig Ding wissen wolten / schlieffen sie darinnen ein / und hielten die Träume für eine Göttliche Offenbahrung. *Tertullian. de Animâ c. 57.* wie auch die Celten. Und zu Rom waren die unter-Irrdischen Grüffte der Christen erste Kirche. *Aringhus. Rom. Subterran. tom. 1. lib. 1. c. 2.*

v. 13. Der Balsam läß't hier auch nicht Würmer Nahrung ziehen.] Wie und warumb die Egyptier so sorgfältig ihre Leichen für Fäulnüs verwahret haben / handelt *Kircher. Oedip. Tom. 3. Synt. 13. c. 2.*

v. 49. O Stern-vermählte Seel.] Die Egyptier eigneten den Seelen den Ursprung und Verwandschafft der Sterne zu / also daß sie auf vier Staffeln in die Leiber herab / und auf so vielen wider zu ihrer höchsten Vollkommenheit Empor stiegen. *Kircher. Oedip. tom. 2. part. 1. class. 3. c. 12. p. 190.* ja von einem Kreisse der Sternen in den andern befördert würden. *tom. 3. Synt. 13. c. 2. p. 393.*

v. 65. Egyptens Labyrinth.] Dieses grosse Wunder Egyptens und der Welt / welches zwölf Könige bey der

Krockodil-Stad gebaut / aus welchem *Dædalus* sich nicht auszuwickeln gewůst / und dessen in *Lemnos* nachgemachter Labyrinth / kaum das hunderste Theil so groß gewest / beschreibt *Herodot. in Euterp. Kirch. tom. 2. part. 2. class. 8. c. 1. § 3.*

v. 113. 114. Des Brudern Haß erfahren.] Diesen Brůderlichen Krieg zwischen dem letzten Ptolomeus / und der Cleopatra / beschreibt *Julius Cæsar. l. 3. de Bello civil. p. 676. Hirtius* im gantzen Buche *de Bello Alexandrin.*

v. 135. Auf! Seele / flůgel dich.] *Zoroaster* hat die Egyptier gelehrt; die Seelen håtten Flůgel / und zwar gůldene. Wordurch aber nichts anders / als die Weißheit verstanden wird. Diese verlohren sie / wenn sie sich in die Wollůste des Leibes vertieften / kriegten sie aber wider / wenn sie mit Verschmehung der Laster / zu dem Himmel klimmeten. Daher ihre *Pyramides* oder Spitz-Såulen Sinnenbilder der sich aufschwingenden Seelen waren. *Kircher. Oedip. tom. 2. part. 1. class. 3. c. 4. p. 155.* und *tom. 2. part. 2. d. 7. c. 3. p. 113.*

v. 146. 147. Der Lotus hůllt die Blåtter.] *Proclus lib. de Sacrific. & Magiâ: Prosper Alpin, de Plantis Ægypti. cap. 34. p. 103.* [...]

v. 150. Weil Isis nun einst den Osiris findet.] *Arnob. contra Gentes lib. 8. p. 764.* lachet die Egyptier hiermit derogestalt aus: *Isis perditum filium cum Cynocephalo suo & aliis sacerdotibus luget, plangit, inquirit: & Isiaci miseri cædunt pectora, & dolorem infelicissimæ Matris imitantur: mox invento parvulo gaudet Isis, exultant Sacerdotes, Cynocephalus Inventor gloriatur: nec desinunt annis omnibus, vel perdere, quod inveniunt, vel invenire, quod perdunt. Nonne ridiculum est, vel lugere, quod colas, vel colere, quod lugeas?* Sonst wird Osiris fůr der Isis Ehmann gehalten. Besiehe von seiner zerfleisch- und wider-zusammensåtzung *Kircher. tom. 1. Synt. 3. c. 9. pag. 223.*

v. 160. Knůpft in mein Haar die Diamanten ein.] Die Sterbenden wurden bey den Alten aufs pråchtigste aufgeputzt / und das Liebste ihnen mit ins Grab gegeben. Dahero der Könige in Persien und Macedonien Grüfte voll Gold und Silbers gefunden worden. Die Römischen Gesetze aber verbothen diese Eitelkeit. *l. 40. §. 2. de aur. & arg. leg. l. 14. §. 5. ff. de religios. & sumt. fun.* wo gemeldet wird: daß dis nur einfältige Leute thun. *l. 113. § 5. de leg. 1.* Eben dis hat *Lycurgus* zu *Sparta* verboten. *Alexand. ab Alex. Genial. dier. 3.*

v. 171. Lebt glücklich / gutte Nacht.] Dieses waren der Sterbenden Gesegnungs-Worte / und: *Apud Orcum te videbo.* Besiehe *Gutherium de jur. Manium. lib. 1. c. 12.*

v. 172. 168. Ihr seht die Kuh hier knien.] Oben ist schon von der in einen Ochsen begrabenen Tochter des Mycerin geredet. Daß aber auch Isis ihren Osiris in einen höltzernen Ochsen eingeschlossen / von dem die Stadt *Busosiris*, oder Busiris den Nahmen bekommen / auch in Egypten eben so wohl / als die lebenden Thiere verehret worden / lehret *Bochart. tom. 1. Hieroz. c. 34. p. 345. 346.*

v. 174. Wil sie ihr eigen Bild denn nicht zum Sarche haben?] Daß die Egyptier hole und dem Verstorbenen ähnliche Bilder aus Holtze gemacht / und die Leichen darein begraben / führt *Kircher. Oedip. tom. 3. Synt. 13. c. 3. p. 396.* aus dem *Herodoto* an.

v. 177. Egyptens Isis sol in Isis Bilde schlaffen.] In dem Bilde der vielbrüstigen Isis sind unterschiedene Ochsen oder Kühe / welche die nehrende Krafft der Natur bedeuten / zu sehen. *Kirch. tom. 1. Synt. 3. cap. 4.*

v. 181. 182. Laßt uns euch vor küssen / eh eure Liebes-Hand uns wird die Augen schlüssen.] *Senec. ad Helviam c. 3. Filium in manibus & in Osculis tuis mortuum funeraveras.* Und *Martial. l. 3. Epigr. 63.*

Quinq́ue dedit Pueros, totidem mihi Juno Puellas,
Clauserunt omnes lumina nostra manu.

v. 184. 185. Füllt die Kuh mit Myrrhen / Cassia / Amomum.] *Kirch. ex Herodot. d. tom. 3. p. 395.*

v. 189. Zerfleischt die Haut mit Stahl.] Durch diese Ungebehrdungen meinten sie dem Tode einen Dienst zu thun / und die hǒllischen Gǒtter zu versǒhnen. *Guther. de Jur. Manium. c. 1. c. 14.*

v. 190. Du must den rechten Arm die lincke Brust entblǒssen / nim Stab und Dreyfuß hin / såtz auf den Habichts-Kopff.] Alle diese bey dem Egyptischen Gottesdienste gewǒhnliche Gebehrdungen hat *Kircher. tom. 3. Synt. 4. c. 4. §. 3. p. 267.* welche alle aufs genauste beobachtet werden musten / alle aber auf gewisse Einflůsse der Natur zielten. *Kirch. d. l. Synt. 1. c. 5. §. 3.*

v. 192. Gib mir dis Wachsbild her.] Derogleichen die Schutz-Geister bedeutenden Bilder / wurden den Leichen beygelegt / und mit Binden umbunden. *Kircher. tom. 3. Synt. 13. c. 5. §. 2. p. 418.* Derogleichen alte Taffeln sind zu Zeiten des ersten Kåysers in dem Grabe des Capys gefunden worden. *Svet. in Jul. Cæsar. c. 81.*

v. 192. 193. Geuß aus den Wasser-Topff in dem man den Gott Nil / und den Canopus ehret.] Dieses alles erklåhret *Kircher. tom. 1. Oedip. Synt. 3. c. 7. p. 209. 210. 211.*

v. 199. 200. Eine Ampel / die den Anubis stellt durch einen Hunds-Kopff fůr.] Derogleichen beschreibt *Licet. de Lucern. Antiqu. lib. 6. c. 61.* wordurch die Wachsamkeit / damit die Egyptier auch die todten Hůter abbildeten / angedeutet sein sol.

v. 200. 205. Und ewig Feuer hålt.] Derogleichen unausleschliche die Unsterbligkeit der Seelen fůrbildende Lampen / sind in dem Grabe der *Tulliolæ*, des Riesen *Pallas*, und vielen andern gefunden worden. Derogleichen ewiges Feuer sol auch zu Athen in der Ampel der Minerva / beym Jupiter *Ammon*, in einem Tempel der *Venus*, und zu *Edessa* gewesen seyn / von welchen allen die gemeinste Meinung ist / daß sie von dem unverbrennlichen und unaußlǒschlichen Steine Arcadiens *Asbestos* bereitet weren. *Licet. d. l. lib. 1. c. 2. 13.* oder auch auß Carpasischen Flachse / auß den Haaren oder dem Mooße gewisser Steinfelsen / ausgesponnenem Amianten-Steine / *Licet. lib. 2. c. 14.* allwo er viel andere im Feuer unverbrennliche Dinge nennet. Hierzu rechnet er auch *lib. 3. c. 27.* die Federn von Salamandern / den Carystischen Flachs / das Stein-Oel bey Mutina; *lib. 2. c. 38.* das Oel auß Steinen / Ertzt und Golde; worauß sich *Trithemius* und *Libavius* unaußleschliche Lichter gemacht zu haben / rühmen. Welchem letzten die Araber / wie *Kircher. Oedip. tom. 2. part. 2. class. 10. c. 5. p. 414.* berichtet / beystimmen: daß das aus Gold und Silber gezogene Saltz ein unverbrennliches Oel abgebe. Alleine daß die ewigen Lampen hieraus nicht können bereitet gewest sein / behauptet *Licet. lib. 2. c. 39. 40. 41. 42. 43.* seine muthmaßliche Meinung aber wie sie bereitet gewesen / beschreibt er umbständlich *lib. 3. c. 27.*

v. 204. 205. Anubis / wie du Osiris Leib / der Isis Gang bewachest.] Dieser beyder Bewahrer und Wächter sol Anubis gewesen sein / besiehe *Licet. lib. 6. c. 117.*

v. 206. 207. Serapis die du mir dein grosses Auge machest mit Augenliedern zu.] Serapis wird mit einem grossen Auge / ohne Augenlied gemahlet; weil die Egyptier auch das Auge zu einem Sinnenbilde des alles sehenden Gottes brauchen: *Licet. lib. 6. c. 124.* wie auch der Gerechtigkeit. Daher sie die Richter Augen der Gerechtigkeit nennten / welche auß der Sonne dem grossen Auge / und der Seele der Welt / entsprossen sein solte. Diese nennten sie *Osir*, welches so viel auf Egyptisch heißt / als Viel Auge. *Licet. l. 6. cap. 118.*

v. 209. 210. 211. O Mutter der Gesätz / Erfinderin der Früchte.] Hieher gehöret *ex Diodor. Sicul. lib. 1.* die Uberschrifft: *Ego sum Isis Ægypti Regina â Mercurio erudita, quæ sum Uxor Osiridis. Ego sum Mater Ori Regis, quæ ego Legibus statui, nullus solvere poterit. Ego sum prima Frugum Inventrix. Ego sum in Astro Canis refulgens. Mihi Bubastis Urbs condita est. Gaude, gaude Ægypte, quod me nutrivisti. Kircher. tom. 1. Synt. 3. c. 4. p. 193.* Besiehe *Licet. l. 6. c. 116.*

v. 213. Daß er den Sarch in Nil nicht wie Osiren werffe / kein Krocodil den Zahn auf unsre Isis schärffe.] Daß Typhon sich in einen Krocodil verstellt / den Osir zerrissen / in einem verschlossenen Kasten in den Tanitischen Außfluß des Nilus geworffen habe / und daß destwegen die Apollonopoliten die Krocodile sehr gehaßt / beschreibt *Bochart. tom. 1. Hieroz. lib. 2. cap. 34. pag. 342.* Sonst wird Typhon in einer grausamen Drachen-Gestalt abgebildet. *Kircher. tom. 1. Synt. 3. c. 8.*

v. 217. 218. Deckt ein Phœnicisch Tuch.] Eben so wird des Mycerin Begräbnüs-Ochse vom *Liceto lib. 1. c. 13.* fürgestellt.

v. 220. Stets Rosen auf sie streun.] *Augustus* beym *Marone lib. 6. Æn. v. 883.* [...] *Juvenal. Satyr. 8.* [...] *Tibull l. 11. Eleg. 4.* [...]

v. 221. Zwölff Jungfraun müssen Thräu und Balsam hier vermengen.] Hieher gehöret die Grabeschrifft aus des *Gutherii lib. 2. cap. 32.* [...]

v. 222. 223. 224. Ist kein schwartz Lamm nicht dar.] Daß den Höllischen Göttern schwartz Vieh geopffert / an stat des Weines Oel / zu der Isis Opffer Wermuth / und zu allen Egyptischen kein anders / als Nilwasser / sonderlich / welches der Vogel Ibis mit seinem Fusse getrübt hatte / gebraucht worden / beschreibt *Kircher. tom. 1. Synt. 3. c. 40.*

v. 227. Versöhnt die Geister mir.] Von dieser Versöhnung der Seelen / ohne welche sie nicht ruhen kondten / besiehe *Guther. de jur. Manium. l. 2. c. 14.*

v. 316. Und mit Knecht'schen Peitsch- und Rutten.] Von *Antigono* dem Jüdischen Könige meldet *Xiphilin. lib. 49.* daß ihn *Antonius* habe an ein Creutz anbinden / und mit Rutten schlagen lassen. Hernach aber hat er ihn / weil die Juden den Herodes durchaus nicht für ihren König erkennen wolten / zu Antiochia enthaupten lassen. *Joseph. Antiqu. Judaic. lib. 15. c. 1.*

v. 324. Und mit Bluttrothen Purperfarben.] *Tacit. lib. 6.*

Annal. c. 6. […] *Claudian. l. 2. in Rufin. Pectus inustæ deformant Maculæ.*

v. 342. Zur gelben Zeres schwartzem Eydam fahren.] *Juvenal. Satyr. 10.* […]

v. 350. Seqq. Daß sein gekrůmter Leib vor auf dem Pferde schlaffe.] Diese vierfůßigte Marterbanck / da der gekrůmmte Leib hin und wider schwebend gezogen ward / beschreibt eigendlich *Hieronym. Magius Tr. de Equuleo. c. 12. & ibi Jungermann in Not.* Alle folgende Peinigungen aber *Anton. Gallonius tract. de Martyr. Cruciat.*

v. 448. 449. Nach diesem hob sich an von Bachen ein Geschrey.] *Plutarch.* im Leben *Antonii p. 950. f. 951. a.* erzehlet: daß Anton in Alexandria Anstalt gemacht / den Kåyser zu Wasser und Lande anzugreiffen / und Ritterlich zu sterben / also die seinigen auf einem Gast-Maale ermahnet: sie mőchten sich lassen wohl sein / weil sie nicht wůsten / ob sie folgenden Tag leben wůrden / hierauf hetten die seinigen geweinet / und ihn bewogen / daß er sie nicht selbst anfůhren wolte. Folgende Nacht aber were in der zwischen Furcht und Hoffnung lebenden Stadt / ein Gethőne und Getůmmel von Satyrus wie auf dem Feste des Bachus gehőret worden / welcher Aufzug denn mit schrecklichem Geråusche aus der Mitte der Stadt / fůr das Thor gegen dem Feinde ausgezogen were. Welches Wunder-Zeichen dahin / daß dieser Gott den Antonius verliesse / were ausgelegt worden. Etwas derogleichen erzehlet *Xiphilin. in Avito. p. 372.* […]

v. 451. Wie wenn sie bey der Nacht Sabasus Fest begehen.] *Oppian. Cilix. l. 1. Cyneget.* nennet die *Orgia* oder das Nacht-Fest des Bachus *Τὰ Σαβάζια νυκτερὰ Θύτλα.* Sonsten ist *Σαβάζιος* auch ein Zunahme des Jupiters / welcher von *Sabaoth* herkommen sol. *Selden. in Prolegom. de Diis Syr. p. 32.*

v. 458. Ich bin dem Vater nach von Hercules gebohren.] *Plutarch. in Anton. p. 917. c.* berichtet: daß die Antonier von Antone Hercules Sohne entsprossen zu sein sich gerůhmet hetten; *M. Antonius* were auch mit seinem langen Barthe / der Habicht-Nase / und der breiten Stirne denen alten Månnlichen Bildern des Hercules gantz åhnlich gewest.

v. 459. Vom Bachus aber stammet mein Můtterliches Hauß.] Daß sich Antonius auch vom Bachchus her gerechnet / wie auch daß dessen Bild zu Athen vom Winde herab gestůrtzt / zu Patra des Hercules Tempel vom Blitze verzehret / und dis alles fůr den Anton ůbel ausgedeutet worden / dessen Marmel-Såule zu Alba etliche Tage heftig geschwitzet / beschreibt *Plutarch. d. l. p. 943. f. 944. a.*

v. 460. Ich růstete mich auch stets wie Lyæus auß.] Antonius nennte sich den jungen Bachus / that ihm alles nach. *Plutarch. p. 944. a.* Zu Ephesus hielt er mit Bachen und Satyren / wie Bachus einen pråchtigen Einzug. *Plut. p. 926. a.* worůber sich nicht zu wundern; Sintemahl auch der grosse Alexander eben dis gethan. Welchen Aufzug *Curtius l. 9. c. 10. n. 24. seqq. Diodor. Sicul. 17. 106. Plutarch. Orat. l. 15.* des Bachus selbst aber *Diod. Sicul. 4. 3.* beschreibet. Eben so ist *Mithridates*, *Antigonus* aufgezogen. *Schott. Obs. hist. 3. 3.* wie auch *C. Marius. Valer. Maxim. 3. 6. 6.* Keinen pråchtigern Bachus-Aufzug aber hat niemand gehalten / als *Ptolemæus* in Egypten. *Athenæus. l. 5. 7.*

v. 463. Da ohne diß mein Geist fůr seinem sich entsåtzt.] Ein Egyptischer Wahrsager sagte dem Antonius: daß sein Gelůcke von des jungen *Augusti* verdůstert wůrde. Rieth ihm auch / daß er sich von ihm entfernete. Denn des *Antonii* Geist scheuete sich fůr jenem / und ginge bey seiner Nåherung gantz gebůckt. Maßen denn auch Augustus im Looß / im Bretspiele stets / und seine Hahne und Wachteln des *Antonii* allemahl obsiegten. *Plutarch. d. l. p. 930. d. e.*

v. 492. Von's Philadelphus Thurm. *v. 493. 494.* so ist denn Glaß und Krebs der Grund so hoher Thůrme.] Das sieben Stadien von Alexandria entlegene Eyland Pharos / haben die Ptolomeer ans feste Land zu hengen sich bemůhet / Cleopatra aber hat diesen Bau vollendet *Cæsar. l. 3. de bell. civ. p. 684. Tzezes & Ammian. Marcell.* den darauf stehenden 300. Ellen hohen Leuchte-Thurm / welcher im Umb-Creisse so weit als eine Egyptische Pyramis gewest / und den man hundert tausend Schritte weit im Meer sehen kőnnen / hat Ptolomeus Philadelphus durch den Sostratus zu einem Wunder der Welt / erbauen lassen. Das seltzamste aber ist /daß er auf vier glåsernen Krebsen gestanden haben sol; wie *Jacob Hofman. in Lexic. universal.* aus einem alten *M. S.* erweiset / aber vernůnftig dafůr hålt: daß diese Krebse aus einem Mohrischen oder Memphitischen Marmel / der dem Glase nicht unåhnlich ist / gemacht sein můsten.

v. 580. Du Eros thu uns nur.] Wir haben bey den Geschichtschreibern unterschidene Exempel / daß bey letzter Verzweifelung der Herren / sich ihre Knechte oder Freygelassene haben hinrichten lassen. Also muste *Pindarus C. Cassium* aus des siegenden *Julii Cæsaris* Hånden erretten. *Valer. Max. lib. 6. c. 2. n. 4. Ita Nero ferrum jugulo adegit juvante Epaphrodito, Svet. in vit. Neron. c. 49.* Worbey er dieses låcherliche von ihm erzehlet: *Modo Sporum hortabatur, ut lamentari ac plangere inciperet: modo orabat, ut se aliquis ad mortem capessendam Exemplo juvaret.* Besiehe ihn auch daselbst c. 47. am Ende.

v. 581. Stoß den geweyhten Dolch.] Die Rőmer pflegten nicht alleine dieselben Schwerdter oder Dolche / damit etwas denckwůrdiges vollbracht war / oder damit sie was zu vollbringen meinten / den Gőttern zu widmen / wie *Vitellius* den Dolch / darmit sich Otho erstochen dem *Marti. Sveton. in Vitell. c. 10. Nero* den Dolch des *Scevini Jovi Vindici. Tacit. 15. Ann. c. 74.* Sondern auch dieselben / wormit sie sich selbsten umbbringen wolten. *Sic Caligula tres gladios in necem suam præparatos Marti Ultori consecravit. Sveton. in Calig. cap. 24.*

v. 599. Rom rühmt die Knechte noch.] Also meldet von dem Begräbnüsse Keysers *Othonis Tacit. lib. 2. Hist. cap. 49. Quidam militum juxta Rogum interfecêre se non noxâ neqûe ob metum sed æmulatione decoris & caritate Principis ac posteà promiscuè Bedriaci, Placentiæ aliisqûe in Castris celebratum id genus mortis.* Ebenfals hat auch bey der Agrippinen Holtzstoß ihr freygelaßner *Mnester* sich erstochen. *Tacit. 14. Ann. cap. 9.* Diese alhier erzehlte Treue des *Eros*, beschreibet *Plut. in. Vit. Ant. p. 951. d. Dio. lib. 57. p. 276.* Gleichergestalt erzehlt *Hornius Arcâ Noæ. p. 490.* von den Mexicanern. [...]

v. 642. Zerbeitzte Perlen.] Unter den Kostbarkeiten *Caligulæ* werden auch von *Sveton. in Calig. c. 37.* gerühmt *pretiosissimæ Margarithæ aceto liquefactæ.* Wiewohl derogleichen kostbare Perlen-Träncke *Horat. l. 2. Serm.* auch einem *Comœdianten* des *Æsopi* Sohne zueignet.

v. 687. Daß ihre Schooß mir kan mein Sterbeküssen seyn.] Daß Cleopatra nach dem sie des Anton verwunderung vernommen / sich wider lebend gestellt / und auß ihrer Grufft herfür gesehen; Anton aber durch diese Nachricht wieder zu sich selbst kommen / und auf seinen Befehl zur Cleopatra getragen / an denen zu herauswindung der Steine verhandenen Seilen in die Grufft gelassen / auch auf ihrer Schooß gestorben sey / beschreibt *Dio. lib. 51. p. 276.*

v. 734. Mein Leib werd auf die Glutt auf Römisch.] Allerhand Arthen / wohin die Todten gethan worden / erzehlet *Cicero lib. 1. Tuscul quæst. ad fin.* [...] Von der Menschen-Fresser und anderer Völcker grausamer Begräbnüs-Arth / besiehe *Horn. Arc. Noæ. p. 461. 462. 491.* Hieher gehöret auch was von der *Poppææ* Begräbnüsse *Tacitus l. 16. Ann. c. 6.* ungewöhnliches erzehlt: *Corpus non igni abolitum, sed Regum externorum consvetudine, differtum odoribus conditur, Tumuloqûe Juliorum infertur.*

v. 741. Geb't mir noch einmal Wein.] Daß / als Antonius / nach dem er sich den Dolch in die Brust gestochen /

und in der Cleopatra Schooß zu sterben zu ihr getragen ward / er ihr / sich mit dem Keyser / wo mőglich / zu vereinigen / besonders sich dem *Proculejo* zu vertrauen / gerathen / wie auch: daß er entweder aus Durst / oder: daß er desto eh sterbe / Wein begehrt / und gebraucht / erzehlt *Plutarch. d. l. p. 952. a.*

Anmerckungen
Zu der vierdten Abhandlung.

v. 6. Ich habe selbst den Dolch ihm aus der Brust gezogen.] Als Antonius ihm den Dolch in die Brust gestossen / und halb tod zur Cleopatra getragen ward / ertappte einer seiner Trabanten *Dercetæus* den blutigen Dolch / flohe zum *Augusto*, entdeckte selbten und erzehlte zum ersten des *Antonii* Unfall. *Plutarch. d. l. 952. b.*

v. 49. 50. Jedoch der Unfall zwinget uns bittre Thrånen ab.] Daß August ůber dem Tode des Anton bitterlich geweinet habe / berichtet *Plutarch. p. 952. b.* Also hat auch *Julius Cæsar*, als man seines Feindes des grossen *Pompeji* Haupt zu ihm bracht / geweinet. Woher gehőret der schőne Ohrt aus dem *Lucano:*

Non primo Cæsar damnavit munera visu,
Avertitq́ue Oculos, Vultus, dum crederet, hæsit,
Utq́ue fidem vidit sceleris, tutumq́ue putavit
Jam bonus esse Socer: lacrymas non sponte cadentes
Effudit, gemitusq́ue expressit pectore læto;
Non aliter manifesta putans abscondere mentis
Gaudia, quam lacrymis –

Tacitus lib. 2. Annal. cap. 77. erzehlet vom *Tiberio* und der Kåyserin: *Periisse Germanicum nulli jactantius mœrent, quam qui maximè lætantur.* Und von dem dem *Othoni* heuchelnden Rathe meldet er: *lib. 1. Hist. c. 45. quantoq́ue mâgis falsa erant, quæ fiebant, tanto plura facere.*

v. 108. Sie beißt dem Buhlen ab den Kopff in sůßter Brunst.] *Isodorus* [...]. Und *Prudentius in Hamartigen. Pœm. 1. v. 588.* [...] Diese Getichte von der Natter berichtet auch *Herodot. l. 3. c. 109. Nicander Θεριακῶν. v. 130. Plin. l. 10. c. 62. Galen. de Theriac. c. 9.* Alleine *Eustathius in Hexaëmer. p. 43.* meldet: daß die Natter durch Abbeissung des Gebuhrts-Gliedes das Månnlein tődte [...].

v. 147. Sich fůr den Herrn der Welt.] Ob wol die Rőmischen Kåyser anfånglich gar den Nahmen eines Herren anzunehmen / sich geweigert / [...] So haben sie sich doch hernachmals selbst Herren der Welt genennet. [...]

v. 164. Sein stehn und fallen bleib't Carthagens Stand und Fall.] Mit dem Hector und Hannibal ist Troja und Carthago gestanden / und gefallen. Dahero *Senec. in Troad. v. 123.*

Columen Patriæ, mora fatorum
Tu præsidium Phrygibus fessis.
Tu murus eras; humerisq́ue tuis
Stetit illa decem fulta per annos,
Tecum cecidit. Summusq́ue dies
Hectoris idem Patriæq́ue fuit –

v. 190. Wie Sie und Julius schon einmal hat geschauet.] Als *Julius Cæsar* die Cleopatra wider ihren Bruder *Ptolomæum* ins Kőnig-Reich einsåtzte / ward er unversehens von diesem und denselben die den grossen *Pompejum* umbbracht / im Kőniglichen Schlosse umsessen / aus welcher grossen Gefahr er sich mit geringer Hůlffe durch brand und schwimmen errettete. *Florus lib. 4. cap. 2. n. 58. Hirtius de bell. Alexandr.*

v. 202. Den grossen Rath der Stadt zu Rőmschen Bůrgern machen.] Daß dieses eine grosse Ehre sey gewest / erhellet *ex Tacit. lib. 13. Ann. c. 54.* [...] Noch mehr *ex Sueton. Octav. c. 40.* [...]

v. 248. Egyptens Schatz / den sie aus allen Tempeln hat gesamlet.] Daß Cleopatra aus gantz Egypten / und zwar auch aus den heiligsten Tempeln alle Schätze in Alexandria versamlet / und nebst denen Schlangen sich zu tödten / allezeit Feuer selbte zu verbrennen bey der Hand gehabt habe / berichtet *Dio. l. 51. p. 277. 279.* Ein gleichmässig Exempel hat *Diodor. Sicul. lib. 13.* von der Stadt *Selinunte*, da Hannibal alleine der in Tempeln versamleten Weiber schonte / aus beysorge / sie möchten sich mit ihren Schätzen darinnen verbrennen.

v. 297. 298. So taub als viel Schlangen / die kein Beschweren zwingt.] *Bochart. tom. 2. Hieroz. l. 3. c. 6. p. 391. seqq.* berichtet aus den Arabern: daß gewisse Schlangen so taub oder so giftig sind / daß sie kein Beschwerer bändigen / noch ihrem Giffte einige Artzney steuren kan; und daß / wenn die Schlangen des Beschwerers Beschwerung entweder nicht hören / oder entgegen singen / er in grosser Gefahr / oder gar in Verterben gerathe.

v. 313. Bricht ihre Schild' entzwey / auf die Anton ließ etzen das Bild Cleopatrens.] *Dio. lib. 50. p. 259.* erzehlt: das alle in Cleopatrens Dinsten befindliche Römer ihren Nahmen auf den Schilden getragen.

v. 346. Hannibal sich tausendmal verkleiden.] Wie oft sich Hannibal durch geringe Kleider und falsche Haare unkenntlich gemacht / und die Anschläge der Gallier / die Meinungen seines Heeres ausgeforscht / beschreibt *Livius l. 22. Polyb. l. 3. c. 78.* Vom *Julio Cæsare* sagt *Vellej. Paterc. l. 2. c. 41. magis ministris Sullæ adjutoribusq́ue partium, quam ipso, conquirentibus, eum ad necem, mutatâ veste dissimilemq́ue fortunæ suæ indutus habitum nocte urbe elapsus est.* Besiehe *Tac. l. 3. c. 59.* vom *Petilius Cerealis* und *l. 4. c. 36.* vom *Vocula.*

v. 351. Seqq. Ach Juno die du dich verstell't in eine Kuh.] *Hygin. Fab. 196.* [...] *Diodor. lib. 1.* sagt: die Wilden Thiere darein sich die Götter für den Riesen verwandelt hetten / würden in Egypten verehret / weil sie in dieser

Gestalt ihrer Grausamkeit entkommen weren. Von der Verwandlungs-Arth singt *Ovid. 10. Metam.* [...] Aus dem *Nicandro* aber erzehlt *Antonius Liberalis in Typhone*: Apollo habe sich in einen Habicht / Mars in den Fisch *Lepidotus*, Hercules in ein junges Reh / Vulcanus in einen Ochsen / *Latona* in eine Spitz-Maus verwandelt.

v. 361. 362. 363. Die hundert Wunder-Hoͤlen.] Im obern Egypten befinden sich in dem Thale *Vadi gamûs* an jeden Berge hundert selzame Hoͤlen / welche die Koͤnige Pharao noch durch die Israeliten / oder / der Einwohner Meinung nach / keine Menschen sonder Geister in selbige Sandberge gebaut haben sollen. Sonder diese sol kein Reisender die Wunderwercke Egyptens gesehen haben / und etliche derselben sind mit der geheimen Bilderschrifft bemahlt. *Vansleb.* in der neuen Reise Egyptens *p. 390.–393. 397.*

v. 365. 366. Daß er Raben und falsche Strausse sol zu Ungluͤcks-Voͤgeln haben.] Daß die Raben und Strausse in Egypten gemein / jene auch von den Schiffern gleichsam Allmosen betteln / beyde einsame und ungluͤckliche Voͤgel sind / ist aus *Bochart. Hieroz. tom. 2. lib. 2. c. 10. 11. 14. 15. 16.* Und *Vanslebs* Reyse *pag. 103. 104.* weitlaͤuftig zu sehen; Insonderheit aber erzehlet dieser *p. 117. 118.* merckwuͤrdig: daß die Stadt *Cairo* vom *il Caher* nemlich dem Irr-Sterne *Mars* den Nahmen habe. Denn als der *Califfa Meez le din' allà* diese bauen wollen / und viel Sternseher zu beobachtung eines gluͤcklichen Zeichens bey Legung ihres Grundes bestellet / sol eine Rabe sich auf die zu dem Ende umb den Platz gezogene Schnur gesaͤtzt / und durch Bewegung der daran hangenden Glocken die Bauleute zu Legung des Grundes verleitet haben / gleich als der Mars-Stern in seinem aufsteigen gewest / daher die Sternseher dazumahl schon wahrgesagt / daß *Cairo* von einem auß Romanien kommenden / uͤber welches *Mars* herschet / eingenommen werden wuͤrde / welches hernach *Sultan Selim* wahr gemacht.

v. 367. Memphis / das zum Ziel der Crocodil nimmt

an.] Daß unterhalb *Cairo*, welchem Memphis gegen ůber gelegen keine / sondern nur oberhalb Krocodile sich aufhalten / berichtet *Vansleb. p. 81. 82.* Die Araber ziehen zur Ursache an / theils daß einer ihrer heyligen *Ibrahim il Zughi* die Krocodile so weit beschworen / theils daß zu *Cairo* unter der Seule *Mikias*, an welcher das Wachsthum des Nilus gemessen wird / ein *Talisman* verborgen steckte / welches alle dahin-kommende Krocodile tődtete.

v. 369. Nach Meroe zu fliehen.] Diese vom Cambyses gebauete und von der Weiber grossen Brůsten beruffene Stadt / war der Kőnigliche Sitz in Mohrenland / welches itzt die Abyßiner bewohnen. Daß *Cæsarion* dahin geflohen / aber unterweges ergriffen und getődtet worden / berichtet *Dio. lib. 51. pag. 279.*

v. 370. Und wo vom ersten Kwell des Nilus Auge ziehen die Zucker-sůsse Flutt.] Die alte und neue Welt ist umb den Ursprung des Nils sehr bekůmmert gewest / wie *ex Kirch. Oedip. Ægypt. tom. 1. Synt. 1. c. 7.* zu sehen / allwo er des bey dessen zwey Brunnen in 1618. Jahr persőhnlich gewesenen Jesuiten *Petri Pais* beschreibung beysåtzet. Welcher zimlich beystimmet / jedoch noch unterschiedenes beysåtzet die Erzehlung des Jesuiten *P. Telles* beym *Vansleb.* in der Reyse Egyptens *pag. 44. 45.* von welchen aber *Isaacus Vossius de origine Nili c. 5.* weit abschreitet. Sonst berichtet *Vansleb. pag. 182.* daß / ob man wol das Nil-Wasser fůr das sůsseste in der Welt hielte / doch daraus das weisseste und vollkommenste Saltz / welches den Geruch und Geschmack der Veilgen håtte / gemacht wůrde; in dem die Sonne es in fůnff Tagen durch Austrocknung darein verwandelte. Jedoch berichtet er *p. 231.* daß bey *Makas* in Egypten ein grosser und tieffer Brunn sey / welcher leichter und sůsser Wasser / als der Nil / habe / daher auch einige meinen: Er habe den Ursprung aus dem Nil / andere aber und darunter die Mahumedisten selbst glauben: daß unser Heyland sich darinnen gewaschen / und ihm diese Gůtte zugeeignet habe.

v. 373. Die Fürstin Candace wird unser sich erbarmen.] Diese den Römern wenig holde Königin fiel sieben oder acht Jahr nach Eroberung Egyptens den Römern ein / und drang biß zur Elephanten-Stadt. C. Petronius aber trieb sie zurücke / verfolgte sie in Mohrenland / und zwang nach Eroberung der Stadt Tanape Candacen einen Frieden ab. *Dio. lib. 54. p. 321.*

v. 378. Wenn sie dem Nil schleußt zu der Mohren Wasser-Schleusen.] Es wird nicht allein ins Gemein geglaubt / daß die Abyßinischen Könige den Nil von Egypten ableiten können / sondern *Vansleb. p. 60. 61.* suchet es auch dadurch zu behaupten: daß der Mohren-König David *Constantin* dem Könige in Egypten *Abu Seid Barcuk* in einem Schreiben den Nil abzuleiten / und alle Egyptier durch Durst zu tödten dreuet / da er seine Brüder die Copten / welches die ältesten Einwohner Egyptens sind / übel zu verhalten / nicht aufhören würde / ja die Abyßiner sollen zur Zeit des *Califfa Mostansir* diesen Fluß auch von Egypten würcklich abgewendet / und den *Califfa* gezwungen haben / den Patriarchen mit grossen Geschencken in Mohrenland zu schicken / und zu bitten / daß der gemachte Tamm eröffnet werden möchte.

v. 387. Die Scorpionen sind der Krocodile Brutt.] Daß die Scorpione aus Krocodilen / wie die Wespen aus Pferden / Binen aus Ochsen gezeugt werden / führet *Bochart. tom. 2. Hieroz. l. 4. c. 13. p. 543. 544.* aus.

v. 390. Der Papagoy hängt's Nest.] Dieses künstliche Nest der klugen Papagoyen beschreibt *Aldrovand. lib. 11. Ornitholog. c. 1. p. mihi 652. 653.* Und der Sinnreiche *Saavedra. Symb. 79.* wehret es in dem Verstande / wie hier *Cæsarion* an. [...]

v. 424. Halt dich / was hast du für.] Augustus schickte den Proculejus zu Cleopatren / mit Befehl sich zu bemühen: daß er sie lebendig in seine Hände bekäme. Denn er hatte Sorge für Verbrennung ihrer Schätze / und dachte sie im Siegsgepränge einzuführen. Sie aber wolte mit dem

Proculejus in der nåhe nicht reden / sondern bey verschlossener Thůre aus ihrem Gebåue herab. Da sie denn fůr ihre Kinder und Egypten bath / Proculejus sie aber alles gutten vertrőstete. Nach ihm ward Gallus zu Cleopatren geschickt / Proculejus aber stieg auf einer Leiter zum Fenster hinein / worauf die Weiber den Anton hinauf gezogen hatten. Als nun das eine Weib schrie: Armselige Cleopatra / du kommst lebendig in der Feinde Gewalt / wolte sie sich erstechen. Proculejus aber fuhr mit beyden Hånden zu / und sagte: du thust dir und den Kåyser unrecht / daß du ihn hinderst dir Gnade zu erweisen / wormit er ihr denn das Messer außrieß / und die Kleider wegen etwa verborgenen Gifftes durchsuchte. Dem Epaphroditus aber befahl der Keyser / sie aufs fleissigste zu beobachten / und aufs gelindeste mit ihr zu verfahren. *Plutarch. in Ant. p. 952. c. d. e.*

v. 425. Du verletzest den Keyser und dich selbst.] Wie *Proculejus* beym *Plutarcho*, also redet beym *Tac. l. 3. Ann. c. 50. Manius Lepidus* [...].

v. 470. Wir werffen weg die Schuh baarfůssig ihn zu grůssen.] Ἀνυποδησία γυμνοποδία, oder die Baarfůssigkeit war in Morgenland ein Zeichen der Demuth und des Betrůbnůsses. *Samuel 50. v. 30. Esaiæ 20. v. 2. Ezech. 24. v. 17.* [...]

v. 485. Gott / Keyser / Herr der Welt.] Den gantzen Innhalt dieser Rede der *Cleopatra* gegen dem *Augusto* erzehlet *Xiphilin. ex Dion. lib. 51.*

v. 511. Hat mein Thyræus ihr.] Dieser war ein verschlagener Freygelassener des *Augusti*, welcher zur Cleopatra geschickt ward / umb sie auf seine Seite zu bringen. Als er aber mit Cleopatren mehr als andere Gespråche hielt / und von ihr hochgeehret ward / kam er in Verdacht beym *Antonio*. Dieser ließ ihn steupen / und schickte ihn dem Keyser zurůcke / meldende: daß diß wegen seiner Hoffart geschehen / schrieb ihm auch darbey: So es *Augustus* ůbel empfinde / håtte er auch seinen Freygelassenen *Hippar-*

IV.

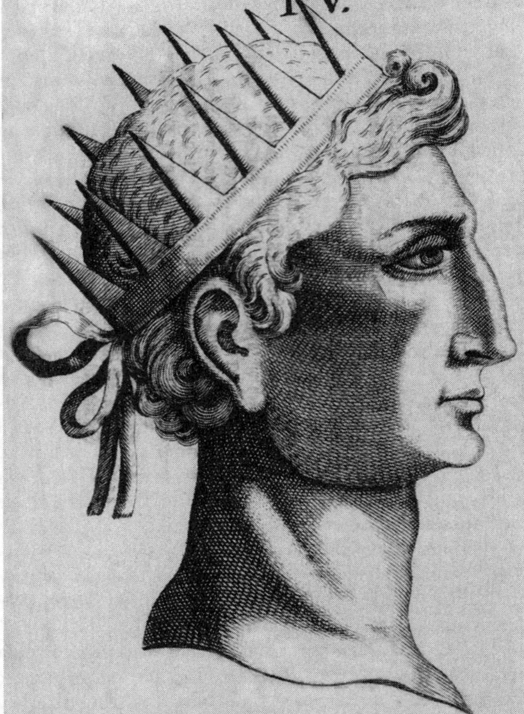

OCTAV. CÆSAR AUGUSTUS.
Ex Monet. æneâ Dan. Caspari.
â Lohenstein.

chum bey sich / dem möchte er dergleichen thun. *Plutarch. in vit. Anton. p. 950. b.* Vermuhtlich ist es eben der / welchen *Dio. lib. 51. Thyrsus* nennt.

v. 517 Man gibt die Schlüssel hin zu Ptolomeus Schätzen.] Von diesem Schatze meldet *Sveton. in Octav. c. 41.* [...]

v. 583. Du Venus unsrer Zeit.] Von Cleopatra erzehlet *Plutarch. ibid. p. 927. a. b.* Sie sey auf dem Flusse Cydmus dem *Antonio* in einem vergoldeten Schiffe mit Purpernen Segeln / und silbernen Rudern / begleitet von allerhand Seiten-Spiele entgegen geschifft: sie aber habe unter einem Goldgestickten Gezelte in der Gestalt / wie die Venus gemahlt wird / gelegen. Umb sie herumb hetten Knaben wie *Cupidines* ihr Lufft zugefachet. Ihre Dienerinnen hatten wie die Wasser-Nimfen und *Gratien* bekleidet / rudern helffen / am Rande aber were allerhand wohlrichend Rauchwerck angezündet worden. Daß an dem Ufer häuffig sie begleitende Volck aber habe vorgegeben: es ziehe die *Venus* zu dem *Bachio* der Wohlfahrt Asiens halber zu Gaste.

v. 610. Des Basilisken Aug' ist in die ferne tödtend.] Daß diese nur eine Spanne oder zwölff quer Finger breite Schlange mit ihren Augen / Athem oder zischen / auf einen Bogen-Schuß weit / Menschen / Thiere / Stauden / ja so gar andere Schlangen tödte / beweiset *Bochart. tom. 2. Hieroz. lib. 3. c. 9.*

v. 644. Wo man den schimpfft / der's übel mein't.] Bey diesen Worten ist anzumercken würdig / daß *Eduard* der dritte König in Engelland / als einsmals der Gräfin von Salisberick Adelheide / unter dem Tantz ein blaues Knieband sich auflößte / und auf die Erde hing / ihr selbst solches mit den Händen aufgehoben. Nach dem aber die Anwesenden darüber lachten / und die Gräfin schamroth ward / fing der König eben diese Worte überlaut an: *Honni soit, qui mal y pense.* Hierbey meldende: daß gar bald dieselben so dieses Band verlachten / es mit grosser Ehrerbittung zu empfangen begehren würden. Massen er auch hierauf im Jahr 1351. den berůhmten Orden *de la Jartiere* oder des Kniebandes gestifftet. *Limnæus de jur. publ. lib. 6. c. 2. n. 25. 26.*

v. 654. Den ein verschmehter Hirten-Stab.] Hirten und Schåffer sind bey den Egyptiern ein Greuel gewest. *Genes. 46. in fin.* Die Ursache ist gewest / daß ihre Gŏtter Thiere waren / nicht daß die Egyptier ausser dem Schaf-Fleische / von keinem solten gessen haben / *Selden. de Diis Syr. Syntagm. 1. c. 4. p. 153.* Eine viel glaubhaftere Ursache aber gibt *Bochart. in Phaleg. part. 2. lib. 1. c. 4. p. 374.* nemlich: daß die in Egypten eingenisteten sechs Phœnicische Hirten-Kŏnige darinnen so ůbel gehaußt haben. Noch viel verhaßter aber waren bey den Juden die Tauben-Kråmer. *Selden. Synt. 2. c. 3. p. 277.*

v. 655. Wir dŏrffen Kelch und Ruhstatt nicht verstecken.] Hieher gehŏrt der schŏne Ohrt aus des *Senec. Hippol. v. 510.* [...] Ein denckwůrdiges Exempel der oft furchtsam verånderten Ruh-Stådte hat uns am *Jugurtha Salust. in Bell. Jugurth. cap. 72.* und vor weniger Zeit Engelland an dem *Protector* Cromwell fůrgestellt.

v. 661. Last Meer-Schilf andre schmůcken.] Dieses war bey den Alten eine berůhmte Schmincke. *Salmas. in Solin. p. 1148. a.*

v. 665. Das Haar mit Staub anfårben.] Wie itzo die Haare weiß / also wurden sie von dem Rŏmischen Frauenzimmer roth angefårbet. Dahero *Valer. lib. 2. c. 1. summâ diligentiâ capillos cinere rutilabant.* Endlich kaufften sie auch gar von den Deutschen rŏhtliche Haare / und setzten sie / wie itzo noch gar gemein / auf. Dahero *Ovid. ad puellam:*

Jam tibi captivos mittet Germania crines
Culta triumphatæ munere gentis eris.

Die Deutschen und Gallier wurden ihrer gelben Haare halber רודנים und τὰ ξανθὰ ἔθνη genennt. *Horn. Arc. Noæ. p. 38. & 124.*

Anmerckungen

Zu der fünfften Abhandlung.

v. 15.–26. Besudelt euren Leib.] Alles dieses thaten die Egyptier bey ihren Leichbegängnüssen. Wie *ex Herodoto Kircher. tom. 3. Oedip. Synt. 13. c.* 3. *§. 1.* anmerckt. *Quensted de Sepult. Veter. c. 5. p. 75.*

v. 27. Salbt mit Cedernsafft.] *Plin. lib. 16. c. 11.* [...] *Et lib. 24. c. 5.* [...] Von der Arth der Egyptier ihre Leichen einzubalsamiren besiehe ausführlich *la Description des Pyramides, de Jean Greaves. p. 2. 3. 4. 5.*

v. 28. 29. 30. Eröffne ihm seine Augenlieder / die ich ihm drückte zu.] Auf den Holtzstössen oder den Altären der Verstorbenen wurden den Leichen die vor von ihren Freunden (worvon aber die Kinder durch das Mævische Gesätze außgeschlossen waren) zugedrückte Augen wieder eröffnet. Und von dem unterirrdischen Mercur ward geglaubt / daß er die Todten des Gesichts beraube. *Guther. de jur. Manium. lib. 1. c. 13.*

v. 35. Steckt unter seine Zung ihm diesen güldnen Groschen.] *Titus Livius Burratini* berichtet beym *Kircher. d. tom. 3. Synt. 13. c. 4. p. 400.* daß in etlichen Mumien noch güldene Bläche / zwey und drey Ducaten schwer / gefunden würden. Dieses sol ein für den Todten-Schiffer Charon bestimmtes Fahrgeld gewesen sein. *Guther. de Jur. Man. lib. 1. c. 17. p. 104.* [...] In Indien wird an gewissen Ohrten den Leichen eine Perle unter die Zunge gesteckt. *La Motte tom. 10. p. 189.*

v. 43. 44. Mit diesen heyligen Binden darauf in Bilderschrifft.] Hiervon besiehe *Kircher. d. Synt. 13. c. 5. §. 3. p. 420. seqq.*

v. 45. Kein Polter-Geist sein Grab.] *Augustin. lib. 9. de Civ. Dei c. 11.* fasset der Heyden Meinung kurtz zusammen: *Animas hominum Dæmones esse, & ex hominibus fieri lares, si mortui boni sint: Lemures s. Larvas, si mali.*

Manes autem, cum incertum est, bonorum eos s. malorum esse Meritorum. Hiervon handelt außführlich *Guther. d. l. 2. c. 16. p. 276. seq.*

v. 48. Legt Harnisch Helm und Schild.] Daß der alten Gråber mit der verstorbenen Waffen und Wappen außgeputzt worden / lehrt *Guther. l. 2. c. 28. p. 363.* In Ißland werden mit dem Verstorbenen gar alle Waffen / Gold und Silber vergraben. *Jonas de Islandiâ lib. 2. ad fin.*

v. 51. Der ein Altar ihm baue.] Daß denen Verstorbenen besonders aber hohen Leuten / welche man zu vergöttern gemeint / Altåre gebauet worden / führet *Guther. lib. 2. c. 19.* wol aus.

v. 56. Horus Licht auf ihn / Blitz auf den Typhon schütten.] *Horus* des *Osiris* nemlich der würckenden / und der Isis als der empfangenden Natur Sohn / aber [sol] vom Typhon ersäufft / und von der Isis wieder lebendig gemacht worden sein. *Kircher. tom. 1. Oedip. Synt. 4. c. 13. p. 323.*

v. 62. Nimm hin den letzten Kuß.] Daß Cleopatra des Antonius Grab mit Kråntzen und Küssen verehret / hernach gebadet / und pråchtig Taffel gehalten habe / berichtet *Plut. p. 954. d.*

v. 83. Verbeut für ihm zu knien.] *Plutarch. p. 952. e. f.* erzåhlt: Daß August mit dem Weltweisen *Arius* in Alexandria eingezogen / ihn mit der Hand haltende auf einer Bine die erschrockenen Bürger getröstet / die auf der Erde für ihm liegenden aufstehen heissen / und der Stadt wegen ihres Erbauers deß grossen Alexanders / ihrer Schönheit und des *Arius* halber zu schonen versprochen. Gleichwol aber sagt *Dio. l. 51. p. 280.* daß August von denen Gefangenen / welche wider ihn hatten gehandelt / grosse Straffen erzwungen / denen aber / welche gleich nichts gethan / das achte Theil ihres Vermögens abgenommen habe.

v. 91. Rufft ihre tausend Nahmen.] Daher ward Isis *Μυριώνυμος* genennt. Massen denn alle heydnische

Gǒtter viel Nahmen hatten. *Selden. de Diis Syr. in Prolegom. c. 3. p. 55. 56.* daher die vielheit ihrer Gǒtter biß auf dreißig tausend angewachsen / nach der Lehre des *Hesiodi.* [...] Ja nach der Meinung *Jamblichi* und *Trismegisti* sol der gantze Himmel und die Lufft mit Gǒttern angefůllt sein. *Psellus lib. de Dæmone.*

v. 94. Als tausend Hundes-Jahr' Egyptens tragen aus.] Ein *Lustrum Sothiacum vel Caniculare* begrief 1461. Tage. Besiehe hiervon *Kircher. tom. 2. part. 2. class. 7. c. 2. p. 249. 256.*

v. 110. Ein Fůrst stirbt muthig.] *Sen. Troad. v. 157.*
——— *Felix Priamus!*
Felix quisquis bello moriens
Omnia secum consumta videt.
Sveton. in Tiber. c. 62.

v. 116.–122. Daß Ptolomeens Stamm Alcid- und Dionysen zu seinen Ahnen hat. Die Marmel zu Adul sind Zungen.] Welcher gestalt die Ptolomeer ihren Stamm vom *Hercule* und *Baccho* hergeführt / sich selbst aber fůr Gǒtter verehren lassen / und wie weit der dritte Ptolomeus sein Reich außgebreitet / ist nirgends außfůhrlicher beschrieben / als in einer Grichischen Uberschrift / welche in Mohrenland an dem Arabischen Seebusem / in der Stadt Adulis / hinter einem Marmernen Stule in einen zugespitzten Stein eingegraben ist. Diese hat *Cosmas* ein Můnch aufgemerckt / und befindet sich im ersten Theile der Anno 1666. zu Paris heraus gegebenen merckwůrdigen Reysen [...]. [...]

v. 157. Nemmt hin des Dolabellen Hand.] *Plutarchus in Vita Antonii p. m. 954. b.* berichtet: daß damals unter *Augusti* Freunden ein junger Rǒmer *Cornelius Dolabella* gewest / welcher sich in Cleopatren verliebt / und daher ihr heimlich zu wissen gemacht; daß der Kåyser in drey Tagen sich nach Syrien aufmachen / sie aber mit den Kindern in Italien schicken wolle.

v. 217. 218. Wil ich / doch auf dein Grab nicht werffen Stein / und Fluch.] Daß die Steinigung der Grabmaale / wenn selbte mit boͤsen Wuͤntschen begleitet worden / eine grosse Beschimpfung gewest / ist *ex Propertii l. 4. Eleg. 5.* zu sehen [...]. Ohne Fluch aber waren die auf die Graͤber geschehenden Steinwuͤrffe Zeichen des Mitleidens und der Andacht / daher *Petronius: Præteriens aliquis tralatitiâ humanitate lapidabit.* Durch welche doch sonst die Bilder der Goͤtter und Menschen / ja auch die Tempel aufs aͤrgste beschimpft wurden. *Tacit. 1. Hist. 55. Svet. in Calig. c. 5. Spartian. in Didio Julian. c. 4.*

v. 240. Gebt meinem Waͤchter ihn.] Diß war Epaphroditus / welchen Augustus ihr auf all ihr Beginnen acht zu haben / an die Seite gesaͤtzt hatte. Diesen aber schickte Cleopatra mit diesem Briefe zum Kaͤyser / und toͤdtete sich in seinem Abseyn. *Dio. lib. 51. p. 278.*

v. 248. Mit hoher Haͤupter Blutte.] *Strada de Bell. Belg. dec. 1. lib. 7. p. m. 316. Dum plectuntur Capita, blandè Corpus haberi & consopiri debet, ne si se commoveat, agitatione sui facile ictus â capite declinetur.*

v. 271. 272. 273. Osiris Bild das von Schmaragd.] Daß in Egypten ein neun Ellen langes Bild des Osiris oder Serapis von Schmaragd vorhanden gewest sey / berichtet aus dem *Apion. Kirch. Oedip. tom. 2. part. 2. class. 7. c. 2. p. 253.*

v. 286. Das die Verdamten oft eh' als ein Blitz verzehrt.] Es ist fast aller Geschichtschreiber einhellige Meinung: daß / als Cleopatra gesehen: sie wuͤrde den August durch die Liebe nicht so / wie die andern fangen / und er wolte sie nach Rom schicken / habe sie ihr in einem Korbe unter grossen Feigen eine Schlange [...] zutragen / hernach sich selbte stechen lassen. *Plutarch. d. l. p. 954. fol. 464.* [...]

v. 293. Der treue Knecht erwirbt.] *Dio. lib. 51. p. 278.* erzehlet: Es sey dis ein verschnittener gewest / welcher sich eine Schlange todt stechen lassen / so bald er die Gefangenschafft Cleopatrens vernommen.

v. 297. Weil das Verhängnüß ihr vielleicht die Zunge hält.] *Ælian. l. 10. c. 31.* meldet von diesen Schlangen: daß sie der Frommen schonen / die Bösen aber tödten / westwegen sie von aller Welt Gerechtigkeit geehrt zu werden / verdienten. Ja *Bochart. tom. 2. lib. 3. c. 2. p. 374.* erzehlt aus dem *Oecumenio*: daß eine Natter / welche einen Unschuldigen angefallen / sich selbst zur Straffe ins Feuer gestürtzt hette.

v. 299. Sie hat den Arm verschmeht / sie dürstet nach den Brüsten.] *Plutarch. in Anton. p. 463.* berichtet zwar: die Schlange habe Cleopatren in Arm gestochen. Und *Propertius* singt von ihrem Bilde: *Brachia spectavi fixis admorsa colubris.* Alleine die Hebraische Historie von dem andern Tempel meldet: Cleopatra habe die Schlange sich auf die Brüste beissen lassen. *Bochart. tom. 2. lib. 3. c. 1. p. 358.* Massen denn auch die Geschicht-Schreiber in dem mit einander nicht einig sind / wie die Schlange in die Grufft kommen / in dem *Dio* sagt: Sie sey nicht in einem Feigen-Korbe / sondern in einem Wasser-Kruge dahin gebracht worden.

v. 302. Sie beißt.] Beydes das Stechen und Beissen wird den Schlangen zugeeignet. Das letztere aber ist eigendlich wahr / dahingegen die Scorpione stechen. *Bochart. tom. 2. lib. 3. c. 10. p. 404.* Massen denn die Nattern weder in Zähnen / noch im Schwantze noch in der Galle / sondern in zweyen die Zähne deckenden Bläßlein ihr Gifft haben / welche beym Bisse sich öffnen und das Gifft in die Wunde lassen. *Francisc. Redi.* in seinen Anmerckungen von Nattern.

v. 303. 304. Ich fühle Schlafsucht schon mich befallen.] *Galenus* erzehlt drey Geschlechte dieser Schlangen / *χερσάιας*, welche mitten im Lande / *χελιδονίας*, die umb das Ufer des Nilus sich aufhalten / und *πτόαδες*, welche nicht beissen / sondern durch Anspeiung längsamer tödten. Alle diese aber machen die Sterbenden schläffrig. [...]

v. 330. So wie Arsinoen fürs West-Winds Holdes Kind.] Daß *Arsinoe* Königin in Egypten nach ihrem Tode unter dem Nahmen *Veneris Zephyritidis* als eine Göttin verehrt worden / führt *Spanheim de Præst. & usu Numism. Dissert. 5. p. 408.* aus.

v. 341. Es bringet schlechten Ruhm.] *Tacit. de mor. Germ. c. 14.* [...]

v. 350. Ich sterbe! folg' auch also rühmlich nach.] Als sich Cleopatra entleibet / sind ihr diese zwey auch also nachgefolgt / und ist Iras schon todt bey den Füssen; Charmium aber halb-todt und schon fallende von den Römern angetroffen worden. *Plutarch. all. loc. p. m. 463.*

v. 388.–398. Zu Grabe nicht bestatten / die Mörder-Hand haun ab / weil keine nicht vorher dem Käyser Nachricht gab.] Der Selbst-Mord oder die *'Αυτοχειρία* ist bey allen vernünftigen Völckern verhaßt gewest / *Plato. l. 9. de L. L.* [...] Bey den Hebreern aber ward nebst verweigerter Beerdigung die rechte Hand noch abgehauen. [...] Wiewohl nun die Hebreer den Selbst-Mord erlaubet / in dem Falle / wenn einer Gott zu Spotte leben solte / wie *Samson, sec. Grot. de jur. bell. & pac. l. 2. c. 19. n. 5.* Die *Stoici* auch selbten / wenn man dadurch die Dinstbarkeit / Kranckheit und Unehre / vermeiden wolle / lobten / *Sen. Controv. 8. 4.* so muste doch zu Rom und Maßilien die Einwilligung des Rathes vorher darüber erlangt werden / sonst ward die Leiche nicht begraben. *Quintilian. Declam. 4. Val. Max. l. 2. c. 6.*

v. 434. Die Natter heckt kein Ey in Eingeweyden nicht in dem nicht Nattern stecken.] Ob wohl wider die gemeine Arth der Ey legenden Schlangen / die Natter oder *Vipera Ζωοτόκος* nicht *ὠοτόκος* ist / nemlich kein Ey legt / sondern Jungen gebieret; so lehrt doch *Aristot. l. 1 de Gener. Animal. c. 10. lib. 3. Hist. c. 3. & libr. 5. in fin. Theophrast. l. 7. Hist. Plan. c. 14.* daß die Nattern inwendig Eyer hecken / aus welchen ihr heraus krichender Brutt hernach gebohren wird. Und *Plinius* sagt hiervon: *Terres-*

trium Vipera sola intra se parit ova unius Coloris, & mollia, ut Pisces. Sonst zielet dieser Ohrt eben dahin / wohin *Matth. 3. 7.* und *12. 34. Luc. 3. 7.* gesehen wird / da die Phariseer *γεννήματα ἐχιδνῶν* genennet werden.

v. 436. Er wird die Eyer aus der Basilisken hecken.] *Esaiæ. 59. 5.* heißt dis eben so viel / als das Bôse / was man im Schilde fůhret zu Wercke richten. *Bochart. tom. 2. l. 3. c. 10. n. 4.*

v. 441. 442. So schont doch das Bild des Julius.] *Sveton. in Aug. c. 17.* [...]

v. 444. Das Bild der Gőtter dient der Boßheit nicht zum Schilde.] Daß die Bilder der Gőtter und Kåyser sichere *Asyla* und Schutzbilder gewest / ist *ex. l. 11. ff. de his qui sui jur. l. 1. ff. de Offic. Præfect. Urb. 4. 4. C. de his qui ad Stat. confug.* bekand. *Sueton. in Tiber. c. 58.* [...] Desthalben were *Macro* umbkommen / wenn nicht der Knecht seinen trunckenen Herren den Ring heimlich abgezogen hette. *Senec. l. 3. de Benefic. c. 26.* Ja *Philostratus in Appoloniô* erzehlt: daß einer fůr Gottlose gehalten worden / der seinen Jungen geschlagen / welcher eine silberne Můntze bey sich gehabt / worauf des *Tiberius* sein Bild gepregt gewest. Wider den Mißbrauch dieser *Asylorum* aber redet *C. Cestius* beym *Tac. 3. Ann. 36.* beweglich [...].

v. 445. Wer Fůrsten selbst verletzt kan ihre Seulen nicht.] v. 452. den keines Bůrgers Hauß.] Im Laster verletzter Majeståt fand niemand weder in Tempeln / noch bey iemand andern Sicherheit; wie *Tac. l. 2. A. c. 29.* vom *Libo* erzåhlt / daher wundert sich *Senec. l. 3. de Irâ. c. 23.* daß des *Augusti* Feind *Timagenes* von so vielen aufgenommen worden. [...] Anders aber war es bey den Grichen. *Ovid. 5. Met.* vom *Phineo: Indignum! Scelerato profuit Ara.*

v. 473. Die Aegeln alles Gifft's die Psyllen.] *Psylli* sind Vôlcker im innern Lybien gewesen / der Garamanten Nachtbarn / vom Psyllo einem Kőnige also genennet. *Horn. Arc. Noæ. p. 56.* diese haben eine Schlangen tődtende Krafft und verjagenden Geruch bey sich gehabt / also daß sie auch die neugebohrnen Kinder den giftigsten Schlangen vorgeworffen / umb hierdurch ihrer Weiber Keuschheit und ob dis auch ihre wahrhaffte Kinder weren / zu versuchen. *Plin. lib. 7. c. 2.* Ja es meldet *Xiphilin. ex Dion. lib. 51. p. 63. 64.* daß die Schlangen gar von dieser Vŏlcker Kleidern verletzet worden und ob die Schlangen sie zwar gestochen / habe es ihnen doch nichts geschadet. Uber diß haben sie auch aus denen vergifteten Menschen alles Gift aussaugen kŏnnen / wenn sie nur nicht schon tod gewest. Daher auch Augustus bey der Cleopatra diese / aber vergebens gebrauchet. *Sveton. in Octav. c. 17.* Massen auch *Plutarch.* im Leben *Catonis* erzehlt: daß dieser / als er durch Lybien gereist / *Psyllos* mit sich gefůhrt / theils die Schlangenstiche zu heilen / theils die Schlangen durch ihren Gesang einzuschlåffern. Von dieser Artzney schreibt *Cornel. Celsus* in *V.* denckwůrdig: *Psyllos non habere scientiam adversus venenum præcipuam, sed audaciam usu ipso confirmatam, qua vulnera exugunt: namq́ue venenum Serpentis non gustu, sed in vulnere nocet: ergo quisquis exemplum Psylli secutus exugerit, & ipse tutus erit, & tutum hominem præstabit.* Gleichergestalt hat *Franciscus Redi* zu Florentz / ergrůndet: daß das Gifft der *Vipern* ohne einigen Schaden kŏnne getruncken werden / und selbtes nur in den Wunden / wenn es mit Blutt vermischt wird / schådlich sey. Welches *Cato* schon beym *Luciano* wahrgenommen haben sol. [...] *Journal de Scavans d'Ann. 1666. p. 7. 8.* Die Marsen in Italien / und die Ophiageni haben eben die Eigenschafft wie die Psyllen gehabt; *Bochart. tom. 2. l. 3. c. 6. p. 394. Arnob. l. 2. contr. gent.* Von denen Virginianern erzehlt auch *Horn. in Arca Noæ p. 473.* Daß ihre Aertzte die Kranckheiten durch außsaugung heilen.

v. 479. 480. Ihm das Verzeichnůß schickte der Schåtze / welche sie vor in geheim verrůckte.] *Plutarch. p. 953. e. 954.* erzehlt: Als Cleopatra dem August das Verzeichnůs ůber ihre Schåtze eingehåndigt / habe sie ihr Rent-Meister Selevcus beschuldigt / sie håtte viel verhŏlet. Worauf sie diesem in die Haare gefallen / ihn aufs Maul geschlagen / meldende: daß sie bloß für *Livien* und *Octavien* etliche Geschencke vorbehalten håtte. Massen sie denn der Keyser von einander getrennet / Cleopatren auch selbige Sachen gelassen.

v. 488. Die Spur auf der sie ist gekrochen.] Daß man auf der Seite / wo aus Cleopatrens Grufft die Fenster gegen dem Meere gegangen / eine Schlangen-Spur gesehen / berichtet *Plutarch. p. 955. a.*

v. 516. Für ihr erstaunete Mohr / Parther / Rômer / Griche.] *Plutarch. p. 927. d. e.* meldet: daß Cleopatra zwar nicht überaus schôn gewest sey / sie habe aber einen so nachdrücklichen Zug in ihrer Sprache und Gebehrden gehabt / wormit sie fast iedermann verwundet oder bezaubert. Massen sie denn auch selten durch Dollmetscher / sondern wider die Unarth voriger Egyptischer Kônige selbst der Mohren / Troglodyten / Juden / Araber / Syrer / Meder / und Parther Sprache geredet.

v. 520. Der sie fürs Ebenbild der Isis angesehen.] Wenn Cleopatra sich ôffentlich sehen ließ / trug sie den / der Isis gewidmeten Rock / und beantwortete unter dem Nahmen der jungen Isis / das Volck. *Plutarch. p. 941. c.* Der gestirnte und beblühmte Rock der Isis aber / ist aus des *Apuleji* Beschreibung beym *Kirchero Oed. Ægypt. tom. 1. Synt. 3. c. 4. p. 189.* abgemahlt. Also wird in einer Grichischen Uberschrifft zu *Lampsacus* auch *Julia* Kåysers *Caracallæ* Gemahlin *ECTIA NEA* oder *Vesta nova* genennet. Besiehe *M. Spon. tom. 1. p. 378.*

v. 535. Ich bin bereit hirfür ein tausend Pfund zu zahlen.] *Plutarch. p. 955. c.* meldet: daß alle Såulen des Anton herunter gestürtzt / Cleopatrens aber vom Archibius umb tausend Talent gelôset worden / und also stehen blieben. Daß die Abwerffung der Ehrenbilder eine gemeine Verunehrung gewesen / ist *ex Tac. 3. Hist. 85. Sueton. Calig. c. 34.* zu sehen / und berichtet *Dio. Chrysost. Orat. 38.* daß die Athenienser des Kônigs *Philippi* Bilder zu garsti-

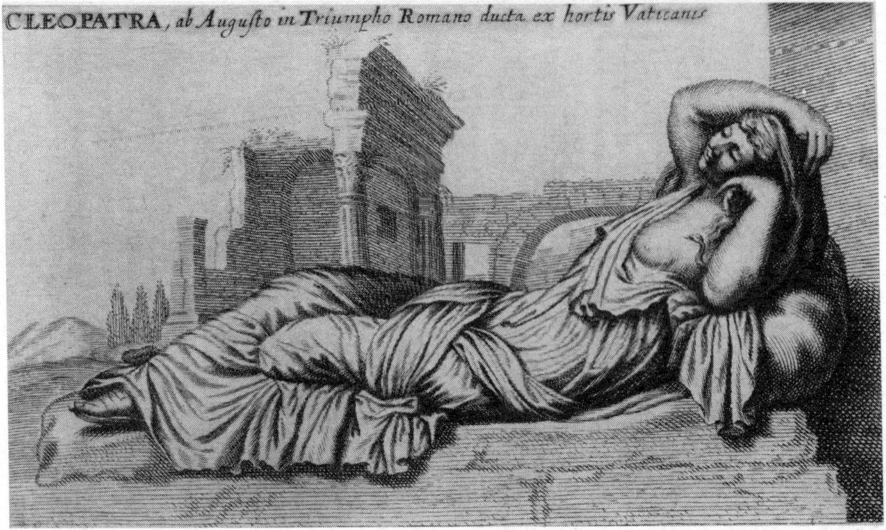
CLEOPATRA, ab Augusto in Triumpho Romano ducta ex hortis Vaticanis

gem Gebrauche verschmeltzet / da hingegen die stehenden Bilder zum Theil Gőttlich verehret / und ihnen Opffer gebracht worden / wie *Dio. l. 58. Tacit. 4. Ann. 2.* von des *Sejani* Seulen berichtet. Besiehe *Senec. ad Marciam. c. 22.*

v. 539. 540. Ihr Bild stellen Rom fűr Augen.] August ließ ihm im Siegs-Geprånge das Bild Cleopatrens / wie sie die Schlange in Arm beißt / fűrtragen. *Plutarch. p. 955. b.*

v. 547. Gallus der den Nil zur Landvogtey sol haben.] Als Augustus Egypten eingenommen / wolte er keinen Rathsherrn / sondern nur einen gemeinen Rőmischen Edelman / nemlich *Cornelium Gallum* zum Land-Vogte setzen / welcher *Præfectus* oder *Augustalis* genennet ward. Damit / wenn etwan ein Rathsherr sie allzuscharf regierte / sie nicht auf neuerung des Regiments dåchten. Massen er auch verordnete / daß kein Rőmer ohne sein außdrűckliches Verlaub in Egypten ziehen dorffte. *Dio* im 51. Buche. *Tacit. lib. 1. hist. c. 11. & lib. 12. Annal. 60.* [...] Dieser *Gallus* aber ist von dieser neuen Ehre allzuhoffårtig worden / also daß er auch vom *Augusto* űbel geredet / ihm selbst Seulen an allen Ohrten Egypten-Landes aufgerichtet / und seine Thaten an die Pyramiden anzuschreiben befohlen. Worauf er hernach von seinem Freunde *Largo* verklagt / vom Rőmischen Rath aller Wűrde / und Reichthums entsetzet worden / nach welchem er sich selbst umbbracht. *Xiphilin. ex Dion. lib. 53. pag. 71. Sveton in Octav. cap. 66.*

v. 548. Sol sie nebst dem Anthon aufs pråchtigste begraben.] *Svet. in Octav. n. 17. p. m. 67.* meldet hiervon: *Ambobus communem sepulturæ honorem tribuit ac tumulum ab ipsis inchoatum perfici jussit.* Uber dis meldet *Plutarchus d. l. p. 955. b.* daß er nicht allein den *Antonium* und *Cleopatren* pråchtig und Kőniglich / sondern auch die *Charmium* und *Iras* ehrlich begraben lassen.

v. 554. 555. Zwang sie also ihr Schmertz / wie auch ihr Sterbensbund.] *Plutarch. p. 949. c. d.* Als Anton sein einsames *Timonium*, nemlich die beym Pharos gebaute

CÆSAREON.
ΚΑΙΣΑΡΕΩΝ ΠΟΛΛΙΩΝ.

Wohnung verlassen / håtte er in Alexandria allerhand Gast-Maale angestellt / den Cæsarion und Antyllus die Kinder-Schuh ausgezogen / diesem den Månnlichen Rock angezogen / und die Versamlung seiner Gast-Maale *Σύνοδον τῶν Ἀμιμητοβίων*, nemlich derselben / welcher Leben nicht kan nachgethan werden / genennet. Hernach aber hette er eine der vorigen an Pracht und Schwelgerey nichts nachgebende Gesellschafft *τῶν Συναποθανουμένων*, nemlich derer / welche mit einander sterben / aufgerichtet. In diese musten die Freunde / welche mit einander zu sterben gedachten / ihre Nahmen / und ein Gast-Maal nach einander die Reye herumb geben.

v. 561. Das Glůcke werffe dir stets Lorber in die Schoß.] Diß zielet darauf; daß / als Livia Drusilla dem Keyser versprochen gewest / ein in der Lufft fliegender Adler / ihr eine weisse Henne / welche einen Lorber-Zweig im Schnabel gehabt / in die Schooß geworffen / von welchem zu den Siegs-Kråntzen der Keyser / ein Lorberbaum-Pusch gezeigt worden. *Plin. lib. 15. c. 30.*

v. 578. Hier stehet *Theodor.*] *Plutarch. p. 953. b.* berichtet: daß Antyllus Lehr-Meister *Theodorus* habe den Antyllus selbst verrahten / und als die Soldaten ihn ermordet / ihm ein kőstlich Kleinod abgenommen / und in seinen Gůrtel gesteckt / westwegen er ans Creutz geschlagen worden.

v. 592. Den Opal / mit welchem Nonius versőhnte den Anton.] *Plin. lib. 37. c. 6.* [...]

v. 600. Als bunte Parther Schlangen mit Fleck und Farben spieln.] Diese scheckichte Schlange nennen die Grichen *Πάρδαλιν, καὶ Νέβριασσαν*, die Hebreer aber צבוע worvon sonder Zweifel das Thal הצבעים den Nahmen hat. Und meldet *Bochart. tom. 2. Hieroz. lib. 3. c. 7. p. 396.* aus dem *Bereschith Rabba,* daß diese Schlange so viel Farben / als das Jahr Tage habe.

v. 608. 609. Bey Simandens Grabe sey in den gůldnen Kreiß.] In dem unvergleichlichen Grabe des Kőnigs Siman-

IUBA REX.
Cleopatra Gener.

des an der See Mæris war eines der führnemsten Wunder / ein güldener Zirckel oder Ring / der Simandes Grab umbgab / dreyhundert fünff und sechzig Ellen weit war / die Tage des Jahres / der Sterne Auf- und Niedergang / wie auch der Sternseher Mahlzeiten anzeigte / iede Staffel oder Grad war eine Elle oder vier Füsse breit / lang und dicke. Der Kwerstrich oder *Diameter* hielt 120 Ellen / oder 480 Schuch. Und / da er des *Diodori Siculi* Bericht nach von dichtem Golde gewest / muß er 3 650 000 Pfund Gold gehabt haben. *Kircher. tom. 2. Oedip. part. 2. class. 8. c. 1. p. 310.*

v. 615. Den grossen Himmel mahlt mehr nicht als eine Sonne.] Cleopatra schickte ihren und *Julii Cæsaris* Sohn *Cæsarionem*, welcher dem *Julio Cæsari* gantz ähnlich gewest / (wiewohl wie aus *Sveton. vita Julii c. 52.* zu sehen / die Römer ihn meist nicht dafür erkennen wollen) mit einem grossen Schatze durch Mohrenland in Indien. Er ward aber auch von seinem Lehr-Meister mit vorwand: daß ihn Augustus zum Königreich beruffte / auf die Insel Rhodos zurücke gelocket; Als nun Augustus seinetwegen rathschlagte / fing der Weltweise *Arius* an: *Cæsaris in multis nomen non expedit esse.* Darauf ihn auch Augustus tödten ließ. *Plutarch. in vit. Ant. p. 953. b. c. Sveton. in Octav. c. 17.* dieses des *Arii* Meinung ist des *Ægysthi* beym *Senec. in Agamemn. v. 257.* gleich: *Nec regna socium ferre, nec tædæ sciunt.*

v. 619. Er rühmt sich des Anton Gefährten.] Oder vielmehr der Cleopatra / denn beym *Plutarch. p. 941. b.* steht im Griechischen: *συμβασιλεύοντος αὐτῇ Καισαρίονος.*

v. 626. Soll'n diese Zwerge Sonn' und Mohnd und Hundsstern sein.] *Plutarch. p. 932. c.* meldet: daß *Antonii* und Cleopatrens Zwillinge *Alexander* und *Cleopatra*, Sonn und Mohnde genennet werden. Bleibt also für den *Ptolomæus* der Hundsstern übrig / welcher von den Egyptiern nach Sonn und Mohnde / am höchsten gehalten / und unter der Gestalt des Hundes / und dem Nahmen Sothis / als ein Ebenbild des Hermes verehret ward. Daher sie auch von des Hunds-Sternes Aufgange den Anfang des Jahres und ihres ersten Monats *Thoth* rechneten. *Kirch. tom. 2. part 2. class. 7. c. 2. p. 253. 254. 261.* Uber diß sätzten sie auch zwey Hunde dem Sonnenlauffe gleichsam zu hüttern. [...]

v. 658. Ich nehm euch alle drey zu meinen Kindern an.] *Sveton in Octav. c. 17.* [...] *Plutarch. pag. 953. b.*

v. 660. Ich wil Cleopatra dem Juba dich vermählen.] *Plutarch. p. 955. c.* allwo er diesen *Juba* des Mauritan- und Numidischen Königs Sohn nennet *Χαριέστατον Βασιλέα. Dio. lib. 51. pag. 279.* meldet: Weil dieser Juba dem *Augusto* im Kriege gedienet / habe er ihm sein väterlich Reich und Egypten mit Cleopatren geschenckt; und beyden zugleich den jungen Alexander und Ptolomeus übergeben.

v. 676. Zum dritten mal in Rom des Janus Tempel schlüssen.] *Sveton. in August. c. 22.* [...] Das erste mal hat ihn König Numa viel Jahre zugesperrt behalten / hernach ist er im fünffhundert neunzehenden Jahre nach Erbauung der Stadt geschlossen / aber selbiges Jahr wider eröffnet worden. Besiehe *Schild. Not. in Svet. d. l. p. 180.*

v. 678. Daß wie ein güldner Drach.] *Plutarch. p. 927. b.* nennet Cleopatrens Schiff *Πόρθμιον Χρυσόπρυμνον*, daß die Alten aber auf das Hintertheil ihrer Schiffe die Bilder ihrer Schutz-Götter / auf die Vordertheile gewisse Thiere zu Kennzeichen gesetzt / lehrt *Selden. de Diis Syr. Synt. 2. c. 16. p. 356.* Nach dessen Meinung der Ochse und Adler / darauf Jupiter Europen und Ganymeden geraubet / mit diesen Thieren bezeichneten Schiffen gewesen sein sollen.

v. 681. Wie Bachus da er Pers- und Indien nahm ein.] Des Bachus Siegs-Gepränge und Rückkunfft auß Indien beschreibt *Diodor. Sic. l. 4. 3. Arrian. 6. 5. 7. Plin. 16. c. 34.*

v. 684. Schifft auf die Kriegs-Flott' auch Egyptens Wasser-Pferde / nebst Nilus Ochsen ein.] Hiervon meldet *Xiphilin. lib. 51. pag.* 65. [...] Der Käyser begieng wegen seiner glückseeligen Verrichtungen viel Tage feyerlich; in welchem das Wasser-Pferd und das Thier Rhinoceros zum ersten mal auf den Schauplatz kommen. Dieses letztere Thier / so von *Festo* ein Egyptischer Ochse genennet wird / hat ein klein Horn auf der Stirne / ein starckes aber auf der Nase / mit welchem es wider den Elephanten stets kåmpffet. *Franz. in histor. Animal. part. 1. c. 11.* Besiehe *Bochart. tom. 1. Hieroz. c. 26.*

v. 685. seqq. Das schon gepregte Geld.] *Dio. lib. 51. p. 279. 280.* berichtet: daß von dem zu Alexandria gefundenen grossen Schatze / August allem Kriegs-Volck den Sold bezahlt / jedem mit ihm in Egypten gewesenen Soldaten drittehalb hundert *Denarios* an statt der Plůnderung gegeben / alle Schulden bezahlt / allen Raths-Herrn und Rittern Geschencke ůbersendet / ja das gantze Reich reich gemacht / und alle Rőmische Tempel ausgeputzt habe. Daß er aber dem Volcke offtmals Korn oder andere Geschencke nach dem Maße außgetheilt / welches man *Congiarium* geheissen / lehret *Sveton. in Aug. c. 41.* beydes zeucht *Tacit. 1. Ann. 2.* zusammen: *militem Donis, Populum Annonâ cunctos dulcedine Otii pellexit.* Dieses waren die Griffe sich in der Gewalt zu befestigen / und das Volck zu båndigen. *Tac. 13. Ann. c. 41.* [...]

v. 691. So nehmt Cleopatren ihr Perlen Ohrgehencke.] *Plin. l. 9. c. 35. p. 178. b.* berichtet: daß die ůbrig gebliebene Perle von denen zwey Schwestern / derer eine *Cleopatra* im Essige zerbeitzt / entzwey geschnitten / und zu Rom im Pantheon der *Venus* an die Ohren gehenckt worden sey.

v. 693. Die Seulen von Porphier solln zier'n den Renneplatz.] Hiervon meldet *Plin. l. 36. c. 9. Is autem Obeliscus, quem D. Augustus in Circo Magno statuit, excisus est â Rege Senneserteo, quo regnante Pythagoras in Ægypto fuit, centum viginti quinque pedum & dodrantis, præter basin ejusdem Lapidis.* Diesen hat *Sixtus V.* im 1589. Jahre wider aufgerichtet / und dem heiligen Kreutze gewidmet. *Kircher. tom. 3. Synt. 3. c. 1. p. 215. 216.* Er ist aber vorher vom Kåyser *Constantio* aus der grossen Rennebahn genommen / und der viel grősser *Obeliscus* des *Ramesses* an seine Stelle gesetzt worden / welchen *Sixtus V.* gleichergestalt im 1588. Jahre zu Rom wieder aufsetzen lassen. *Kircher. d. tom. 3. Synt. 2. c. 1. p. 167.*

v. 694. 695. Der andre grosse Schatz im Tempel des Saturn.] In das Heyligthum des Saturn / welches *Tarquinius Superbus* gebauet / *T. Largius,* mit dem Feste der Saturnalien eingeweihet / verlegte *P. Valer. Poplicola* die Schatz-Cammer des Rőmischen Volckes. *Rosin. Antiqu. Rom. l. 2. c. 4. p. 217.*

v. 700. Und eines Krocodils muß diesen Schatz bewachen.] Aus des *Vanslebs* Reise ist zu sehen: daß in Egypten nichts gemeiner als der Ruf und der Aberglaube von besessenen Schåtzen sey; welche durch ein *Talisman* verschlossen und erőffnet worden. Insonderheit erzehlt er *pag. 282. seqq.* daß ein *Califfa* bey *Cairo* auf dem Berge *Gebel il mocattam* einen gewissen Ohrt zu beobachtung des Sternenlauffes / und fertigung der *Talisman* erwehlet / auch Kraft dieser einen Schlůssel zu allen Hőlen gehabt habe / darein die alten Egyptischen Kőnige ihre Schåtze verborgen / er selbst solle in einen Fels viel Hőlen hauen / in der innersten ein Wasser-behåltnůs bereitet / und darinn einen Krocodil zum Wåchter seiner dahin gebrachten Schåtze durch Zauberey bestellet haben. Massen denn kein Mensch begreiffen kőnte / woher in diesen Felß und Ohrt / unter welchen noch hole behåltnůsse waren / so viel Wasser kommen / oder von was der so viel hundert Jahr lebende Krocodil Speise nehmen kőnte. *Vansleb* berichtet hierbey / daß er von solchen *Talismans* unterschidene Arabische Bůcher in die Kőnigliche *Bibliothec* nach Pariß / und insonderheit eines des Zauberers *Meimun* geliefert habe / darinnen alle besessene Schåtze Egyptens / und die Mittel ihre *Talismans* aufzulősen / beschrieben weren.

v. 722. 723. 724. Es sind Wolffs Auge / Fisch / der Scorpionen Bild.] Von denen Edelgesteinen / darein die Natur diese und andere Gestalten der Thiere zu absondern Merckmaalen gebildet / besiehe *Cæsium de Mineralib. lib. 4. part. 7. c. 3. n. 15. p. 546.* Und *n. 17. p. 547.* erzehlet er / was fůr Steine zu Zaubereyen / Beruff- und Beschwerung der Geister / zu Wahrsagung / und andern Aberglåubigen Dingen mißbraucht wůrden.

v. 729. 730. Durch eines Kůnstlers Hand / der zu gewisser Zeit schnitt beyde Thier hierein.] Es ist nichts gemeiner als die Edelgesteine worein allerhand Gestalten geschnitten sind / wordurch sie wenn es unterm gewissen Stande der Gestirne geschiehet / allerhand seltzame Kråften bekommen sollen. Worvon *Cæsius d. l. c. 2. n. 45. p 544.* handelt. Welches aber in Wahrheit nichts anders als Zauberische *Sigilla* und *Telesmata* sind. Von denen *Kircher. Oedip. tom. 2. part. 1. class. 5. c. 8. 9. 10.* und *part. 2. class. 7. c. 1. p. 144.* zu sehen. Unter andern meldet dieser: daß die Araber durch gewisse Siegel / worauf eine gewisse Arth Scorpionen und Wespen gebildet were / derogleichen Ungeziefer zu vertreiben vermeinten.

v. 742. Wo Alexander ihm ließ sein Begråbnůß machen.] Dieses erzehlet deutlich *Sveton. in Octav. c. 18.* [...]

v. 749. Fůr dessen todten Bild.] Von *C. Jul. Cæsare* erzehlet *Sveton. in ejus vitâ c. 7.* [...]

v. 795. Sein geweihter Fluß und v. 808. Gab meinem Tempel ab.] Die Heyden haben auch die Flůsse fůr heilig geweyht / ja fůr Gŏtter gehalten / besonders die Rŏmer die Tiber. Dahero ihn *Maro lib. 8. Æneid. v. 31.* also beschreibt:

Huic Deus ipse loci fluvio Tyberinus amœno,
Populeas inter senior se attollere frondes
Visus, eum tenuis glauco velabat amictu
Carbasus, & crines umbrosa tegebat arundo.

Massen ihn daselbst auch *Æneas v. 72. seqq.* anrufft:

Tuq̃ue ô Tybri tu ô Genitor cum flumine sancto
Accipite Æneam & tandem arcete periclis.
Adsis ô tandem, & propius tua Numina firmes.

Daß auch den Flůssen sein Tempel und Altåre gebaut worden / erhellet *ex Arriano lib. 1. p. 11.* allwo der grosse Alexander dem Flusse Ister ein Altar gebauet und *ex Tac. 2. Annal. c. 79.* [...] Und ist bey den Geschicht-Schreibern berůhmt / der in der Egyptischen Stadt Nilus dem Flusse Nilus zu Ehren gebaute Tempel. Massen denn die Egyptier diesem Flusse Seulen aufrichteten / Hecatomben opferten / und ihn eben so wohl als den Osiris selbst Gŏttlich verehrten. *Kircher. tom. 3. Oedip. Synt. 14. c. 1. p. 437. & Synt. 15. c. 1. p. 455.* Die Alten putzten alle Jahr eine Jungfrau aufs schŏnste aus / und stůrtzten sie als ein Opffer den 12. Heumonats-Tag in Nil. Diese Gewohnheit aber brachte *Amru ibn il ass,* nach dem sich die Araber Egyptens bemåchtigt / ab / worauf der Nil nicht mehr wuchs / biß er einen vom *Amru il Chottab* dem *Califfa* des *Mahumeds* empfangenen Brief den vierzehenden *September* in Fluß warf / worauf er selbige Nacht sechzehen Ellen sich aufschwellete. *Vansleb* in seiner neuen Reyse. *p. 52.*

v. 813. 814. Ob meiner Thůrme Pracht zwar keinen Sonnen-Schatten zeiget.] *Ammian. Marcellin. l. 22.* meldet von den Pyramiden: *earum magnitudo, quoniam in celsitudinem nimiam scandens gracilescit paulatim, Umbras quoq̃ue mechanicâ ratione consumit.* Alleine *Petro della Valle*, und *Joh. Greaves* haben bey derselben Beschauung diß falsch befunden.

v. 815. Noch Dunst und Wolck / aus meinem Strome steiget.] *Kircher. tom. 1. Oedip. Synt. 1. c. 6. p. 49.* meldet: daß in Egypten niemals einig Erdbeben / noch die Pest / gesunde Lufft / kein Regen sondern der Himmel allezeit heiter und klar / und der Nil in Eygpten eben dis / was die Median-Ader im Arme sey / welche aus dem Hertzen des Osiris entspringet.

v. 824. Wird noch viel Adler bissen ein.] Dieses zielet insonderheit auf die drey Adler / welche die Deutschen dem *Quintilio Varo* abgenommen / den sie mit dem gantzen Heere dreyer Legionen erschlagen. [...] *Svet. in Octav. c. 23.* Daher / als *Germanicus* von den *Bructeris* einen *sec. Tac. 1. Annal c. 60.* und von den *Marsis* den andern verlohrnen Adler wider bekommen. *Sec. Tac. 2. Annal. c. 25.* er ferner *cap. 41.* meldet: *Fine anni Arcus propter ædem Saturni ob recepta signa cum Varo amissa ductu Germanici, Auspiciis Tiberii; & ædes fortis Fortunæ Tiberim, juxta in hortis, quos Cæsar Dictator populo Rom. legaverat; sacrarium genti Juliæ effigiesq́ue D. Augusto apud Bovillas, dicantur.*

v. 828. Wir haben auch die Seegel nicht gestrichen.] Ob zwar der grosse Alexander ůber die Donau gesetzt / hat er doch die Deutschen zu bekriegen sich nicht unterfangen. Massen von der Deutschen damahlig unerschrockenen Gemůthe *Arrian. lib. 1. p. 11.* merckwůrdig erzehlet: daß die Celten oder Deutschen dem grossen Alexander unter Augen gesagt: daß sie nichts als den Himmelfall fůrchteten [...], worauf sie Alexander auch fůr Freunde und Bunds-Genossen aufgenommen. Nichts weniger ist zu růhmen / der Deutschen Gesandten Hertzhaftigkeit unter dem Kåyser *Nero* beym *Tacit. lib. 13. Ann. c. 54.* die als sie in dem Pompejischen Schauplatze die Ursache der nach Wůrden unterschidenen Gestůhle erfahren: *Nullos Mortalium armis aut fide ante Germanos esse, exclamant, degrediunturq́ue & inter Patres considunt.*

v. 840. Seqq. Es wird noch eine Welt entstehen / ihm wird die Sonn nicht untergehen.] Weil die Welt steht / hat kein Hauß weiter als das hochlöblichste Hauß Oesterreich geherrschet. Massen *Villalpand. Præfat. in Ezechiel. p. 7.* wahr geredet: *Sol die noctuq́ue in Philippico Regno nunquam cernit Occasum.* Ja der Franzose *Mons. de Silhon.* in seinem *Ministre d'Estat livr. 3. disc. 4.* muß die Oesterreichsche Hoheit mit diesen nachdencklichen Worten beehren / und nennen: *Cette haute puissance & cette vaste domination, pour la quelle le Ciel n'a point d'Horizon, ny la terre des limites.* Das ist: dieselbe Hoheit / Macht und weite Herrschafft / fůr welche der Himml keinen Endigungs-Zirckel / die Erde keine Gråntzen hat. Hieher und besonders zu der neu erfundenen Welt und andern Inseln / so dem Hause Oesterreich Unterthan sein / gehỏren die nachdencklichen Worte *Senecæ in Medea vers. 374.*

– Venient annis
Secula seris, quibus Oceanus
Vincula rerum laxet, & ingens
Pateat Tellus, Tiphysq́ue novos
Detegat Orbes; nec sit Terris
Ultima Thule.

FINIS

Zur Textgestalt

Lohensteins *Cleopatra* ist in zwei Fassungen überliefert, die im Abstand von beinahe zwanzig Jahren jeweils in Breslau bei Jesaias Fellgiebel erschienen. Die erste Fassung aus dem Jahr 1661 (*Daniel Caspers Cleopatra, Trauer-Spiel*) bildete dann die Grundlage der überarbeiteten und erweiterten Ausgabe von 1680, die dieser Edition zugrunde liegt:

> Daniel Caspers von Lohenstein Cleopatra / Trauerspiel. Breßlau / Bey JEsaiæ Fellgibeln Buchh. aldar. 1680.

Die Ausgabe ist separat paginierter Teil einer 1680 ohne Haupttitel erschienenen Sammelausgabe von Werken Lohensteins, die auch die Erstdrucke der *Sophonisbe*, der Lyriksammlung *Blumen* und der *Geistlichen Gedancken* enthält. Weitere Drucke der definitiven Fassung der *Cleopatra* erschienen postum 1690 und 1708; Titelauflagen folgten noch 1724 und 1733. Die vorliegende Ausgabe ersetzt die zuerst 1965 in Reclams Universal-Bibliothek erschienene Edition Ilse-Marie Barths (Nachwort von Willi Flemming), die auf der Fassung von 1661 basiert.

Bei der Umarbeitung übernahm Lohenstein zahlreiche Partien der Erstfassung und damit auch ihre orthographischen Eigenheiten, die einen gewissen Einfluss der Vorstellungen Philipp von Zesens aufweisen. Die Texterweiterungen halten sich dagegen an die ›normalen‹ orthographischen Gepflogenheiten des ausgehenden 17. Jahrhunderts. Die Unterschiede bleiben auch in dieser Ausgabe bestehen. Sie enthält die Widmung in lateinischen Versen an den Rat der Stadt Breslau, übersetzt von Hermann Wiegand, den vollständigen Dramentext und die dazugehörigen Kupferstiche. Kürzungen in den Anmerkungen Lohensteins betreffen vor allem Zitate und sind durch [...] gekennzeichnet. Diese Eingriffe beeinträchtigen weder das Verständnis noch verfälschen sie Lohensteins enzyklopädisch-polyhistorische Zitier- und Kommentierpraxis. Die Erschließung der Anmerkungen erleichtern die Namens- und Werkregister in den Lohenstein-Ausgaben von Klaus Günter Just (*Römische Trauerspiele*, Stuttgart 1955, S. 297 ff.), Wilhelm Voßkamp (*Cleopatra. Sophonisbe*, Reinbek 1968, S. 267 ff.) und Rolf Tarot (*Sophonisbe*, Stuttgart 1970 [u. ö.], S. 211 ff.).

Zusätzlich zu den im anschließenden Verzeichnis aufgeführten Korrekturen habe ich in folgenden Fällen stillschweigend in den Text eingegriffen: Abkürzungen wurden aufgelöst (z. B. *ã* > *an*, *ẽ* > *en*, *m̃* > *mm*, *ñ* > *nn* bzw. > *nd* usw.), die häufig ausgefallenen, aber durch Abstände zwischen den Buchstaben angezeigten Apostrophe ergänzt (z. B. *seh t* > *seh't*), fehlende Punkte nach den Sprechernamen und in den Literaturangaben der Anmerkungen hinzugefügt sowie die Schreibung der Komposita – drei Varianten: Fürsten-Blut, Fürsten Blut, FürstenBlut – nach dem vorherrschenden Muster (Fürsten-Blut) vereinheitlicht. Die Sprechernamen wurden einheitlich abgekürzt (in der Vorlage gibt es jeweils mehrere Versionen) und typographisch dem üblichen Verfahren der Reclam-Textausgaben angeglichen. Für die Frakturschrift des Originals steht Antiqua, für den Antiquasatz der Vorlage (vorwiegend in den Anmerkungen) Kursivdruck. Typographische Besonderheiten wie die verschiedenen Formen von s und r blieben unberücksichtigt.

Erhalten blieb die durchaus unsystematische Orthographie (Groß- und Kleinschreibung, die wechselnde Schreibung von *das/daß* oder *wieder/wider* usw.). Das Druckfehlerverzeichnis der Ausgabe von 1680 wurde ausgewertet. In einigen Fällen erwiesen sich auch die Lemmata der Anmerkungen als hilfreich. Das gilt auch für die *Cleopatra*-Ausgabe von Klaus Günther Just (*Afrikanische Trauerspiele*, Stuttgart 1957). Die Originaldrucke weisen an einigen Stellen geringfügige Unterschiede auf, die auf Korrekturen während des Druckes (Presskorrekturen) zurückgehen. Der Text dieser Ausgabe basiert auf dem Exemplar der Herzogin Anna Amalia Bibliothek in Weimar (Signatur: Varia 14, 6: 13), das in digitaler Form zugänglich ist. Verglichen wurde auch das Exemplar der Württembergischen Landesbibliothek Stuttgart (Signatur: D. D. oct. 7906).

Verzeichnis der Eingriffe

Innhalt

Seite, Zeile
14,11 von den] von dem
15,30 Lebens / die] Lebens die
16,13 Proculejus,] Proculejus

Personen

18,4 AUGUSTUS] AUGUSTUS,
18,24 Leibeigener.] Leibeigener

Die erste Abhandlung

Vers
42 sich] sich /
125 Der] der
152 hat der] hat / der
175 hertzhafft] herrschaft
264 schippen] Schippen
438 CÆL.] Cœl.
448 ANTYL.] Anton.
455 durch] doch
577 schaft.] schaft;
714 Entdeckt] Endeckt
735 eigen.] eigen
751 er hat Cleopatren] er Cleopatren
768 Scribonie] Scnibonie
773 wiedersprach] wieder sprach
960 erfüllen.] erfuͤllen;
989 Schein.] Schein;
1003 Ach!] ach!
1035 blieb] bleib
1047 Zu] zu
1076 erkiest] erliest
1079 welcher] welches
1100 Pful.] Pful?
1108 dir] die

Die andre Abhandlung

79 koͤnte] koͤnte'
114 ihm] im
152 Verzweifelt-] verzweifelt-
188 unzerkerbter] um-zerkerter
nach 246 Beyder] Bey der
255 das Weh] daß Weh
257] laͤst] laͤst'
261 Egypten] Egppten
276 fuͤr] von
340 mehr die] mehr / die
355 kwaͤll'n] kwaͤlln'
358 zu] zu'
377 JUNGE] Jung.
383 an /] an.
486 saͤmen.] saͤmen?
524 Hercules / den] Hercules den
606 Wenn] Wen
611 Vaterland / in] Vaterland' in
634 war'n] warn'
651 Schaͤffer] Schoͤpffer
730 bezahl'n] bazahl'n
761 verzaubernden] verzaubenrden

Die dritte Abhandlung

18 erblicken] erblicken /
113 Todt / des] Todt des
130 Roͤmer Sklaven] Roͤmer-Sklaven
135 Kot zu] Kot / zu
154 leben.] leben
179 CLEO.] *Ergänzt durch den Hrsg.*
219 weihn /] weihn
223 dar?] dar /
224 Stracks] Sracks
251 Narden / Wein] Narden Wein
261 denn Egyptens] denn / Egyptens
271 ich bey Vernunfft] chibey Vernunfft
282 entbinden.] entbinden /

284 mein't] meinn't
285 Nichts] Nicht's
286 Ach] ach
299 bricht / der] bricht der
354 nieder] wieder
367 Sack mit] Sack / und
368 todt / geroͤstet] todt geroͤstet
406 lodernd] lodern
459 Muͤtterliches] Vaͤterliches
517 Muß's] Muß
626 dem] den
635 Schluß!] Schluß
638 auf ihn] auf ihm
644 Schlaͤff] Schlaff
Mauß.] Mauß;
696 Kristall] Kriststall
708 thun.] thun
756 Denn] Dem
765 euch] auch
782 reis't] reist'
794 zerbeis't] zerbeist'

Die vierdte Abhandlung

18 Dem] Den
27 unsterblichen] unsterlichen
58 aber laß't] aber / laß't
nach 110 CORNELIUS GALLUS] Cornelius. Gallus
155 thun] thu'n
161 Besigter] besigter
177 lehr't] lehrt't
257 Sklavin] Sklaven
263 Gold den] Gold und
264 Hochmuths-reitz] Hochmuthts-reitz
332 Herrschsucht] Herrsucht
334 ist's] ists'
352 In] Im
387 sind] und
420 euch so] euch / so

435 Heil.] Heil /
442 zun] zum
470 Schuch / baarfuͤssig] Schuch baarfuͤssig
541 Thraͤnen-Saltz] Thraͤnnen-Saltz
559 Anmuth] Anmuth'
666 dien't] dihn't

Die fuͤnffte Abhandlung

vor 1 Des ANTON.] des Anton
23 Eteocles] Etheocles
59 lig't] li'gt
142 schwermt] schwerm̃t
153 Mord] Mord-
154 dem] den
nach 178 BELISAMA] Belsama
184 zerfleischt / von] zerfleischt von
Schlang'] Schlang-
218 Fluch] Gluth
332 Heldinnen] Holdinnen
352 Treu' / an] Treu' an
405 schoͤpft] schoͤpst
414 Gib] gib
419 ihn.] ihn
431 Waffen] Waffen.
435 dem] den
440 Wuͤ'tten] Wuͤtten /
444 nicht] nit
458 Ich] ich
nach 458 Die Trabanten. Zwey] die Trabanten. zwey
479 ihm] ihn
481 Livien] Lievien
501 gantzer] halber *(korrigiert nach der Erstfassung)*
504 in] ich
nach 548 Des ANTYLLUS] des Antillus
549 AUGUST.] *Ergänzt durch den Hrsg.*
566 Koͤnigin] Konigin
569 SAL.] Alamb.
586 Gluͤck'] Gluͤ'ck
605 woll'n] wolln'
651 anzuͤnden /] anzuͤnden

681 Pers-] Pers
710 ihm] ihn
712 nichts / was die] nichts was / die
719 Ertzt] Crtzt
720 SAL.] Solam.
775 Sturm / der] Sturm der
779 Frucht doch] Frucht / doch
818 schlaͤget.] schlaͤget /

Anmerkungen

Erste Abhandlung

Zu Vers
91 Morisotus] Marisotus
288 potestatem] potestate
289 v. 289] v. 299
[*der Korrektur entsprechend wurde die Anm. an der richtigen Stelle eingeordnet*]
294 Cos.] Cos
311 v. 311] v. 312
353 wieder / Oenopides] wieder Oenopides
Andere / das] Andere das
Scavans] Sgavans
363 Britannier] Britanier
jussit.] jussit,
ierunt,] ierunt.
Spanischen] Spani-
373 Lucriner] Lueriner
443 auf den] auf dem
474 trof] traf
476 Mann;] Mann
489 Sonn'] Sonne
532 ein Crocodil] ein Erocodil
Vossius] Vosius
648 Senones] senones
673 dem Roͤmischen] den Roͤmischen
zugeeignet /] zugeeignet
726 genennt;] genennt

750 chap.] chab.
charge,] charge.
758 ergoͤtzt?] ergoͤtzt:
760 *nach dem Lemma gestrichen:* und v. 428.
782 interq́ue] inter
784 Stahl.] Stahl:
1019 zweifelhaften] zweifelhafhaften
1021 mustern / selbte] mustern selbte
1027 were / beschreibt] were. Beschreibt
1068 woͤlckicht] welckicht

Zweite Abhandlung

36 Scribonien] Scribenien
87 Callisthenes] Challisthenes
libet,] libet.
Tertullian.] Tertulian.
zunahmen] zu nahmen
93 Plinius.] Plinius
112 Hecate] Hecabe
417 Koͤnig] Konig
525 welcher] welchen
Naͤtherinnen / der Charmium und Iras, zu] Naͤtherinnen der Charmium, und Iras zu
718 Iliad. ζ] Iliad.
Brust den] Brust / den
719 v. 719] v. 720

Dritte Abhandlung

1 v. 81. Iras] v. 73. Iras
3 derogestalt] Derogestalt
10 Kirche.] Kirche
49 class.] clas.
135 dich.] dich
150 wider-zusammensaͤtzung] wider-zusammensaͤtzung.
199 Anubis] Annbis
Antiqu.] Anting.
200 unverbrennlichen] unverbrennlichem

Asbestos] Astestos
209 Uberschrifft:] Uberschrifft.
220 Stets] Sets
316 Peitsch-] Peitsch
Antonius] Antous
324 Annal.] Anual.
342 Juvenal.] Invenal.
458 dem] den
Antonius] Ansonius
459 Daß] daß
492 denn] den
580 Sporum] sporum
581 erstochen / dem] erstochen dem
642 Margaritæ] Margarithæ
741 ward / er ihr] ward / ihr

Vierte Abhandlung

6 Dercetæus] Dercæteus
49 bittre] bitter
Lucano:] Lucano
von dem dem Othoni] von dem Othoni
190 denselben] demselben
346 Petilius] Pesilius
351 Verwandlungs-Arth] verwandlungs Arth
365 Sultan] Suetan
367 theils] theis
370 Pais] Pais,
387 Pferden / Binen] Pferden Binen
424 Schätze] Schatze

Fünfte Abhandlung

28 unterirrdischen] unter irrdischen
56 [sol]: *Konjektur des Herausgebers.*
83 hatten] war /
116 ausführlicher] ausführlichen
217 Zeichen des] Zeichen / des
240 ihn.] ihn
seinem] seinen

286 zutragen / hernach] zutragen hernach
330 West-Winds Holdes] West-Winds-Holdes
388 Selbst-Mord] selbst Mord
441 v. 441.442.] v. 442.443.
473 Gifft's] Giftt's
d'Ann.] d Ann.
520 angesehen.)] angesehen.
Rock der] Rock / der
535 Ehrenbilder eine] Ehrenbilder / eine
539 v. 539] v. 139
548 den] dem
578 ans] aus
592 Opal] Oxal
608 anzeigte] angezeigte
615 grossen] grosse
681 Pers-] Pers
685 280] 28
geheissen / lehret] geheissen. Lehret
693 1588.] 1688.
700 Sternenlauffes] Sternen lauffes
722 Zaubereyen / Beruff-] Zaubereyen Beruff-
Geister / zu] Geister zu
795 Gab] gab
attollere] artollere
c. 1. p. 455.] c. p. 455.
ibn] ibu
828 degrediunturq́ue] degrediunturque
840 limites.] limites
Herrschafft / für] Herrschafft fuͤr

Literaturhinweise

Ausgaben

Dramen. Hrsg. von Klaus Günther Just. Bd. 1: Türkische Trauerspiele. Ibrahim Bassa. Ibrahim Sultan. Stuttgart 1953. – Bd. 2: Römische Trauerspiele. Agrippina. Epicharis. Stuttgart 1955. – Bd. 3: Afrikanische Trauerspiele. Cleopatra. Sophonisbe. Stuttgart 1957.

Cleopatra. Sophonisbe. Hrsg. von Wilhelm Voßkamp. Reinbek 1968.

Cleopatra. Trauerspiel. Text der Erstausgabe von 1661. Bes. von Ilse-Marie Barth. Nachw. von Willi Flemming. Stuttgart 1965 [u. ö.].

Forschungsliteratur

Zum Drama des 17. Jahrhunderts

Aikin, Judith P.: German Baroque Drama. Boston 1982.

Alexander, Robert J.: Das deutsche Barockdrama. Stuttgart 1984.

Arend, Stefanie: Rastlose Weltgestaltung. Senecaische Kulturkritik in den Tragödien Gryphius' und Lohensteins. Tübingen 2003.

Benjamin, Walter: Ursprung des deutschen Trauerspiels. Frankfurt a. M. 1963. [Zuerst Berlin 1928.]

Bornscheuer, Lothar: Trauerspiele. In: Deutsche Literatur. Eine Sozialgeschichte. Hrsg. von Horst Albert Glaser. Bd. 3. Reinbek bei Hamburg 1985. S. 268–283.

La tragédie baroque en Allemagne. [Hrsg. von Jean-Marie Valentin.] In: XVIIe Siècle 189 (1995) S. 547–762. [= H. 4.]

Lunding, Erik: Das schlesische Kunstdrama. Eine Darstellung und Deutung. Kopenhagen 1940.

Niefanger, Dirk: Geschichtsdrama der Frühen Neuzeit 1495–1773. Tübingen 2005.

Schings, Hans-Jürgen: Consolatio Tragoediae. Zur Theorie des barocken Trauerspiels. In: Deutsche Dramentheorien. Hrsg. von Reinhold Grimm. Bd. 1. Frankfurt a. M. 1971. S. 1–44.

Schings, Hans-Jürgen: Gryphius, Lohenstein und das Trauerspiel des 17. Jahrhunderts. In: Handbuch des deutschen Dramas. Hrsg. von Walter Hinck. Düsseldorf 1980. S. 48–60.

– »Constantia« und »Prudentia«. Zum Funktionswandel des barocken Trauerspiels. In: Studien zum Werk Daniel Caspers von Lohenstein. Hrsg. von Gerald Gillespie und Gerhard Spellerberg. Amsterdam 1983. S. (187)–(223). [= Daphnis 12 (1983) S. 403–439.]

– Walter Benjamin, das barocke Trauerspiel und die Barockforschung. In: ›Daß eine Nation die ander verstehen möge‹. Festschrift für Marian Szyrocki. Hrsg. von Norbert Honsza und Hans-Gert Roloff. Amsterdam 1988. S. 663–676.

Schöne, Albrecht: Emblematik und Drama im Zeitalter des Barock. Dritte Aufl. mit Anmerkungen 1993. München 1993.

Spellerberg, Gerhard: Das Bild des Hofes in den Trauerspielen Gryphius', Lohensteins und Hallmanns. In: Europäische Hofkultur im 16. und 17. Jahrhundert. Hrsg. v. August Buck [u. a.]. Bd. 3. Hamburg 1981. S. 569–578.

– Barockdrama und Politik. In: Daphnis 12 (1983) S. 127–168.

Steiner, Uwe: Allegorie und Allergie. Bemerkungen zur Diskussion um Benjamins Trauerspielbuch in der Barockforschung. In: Daphnis 18 (1989) S. 641–701.

– Traurige Spiele – Spiel vor Traurigen. Zu Walter Benjamins Theorie des barocken Trauerspiels. In: Allegorie und Melancholie. Hrsg. von Willem van Reijen. Frankfurt a. M. 1992. S. 32–63.

Treppmann, Egon: Besuche aus dem Jenseits. Geistererscheinungen auf dem deutschen Theater im Barock. Konstanz 1999.

Voßkamp, Wilhelm: Untersuchungen zur Zeit- und Geschichtsauffassung im 17. Jahrhundert bei Gryphius und Lohenstein. Bonn 1967.

Zu Daniel Casper von Lohenstein

Dünnhaupt, Gerhard: Personalbibliographien zu den Drucken des Barock. Zweite, verb. und wesentlich verm. Aufl. des Bibliographischen Handbuchs der Barockliteratur. Bd. 4. Stuttgart 1991. S. 2589–2606.

Gabel, Gernot U.: Daniel Casper von Lohenstein (1635–1683). Bibliographie zu Leben und Werk (bis 2000). Hürth 2005.

Müller, Hans von: Bibliographie der Schriften Daniel Caspers von Lohenstein, 1652–1748. In: Werden und Wirken. Ein Festgruß Karl W. Hiersemann zugesandt […]. Hrsg. von Martin Breslauer und Kurt Koehler. Leipzig 1924. S. 184–261.

Aikin, Judith P.: The Mission of Rome in the Dramas of Daniel Casper von Lohenstein. Historical Tragedy as Prophecy and Polemic. Stuttgart 1976.
– Egyptian Captivity and the Theme of Freedom in Lohenstein's *Cleopatra*. In: Argenis 2 (1978) S. 187–228.
Asmuth, Bernhard: Daniel Casper von Lohenstein. Stuttgart 1971.
– Lohenstein und Tacitus. Eine quellenkritische Interpretation der Nero-Tragödien und des *Arminius*-Romans. Stuttgart 1971.
Banet, Ilona: Vom Trauerspieldichter zum Romanautor. Lohensteins literarische Wende im Lichte der politischen Verhältnisse in Schlesien während des letzten Drittels des 17. Jahrhunderts. In: Daphnis 12 (1983) S. 169–186.
Béhar, Pierre: Dramaturgie et Histoire chez Lohenstein: Les deux versions de *Cleopatra*. In: Theatrum Europaeum. Festschrift für Elida Maria Szarota. Hrsg. von Richard Brinkmann [u. a.]. München 1982. S. 325–341.
– Zur Chronologie der Entstehung von Lohensteins Trauerspielen. In: Studien zum Werk Daniel Caspers von Lohenstein. Hrsg. von Gerald Gillespie und Gerhard Spellerberg. Amsterdam 1983. S. (225)–(247). [= Daphnis 12 (1983) S. 441–463.]
– Silesia Tragica. Epanouissement et fin de l'école dramatique silésienne dans l'œuvre tragique de Daniel Casper von Lohenstein (1635–1683). 2 Bde. Wiesbaden 1988.
– »Ut pictura poesis«. Lohenstein ou la dramaturgie picturale. In: Pictura et poesis. Limoges 1989. S. 27–59.
– Leidenschaften »in vitro« bei Lohenstein. In: Die Affekte und ihre Repräsentation in der deutschen Literatur der Frühen Neuzeit. Hrsg. von Jean-Daniel Krebs. Bern [u. a.] 1996. S. 223–230.
– Der Widerstand gegen die Habsburger im Werk Daniel Caspers von Lohenstein. In: Der Fürst und sein Volk. Herrscherlob und Herrscherkritik in den Habsburgischen Ländern der frühen Neuzeit. Hrsg. von P. Béhar und Herbert Schneider. St. Ingbert 2004. S. 269–291.
Best, Thomas W.: On Lohenstein's Concept of Tragedy. In: Euphorion 80 (1986) S. 278–296.

Borgstedt, Thomas: Scharfsinnige Figuration. Zur Semantik des Herrscherlobs bei Lohenstein. In: Typologie. Internationale Beiträge zur Poetik. Hrsg. von Volker Bohn. Frankfurt a. M. 1988. S. 206–235.

Breger, Claudia: Die Rhetorik kultureller Differenz in D. C. v. Lohensteins »Afrikanischen Trauerspielen«. In: Zeitschrift für Germanistik NF 14 (2004) S. 265–282.

Buhr, Heiko: »Sprich, soll denn die Natur der Tugend Eintrag tun?« Studien zum Freitod im 17. und 18. Jahrhundert. Würzburg 1998. S. 59–79.

Colvin, Sarah: Eine Warnung vor dem Weiblichen? Die Venus-Allegorese in den Frauendramen von D. C. von Lohenstein. In: Wolfenbütteler Forschungen 75 (1997) S. 267–285.

Die Welt des Daniel Casper von Lohenstein. Hrsg. von Peter Kleinschmidt [u. a.]. Köln 1978.

Fülleborn, Ulrich: Die barocke Grundspannung Zeit – Ewigkeit in den Trauerspielen Lohensteins. Stuttgart 1969.

Gillespie, Gerald: Daniel Casper von Lohenstein's Historical Tragedies. Columbus (Ohio) 1965.

Juretzka, Joerg C.: Zur Dramatik Daniel Caspers von Lohenstein. *Cleopatra* 1661 und 1680. Meisenheim 1976.

Just, Klaus Günther: Die Trauerspiele Lohensteins. Versuch einer Interpretation. Berlin 1961.

Kafitz, Dieter: Lohensteins *Arminius*. Disputatorisches Verfahren und Lehrgehalt in einem Roman zwischen Barock und Aufklärung. Stuttgart 1970. S. 177–198. [»Exkurs: Lohensteins späte Trauerspiele *Sophonisbe* und *Cleopatra* vor dem Hintergrund des *Arminius*«.]

Ketelsen, Uwe-K.: Daniel Casper von Lohenstein: Cleopatra. In: Dramen vom Barock bis zur Aufklärung. Stuttgart 2000. S. 115–133.

Krebs, Jean-Daniel: Le corps des Africaines: aspects de la représentation des affects dans deux tragédies de Daniel Casper von Lohenstein. In: XVIIe Siècle 189 (1995) S. 653–667.

Lefebvre, Joël: Lohenstein et Sénèque. In: Les Tragédies de Sénèque et le théâtre de la Renaissance. Hrsg. von Jean Jacquot. Paris 1964. S. 261–269.

Martino, Alberto: Daniel Casper von Lohenstein. Geschichte seiner Rezeption. Bd. 1: 1661–1800. Tübingen 1978.

Meyer-Kalkus, Reinhart: Wollust und Grausamkeit. Affektenlehre und Affektdarstellung in Lohensteins Dramatik am Beispiel von *Agrippina*. Göttingen 1986.

Müller, Conrad: Beiträge zum Leben und Dichten Daniel Caspers von Lohenstein. Breslau 1882.

Müsch, Bettina: Der politische Mensch im Welttheater des Daniel Casper von Lohenstein. Eine Deutung seines Dramenwerks. Frankfurt a. M. [u. a.] 1992.

Mulagk, Karl-Heinz: Phänomene des politischen Menschen im 17. Jahrhundert. Propädeutische Studien zum Werk Lohensteins unter besonderer Berücksichtigung Diego Saavedra Fajardos und Baltasar Graciáns. Berlin 1973.

Neumeister, Sebastian: Cenobia und Cleopatra. Das Liebeskalkül bei Caldéron und bei Lohenstein. In: Beiträge zur Aufnahme der italienischen und spanischen Literatur in Deutschland im 16. und 17. Jahrhundert. Hrsg. von Alberto Martino. Amsterdam 1990. S. 385–397.

Newman, Jane O.: The Intervention of Philology: Gender, Learning, and Power in Lohenstein's Roman Plays. Chapel Hill / London 2000.

– Citational Science. Textuality and the Authority of the »Scientific Fact« in Early Modern Central Europe (Lohensteins's *Cleopatra*, 1680). In: The Construction of Textual Authority in German Literature of the Medieval and Early Modern Periods. Hrsg. von James F. Poag und Claire Baldwin. Chapel Hill (N. C.) [u. a.] 2001. S. 211–238.

Pasternack, Gerhard: Spiel und Bedeutung. Untersuchungen zu den Trauerspielen Daniel Caspers von Lohenstein. Lübeck/Hamburg 1971.

Plume, Cornelia: Heroinen in der Geschlechterordnung. Weiblichkeitsprojektionen bei Daniel Casper von Lohenstein und die ›Querelle des Femmes‹. Stuttgart/Weimar 1996.

Schäfer, Arnim: Der Souverän, die »clementia« und die Aporien der Politik. Überlegungen zu Daniel Casper von Lohensteins Trauerspielen. In: Theatralität und Krisen der Repräsentation. Hrsg. von Erika Fischer-Lichte. Stuttgart/Weimar 2001. S. 101–124.

Spellerberg, Gerhard: Verhängnis und Geschichte. Untersuchungen zu den Trauerspielen und dem *Arminius*-Roman Daniel Caspers von Lohenstein. Bad Homburg [u. a.] 1970.

Spellerberg, Gerhard: Szenare zu den Breslauer Aufführungen Lohensteinscher Trauerspiele. In: Daphnis 7 (1978) S. 629–645.
– Daniel Casper von Lohenstein. In: Deutsche Dichter des 17. Jahrhunderts. Ihr Leben und Werk. Hrsg. von Harald Steinhagen und Benno von Wiese. Berlin 1984. S. 640–689.
– Daniel Casper von Lohenstein. In: Deutsche Dichter. Leben und Werk deutschsprachiger Autoren. Hrsg. von Gunter E. Grimm und Frank Rainer Max. Bd. 2: Reformation, Renaissance und Barock. Stuttgart 1989 [u. ö.]. S. 341–361.
Studien zum Werk Daniel Caspers von Lohenstein. Hrsg. von Gerald Gillespie und Gerhard Spellerberg. Amsterdam 1983. [= Daphnis 12, 1983, H. 2–3.]
Verhofstadt, Edward: Daniel Casper von Lohenstein: Untergehende Wertwelt und ästhetischer Illusionismus. Fragestellung und dialektische Interpretationen. Brügge 1964.
– Zur Datierung der Urfassung von Lohensteins *Cleopatra*. In: Neophilologus 44 (1960) S. 195–199.
Voßkamp, Wilhelm: Daniel Casper v. Lohensteins *Cleopatra*. Historisches Verhängnis und politisches Spiel. In: Geschichte als Schauspiel. Deutsche Geschichtsdramen. Interpretationen. Hrsg. von Walter Hinck. Frankfurt a. M. 1981. S. 67–81.
Wichert, Adalbert: Literatur, Rhetorik und Jurisprudenz im 17. Jahrhundert. Daniel Casper von Lohenstein und sein Werk. Eine exemplarische Studie. Tübingen 1991.

Nachwort

I

Bei Daniel Casper von Lohenstein erhält das barocke Trauerspiel eine neue Dimension. Entstanden war das deutschsprachige Kunstdrama des 17. Jahrhunderts im Zusammenhang mit den literarischen Reformbestrebungen der ersten Jahrhunderthälfte. Dabei galten die Bemühungen vor allem der Tragödie, die seit der Renaissance vielfach Gegenstand poetologischer Erörterungen im Kontext der Rezeption der Poetik des Aristoteles geworden war. In Deutschland gingen die entscheidenden Anregungen von Martin Opitz aus, vorbereitet allerdings durch ältere Übertragungen antiker Tragödien und humanistisch-antikisierende Schuldramen in lateinischer Sprache.

Opitz übersetzte zwei antike Tragödien, die *Troades* von Seneca (*Trojanerinnen*, 1625), dem in der Frühen Neuzeit am höchsten geschätzten Dramatiker der Antike, und die *Antigone* (1636) des Sophokles, für lange Zeit die einzige Auseinandersetzung mit der griechischen Tragödie in der deutschen Literatur. Damit wählte er Stücke, die nicht nur in rein formaler Hinsicht als vorbildlich galten, sondern mit ihrer Kriegsthematik (*Trojanerinnen*) bzw. ihrer Affinität zum Märtyrerthema und dem Komplex Politik und Moral (*Antigone*) auch tiefergehende zeitgenössische Interessen spiegelten. Zugleich lieferte Opitz mit der Vorrede zu den *Trojanerinnen* ein wichtiges Dokument der Poetik des barocken Trauerspiels. Im Zentrum steht die Frage nach dem Sinn, dem Wirkungszweck der Tragödie, den er im Anschluss an neustoische Auffassungen (Daniel Heinsius: *De tragoediae constitutione*, 1611) zu beantworten sucht. Als »Spiegel« derjenigen, die sich blind – und damit wehrlos – den Wechselfällen der Fortuna ausliefern, fordert sie den Zuschauer bzw. Leser heraus,

aus dem vorgeführten katastrophal falschen Verhalten Konsequenzen zu ziehen und sich gegen die »Zufälle« des Lebens zu wappnen: durch Beständigkeit (*constantia*), die immer schon mit der Unbeständigkeit und der »Mißligkeit des Menschlichen Lebens« rechnet und auch angesichts äußeren Unglücks den inneren menschlichen Kern unversehrt bewahrt, und durch eine großmütige Haltung (*magnanimitas*), die sich – eine Art Abhärtungstheorie – aus der wiederholten Betrachtung des Leids und Unglücks in der Tragödie und dem Vergleich mit dem relativ größeren Unglück anderer Menschen ergibt: »Wer wird nicht mit grösserem Gemüthe als zuvor seines Vaterlandes Verderb vnd Schaden / den er nicht verhüten mag / ertragen / wann er die gewaltige Stadt Troja [...] sihet im Fewer stehen / vnd zu Staube vnd Asche werden?«[1]

Das Trauerspiel verweist den Zuschauer auf die Tugenden der Beständigkeit und Großmütigkeit als geeignetes Rüstzeug, um sich in den schrecklichen Zeiten von Krieg und konfessioneller Verfolgung zu behaupten und die persönliche Integrität zu bewahren. Es sind dies aber auch die Tugenden der beispielhaften Bühnenfiguren, wie sie das Jesuitendrama und seit dem Ende der vierziger Jahre Andreas Gryphius auf die Bühne stellen, Tugenden, die bereits Justus Lipsius in seinem epochemachenden christlich-neustoischen Traktat *De constantia* (1584) als die wahren Mittel gegen Fortuna, Unglück und Leid ausführlich behandelt hatte.[2] Die Folge war, wie schon bei der moralischen Umdeutung der Katharsislehre bei Opitz, eine Abkehr von Aristoteles und seiner Forderung gemischter Charaktere: »Der Held [...] sol ein Exempel seyn

1 Zit. nach dem Abdruck in: Martin Opitz, *Buch von der Deutschen Poeterey (1624). Studienausgabe*, hrsg. von Herbert Jaumann, Stuttgart 2002, S. 114. Zum konsolatorischen Effekt des barocken Trauerspiels vgl. Schings (1971).

2 Vgl. Justus Lipsius, *Von der Bestendigkeit [De Constantia]. Faksimiledruck der deutschen Übersetzung des Andreas Viritius nach der zweiten Auflage c. 1601*, hrsg. von Leonard Forster, Stuttgart 1965.

aller vollkommenen Tugenden / und von der Untreue seiner Freunde / und Feinde betrübet werden; jedoch dergestalt / daß er sich in allen Begebenheiten großmütig erweise und den Schmertzen / welcher mit Seufftzen / Erhebung der Stimm / und vielen Klagworten hervorbricht / mit Tapferkeit überwinde«, heißt es bei Georg Philipp Harsdörffer.[3] Auf dieser Beispielhaftigkeit des vorbildlichen Helden, des Märtyrers, Heiligen oder frommen Herrschers, beruht die Wirkung des Trauerspiels, die durch die Darstellung abschreckender Gegenbilder – Muster ist der Tyrann – noch gesteigert wird.

»Indem vnser gantzes Vatterland sich nuhmehr in seine eigene Aschen verscharret / vnd in einen Schawplatz der Eitelkeit verwandelt; bin ich geflissen dir [dem Leser] die vergånglichkeit menschlicher sachen in gegenwertigem / vnd etlich folgenden Trawerspielen vorzustellen«, schreibt Gryphius in der Vorrede zu seinem ersten eigenständigen Drama *Leo Armenius*, das 1646 entstand und 1650 gedruckt wurde.[4] Die Beispiele für die Nichtigkeit und Hinfälligkeit des irdischen Lebens nimmt Gryphius dabei vor allem aus der Geschichte und der Politik. Nur die Märtyrer durchbrechen den von Fall und Verfall bestimmten Gang der Geschichte: »wer meinen Fall beweint | Siht nicht wie hoch Ich sey durch disen Fall gestigen«, erklärt der Titelheld von Gryphius' letztem Trauerspiel *Papinianus* (1659).[5] Mit derartigen Vanitas-Lektionen reflektiert Gryphius nicht zuletzt seine Erfahrungen in einer von Religions- und Bürgerkriegen, von Unsicherheit, Gewalt, Leid und Gewissenszwang geprägten Gegenwart.

3 Georg Philipp Harsdörffer, *Poetischen Trichters zweyter Theil*, Nürnberg 1648, S. 84 (Exemplar der Württembergischen Landesbibliothek Stuttgart).
4 Andreas Gryphius, *Leo Armenius*, hrsg. von Peter Rusterholz, Stuttgart 1971 [u. ö.], S. 4.
5 Andreas Gryphius, *Großmütiger Rechtsgelehrter oder Sterbender Aemilius Paulus Papinianus*, hrsg. von Ilse-Marie Barth, Nachw. von Werner Keller. Stuttgart 1965 [u. ö.], S. 97.

Während sich bei Gryphius religiöse und politische Konstellationen überlagern und die Märtyrertragödie das zentrale Modell bildet, drückt das Trauerspiel bei Lohenstein ein anderes Verhältnis zum Diesseits aus: Sein Interesse richtet sich entschieden auf das Handeln im politisch-geschichtlichen Raum. Die geschichtliche Welt erscheint nicht mehr wie bei Gryphius als ein Schauplatz der Eitelkeiten, als Durchgangsstation zur ›Ewigkeit‹ im Kontext der Heilsgeschichte, sondern sie besitzt einen Eigenwert im Rahmen eines sinnhaften weltgeschichtlichen Prozesses und des darin abgesteckten menschlichen Handlungs- und Entscheidungsraums. Geschichte bietet hier nicht mehr nur Beispiele für eindeutig vorbildliche oder verwerfliche Haltungen und Verhaltensweisen, wie sie bei Gryphius und im Jesuitendrama bereits in den emblematischen Doppeltiteln angezeigt werden. Lohensteins Protagonisten treffen keine Wahl zwischen Zeit und Ewigkeit, sondern zwischen Alternativen politischen Handelns in Krisensituationen. Sie sind dem vom Verhängnis gelenkten unabänderlichen Lauf der Geschichte unterworfen, stehen aber gleichwohl vor der Herausforderung, sich in dem untergeordneten Bereich der Fortuna zu bewähren, d. h. auf die Wechselfälle des Lebens situationsgerecht zu reagieren. Damit treten Konzeptionen politischer Klugheit in den Vordergrund des Interesses, die wiederum Fragen nach dem Verhältnis von Politik und Moral, nach den intellektuellen und charakterlichen Voraussetzungen erfolgreichen Handelns und der Funktion und Funktionalisierung der Affekte aufwerfen.

Klugheits- und Verhaltenslehren gehörten seit Machiavelli zu den zentralen Themen des frühneuzeitlichen Politikdiskurses. Lohenstein, juristisch gebildet und als Diplomat erfahren, nahm die Diskussion in seinen Werken auf, indem er nicht nur die Handlungsweise seiner Figuren im Positiven wie im Negativen an Konzepten der Klugheits- und Verhaltenslehren orientierte, sondern auch dadurch, dass er diese selbst zum Gegenstand der Reflexion in den Stücken machte. Dabei bezog er sich vor dem Hintergrund der Tacitus-Rezeption durch Justus Lipsius (1547–1606) im 16. Jahrhundert vor allem auf zwei zeitgenössische spanische Autoren: auf Baltasar Gracián (1601–1658) mit seiner ästhetisierenden Konstruktion eines vollkommenen katholischen Politikers und Herrschers *El Político D. Fernando el Católico* (1640), die er 1672 unter dem Titel *Lorentz Gratians Staats-Kluger Catholischer Ferdinand* übersetzt hatte, und auf Diego de Saavedra Fajardo (1584–1648) und sein politisches Emblembuch *Idea de un Príncipe Político-Cristiano, Representada en cien empresas* (1640).[6]

Unter den mit diesen politischen Verhaltenslehren verbundenen Begriffen – Tugend, Klugheit, Verhängnis, Ruhm – nimmt die Klugheit (*prudentia*) die zentrale Stelle ein: Politische Klugheit bildet die Grundlage vernünftigen Handelns mit dem Ziel der Verwirklichung der moralischen Tugenden und des Staatswohls. Sie nutzt die aus der Geschichte und der eigenen Praxis gewonnenen Erfahrungen als mögliche Orientierungspunkte für zukünftige Entwicklungen, sucht den richtigen Zeitpunkt für eigenes Handeln zu erkennen und zu nutzen, kontrolliert und instrumentalisiert die Affekte im Einklang mit der jeweiligen Situation. Täuschung und Verstellung, *simulatio* und *dissimulatio*, gehören zu den Voraussetzungen kluger Staatskunst; der Herrscher muss seine Affekte derart kontrollieren und verstellen können, dass seine eigenen Gedanken und Pläne im Verborgenen, Ungewissen bleiben und er sich so einen Vorteil gegen-

6 Saavedra Fajardos Emblembuch erschien 1642 in einer veränderten Auflage, die dann für die zahlreichen späteren Drucke und Übersetzungen verbindlich wurde. Zu dem Themenkomplex vgl. Mulagk (1973).

über seinen getäuschten Gegenspielern verschafft. Allerdings bleibt die Grenzziehung zwischen erlaubter Verstellung als legitimem Mittel der Politik und Betrug trotz der stereotypen Verdammung Machiavellis umstritten. Eine vorsichtige Annäherung an die politische Praxis vollzieht in diesem Zusammenhang nur Justus Lipsius in seinem weitverbreiteten Buch *Politicorum sive civilis doctrinae libri sex* (1589) mit dem Konzept der *prudentia mixta*, nach dem es gestattet ist, die politische Klugheit mit etwas Betrug – Misstrauen, Geheimhaltung, Bestechung, Täuschung, nicht aber Treulosigkeit und Ungerechtigkeit gehören dazu – zu mischen, schon um der Falschheit und dem Betrug der Widersacher begegnen zu können. Machiavelli sei der einzige neuere Schriftsteller, der scharf und subtil über das Thema der Herrschaft geschrieben habe. Für Lipsius steht daher fest, »daß der vielgeschmähte Italiener nicht so streng zu verurteilen« sei, auch wenn er den Weg zu Tugend und Ehre verfehlt habe.[7]

II

Daniel Casper wurde am 25. Januar 1635 in Nimptsch im schlesischen Herzogtum Brieg geboren. Sein Vater Johann Casper, latinisiert Caspari, war kaiserlicher Zoll- und Steuereinnehmer und zudem Ratsherr der Stadt Nimptsch. Den erblichen Adelstitel mit dem Prädikat »von Lohenstein« erhielt der Vater des Dichters erst 1670. Lohensteins frühere Veröffentlichungen erschienen daher unter dem Namen Caspari oder Casper. Er besuchte nach dem Elementarunterricht in seiner Heimatstadt das Breslauer Magdalenen-

7 Zit. nach: Gerhard Möbus, *Die politischen Theorien im Zeitalter der absoluten Monarchie bis zur Französischen Revolution* (*Politische Theorien*, Tl. 2), Köln/Opladen 1961, S. 263.

gymnasium (1642–51) und studierte dann von 1651 bis 1655 Jura in Leipzig und Tübingen. Hier schloss er mit einer *Disputatio juridica de voluntate* (1655) sein Studium ab (wobei umstritten ist, ob er damit den Doktorgrad erwarb). Die obligatorische Bildungsreise führte ihn in die Schweiz und die Niederlande; eine zweite Reise mit dem Ziel Italien brach er wegen des Ausbruchs der Pest in Graz ab. 1657 ließ er sich als Anwalt in Breslau nieder und heiratete.

In die Zeit seiner freien Berufstätigkeit fällt seine erste bedeutende literarische Schaffensphase, in der neben einer Reihe von Gelegenheitsdichtungen die römischen und afrikanischen Trauerspiele entstanden. Vorausgegangen waren nur das bereits während seiner Schulzeit um 1650/51 aufgeführte Drama *Ibrahim Bassa* (gedr. 1653) und einige frühe Trauergedichte (1652).

Seine öffentliche Laufbahn begann Lohenstein als Regierungsrat des schlesischen Fürstentums Oels (1668–70). Das Angebot, als Geheimsekretär in die Dienste Herzog Christians von Liegnitz, Brieg und Wohlau zu treten, schlug er aus. Er übernahm stattdessen 1670 die Stelle eines Syndikus der Stadt Breslau, in der auch Christian Hoffmann von Hoffmannswaldau in dieser Zeit als Ratsherr (bzw. Ratsältester und Präses) eine führende politische Rolle spielte. 1675 wurde Lohenstein, inzwischen auch Gutsbesitzer, Obersyndikus und hatte damit eine der einflussreichsten (und bestbezahlten) Positionen im Stadtregiment inne: »Rechtsanwalt der Stadt und ihrer Schutzbefohlenen in äusseren und inneren Verwicklungen, Schriftführer in Fragen, die ein höheres Verständnis, als das eines Bureauarbeiters beanspruchten, hatte ein Breslauer Syndicus bei den zahlreichen, sich leicht verwickelnden Handelsverbindungen seiner Republik gewiss nicht wenig zu verantworten und zu bewältigen, und wir glauben es dem Bruder Lohensteins gern, dass dieser dem Rate mit Nachsetzung seiner Gesundheit so habe dienen müssen, dass ihm nur die Nacht zum Dichten geblieben wäre.«[8]

In seiner Funktion als Rechtsbeistand des Rats der Stadt führte Lohenstein 1675 erfolgreiche diplomatische Verhandlungen am Kaiserhof in Wien. Dabei ging es u. a. darum, den Verdacht auszuräumen, Breslau habe heimlich Beziehungen zu Schweden aufgenommen, und drohende Gegenmaßnahmen wie eine Belegung der Stadt durch eine kaiserliche Garnison abzuwenden. Dass sich bei Lohensteins ›Lobbyarbeit‹ die Grenzen der Moral als dehnbar – und Breslaus Reichtum als recht hilfreich – erwiesen, ist belegt; Lohenstein selbst wurde mit dem Titel eines Kaiserlichen Rats geehrt. Allerdings blieb die Situation der Stadt weiterhin prekär.[9] Der letzte schlesische Piastenherzog Georg Wilhelm I. war im Jahr der Wienreise gestorben, von Lohenstein in einer *Lob-Schrifft* (1676), Trauerrede und Fürstenspiegel zugleich, geehrt. Damit fiel das Herzogtum zurück an den Kaiser, und Breslau war wie ganz Schlesien der Herrschaft der Habsburger ausgeliefert.

Die schwierige Situation der protestantischen Stadt Breslau angesichts der habsburgischen Rekatholisierungspolitik spiegelt sich auch in den Widmungen seiner Werke, mit denen er eine Politik des Ausgleichs betrieb. Lohenstein bedachte nicht nur den Rat der Stadt Breslau und Mitglieder des protestantischen schlesischen Herrscherhauses, sondern auch das katholische kaiserliche Herrscherpaar, dem er anlässlich seiner Vermählung das Schauspiel *Ibrahim Sultan* (1673) zueignete.[10] Zugleich zeigt sich seine im Kontext der Reichspolitik prokaiserliche

8 Conrad Müller, *Beiträge zum Leben und Dichten Daniel Caspers von Lohenstein*, Breslau 1882, S. 45.

9 Zur Situation Schlesiens vgl. Banet (1983) S. 174 ff.

10 Lohenstein hatte den *Ibrahim Sultan* wohl bereits zur ersten Heirat des Kaisers konzipiert (1663) und zehn Jahre später anlässlich der zweiten Eheschließung aktualisiert. Vgl. Béhar (1988) S. 15 ff.

Einstellung in einigen Stücken selbst, ganz zu schweigen von der bereits erwähnten Übersetzung von Baltasar Graciáns *El Político D. Fernando el Católico*, eines absolutistischen spanischen Fürstenspiegels, der in einer Apotheose des Hauses Habsburg gipfelt und doch dem schlesischen Herzog gewidmet ist.

Lohenstein wandte sich während seiner Amtszeit in Breslau zunehmend der Prosa zu; daneben überarbeitete er noch die afrikanischen Trauerspiele und sammelte seine lyrischen Dichtungen für die Werkausgabe von 1680. Er starb am 28. April 1683 »durch einen unvermuteten Schlag-Fluß« über der Arbeit am *Arminius*-Roman, dem literarischen Hauptgeschäft seiner letzten Lebensjahre. Den hier zitierten *Lebens-Lauff Deß sel. Autoris* ließ sein Bruder Hans Casper von Lohenstein in der ersten postumen Sammelausgabe von 1685 drucken.

III

Die übliche Gliederung von Lohensteins dramatischem Werk in türkische, römische und afrikanische Trauerspiele orientiert sich an historisch-geographischen Gesichtspunkten. Die afrikanischen und römischen Trauerspiele – *Cleopatra* und *Sophonisbe* bzw. *Agrippina* und *Epicharis* – behandeln Ereignisse aus der Geschichte des römischen Reichs, wichtige Stationen auf dem Weg Roms zur Weltmacht einerseits, Szenarien des Verfalls andererseits. Dagegen verweisen *Ibrahim Bassa* und *Ibrahim Sultan* auf die aktuelle politische Konstellation. Sie dramatisieren Episoden aus der türkischen Geschichte des 16. und 17. Jahrhunderts und porträtieren die osmanischen Herrscher in exemplarischer Negativität.

Die Entstehungsgeschichte der Dramen ist in manchen Punkten umstritten, und die Reihenfolge des Erscheinens entspricht nicht immer der des Entstehens.[11] Unsicher bleibt auch der Umfang der Überarbeitungen bei den Stücken, die erst lange nach ihrer Entstehung gedruckt wurden. Nur bei der *Cleopatra* liegen zwei Druckfassungen vor, die zwar in der Handlungsstruktur und der Interpretation des historischen Geschehens im Wesentlichen übereinstimmen, aber gleichwohl beträchtliche Unterschiede aufweisen.[12] Neben zahlreichen kleineren und größeren sprachlichen und stilistischen Änderungen kommt es zu Ergänzungen, die rein äußerlich auf eine beträchtliche Umfangserweiterung hinauslaufen und vor allem die Exposition und den letzten Akt betreffen: Die Ausgabe von 1661 umfasst 3080 Verse (sog. ›heroische‹, d. h. paarweise gereimte Alexandriner in den Abhandlungen, verschiedene Versmaße in den Reyen), die Ausgabe von 1680 kommt

11 Den Anfang markiert jedenfalls *Ibrahim*; das Werk des fünfzehnjährigen Gymnasiasten entstand um 1649/50 und wurde 1653 gedruckt. Im zweiten Druck (1689) änderte der Verleger den Titel in *Ibrahim Bassa*, um den Text von Lohensteins zweitem Türkenstück *Ibrahim Sultan* zu unterscheiden. In der Chronologie der Drucke folgen die Erstfassung der *Cleopatra* (1661), *Agrippina* und *Epicharis* (jeweils 1665), *Ibrahim Sultan* (1673) sowie *Sophonisbe* und die Zweitfassung der *Cleopatra* (beide 1680). Auf eine davon abweichende Reihenfolge der Entstehung verweist die Bemerkung von Lohensteins Verleger Fellgiebel in der Sammelausgabe von 1685, daß die Römerdramen *Agrippina* und *Epicharis* »seiner ersten Jugend Schulfrůchte gewesen« seien; sie gehören also wohl noch in die fünfziger Jahre und gehen der *Cleopatra* voraus, die – wie dann auch die *Sophonisbe* – eine komplexere dramatische Struktur aufweist. Im Übrigen liegt auch bei *Ibrahim Sultan* ein langer Zeitraum zwischen Abfassung und Druck (vgl. Anm. 10); das gilt ebenso für *Sophonisbe*, die bereits um 1666 abgeschlossen und 1669 aufgeführt worden war. Zur Werkchronologie vgl. Béhar (1983) und Béhar (1988), S. 9 ff.

12 Für einen ausführlichen Vergleich der beiden Fassungen vgl. Juretzka (1976). Außerdem: Müller (1882) S. 64 ff.; Béhar (1982). Zur Aufführung des Stückes im Jahr 1661 ist ein Szenar erhalten: *Cleopatra von Daniel Casparn gesetztes Trauer-Spiel. Durch die in Breßlaw bey dem Gymnasio zu St. Elisabet studierende Jugend auff offentlichem Schau-Platz vorgestellet* (1661). Die Inhaltsangabe zeigt einige Abweichungen zwischen dem Spieltext und der im selben Jahr erschienenen Druckfassung. Vgl. Spellerberg (1978) S. 631 ff.

auf 4232 Verse. Zugleich wachsen die Anmerkungen an und lassen einen zentralen Aspekt der Neufassung erkennen, nämlich die verstärkte historische Fundierung des dramatischen Geschehens durch weitere ältere und durch zeitgenössische Quellen, die Lohenstein in der ersten Fassung noch nicht berücksichtigt hatte bzw. die zu dieser Zeit noch nicht vorlagen.[13]

Die Folge sind detaillierter ausgestaltete, aber auch gänzlich neue Szenen, zusätzliche handelnde Personen, eine ausführlichere Darstellung kultischer Elemente und eine schärfere Zeichnung der Hauptgestalten. Dabei bleiben aber die grundsätzlichen Positionen erhalten, und auch der Versuch, Kaiser Augustus aufzuwerten – vielleicht, um dem im Schlussreyen angesprochenen Kaiser Leopold I. nicht zu nahe zu treten, »der dem August es gleiche thut« (V, 838) –, ändert letztlich nichts an der moralischen Fragwürdigkeit seines Handelns.[14] Die weitgehende Orientierung an den Quellen schließt freilich die Erfindung von einzelnen Umständen oder die Umformung historischer Fakten im Sinn der eigenen Intentionen nicht aus; zudem bieten die historischen Quellen mit ihren jeweils eigenen Wertungen und Sympathien durchaus unterschiedliche Ansätze zur Interpretation des historischen Geschehens und der handelnden Charaktere, Unterschiede, die sich auch in den zahlreichen literarischen Bearbeitungen des Stoffes vor Lohenstein niederschlagen.

Die beiden wichtigsten und in den Anmerkungen immer wieder zitierten antiken Quellen sind Plutarchs griechisch-römische Parallelbiographien (u. a. von Cäsar und Antonius) und die ebenfalls in griechischer Sprache verfasste römische Geschichte von Dio Cassius sowie der im 11. Jahrhundert von Johannes Xiphilinos angefertigte Auszug daraus. Allerdings ging Lohenstein erst in der

13 Vgl. u. a. Juretzka (1976) S. 38 ff.; Béhar (1982); Newman (2000) S. 128 ff.
14 Anders argumentiert Asmuth, *Lohenstein und Tacitus* (1971) S. 151–154.

zweiten Fassung direkt auf Dio Cassius zurück. Daneben zog er zahlreiche weitere antike Geschichtsschreiber heran, die die dem Drama zugrunde liegenden Ereignisse behandeln, u. a. Lucius Annaeus Florus, Suetonius, Flavius Josephus und Tacitus. Aus der gelehrten Literatur des 17. Jahrhunderts, insbesondere den Werken Athanasius Kirchers (*Oedipus Aegyptiacus*, 1652–54), Samuel Bocharts (*Geographia Sacra*, 1646) und John Seldens (*De Diis Syris*, 1617), entnahm Lohenstein zahlreiche kultur- und religionsgeschichtliche Fakten. Sie wurden u. a. ergänzt durch modernes geographisches Wissen, das ihm die zwischen der Erst- und Zweitfassung der *Cleopatra* in italienischer, französischer und englischer Sprache erschienene ägyptische Reisebeschreibung von Johann Michael Wansleben vermittelte.[15]

Die historischen Ereignisse um Cleopatra, Antonius und Octavianus gehören zu den beliebtesten Stoffen der Literatur und der Musik. Mit Étienne Jodelles *Cléopâtre captive* (1574), der ersten französischen Renaissancetragödie, beginnt die Reihe dramatischer Versionen des Stoffes in den Literaturen Frankreichs, Italiens und Englands, denen sich bald auch Opernfassungen anschlossen. Anregungen empfing Lohenstein von Isaac de Benserades Tragödie *La Cleopatre* (1636), aber auch von einem zeitgenössischen Roman, der zwölf kleinformatige Bände umfassenden *Cléopâtre* (1647–58) von Gautier de Costes de La Calprenède. Dieser Roman handelt zwar von der jüngeren Cleopatra, der Tochter von Antonius und Cleopatra, erzählt aber auch im Rückblick die Geschichte ihrer Eltern. Dass Lohenstein im Gegensatz zu

15 Johann Michael Wansleben (Vanslebius), *Relazione dello stato presente dell'Egitto*, Paris 1671; *Nouvelle relation en forme de iournal, d'un voyage fait en Egypte*, par le P. Vansleben, R. D. en 1672 & 1673, Paris 1677; *The present state of Egypt: or, a new relation of a late voyage into that kingdom*, London 1678. Vgl. Newman (2000) S. 131 ff. Lohenstein benutzte die französische Ausgabe.

den anderen Dramatikern die Kinder Cleopatras auftreten lässt, geht wohl auf das Beispiel La Calprenèdes zurück.[16]

IV

Die afrikanischen Trauerspiele *Cleopatra* und *Sophonisbe* thematisieren den historischen Prozess von Aufstieg und Fall, der Ablösung einer Epoche durch eine andere. Der Untergang ehemals machtvoller afrikanischer Reiche – Ägypten, Karthago –, die der römischen Militärmacht und dem römischen Herrschaftsanspruch nichts mehr entgegenzusetzen haben, markiert Stufen des Aufstiegs Roms zur Weltmacht. Darüber hinaus bestätigen die Stücke die besondere Rolle Roms im Rahmen der Weltgeschichte, an der durch die Fiktion der *translatio imperii* auch das Deutsche Reich teilhat.

Dem Trauerspiel liegen die Ereignisse nach der Seeschlacht bei Actium (31 v. Chr.) und dem Rückzug Cleopatras und ihres Mannes Marcus Antonius nach Alexandria zugrunde. Die Handlung konzentriert sich auf die letzten vierundzwanzig Stunden im Leben der Königin und des Antonius in der belagerten Stadt. Sie befinden

16 Einen Überblick über die Dramatisierungen in der Frühen Neuzeit gibt Juretzka (1976) S. 27 ff. – Zum Einfluss de Benserades vgl. Asmuth, *Daniel Casper von Lohenstein* (1971) S. 28–30. – Auch andere Stücke Lohensteins verweisen auf Anregungen durch Romane. Sein erstes Drama, *Ibrahim*, ist eine Dramatisierung eines von Philipp von Zesen übersetzten Romans von Madeleine de Scudéry (1641, dt. 1645); für die *Epicharis* benutzte er u. a. den in der *Ariane* (1632, dt. 1643 und 1644) von Jean Desmarets de Saint-Sorlin erzählten Lebenslauf der Epicharis. Bereits vor Calprenède hatte François du Soucy, Sieur de Gerzan, die Technik der Verschiebung um eine Generation genutzt, um Roman und Historie miteinander verbinden zu können: Er erzählt in seiner *Histoire afriquaine de Cléomède et de Sophonisbe* (1627–28; dt. 1647 von Philipp von Zesen) die Geschichte der Tochter Sophonisbes und rekapituliert zugleich die auch von Lohenstein dramatisierte Episode aus dem Zweiten Punischen Krieg.

sich in einer ausweglosen Lage. Augustus nutzt sie und setzt die das Ende beschleunigende Intrige in Gang, indem er seine Gegner gegeneinander ausspielt. Er verspricht demjenigen Machterhalt bzw. ein Reichsdrittel, der den Partner opfert. In diesem Spiel erweist sich Antonius zu politisch rationalem Handeln unfähig. Um dem schwankenden Antonius zuvorzukommen und den Ausgleich mit dem Gegner zu verhindern, veranlasst Cleopatra ihn zu einem Affront gegen Augustus und treibt ihn durch einen vorgetäuschten Selbstmord in den Tod. Als sie jedoch durchschaut, dass Augustus' Zusicherungen Täuschung sind und er sie nur in seine Hände bekommen will, um sie als Gefangene im Triumphzug nach Rom führen zu können, durchkreuzt sie seine Pläne und geht großmütig in den Tod: »Ein Fůrst stirbt muttig / der sein Reich nicht überlebt« (V, 110).

Cleopatras Handlungsweise mag schlichtweg unmoralisch erscheinen, und die wissenschaftliche Literatur war nicht sehr zurückhaltend in ihren Urteilen über Machtweiber, die rücksichtslose Instrumentalisierung der Erotik zu politischen Zwecken und die »Dunst- und Brunstwelt Afrikas«.[17] Aber das Thema ist weder private Moral noch private Schuld, die Cleopatra übrigens durchaus einräumt. Es geht vielmehr ungeachtet der exotischen und erotischen Atmosphäre um politisches Handeln in einer Krisensituation, in der auf der einen Seite der Erhalt, auf der anderen die Erweiterung von Herrschaft auf dem Spiel steht; gefordert ist ein an den Maximen der Staatsräson und der politischen Klugheit orientiertes Agieren und Reagieren. Dieser Aspekt bleibt ständig präsent, in den Einlassungen der politischen Ratgeber, in den Überlegungen und Handlungen der Politiker. Die Antworten auf die Anforderungen oder Zumutungen

17 Just in der Einleitung zu seiner Ausgabe der Afrikanischen Trauerspiele (1957), S. XV.

sind verschieden, unterschiedliche Wertvorstellungen kollidieren in den Auseinandersetzungen der ausgedehnten Beratungs- und Botenszenen, immer wieder zugespitzt im Austausch von sentenzartigen Stichomythien und auf Seiten der Römer nicht ohne eine rassistische Komponente.

Cleopatra und Augustus erweisen sich wie ihre maßgeblichen politischen und militärischen Berater als Vertreter einer die Grenzen der Moral weit dehnenden Staatsräson. Diesen Ansprüchen nicht gewachsen ist Antonius, den ethische Bedenken und vor allem seine mangelnde Affektkontrolle an der rationalen Ausübung der Herrschaft hindern. Sein Beharren auf Liebe, Treue und Aufrichtigkeit ist im Kontext der durch Simulation und Dissimulation geprägten politischen Welt keine Tugend, sondern vielmehr unvernünftig, weil affektbestimmt. Dagegen handelt Cleopatra im Sinn des Staatsräsondenkens nur konsequent, wenn sie jede Möglichkeit nutzt, die vielleicht doch noch zur Erhaltung ihres Reiches und ihrer rechtmäßigen Herrschaft führen könnte, wenn sie der Argumentation ihrer Ratgeber folgt und in vollem Bewusstsein moralischer Schuld private Belange und Gefühle zurückstellt, um ihrer Herrscherrolle in einer Not- und Zwangslage gerecht zu werden. Sie opfert Antonius (»mein Heil wächst auß der Todten-Baare«; III, 74), doch als sie die Freiheit des Handelns wieder zurückerhält, d. h. keine politischen Spielräume mehr bestehen und sie daher kein herrscherlicher Auftrag mehr bindet, erneuert sie demonstrativ den Bund, indem sie »itzt noch einmal durch den Tod | Sich dem Anton vermählt« (V, 33 f.).

»Wer sich nicht anstelln [verstellen] kan / der taug zum herrschen nicht« (IV, 84), gibt einer der Räte des Augustus zu bedenken. Und er zitiert damit, so die Anmerkung Lohensteins, eine französische Anekdote, nach der König Ludwig XI. seinen Sohn Karl VIII. »mehr nicht lernen lassen / als diese Lateinische Wortte. Qui nescit dissimulare, nescit regnare«.[18] Unter diesem Gesichtspunkt, im Hinblick auf Täuschung und Verstellung, auf Affektbeherrschung und Affektmanipulation unterscheiden sich die Gegenspieler Cleopatra und Augustus nicht. Beide erweisen sich als vernunftbestimmte Politiker, die ihr jeweiliges Ziel mit allen Mitteln verfolgen. Dabei stellen sie die Notwendigkeiten politisch klugen, erfolgsorientierten Handelns über religiöse oder moralische Normen. Beide sind Meister der Täuschung und Verstellung. Augustus kann kaum als positives Gegenbild zu Cleopatra gelten, zumal er als Aggressor erscheint und ohne Not zuerst zum Betrug als Mittel der Politik greift (und unter den gegebenen Umständen damit die Grenzen des von den Staatsräsontheoretikern Erlaubten überschreitet).

Wenn sich Augustus im Augenblick des Sieges als großmütiger, maßvoller Herrscher gibt, so setzt er damit nur sein bisheriges ›politisches‹ Verhalten fort: Wie er Cleopatra und Antonius die jeweils gleichen, zur Beseitigung des Partners auffordernden (leeren) Versprechungen machte, ebenso doppelzüngig verhält er sich im Sieg mit dem Versuch, Cleopatra von seiner Liebe zu überzeugen, um sie leichter nach Rom bringen zu können. In diesem letzten Wettstreit von Verstellung und Täuschung, von Simulation und Dissimulation erweist sich Cleopatra allerdings als die Überlegene: Sie durchschaut das Vorhaben ihres Gegners, geht zum Schein darauf ein und schafft sich so, indem sie einen Aufschub für die Bestattung des Antonius erhält, die Möglichkeit eines würdigen Todes. Trotz der Skrupel, die er in der vorhergehenden Beratungsszene zeigt oder vorgibt (»Verdammte Staats-Klugheit / die Treu und Bund heist brechen!«; IV, 238; vgl. auch IV, 289 ff.), ist Augustus über den Fehlschlag seiner Pläne

18 Die Anmerkung steht nur in der ersten Ausgabe: *Cleopatra. Text der Erstfassung von 1661*, bes. von Ilse-Marie Barth, Nachw. von Willi Flemming. Stuttgart 1965 [u. ö.], S. 162.

eher unkaiserlich enttäuscht und braucht einige Zeit, bis er sich fassen und zur Anerkennung »der edlen Frauen« (V, 511) durchringen kann. Wenn er ihr dann geschichtliche Größe bescheinigt – »Cleopatra wird stehn / wenn Rom nicht Rom wird sein« (V, 538) –, so dient das gewiss auch der Überhöhung seiner eigenen Person. Er selbst zeigt weiterhin alle Merkmale eines seine Herrschaft absichernden Realpolitikers, wenn er einerseits den ermordeten Antyllus, Sohn des Antonius, ehrenvoll begraben und rächen lässt und sich der Kinder Cleopatras annimmt, andererseits den entflohenen Caesarion, Sohn Cäsars und Cleopatras, zu töten befiehlt, »Wo er sich in dreyer Mohnden Zeit | Nach Rhodos nicht gestellt« (V, 621 f.). Diesen Aufschub kennt die erste Fassung nicht: »Sein Todt verleih't uns Ruh / sein Leben Ungemach«, heißt es hier ohne Umschweife.[19]

Wesentliche neue Aspekte für die Personencharakteristik ergeben sich durch derartige Aufwertungsversuche und Retuschen in der zweiten Fassung nicht. Sie ändern auch nichts an der grundsätzlichen Ähnlichkeit der beiden Gegenspieler. Und das gilt auch für den dritten Beteiligten am Intrigenspiel, Antonius. Zwar werden in der stark erweiterten Eingangsszene der zweiten Fassung im Rückblick auf die vorhergehenden Ereignisse seine militärischen Fähigkeiten und persönlichen Tugenden wie Tapferkeit, Mut und Standhaftigkeit hervorgehoben, aber für sein Verhalten in der Gegenwart hat das keine Bedeutung. Antonius bleibt blind seiner Liebe, seinen Affekten unterworfen und damit von vornherein chancenlos. Zwar erkennt er nun, wie Zusätze am Ende der ersten Abhandlung deutlich machen, das Doppelspiel des Augustus (I, 1048 f.), aber an seiner Verblendung gegenüber Cleopatra ändern auch die Warnungen seiner Militärs und seines Sohnes nichts. Im Kontext der Affektthematik und ihrer

19 Ebd., S. 134 (V, 386).

politischen Signifikanz bietet er mit seinem Verhalten ein negatives Beispiel: Wer seine eigenen Affekte nicht beherrschen kann, droht auch als Herrscher zu versagen.

Auf der anderen Seite besitzen auch die politisch überlegen agierenden Gestalten wie Augustus oder Cleopatra keine unmittelbar vorbildhafte exemplarische Funktion, wie sie den Protagonisten der Märtyrertragödien der Jesuiten oder der von Andreas Gryphius zukommt. Der Vorrang der Politik hat Konsequenzen für die Ethik: Es gibt kein starres, religiös fundiertes Tugendhandeln, das die Anforderungen irdischen Lebens negiert, es gibt aber auch keine idealisierenden, an der politischen Wirklichkeit vorbeigehenden Versuche, die Widersprüche zwischen ethischem und politisch als notwendig erachtetem Handeln zu überdecken. Lohensteins Protagonisten leben vielmehr mit dem Bewusstsein, dass sie in bestimmten Situationen in Konflikte mit ethischen Normen geraten und sie gegebenenfalls verletzen müssen. Mit der Darstellung der verschiedenen Aspekte politischen Handelns und ihrer theoretischen Begründung bieten Stücke wie *Cleopatra* Anschauungsunterricht in den Fächern Politik, Verhaltenslehre und angewandter Affektenlehre, Lehrbeispiele für die spielenden Gymnasiasten ebenso wie für das Publikum.

Über diese praktischen Politiklektionen in der pragmatischen Dramenhandlung hinaus gehen die Reyen, die die Akte beschließen und das Geschehen auf einer allgemeineren Ebene spiegeln bzw. kommentieren. Dabei zeigen sie einerseits, wie das »Verhängnuͤs« in Gestalt der Parzen »nach Willkuͤhr« (III, 778) das Schicksal der Menschen bestimmt, andererseits postulieren sie einen vom »Verhängnis« bestimmten teleologischen Geschichtsverlauf nach der Prophetie Daniels im Alten Testament (Daniel 7–12) und der darauf basierenden Lehre von den vier aufeinanderfolgenden Weltreichen. Das geschieht ausdrücklich im »Reyen Des Verhaͤngnuͤsses / der vier Monarchien« am Ende der in der Konzeption mit der *Cleopatra* eng verwandten *Sophonisbe*[20], und dieses Geschichtsbild steht auch hinter dem die *Cleopatra* beschließenden »Reyen Der Tiber / des Nilus / der Donau / des Rheins« (V, 761 ff.): Verbunden mit dem Konzept der *translatio imperii*, der Übertragung des Reiches von den Römern auf die Deutschen, sehe beide Stücke utopisch-panegyrisch im weltumspannenden Reich der Habsburger das Ziel der Weltgeschichte.[21] Wenn Augustus den Sieg davonträgt und Cleopatra scheitert, so liegt das im Plan der Geschichte, nicht an einem kausalen Zusammenhang von Tugend und Erfolg bzw. Schuld und Misserfolg. Für Augustus spricht nur, dass er sich im Einklang mit dem vom Verhängnis vorherbestimmten Geschichtsprozess befindet. Umgekehrt macht dieser das Scheitern Cleopatras und Sophonisbes als Herrscherinnen über die zum Untergang verurteilten afrikanischen Reiche unabwendbar. Indem sie jedoch in der aktuellen Krisensituation ihrer Herrscherrolle gerecht zu werden suchen, dabei das Schuldigwerden in Kauf nehmen und Größe in Niederlage und Tod beweisen, dient ihr Beispiel der Erregung der tragischen Affekte »des Schrôckens und des Mitleidens«, in denen der zeitgenössische Poetiker Albrecht Christian Rotth in Anlehnung an Aristoteles den »Endzweck« des Trauerspiels sieht.[22]

V

Wenn Lohenstein mit seinen Vorstellungen zur politischen Verhaltenslehre an Autoren anknüpfte, die wie Saavedra Fajardo der Stilrichtung des Konzeptismus (*conceptismo*) na-

20 Lohenstein, *Sophonisbe. Trauerspiel*, hrsg. von Rolf Tarot, Stuttgart 1970, bibliogr. erg. Ausg. 1996, S. 120–123.

21 Zur Geschichtsauffassung Lohensteins vgl. u. a. Voßkamp (1967) S. 161 ff.; Spellerberg (1970).

22 Albrecht Christian Rotth, *Vollständige Deutsche Poesie, 1688*, hrsg. von Rosmarie Zeller, Tübingen 2000, 2. Teilbd., S. [972].

hestanden oder wie Gracián diese spanische Form des Manierismus geradezu verkörperten – Gracián ist auch der Verfasser des einflussreichen Traktats über den Scharfsinn *Agudeza y arte de ingenio* (1648) –, so steht das im Einklang mit der verstärkten deutschen Rezeption manieristischer Tendenzen der Literaturen Italiens und Spaniens in der zweiten Jahrhunderthälfte. Diese Neuorientierung mit ihrer Abkehr vom opitzianischen Klassizismus führte bei Lohenstein zu einer entschiedenen, in der deutschen Literatur bis dahin unerhörten Intensivierung der Bildlichkeit. Dabei bevorzugte er entlegene Bild- und Vergleichsbereiche, die er dank seiner beträchtlichen Gelehrsamkeit mit zahllosen Details mythologischer, historischer, naturgeschichtlicher, geographischer oder emblematischer Natur ausstatten konnte. Zur manieristischen Metaphernsprache mit ihrer scharfsinnigen Verknüpfungskunst kommt die Vorliebe für einen raschen Wechsel von Bildern und Bildfeldern, wie sie beispielsweise den Eingangsmonolog des Antonius in der *Cleopatra* charakterisiert.[23] Gerade diese extreme Künstlichkeit forderte jedoch die aufklärerische Kritik heraus.

Der Schweizer Johann Jakob Bodmer hatte bereits in seinem Lehrgedicht *Character Der Teutschen Gedichte* (1734) Lohensteins Gleichnisse als »gelehrte Schul-Figur« kritisiert (»Pflegt unterm Umhang stets er selbst hervorzustechen«),[24] und sein Mitstreiter Johann Jakob Breitinger zitiert in der *Critischen Abhandlung Von der Natur den Absichten und dem Gebrauche der Gleichnisse* (1740) den Monolog des Antonius als erstes Beispiel »des äußersten Verderbnisses in der Schreibart«, die er bei Lohenstein zu

23 Vgl. Volker Meid, »Le théâtre baroque«, in: *Nouvelle histoire de la littérature allemande*, Bd. 1, *Baroque et Aufklärung*, hrsg. von Philippe Forget, Paris 1998, S. 123–125.

24 Zit. nach: Johann Jakob Bodmer / Johann Jakob Breitinger, Schriften zur Literatur, hrsg. von Volker Meid, Stuttgart 1980, S. 62. – Zur Rezeptionsgeschichte grundlegend: Alberto Martino, *Daniel Casper von Lohenstein. Geschichte seiner Rezeption*, Bd. 1: *1661–1800*, Tübingen 1978.

erkennen glaubt und die er, wenn man die Wertung außer Acht lässt, durchaus nicht falsch beschreibt: als Produkt einer aufs höchste stilisierten Rhetorik, die auf individuelle Charakterisierungen der Sprecher keinen Wert legt. Ließe man deren Namen weg, argumentiert er im Sinn Bodmers, so werde den Lesern »eine gantze Tragödie dieses Verfassers nicht anderst vorkommen, als ein *Soliloquium* oder ein Gespräche, das Lohenstein mit sich selbst führet«:

> »Wie wolltet ihr vermuthen können, daß diese gelehrte, figürliche Reden und Sprüche einer klugen Person von dem Geschlechte der Menschen anstehen sollten; Wenn er bald in lauter Gleichnissen und Metaphorn mit sich selbst zancket, bald um eine Schöne von seiner eigenen Schöpfung in Schwulst und Wahnwitz buhlet, bald die verborgensten und seltensten Wunder der Natur mit einem Doctormässigen Ernst erkläret, wenn er plötzlich, wie in einer Verzückung, aus sich selbst geräth, und über die Wolcken fliegt, und im Augenblick wieder so tiefe fällt, daß er mit kindischen Sprüchwörtern, spitzfündigen Spielen, schliessenden Gleichnissen und dergleichen ohne Maß um sich wirft. Die höchste Hitze und der höchste Frost wechseln bey ihm ab [...].«[25]

Diese kritischen Stimmen ließen sich leicht vermehren. Sie spiegeln den epochalen Traditionsbruch, der sich in den ersten Jahrzehnten des 18. Jahrhunderts vollzogen hatte. Die Kunstdoktrin der Frühaufklärung, die sich am französischen Beispiel orientierte und sich auf den ›vorbarocken Klassizismus‹ des Martin Opitz als nationales Pendant berufen konnte, setzte Begriffe wie Natur, Vernunft, Urteilskraft, Geschmack gegen Unnatur, Schwulst und »regellose

25 Johann Jakob Breitinger, *Critische Abhandlung von der Natur, den Absichten und dem Gebrauche der Gleichnisse. Faksimiledruck nach der Ausgabe von 1740*, mit einem Nachw. von Manfred Windfuhr, Stuttgart 1967, S. 222.

Einbildungskraft«[26] und konstruierte ein entsprechendes Bild der Literaturgeschichte. Die in der frühen Aufklärung entstandenen Wertungsmuster erwiesen sich als zählebig. Es war nur die Frage, ob man bei Lohenstein und seinen Zeitgenossen mehr ihre Unnatur, ihre Unmoral oder ihre Offenheit gegenüber ausländischen Einflüssen beklagen sollte. Mit der Dichtungsauffassung der Goethezeit schließlich wurden Maßstäbe bestimmend, die der Dichtung des 17. Jahrhunderts vollends unangemessen waren. Befriedigt, wenn auch nicht ganz korrekt, konstatierte Joseph von Eichendorff in seiner Schrift *Zur Geschichte des Dramas* (1854) nach einer Abrechnung mit Lohensteins durchaus prosaischer Natur und seinem «breitmäuligen Bombast«: »Zur Ehre deutscher Nation müssen wir jedoch hinzufügen, daß Lohensteins Trauerspiele, trotz den unausgesetzt schmetternden Lobposaunen, niemals zu öffentlicher Aufführung gelangen konnten; das Volk, wenngleich verwildert, war besser und gescheiter als seine Gelehrten.«[27]

26 Johann Christoph Gottsched, *Schriften zur Literatur*, hrsg. von Horst Steinmetz, Stuttgart 1972 [u. ö.], S. 236 (»Gedächtnisrede auf Martin Opitzen von Boberfeld«, 1739).

27 Joseph von Eichendorff, »Zur Geschichte des Dramas«, in: *Werke*, Bd. 3: *Schriften zur Literatur*, München 1976, S. 454. – Stücke Lohensteins fanden durchaus ihr Publikum über den engeren Bereich der Schule hinaus. Zum einen waren die Vorstellungen der Schüler der beiden Breslauer Gymnasien (bei den Kirchen St. Elisabeth bzw. St. Maria Magdalena) öffentlich – »auf offentlichem Schau-Platz vorgestellet«, heißt es regelmäßig in den Einladungsschriften –, zum andern spielten die Schüler häufig in öffentlichen Einrichtungen wie dem Rathaus oder in Bürger- und Adelshäusern. So wurde die *Cleopatra* Ende Februar 1661 im Keltsch'schen Haus uraufgeführt, d. h. dem Greifenhaus auf dem Breslauer Ring, der wichtigsten Spielstätte für das Breslauer Schultheater; einige Tage später ließ sich Georg III., Herzog von Brieg, das Stück vorspielen, allerdings in einer geschlossenen Vorstellung. – Zum Breslauer Schultheater vgl. das Nachwort von Konrad Gajek in: *Das Breslauer Schultheater im 17. und 18. Jahrhundert. Einladungsschriften zu den Schulactus und Szenare zu den Aufführungen* förmlicher Comödien *an den protestantischen Gymnasien*, hrsg. von K. Gajek, Tübingen 1994; Faksimiles der Lohenstein-Szenare hier S. 229–240 und bei Martino (1978) im Anhang (Abb. 11–26). Vgl. auch Spellerberg (1978).

Inhalt

Interpretationen

IN RECLAMS UNIVERSAL-BIBLIOTHEK

Auswahl

Lessings Dramen

Miß Sara Sampson – Minna von Barnhelm – Emilia Galotti – Nathan der Weise. 211 S. UB 8411

Dramen des Sturm und Drang

Goethe, *Götz von Berlichingen* – Lenz, *Der Hofmeister* – Klinger, *Sturm und Drang* – Leisewitz, *Julius von Tarent* – Lenz, *Die Soldaten* – Schiller. *Die Räuber.* 252 S. UB 8410

Erzählungen und Novellen des 19. Jahrhunderts Band 1

Tieck, *Der blonde Eckbert / Der Runenberg* – Bonaventura, *Nachtwachen* – Kleist, *Die Marquise von O . . .* – Kleist, *Michael Kohlhaas* – Hoffmann, *Der goldne Topf* – Chamisso, *Peter Schlemihls wundersame Geschichte* – Hoffmann, *Der Sandmann* – Brentano, *Geschichte vom braven Kasperl und dem schönen Annerl* – Eichendorff, *Aus dem Leben eines Taugenichts* – Goethe, *Novelle.* 422 S. UB 8413

Erzählungen und Novellen des 19. Jahrhunderts Band 2

Droste-Hülshoff, *Die Judenbuche* – Stifter, *Brigitta* – Grillparzer, *Der arme Spielmann* – Mörike, *Mozart auf der Reise nach Prag* – Keller, *Romeo und Julia auf dem Dorfe* – Keller, *Kleider machen Leute* – Meyer, *Das Amulett* – Storm, *Hans und Heinz Kirch* – Storm, *Der Schimmelreiter.* 431 S. UB 8414

Romane des 19. Jahrhunderts

Tieck, Franz Sternbalds Wanderungen – *Hölderlin,* Hyperion – *Schlegel,* Lucinde – *Novalis,* Heinrich von Ofterdingen – *Jean Paul,* Flegeljahre – *Eichendorff,* Ahnung und Gegenwart – *Hoffmann,* Kater Murr – *Mörike,* Maler Nolten – *Keller,* Der grüne Heinrich – *Stifter,* Der Nachsommer – *Raabe,* Stopfkuchen – *Fontane,* Effi Briest. 423 S. UB 8418

Georg Büchner

Dantons Tod – Lenz – Leonce und Lena – Woyzeck. 223 S. UB 8415

Fontanes Novellen und Romane

Vor dem Sturm – Grete Minde – L'Adultera – Schach von Wuthenow – Unterm Birnbaum – Irrungen, Wirrungen – Quitt – Effi Briest – Frau Jenny Treibel – Der Stechlin – Mathilde Möhring. 304 S. UB 8416

Dramen des Naturalismus

Hauptmann, *Vor Sonnenaufgang* – Sudermann, *Die Ehre* – Holz / Schlaf, *Die Familie Selicke* – Hauptmann, *Die Weber* – Schlaf, *Meister Oelze* – Hauptmann, *Der Biberpelz* – Halbe, *Der Strom* – Hauptmann, *Die Ratten.* 216 S. UB 8412

Brechts Dramen

Grundzüge der Brechtschen Dramen- und Theatertheorie – *Baal – Leben des Galilei – Mutter Courage und ihre Kinder – Der gute Mensch von Sezuan – Der kaukasische Kreidekreis.* 188 S. UB 8813

Romane des 20. Jahrhunderts. Band 1

H. Mann, *Der Untertan* – Th. Mann, *Der Zauberberg* – Kafka, *Der Proceß* – Hesse, *Der Steppenwolf* – Döblin, Berlin Alexanderplatz – *Musil,* Der Mann ohne Eigenschaften – *Kästner,* Fabian – *Broch,* Die Schlafwandler – *Roth,* Radetzkymarsch – *Seghers,* Das siebte Kreuz – *Jahnn,* Fluß ohne Ufer. 400 S. UB 8808

Romane des 20. Jahrhunderts. Band 2

Doderer, *Die Strudlhofstiege* – Koeppen, *Tauben im Gras* – Andersch, *Sansibar oder der letzte Grund* – Frisch, *Homo faber* – Grass, *Die Blechtrommel* – Johnson, *Mutmassungen über Jakob* – Böll, *Ansichten eines Clowns* – S. Lenz, *Deutschstunde* – Schmidt, *Zettels Traum* – Handke, *Der kurze Brief zum langen Abschied.* 301 S. UB 8809

Thomas Mann, Romane und Erzählungen

Buddenbrooks – Tristan – Tonio Kröger – Der Tod in Venedig – Der Zauberberg – Mario und der Zauberer – Joseph und seine Brüder – Lotte in Weimar – Das Gesetz – Doktor Faustus – Bekenntnisse des Hochstaplers Felix Krull. 360 S. UB 8810

Franz Kafka, Romane und Erzählungen

Das Urteil – Die Verwandlung – Der Verschollene – Der Proceß – Vor dem Gesetz – In der Strafkolonie – Ein Bericht für eine Akademie – Ein Landarzt – Auf der Galerie – Der Kübelreiter – Das Schloß – Ein Hungerkünstler – Die Sorge des Hausvaters – Ein Traum – Der Jäger Gracchus – Eine kaiserliche Botschaft – Beim Bau der chinesischen Mauer – Kleine Fabel – Gib's auf! und *Josefine, die Sängerin oder Das Volk der Mäuse.* 408 S. UB 17521

Hermann Hesse, Romane

Unterm Rad – Demian – Siddhartha –Der Steppenwolf – Narziß und Goldmund – Das Glasperlenspiel. 175 S. UB 8812

Philipp Reclam jun. Stuttgart